台湾作家・陳映真文集

戒厳令下の文学

陳映真

間ふさ子・丸川哲史—訳

せりか書房

戒厳令下の文学

台湾作家・陳映真文集

目次

I 小説

麺屋台

1

「こらえてみて」と母は言い、憂わしげに幼い息子の背中を叩く。「こらえられるなら、こらえてみて」

だが子どもは喉のむずむずをこらえることができず、とうとう長々と咳きこんでしまった。生ぬるい血の塊を母が捧げ持つハンカチの中に吐いたとき、母はすでに息子を抱えて狭い路地に入りこんでいた。けだるさはあったが、胸の中はずいぶんとすっとしたような気がする。路地には夕暮れの風が吹きすぎ、吸い込んだ空気が肺を冷やして、氷水を飲んだようだった。

「母さん、氷が食べたい」

その子の両手は母の肩にまわされ、片方の顔を母のすらりとした首筋にくっつけている。咳こんだために涙ぐんだ目には、母の背の遥か向こうの路地のとば口を行きかうさまざまな人の群れや車が見えていた。けだるさがあるものの、本当に心地よい気分だった。母は彼をそっと揺らしながら、ときおり背中を叩いてくれた。

「大宝《ターパウ》の病気が良くなったら、氷をたくさん食べさせてあげる、たくさんね」

夕闇が降りてくる。子どもの視線は必死に、だが愉しそうに路地の両側の高い塀を這い登っていく。左側の屋根の上では大きな小屋いっぱいにハトが飼われていた。母はもう一度息子の唇をきれいに拭い、路地を出ていこうとしている。彼にはハト小屋の暗い骨組みが藍色の空に浮かび上がっているのだけが見える。今日はハトを放つのに行き合わせなかったが、意外にもハト小屋の上に広がる空にオレンジ色の宵の星が一つはめ込まれているのを見つけた。

「……お星さま」子どもは言った。星を見つめる目は天上の星よりさらに輝き、鋭くみえる。

2

母が息子を抱いて戻ってくると、父は腰をかがめ屋台の下にあるコンロを扇いでいるところだった。母は一方の手で息子を抱いたまま、もう一方の手で布巾を取りカウンターを拭いた。金が足りずアルミ板で覆うことができないので、二人は木のカウンターを拭きあげて清潔に保つよう特に気をつけていた。寸胴鍋の中には尖った牛肉が重なりあっている。傍には籠に入った丸い麺餅《おやき》が置かれ、大小の瓶には各種の薬味が入れてあった。

「また吐いたのか」父は腰を伸ばし憂わしげに言うと、顔をしかめて右の袖口で汗だらけの顔を拭った。牛肉がほかほかと湯気を上げ始める。夕闇がことのほか濃くなってきた。いつの間にか大通り沿いの街灯には、心躍る二列の灯りがずらりとまたたいていた。一番の繁華街である西門町《シーメンティン》は別の装束に着替え、神秘の夜空のもとゆっくりとうごめき始めた。

母は何も言わず、肉のスープを掬って息子に与えた。息子は濃厚なスープを一心不乱に飲んでいる。父は運命を受け入れたかのような素っ気なさでそれを見ていたが、考え深げに肉を一切れ切って息子の碗に入れた。そうすれば病菌によって消耗したわが子の身体に少しは栄養をつけることができるとでもいうように。

スープが沸き立ってくる頃には、屋台にはすでに二、三人の客が坐っていた。彼らは人の波の行列から外れ、ここでしばし味わい楽しむと、再びどこから来てどこへ向かうのか分からない人波の中にそそくさと紛れこんでいくのだ。

「麺餅《おやき》も付けますか」

「香菜《こうさい》は大丈夫ですよね」

「唐辛子ですか——あります」

夫は一人話している。妻と息子は屋台の裏手に何もせず坐っていた。この都会にやってきてもう半月あまりだが、繁華な夜の街にはこの子にとって日々新たな興奮があった。彼はいろいろなクラクションの音、輪タクのベルの音、そしてさまざまな足音に静かに耳を傾けている。熱いスープの湯気の向こうにカウンターに並ぶいろいろな顔を眺め、彼らが一様に真剣に自分の軽食を食べているのを見てもいた。息子は目をこらして見つめている。おそらくここからどれほど離れているのかもわからない故郷や、故郷の棕櫚の木、田圃のあぜ、小川の流れ、そして棺桶板を渡した小さな橋を、もはや忘れてしまったのだろう。

(ああ、この子がこんなに幼くなかったら、故郷の初夏の夕暮れどきにもオレンジ色の宵の星が出ているのを覚えているはずなのに)

3

夕陽の最後の一抹が消え、空に更に多くの星が瞬きだしたと思われる頃、突然向かいの通りから慌ただしく車輪がきしむ音が伝わってきた。母は息子を抱き父がじっと凝視している方向へ目をやった。いくつかの屋台が大急ぎで通りから遠ざかっていくのが見えた。この騒ぎはすぐさまあちこちの食べ物屋台に伝染し、ゴロゴロという車輪の音はますます大きくなった。父もきちんと削れていない木製の車輪がついた屋台を押してガタゴト走り去った。屋台たちは規則正しく流れている人波にぶつかってそれを乱し、一斉にゴロゴロと大通りを遠ざかっていく。だが人の波は切っても切れない流れと同様、瞬時にまたその淀みない規則正しさを取り戻した。

妻と息子がもとの場所にそのまま腰を下ろしていると、果たしてすぐに白いヘルメットの警察官が見えた。彼は向こうの通りをゆっくり歩いて来て、この母子の真向いに立ち止まった。バインダーを左腕の下に挟み、右手でヘルメットを取ると、左手に渡してそれを抱え、再び右手で力をこめて顔をこすった。あたかも顔に何か疎ましいものが貼りついているかのようだ。すっきりしたといいたげな顔が商店の灯りに照らしだされた――それは痩せた若者で、黒々とした髪をあらゆる軍人や警察官と同じようにきちんと切りそろえている。男には珍しい大きな目は眠たげで温かさに満ちていた。銅色の唇にもえもいわれぬ優しさがある。再度ヘルメットをかぶろうとして、彼は自分を見つめている母と息子に気づいた。彼の唇はゆっくりと物憂げな微笑をたたえた。目には温かく和やかな光が宿っていた。この微笑が元に戻らぬうちに彼はもう歩き去っていた。息子と母は彼がゆっくりと人の流れの中に歩を進めるのをじっと見つめていた。

――少なくとも妻はその顔を知っていたはずだ。

それは商売を始めた最初の日のこと、全く経験のない二人は早速太った怒りっぽい警官に派出所に連れていかれた。彼らは屋台を入口の二つの麺屋台と、かき氷の屋台の間に並べた。

「初めてなんです、五日前に台北に出てきたばかりで……」父親は歩きながらこう言ってしわくちゃの愛想笑いをした。だがその太った警官は聞く耳を持たぬかのようにさっさと部屋に入っていき、ばたばたと扇子を使った。

向かい側の高いカウンターの前に三人の男がいた。若い二人はどちらも下駄ばきで長髪だった。もう一人の少し年配の男はベルトのないビニールサンダルをつっかけ、てかてかの頭と子供の父親よりもっと皺くちゃの顔をしていた。子供の両親は不安げに反対側に立った。父は入口に置いた屋台に目をやったり、壁の丸い時計を見たり、外の夜の景色を見たりしている――

「こっちへ来い」

父親は感電したかのように彼を呼ぶ高いカウンターの方へ向かった。この時、さきほどの三人はばらばらにお辞儀をして、次々に出て行った。カウンターには二人座っていたが、一人はうつむいてずっと書きものをしており、一人は煙草を吸いながら彼らを見ていた。

「初めてなんです、わたしらは――」父親が言った。

「田舎はどこだ」煙草の男が言った。

「初めてなんです、わたしらは――」父親は言う。

「田舎はどこだ」男の鼻から長い煙が吐き出される。

「え、ええ、わたしは――」父親は言った。

「苗栗《ミャオリー》です」と母親が言った。

カウンターの二人は期せずして母親を注視した。書きものをしていた警察官は、男性には珍しい大きな目をしていた。その目は眠たげで情け深かった。母親はうつむき、胸元のボタンを留めながら息子をさらにぎゅっと抱きしめた。

戸籍地からの移動手続きをしていなかったことがついでに分かってしまったため、二人は六十元の罰金を支払わねば屋台を押して帰ることができなかった。母親が腹掛けから金を取りだすとき、大きな目の警察官は再び下を向いて自分の書きものに戻っていった。

「あのおまわりさんは人を捕まえないね」と息子は言った。警察官はすでに街角に姿を消していた。

「大宝が大きくなったら、良いおまわりさんになるんだ。そしたら母さんたちはぼくを怖がらなくてもいいんだよ」そう彼は言った。母はずっと黙っている。息子をぎゅっと抱きしめながら胸元のボタンを留めただけだ。街灯が彼女の顔や優美な長い首筋を照らしている。この若い婦人は無言で暗がりの中の人の波をみつめていた。おそらく彼女の心も遠くへと漂っていたのだろう。

4

道行く人が次第にまばらになる頃までに、彼らはすでに何回も場所替えをしていた。最後にある四つ角に屋台を停めた。左側の向かいの大きな家の二階にたくさんの絵がかかっているのが息子には見えた。刀を手にした人もいれば血を流している人もいる。男もいるし女もいた。長々と一列に並ぶ自転車はほの暗い街灯の下で居眠りをしているかのようだ。夜は霧に包まれたかのように湿ってひんやりとしていた。街じゅうにまたたく街灯を遠くから眺めると、この都市がぼんやりとした光の環で覆われているように映るだろう。人の波がようやく引いて行く頃には車のクラクションや輪タクのベルがやけに耳障りになってきた。

「麺餅《おやき》も付けますか」

「……」
「香菜《こうさい》は大丈夫ですよね」
「……」
「唐辛子――あ、あなたは！」

息子と妻は頭を上げて屋台のほうに目をやった。父が顔をしわくちゃにして笑っている。その客も珍しそうに父親を見、やさしげな口が少し動いて微笑んだ。

妻と息子は、その疲れた警察官が一生懸命に自分の軽食を食べはじめるのを、心弾む思いで見ている。父親はしわくちゃの笑顔で、機嫌を取るように肉のスープを二度継ぎ足した。時折車のライトが物陰に座っている母と息子を照らして行きすぎると、彼女は無意識のうちにスカートを引っ張り、胸元のボタンがちゃんと留まっているか手でさぐった。

若い警察官は満足して体を起こし、札入れを取り出した。

「いいです、いいです」父親は言い、顔中皺だらけにして笑った。

若者は父親の顔をみつめていたが、すぐにその暖かく親しげな微笑が彼の疲れた顔に這い上がってきて、とうとう十元を置いて去って行った。

「あの、いいんです――」父親は言った。「あ、じゃあお釣りを、あの、いいんですよ――」

父親はあわてて十元を持って数歩追いかけたが、走って戻ってきて急いで赤い五元札を取ると再び追いかけようとした。このとき息子は左の向かいの家から大量の人が出てきて、箱を前に掛けた売り子や、輪タクの運転手が彼らに声をかけているのを見た。数人はすでに彼らの屋台に腰をかけていた。

「あ、あ!」父親は言った。「おい、金蓮《チンリエン》、早く追いかけてくれ」そして父親は慌ただしく客の相手に戻った。「金蓮!」父親は叫んだ。

母親は黙って五元札を受け取り、すぐに暗闇の中に消えた。息子は隅に独りで座り、ひきもきらぬ人の流れやカウンターに並ぶさまざまな顔を見ている。輪タクは客を乗せ、いろいろな音色のベルを長々とならしながら、おのおのの方向へと走り去った。四つ角の自動の信号機は機械的に顔色を変えているが、赤であれ緑であれ、いかにも疲れて退屈そうだ。この夜の街の最後の人の波も、ついに次第に引いていき、車の音すらまばらになってきた。

このとき、母親はそっと戻ってきた。うつむいたまま息子に歩み寄り、顔を上げて父親を見ることもなかった。息子に近づくとさっと懐に抱いた。彼は母の心臓が早鐘のように打っていると感じた。そして両手で母の肩にしがみつき、片方の顔を母の長い首にくっつけた。それはなめらかでひんやりして、気持ちよかった。母は彼をさらにきつく抱きしめたようだった。

父は最後の客を送り出し、忙しく片付け始めた。母も丼を洗った水をどぶに流して手伝った。

息子は母がやけに口数が少ないような気がした。

「お金を受け取らなかったの？」息子は言った。

「追いついたか？」父は言い、折れて皺くちゃになった紙巻きたばこに火をつけた。「ああ、あの人はいい人だ」

彼らがきれいに削られていない屋台の木の車輪をガタガタ鳴らしながら四つ角を後にしたとき、一番の繁華街である西門町は深い眠りに落ちつつあるようだった。街灯は靄に包まれ、長々と行列を作って自らのさびしげな影を長く伸ばしている。店の多くは入り口を閉ざし、外側に鉄の柵を渡している店もある。まだ閉めていない店も片づけを始めた。寝ぼけ眼の店員ががたごとと板の門を立てている。街にはまばらな下駄の音だけが残された。唯一、生活の悲憤を感じさせないバイクが、控えめに自分の生活を探している。通りはいかにもひっそりしていた。犬が一匹、地面を嗅ぎながら、暗闇の路地をこそこそ通り抜けていった。

彼らはゆっくりとこのがらんとした都心を出て、角を曲がりながら、眠りについた巨大なビルが並ぶ大通りから、背の低い家が肩を寄せ合う狭い路地へと向かった。

「いい人なんだ」父親は言った。半分残った紙巻きたばこの火が彼の口許で点滅した。「いい人だ」

屋台の左側を歩いていた母親はただ黙って、息子をぎゅっと抱きしめた。物思いに沈む顔は暗い光を漏らす街灯の下でことさら優美に見えた。息子は気持ちよさげに母親の柔らかい胸と冷たい首筋に寄り添っている。

「おまわりさんは、お金を受け取らなかったの？」息子は言った。「受け、受け取――」

不幸なことに、息子がまた突然ひとしきり咳き込んだ。両親とガタゴト進む屋台は歩みを止めた。苦しげな咳が止まったあとは、母親がそっと息子のうなじをたたく音だけが残された。こんなにも静かな夜には、その音はその子の身体がどれほど空っぽなのかを聴く者に実感させる。

「地面に吐きなさい」母は言った。理由もなく胸がきゅっと締め付けられるような気がして、彼女ははらはらと涙をこぼした。これが自分の病気の子供がかわいそうで流した涙なのかどうかさえ、彼女にはなんとなくわかっていた。ただ泣きたかったのだ。自分でも訝しかったし、うまく説明もできない。夫と息子は彼女の涙に気がつかなかった。夜は確かに更けていた。

息子は再び咳のために涙ぐんだ——だがけだるさはあるものの、本当に心地よい気分だった。ぼんやりしながら、空の際にまたオレンジ色の星がいくつか、夜空にきらきらとまたたいているのを見つけた、そんな気がした。

「……お星さま」彼は弱弱しく言った。父親が投げ捨てた吸い殻が血のように赤い弧を描いてあたりに火花を散らし、夜の闇に消えていったのが見えた。夜霧はますます深くなった。息子は冷たい風を吸いながら、氷を食べる感覚を思い出した（——かあさん、氷が食べたい）。だが彼はとうとう口を少し動かしただけで、何も言わなかった。

息子は母の柔らかな胸と冷たい肌の中で眠りについた。あのオレンジ色の宵の星の夢を見たかどうか、それは知るべくもない。だがあなたには、あの屋台がまた角を一つ曲がって、次第に遠ざかって行く音が聞こえるだろう。

ガタゴト、ガタゴト……

一九五九年五月二十四日夜

——一九五九年九月『筆匯』一巻五期

私の弟康雄《カンション》

少女の頃、私は日記を書き、手紙を書きました。その他に何かを書くだろうなどとは思ったこともありません。ですが今奇妙なことに、私は結婚して二年目に、筆を執って私の弟康雄にまつわることを書こうとしています。二日前、三日間かけて弟康雄の三冊の日記を読み終えました。弟が亡くなったあとしばらく、結婚して数か月経ってからでさえも、弟の日記を開くたび、泣けて泣けてどうしようもありませんでした。弟の稚拙な字を見たとたん、痩せた青白い少年が私の机の前にこちらを向いて座り、疲れた様子で微笑んでいる姿が目に浮かび、名状しがたい哀しみがたちまち私を覆いました。そこで私はとめどなく涙を流し、どうしても読み終えることができなかったのです。

二日前、私はどうにか平静にこの三冊の日記を読み終えました。多分、あの日々がだんだんと遠ざかっていったからだろうし、結婚後の生活が、自分は一人の男性のものになったのだと私に思わせ、肉体的にも精神的にも大きな変化をもたらしただけでなく、結婚したことで、貧しく何もない生活から突如非常に裕福な家庭へ入ったせいもあるでしょう。このシンデレラのような夢見心地は私をめぐるめく思いにさせました。とにかく、あの思慕の哀しみは、私の満ち足りた生活と反比例してだんだんと飢え細っていったようです。「豊かさは多くの細やかな人間性を毒殺する」弟の日記はこのように語っていました。「貧しさそのものが最大の罪悪だ……それは人を例外なく、多かれ少なかれ卑しく汚らしくする……」これが私の卑しさ、汚らしさなのでしょうか……抗弁するつもりはありません。弟は生きているとき、私には理解できない、或いはまるで理屈の通らないことをよく言っていました。でも私は抗弁したことはありません、一度として（今となってはそれが私の慰めです）。

私は悄然たる思いにとらわれています。

私は弟康雄が亡くなった年の冬に結婚しました。凋落と幻滅ばかりが真新しい墓に記されていた初秋から四か月も経たずに。裕福な今の夫に嫁いでもいいと私が突然言いだしたので、私の憐れな父はひどく驚いたものです。この縁談はもう半年近く延び延びになっていて、わざと毀そうとした時期もありました。それは当時の私が翌年の夏に卒業を控えていた苦学の絵描きを遠くから恋していたからでもあり、弟康雄の影響を受けていたためでもあります。知らず知らずのうちに、何の理由もなく金持ちを蔑むようになっていたのです。それ以外にも、今の夫はいつも落ち着いて礼儀正しく、きちんとした身なりで、どんな言葉も平らかな上流社会の人々の話し方をします。それは私の弟康雄やあの遠くにいる画家のタマゴとはまるで違っていました。弟たちは髪を長く伸ばし、栄養不足で血の気のない目の周りを赤らめて、彼ら独特の一風変わった面白い話をするか、おびえたように黙りこくって何も語らないでいるのでした。

私の弟康雄が突然この世を去ってしまうと、まず何の感覚もなくなり、次に慟哭、そして全身が麻痺し、最後に落ち着いて冷静になりました。あたかも自分が一晩のうちに特別に賢くなったかのようでした。私は悲壮な哲人さながらの声で自分にこう告げました。弟の死を境に何もかも死に絶えさせねばならない、と。弟やあの遠くにいる絵描き、そして彼らが体現していたすべてのことは、父親がいつも言っていたように「小児病」なのだと私には思えたのです。私の憐れな父、独学のすえ、名をあげることもなかったこの社会思想者は、宗教に転向してすでに六年になっていました。私の「アナキスト」の弟康雄は自殺し、遠くにいる画家のタマゴも貧しさゆえに休学して、広告会社に身売りしました。私のような平凡な娘は、いったいどうすればいいのでしょう（これを境に何もかも死に絶えさせねばならない）。

そこで私という悲壮なファウストは、毅然として富に身を売ったのです。これは、年老いて息子を喪うという重い苦しみの中にいた父に大きな慰めを与えました。父はかつて豊かさが約束されたこの身の振り方を真剣に考えるよう私を説得したものでした。なぜなら「犯罪から逃れるよう努力しなければならないのと同様に、人は貧困という悪鬼から逃れるよう力を尽くすべきだ」から。もう一つの理由は、先方が名望ある敬虔な宗教一家で、宗教の慈悲が富める者をして家柄の偏見を乗り越えさせ、私のような貧家の娘に白羽の矢を立ててくれたからだということのようでした。ただ私はそこまでは考えませんでした。この縁談を受けたのは、憐れな父をわずかでも慰めるために、自分の子女がいささかの美貌を武器に、自らは必死の勉学や知識によっても生涯抜け出すことのできなかった貧苦から逃れ得たことを見せてやりたかったからかもしれません。今後自分の血を受け継ぐ子孫が豊かに肥えた土地に永遠に根を下ろすことになるわけですから。でも実際には、私は最後のわずかな反逆の気持ちを残したまま、娘時代の夢を投げ捨てたのです。弟の康雄が亡くなってわずか四か月後に私は結婚式を挙げました。一人の敬虔ではない信者が祭壇と神父の祝福の前に立つ……このことは私に反逆の快感を味わわせました。もちろんこの快感は死滅の沈み込むような悲哀――娘時代の私がはっきりとは理解できなかった社会思想や現代芸術の流派に別れを告げることとの悲哀を伴ってはいたのですが。それでもこの最後の反逆は、私に革命の、破壊の、虐殺の、そして殉教者の亢奮を味わわせてくれました。私のような平凡な娘にとって、それはすでに十分偉大なことだったのです。

でも私は今ようやくわかりました。十八年の命を終えた私の急進的な弟康雄は、行動を成し遂げたという快感すら持てなかったのです。「僕というニヒリストはシェリーのような狂おしい生命を持っていない。シェリーは自分の夢の中に生きたが、僕は預言者のように待つことしかできない。ニヒルな預言者とはなんとおもしろい存在だろう」弟の日記はこう語っていました。三冊の日記のうち一冊あまりの時間は、このように待つばかりで、待ち続けた挙句、薬を仰いで逝ってしまいました。若きニヒリストは子供っぽく待ち続け、子供っぽく青酸カリを呑んだのです。日記を読んで恋しさを感じもしましたが、何よりもこの若きニヒリストの半生の道筋を知らず知らずのうちに辿ることができたのが貴重でした。残りの二冊の時間のうち、一冊目には思春期の少年の苦悩と、意志の弱さ、そして自涜に耽るあえぎが記され、二冊目の前半は、若きニヒリストの雛形が書かれています。その頃、私の弟康雄は彼のユートピアに多くの貧民病院、学校、孤児院を建設していました。それから弟は次第にアナキストの道へと進み、彼の年齢には似つかわしくなく、ただただ待ち続けていました。

日記が彼の絶命の時刻に近づけば近づくほど、私の思慕も濃く重くなっていきました。そして私は弟の真実を本当に発見したのです。康雄は傷み哀しみ罪を背負った心を抱いて死んだのでした。ニヒリストの辞書に神は存在しません、ましてや罪などあろうはずもない。私の弟康雄はついにニヒリストではなかった、シェリーではなかったということなのでしょうか……

その年の夏休み、私の弟康雄はある倉庫で仕事をみつけました。次の学期の学費を貯めるためでした。そのため倉庫の近くにある労働者向けの下宿を借りたのです。下宿の主婦は「母さんみたいな人」だと弟は言っていました。そして二人はおそらく恋に落ち、しかもひどく難解な言葉の端々から、弟が童貞を失ったことが見て取れました。弟は突然職を辞して隣の県の平陽崗へ行ってしまいます。そういえばあの頃、弟からしょっちゅう手紙が来ていました。仕事がみつからず、家賃を払えないため、弟はとうとう心ならずも教会で寝泊まりするようになりました。それ以後の日記はことごとく自責、自呪、苦悩、そして苦痛の言葉です。「魚を求むるに蛇を得、食を求むるに石を得る」。弟は絶望して咆哮します。「長く虚無を求めていた僕が、宗教の道徳律から逃れ得ていないなどとは思いもよらなかった」、「聖堂の祭壇にはキリストを磔にした十字架が掛かっている。生まれてから死に至るまで人間の欲情にはいささかも関わりのなかった肉体の前で、汚れた自分が享受することの許されぬ美の極致を見た。僕は自分が呪われるべき悪魔に属していることを知っている。自分の行く先を知っている」これらは私の弟康雄が留めた最後の軌跡です。彼の自殺はそれから約半月後のことでした。この最後の日の日記の上部にはこんな格言が印刷されていました。

Nothing is really beautiful but truth.

——N. Boileau

（真実にまさる美はない——ニコラ・ボアロー）

だから私は極めて大きな軽蔑と、滑稽な快楽——秘密を発見した快楽——に近い感覚を味わいました。この世界には私の弟康雄を知る人は誰もいない、私も含めて。でも少なくとも今私は弟が死ぬ前のあらがいの手がかりを持っています。父が口にすることのできた、世間の人が最も理解しやすい言葉に至ってはわずかにこんなものでした。彼は自分の息子は前世紀のニヒリストの狂気と死の嗜好の故に死んだのだと言うのです。自殺した康雄のためにどうしても葬儀を執り行ってくれなかったフランス人神父はさらに困惑していました。「理解できません。彼がここ数日深夜に聖堂にはいりこんで長い間祈っていたのをこの目で見ました……理解できません」。だが彼らはこの少年ニヒリストが姦通のゆえに崩壊したユートピアのために死を選んだことを知りません。キリストはかつてユダヤ人たちの前で、苦しみつつも愛を以て一人の娼婦を赦したのですから、私の弟康雄をも同じように赦してくれるかもしれません。でも私の弟康雄はついに自分を許すことができなかったのでしょう。原始の肉欲と愛情、そしてアナキズム、天主或いはキリスト、これらが彼の謀殺者です。

（だから私は告発します。）

私の弟康雄の葬儀は、この世で最も寂しいものでした。平陽崗には遠い親戚すらいません。粗製の棺に続く弔いの列は、高齢の老人と何者とも知れない娘だけ。泣いてくれる人は誰もいません。このみじめな行列は平陽崗の街を抜け、郊外の荒野を抜けていきました。葬儀のあと墓場には向き合って座る父と娘が残され、秋の夕日の下、孤独な影を長く伸ばしていました。荒野には白い綿のようなススキが一面に揺れ、カラスが紫がかった灰色の空を矢のように切り裂いていきます。墓場から降りてきたとき私はこうべを巡らせて弟の新居を眺めました。新たに掘り返された土、真新しい墓標はいかにも醜いものでした。そこでカラスがまた紫がかった灰色の空を矢のように切り裂いていきました。

だがこのみじめさは私の婚礼で補われました。神父も進行役もおろしたての法衣をまとい、聖歌隊はわざわざ汚れなき少年を一人選んで私のために歌を歌わせたそうです。儀式の間じゅう私はずっと顔を上げていました。これら宗教に生きる人々を、有閑の人々の高級な娯楽を、五彩のモザイク画を見ていたかった。ところが私は知らず知らずのうちに礫になっているキリストを見てしまいました。男性でありながら性別と生理を超えたその裸体は、すぐさま私に弟を納棺した時のことを思い出させました。私と父が弟の部屋に足を踏み入れたとき、ベッドの縁にあおむけになった死体が私たちを待っていました。私の弟康雄は片手を床に垂らし、片手で胸を撫で、気持ちよさげに大きな枕の上に頭を載せていました。顔色は紙のように白かったけれども愛らしいくらいに安らかでした。真っ白のシャツにはおそらく吐いた血でシミがついていました。この子は禁断の園でたどたどしく背徳者を演じ、たどたどしく情欲の禁断の実を齧り、ついにはたどたどしく自らの命を引き裂いてしまったのです。今や私の弟康雄のすべては跡形もなく消え去っていましたが、あの子供っぽさが死体全体に塗りこめられていました。私は初めて、失って久しい、かつて私が何くれとなく世話を焼いていたかわいい弟を見ました。私は雨のように涙を流し、とうとうその冷たくなった胸に泣き崩れました。湯灌の際、父はほとんど何の役にも立たなかったので、私は小学校以来見ることのなかった弟の十八歳の裸体を目の当たりにすることになりました。彼の体躯は女性のように白く、髪は豊かで美しく、目鼻立ちも整い、体はまだ大人になりきれていませんでした。

弟がこの大人になりきれていない身体で十字架から下りてきて、穏やかに私に微笑んでいるような気がしました。突然私は弟の手紙を思い出し、彼が小声で語りかけるのが聞こえました。

「僕はニヒリストだけれど、姉さんの結婚式は絶対に見たいな。だって姉さんを愛しているから。とても愛している、亡くなった母さんを愛するのと同じように」

たちまち私の眼は涙でかすみましたが、なんとかこらえました。どうせ反逆するのですから烈士のように反逆したい。烈士は泣いてはいけないはずでしょう？

もう二年になります。私は、怠惰で豊満で美しくなりました。夫は穏やかで礼儀正しく、彼らの社会での評判は上々です。ミサの朝、私の手を取って聖堂の入り口の階段を上るとき、夫はとくに思いやり深く優しいのです。私たちは最前列に座るよう運命づけられた階級です。でも私は今でもあの十字架に磔にされた男性の身体を仰ぎ見ることができないでいます――痩せて大人になりきっていない二つの体躯は、私の中では、ある意識の上で一つに混じりあっています――それは悲哀というよりはむしろ懼《おそ》れと言うべきでしょう。涙を流すような哀しみはすでにありません。このことは私を申し訳ない気持ちにさせます――満ち足りた生活は本当に私の「細やかな人間性」を「少しばかり惨殺した」のでしょうか。貧苦は本当に私を「卑しく」し、「汚らしく」したのでしょうか。私は抗弁するつもりはありません。でも何とかしてそれを補おうとはしました。秘かに私の憐れな父に資金援助をしました。父は今ではある二流の大学で哲学を教え、彼の神学と古典を研究しています。私の弟康雄のために、自分が舅と姑に可愛がられているのを利用して、力を持つ舅を動かして教会に十字架のついた弟の墓碑を建てさせようと考えたこともあります――私の心の奥底に秘められているみじめさと辱めを補うために。でもそれは弟が喜ぶことではないだろうとすぐに思い至りました。そこで私は弟のために豪華な墓を作りたいと念じています。その願いが叶ったら、おそらく私は贅を尽くした暮らしと夫の愛撫に身をまかせ、心置きなく一生を過ごすことができるのでしょう。

——一九六〇年一月『筆匯』一巻九期

将軍族

十二月にしては実に良い天気だ。特に弔いの日に太陽がさんさんとあたりを照らし、葬式を出す家の人たちにも密やかなめでたさをまとわせている。アルトサックスが日本風の「荒城の月」を静かに演奏している。感傷的な響きだが、天気と同様なんとなくロマンチックな悦楽感もある。男はノッポのためにスライドを直してやり、トロンボーンを地面に向け口をへの字にして三音吹いてみた。それから顔を上げ通りに向かってやさしく「荒城の月」に合わせた。そして突然演奏をやめた。三音吹いただけだ。それまで細めていた目を見開いた。男はそうやって伸縮する方向にあの娘を見たのだ。

ノッポは手を伸ばしてトロンボーンを受け取った。

「もういいよ、手間かけたな」

そう言いながらノッポは考え深げに楽器を腋にはさみ、片方の手でミミズのようにのたくった紙巻き煙草を男の目の前に差出した。それはあやうく男の鼻にぶつかるところだった。男は後ずさりし、首を強く横に振ると口をゆがめて笑い顔を作った。だがこんなふうに笑っても、それはこれから演奏しようとするときの表情とほとんど区別がつかない。ノッポはくわえた煙草を手でまっすぐに直し、マッチを擦って火をつけ、すぱすぱと吸い始めた。男はベンチに腰を下ろした。心臓が異様にどきどきしていた。あの娘を見なくなってもう五年にはなる。なのに一目で分かった。娘は太陽の光のなかに立っていた。身体の重心を左足に置き、尻を左側に向けてマンドリンのような優美な曲線を作っている。昔と同じ立ち方だな。だが今ではとても女らしくなった。何年も前、あの娘はあんなふうに男の前に立っていた。その頃二人は康楽隊[軍隊に所属して音楽や歌舞などを提供する組織]に所属し、毎日のようにトラックに揺られてあちこち演奏してまわっていたのだ。

「三角顔、歌ってよ」娘は言った。しゃがれてアヒルのような声だ。

男が急いで振り向くと、娘がギターを抱えてあんなふうに立っていた。あの頃は痩せて小柄で、月光の中ではとりわけ滑稽だった。

「夜中だぜ、歌なんか歌えるか」

だが娘はひたすら立っていた、あんなふうに。男が砂浜をたたくと娘はおとなしく男の傍らに腰を下ろした。月が海の中で細かく砕け、きらきらと鱗になった。

「じゃあお話してよ」

「うるさい」

「一つでいいから」娘はそう言いながらサンダルを脱いだ。裸の足はコオロギのように砂の中にめりこんだ。

「十五、六にもなって、お話かよ」

「あんたの故郷の話をして。大陸の話」

娘は上を向いた。月の光が娘の乾いた小さな顔に柔らかく広がる。発育の悪い身体は見るからにぎこちない。男はすでに薄くなりはじめた頭を撫でた。馬賊や、内戦や、リンチの物語をいくつもでっちあげてはきたが、それはこの娘のような不細工な女の子に聞かせるためではない。長い髪をした女の隊員たちがぽかんと口を開けて物語に聞き入る様子を見るのが男のなによりの楽しみだった。とはいえ、物語を聞くほかは彼女たちはいつも若い楽師たちと騒いでいる。それが男には寂しかった。楽師たちはいつも言ったものだ。

「うちの三角顔こそ、本物の柳下恵〔春秋時代の人物。女性の魅力に惑わされない聖人君子の代表とされる〕だよな」

すると決まって男は笑い、確かにやや三角形をした顔を赤らめるのだった。

男はギターを受け取り和音を爪弾いた。ギターの音が夜空にじゃらんと響いた。漁火が遥か彼方で明滅している。懐郷の思いに苦しむ自分にどんな「故郷」の話をしろというのだ。

「話をしよう。サルの話だ」ため息の中で男は言った。

物語を一つ思い出した。日本の絵本に載っていた物語だ。日本に占領された東北《トンペイ》で姉貴が聞かせてくれた。男は色とりどりの挿絵ばかりを見ていた。一匹のサルがサーカスに売られ、辛酸を嘗めつくし苦労を繰り返した。ある満月の夜、サルは森の自分の家を思い出し、父さん、母さん、兄さん、姉さんのことを思った……

娘は腰をおろしたまま、両ひざを抱えて静かに涙を流していた。男は慌て口ごもりながら言った。

「冗談だよ、どうした」

娘は立ち上がった。木切れみたいに痩せてまるで服を着た骸骨のようだ。娘はしばらく立っていたが、それから重心を左足に移した。あんなふうに。

そう、あんなふうに。だが、今の彼女は小さめのユニフォームを身に着けている。紺色の地にあちこち金モールをつけて。十二月の太陽が娘に降り注ぎ、そのおどろおどろしい紺色が少しは柔らかく見えた。サングラスをかけた顔はあの頃に比べてずいぶんとふっくらしている。娘は空に楕円形を描いているハトたちを一心不乱にみつめていた。赤い旗がハトにむかって振られている。陽光の中に入っていって娘に声をかけたかった。

「やせっぽち！」

そうしたらあの娘はその少ししゃがれた声をあげるだろう。だが男はその場に座って娘を眺めているだけだった。娘はもはや「やせっぽち」ではない。男は自分が間違いなく年老いつつあって、古びた太鼓や修繕の跡だらけのラッパのように、醜くてみすぼらしいのだと思った。康楽隊にいた頃、男はようやく四十の坂にさしかかろうとしていた。だが一年一年と過ごしながら、老いていく気分を味わったことはなかった。楽隊の娘たちや楽師たちはとっくに男を爺さん扱いにしていたのだろうが、男はただ笑うだけだった。老いを認めたくなかったのではない。身も心もさすらい続けるのが当たり前になっていたからだ。男が本当に老いを意識しはじめたのは、あの夜だった。

はっきりと覚えている。あのとき、あんなふうに立って、そっと涙を流していた娘に対して、始めは困惑し、次に憐憫の情が生じ、最後には老け込んだ気持ちが自然と湧き上がってきたのだ。考えてみればそれまであのような感じにとらわれたことはなかった。あの一瞬から、男の心はようやく年配の男性のそれになったのだ。その気持ちはすぐさま男をのんびりと落ち着かせた。彼は続けた。

「冗談だよ、どうしたんだ、やせっぽち」

娘は答えず、必死に我慢してとうとう泣き声を止めた。月は本当に美しかった。どこまでも続く砂浜、トーチカ、そして数棟の兵舎を静かに照らしている。なぜ造物主はこんな素晴らしいひと時を誰もいない夜更けにこっそりと繰り広げようとするのか、実に不思議だ。男はギターを拾い上げ、いい加減に和音をいくつか爪弾いた。そして用心しながら、機嫌を取るように、そっと歌った。

――王老七はヒヨコを飼ってる

ピヨピヨピヨ――……

娘は笑いが止まらなくなった。こちらを振り向くと、肉のついていない足で男にむかって砂をけった。突然また向こうを向き、大きく鼻をかんだ。男の心は、娘が元気づいたことで午後の花のように大きく綻んだ。男は歌った。

――王老七は……

娘は鼻をふきおわると、彼の前にあぐらをかいた。

「タバコある?」

男は急いでポケットを探り、真っ白の紙タバコを一本渡した。娘が火をつけると、ライターの黒味を帯びた赤い火が、娘の鼻の先を照らした。娘が見栄えのする鼻をしているのに気が付いた。形がよくすっと鼻筋が通っている。鼻水を流したところを見ると少し寒いのかもしれない。娘は深々と一口吸うとうつむき、煙草を持つ右手で顎を支えた。左手は砂浜にたくさんの形の悪い円を描いている。

「三角顔、お話をしてあげるよ」

娘がそう言うと、白い煙が娘のうなだれた頭からゆらゆらと立ち上ってきた。

「そうか、そうか」

「ちょっと泣いたら、気分が良くなった」

「サルの話だ、おまえさんのことじゃない」

「似たようなもの――」

「ほう、おまえさんはサルかい、やせっぽち」

「似たようなものよ。月だって似たようなもの」

「そうだな」

「ああ。この月ときたら。満腹したらもうだめ。こんなに月が大きいなんて。家が恋しくなっちゃった」

「俺なんか、家さえない」

「家なんて。家があっても、何の役にも立たない」

そう言いながら娘は尻を軸に半円を描いて回転した。赤みがかった黄色をした大きな月に向かって、ゆっくりとタバコを吸い始めた。タバコはチリチリという音を立てた。娘は髪をなでつけ、突然言った。

「三角顔」

「ああ」男は言った「もう遅い、あれこれ考えるのはやめにしな。俺だって家は恋しいんだぜ」

そこで男は立ち上がり、ギターについた夜露を袖で拭って一本一本弦を緩めた。娘は相変わらず座ったきり、ほとんど吸いきったタバコを用心深く吸うと、ぽんと弾き飛ばした。真っ赤な細い弧が砂の上で砕けて火花になった。

娘はすくっと立つと身体の砂を払った。口を大きくあけてあくびをはじめた。まばたきすると男を見て小声で言った。

「三角顔、あんたは経験豊富だけど」娘は少しためらった。「でも絶対に分からない、売れるっていうのがどんな気持ちか」

「分かるさ」男は勢い込んで言い、目を大きく見開いた。娘はその少し禿げた、確かにやや三角形をした顔を見ながら思わず笑いだした。

「うちの田舎の牛やブタみたいに売られるんだ。二万五千元で二年間」娘は言った。

娘はポケットに手をつっこみ、やせた小さな肩をいからせて男に背を向けると、ゆっくりと重心を左足に移した。右足はそっと砂を蹴っている。まるで子馬だ。

「連れて行かれる日、あたしは涙一滴だって流さなかった。母さんは部屋に引っ込んで泣いていた。大きな声で、あたしに聞こえるように。あたしは涙一滴だって流さなかった。ふん！」

「やせっぽち」男は小声で言った。

娘は振り返って男を見た。男の顔が悲しげに歪んでいたので、娘は笑い出した。

「三角顔、あんたには分かりっこないよ」

言いながら娘は再び体を折って鼻をかんだ。

「もう遅いわ、寝なきゃ」

そこで二人は宿舎に向かって歩いていった。月の光がおどけた人影と孤独な二つの足跡を照らしている。娘は男の腕に手をまわし、眠そうに口を大きく開けてあくびをした。男の肘は娘の痩せた胸を感じた。だが男の心は別の種類の暖かさに満ちていた。別れ際に男は言った。

「もしあの時俺が行ってしまったあとに、かみさんに娘が出来てたら、多分おまえさんと同じくらいの歳だろうよ」

娘はあかんべえをすると、よろよろと女性隊員の部屋へと歩いていった。月は東に傾き、ことのほか丸かった。


鑼鼓隊が作業を開始した。稠密な小太鼓の音が人を揺るがす銅鑼の音を伴って、次第にこの静謐な午後を騒がしはじめた。男は帽子を目深に下ろし立ち上がった。娘の左手が揺れ、右の脇に銀色に光る指揮棒が挟まれるのが見えた。指揮棒についている小さな銅球もそれにつれて馬のいななきのような音を軽くたてた。あの娘は指揮者なんだ！

やはり紺のユニフォームを着た大勢の若い女の楽師たちが集合した。彼女たちはテンポを二倍に遅らせた「主人《あるじ》は冷たい土の中に」を演奏し始めた。曲は耳を聾する銅鑼や太鼓の音を縫って悠然と流れ、時に起こる孝子賢孫たちの泣き声とまじり合い、燦々たる太陽の光と入り交じって人生や人の死という喜劇を織りなしている。男の楽隊も合流した。そして賑わいに仲間入りするかのように演奏を始めた。ノッポは得意げに自分の管楽器を伸ばしたり縮めたりして、情感たっぷりに「遊子吟」を吹いている。やはりテンポを倍に遅らせればどんな曲でも鎮魂歌になれるとでもいうように——テンポを遅らせれば、全部いける。男はトランペットを口にあてたが、本当に吹いているのではない、ただ吹く恰好をしているだけだ。男は娘が意気揚々と指揮をし、金色のモールが指揮棒と共に舞う様子を見ていた。すぐに男は娘の指揮が演奏と半拍ずれているのに気付いた。そこでようやく娘が少し音痴だったことを思い出したのだ。

そうだ、あの娘は音痴だった。だから康楽隊では歌い手ではなかった。だが娘は踊りがうまかったし、達者な女ピエロでもあった。古びたピンポン玉を赤く塗って、娘の唯一美しいところ――鼻を隠し、ガリガリの姿でステージに立つ。すると見物からどっと笑い声があがった。娘が感情のこもらない目をぱちくりさせると、再び笑いやヤジがおこる。娘はステージで歌を歌わなかったし、普段もめったに歌うことはなかった。だが、つらいことがあると娘はその気になって、ああうと何時間も歌い続けた。ちゃんとした歌も娘にかかると、ばらばらで声はかすれ、メロディにならないのだ。

ある朝、娘が突然小声で歌を歌い出した。何回も何回もずいぶん熱心に歌っていた。男は隣の部屋で楽器の手入れをしていて、仕方なく聞くに堪えないその歌声を聞いていた。娘は歌う。

――この緑島《リュイタウ》は一艘の舟だよ、
月夜にゆらゆら漂うよ……

一回歌うとすこし休んで、また最初から歌い出す。歌うたびにやさしく気持ちがこもっていく。突然娘が言った。

「三角顔！」

男は返事をしなかった。娘はそっとベニヤ板の壁を叩いた。

「ねえ、三角顔」

「ああ」

「あたしの家は緑島に近いの」

「おかしな奴」

「台東《タイトン》よ」

「……」

「ちきしょう、もう何年も帰ってない！」

「何だって」

「あたしはもう何年も帰ってないのよ」

「その前に何と言った」

娘は口をつぐむと、急にくつくつと笑い出した。そしてふっとため息をついた。

「三角顔」

「うるさい」

「タバコある？」

男は立ち上がり、上着のポケットから紙タバコを取り出すとベニヤ板越しに投げてやった。マッチを擦る音が聞こえ、青い煙が一筋娘の部屋から漂って来て男の部屋の小さな窓から流れ出て行った。

「あたしを買った男はあたしを花蓮《ホアリエン》に連れてったの」そう言って娘は唇についたタバコのカスをぺっと吐き出した。「芸は売るけど体は売らないとあたしが言うと、そいつはダメだと言った。だから逃げ出した」

男は作業の手を止めて寝台に横になった。天井の板は雨漏りのせいで少しカビている。男は小声で言った。

「おまえさんは脱走犯だったのか」

「だからどう？」娘は声を高くした。「だからどう？　警察に引き渡す？　え？」

男は笑い出した。

「今朝家から手紙が来た」娘は言う。「あたしが逃げ出したから、家ではたったあれっぽっちの田圃を売って弁償するんだって」

「あ、ああ」

「いい気味だ」娘は言った。「いい気味、いい気味だわ」

二人はそこで黙ってしまった。男は身を起こし、手についた銅錆をこすっている。手入れが終わったトランペットがテーブルの上に横たわり、窓から差し込む光線の中でひっそりと白い光をきらめかせていた。どうしてだか分からぬが男の気持ちは沈んだ。しばらくして娘が小声で言った。

「三角顔」

男は息を呑み、慌てて答えた。

「おう」

「二、三日うちに家に帰るわ」

男は目を細めて窓の向こうを見ていた。突然目を見開くと立ち上がって、訥々と言った。

「やせっぽち」

娘がやけっぱちのようにうなる声が聞こえた。どうやら伸びをしているらしい。

「田圃を売らなくたって生きていけないのに、売ってしまったらますます生きていけない。私が売れなかったら、妹が売られちゃう」

男はテーブルのそばに行き、トランペットを手に取るとシャツの端で拭いた。銅の管が次第に光を増し赤や紫の輪が浮かんできた。男はちょっと考えて、ぶっきらぼうに言った。

「やせっぽち」

「うん」

「やせっぽち、聞いてくれ、もし誰かがおまえさんに金を貸してそれで借金を返せるとしたら、どうだ」

娘はしばらく考えていたが、突然笑い出した。

「誰が貸してくれるのさ」娘は言った。「二万五千元だよ、誰が貸すの？　あんたが？」

男は娘が笑い終わるのを待って言った。

「どうだい」

「いいわ、いいわよ」娘はそう言ってベニヤの壁を叩いた。「いいわ、お金貸してくれるなら、あんたの嫁さんになってあげる」

男は顔を赤らめた。まるで娘が目の前にいるかのように。娘は笑いすぎて息がつけず、腹を押さえ、寝台にもたれている。娘は言った。

「恥ずかしがらなくてもいいわ、三角顔。あんたが壁に穴をあけてあたしの寝姿を見てるの、知ってるよ」

そして娘はまた爆笑した。男は隣の部屋でうなだれ、耳まで豚の肝のような赤褐色になった。男は声にならぬ声で言った。

「やせっぽち……おまえさん、俺が分かってないよ」

その夜男はとうとう眠れなかった。翌日の深夜、男は娘の部屋に忍び込み、枕元に三万元の貯金通帳を置いて、人知れず隊を離れた。その道すがら、あの除隊金が惜しいのではないとはっきり分かっていたのに、どうしてか涙が止まらなかった。


何曲かが演奏された。今、娘は再び陽光の中に立っている。そっと制帽を脱ぐと、巻き上げた袖からハンカチを出して顔を拭い、サングラスの位置を直して、いささか傲然と取り巻きの見物を見まわした。ノッポは男に近づき、むずむずする声で言った。

「あの指揮者を見ろよ、ちょっといい女だぜ」

そう言って口をゆがめ、鼻をほじった。男は返事をしなかったが、とうとうふっと笑ってしまった。だがそんな笑いでも顔中に皺が寄ってしまう。娘は黒々とした髪を高く結い上げていた。顔はふっくらとなり、もとから恰好の良かった鼻をさらに生き生きと見せている。男は思った。一人は成長し、一人は枯れていく、たった五年やそこらのことなのに。空気が次第に温まってきた。ハトたちは向かい合った三つの屋根に止まり、飼い主が赤い旗をどんなに振ろうと、一羽も飛び立たなくなった。ハトたちは首をかしげ、ぽかんと旗を見ている。それから羽をぱたぱたさせたが、やはり寄り添いながらその場所に止まっているだけだ。紙銭を焼いた灰が地面から高くないところでくるくる回っている。男が立ったままでいると、突然娘がこちらを向いているのが見えた。サングラスをかけた顔の表情からは自分を見たのかどうか定かではない。男は青ざめ、手も震えだした。娘もむこうで木偶のように立ち、口をあけている。それから娘がこちらにやってくるのが見えた。男はうつむき、ぎゅっとトランペットを握りしめた。紺色の影が近づいて来て、しばしためらったあと、自分と並んで塀に寄り掛かったのが分かった。男の目は熱くなった。だが下をむいているばかりだった。

「あの――」娘は言った。

「……」

「やっぱり」娘は言った。「あんただ、三角顔、……」娘はしゃくりあげた。「やっぱり、そうだ」

男は娘のむせび泣きを聞くと、突然気持ちが落ち着いた、あの海岸の夜のように。男は小声で言った。「やせっぽち、お馬鹿さんのやせっぽちか」

顔をあげた男は娘がハンカチで鼻や口を覆っているのを見た。自分を抑えている娘の姿を見て彼女の成長を知った。娘は男を見て笑っている。こんな笑い顔を見なくなって十数年は経つだろう。あの年、戦争が終わって家に帰ったとき、おふくろがこんな笑いかたをしたっけ。突然羽ばたきの音がしてハトたちが飛び立ち、斜めに円を描いた。二人はハトを見ながら黙り込んだ。しばらくして男が言った。

「おまえさんの指揮ぶりを見てたよ、立派なもんだ」

娘は笑った。娘の顔を見ていた男の目に、サングラスの下で涙が一粒こぼれ、きらりと輝いたのが見えた。男は笑った。

「相変わらず泣き虫だな」

「そんなことない」娘は下を向いた。

二人はまたしばし黙ってますます遠ざかっていくハトの円を眺めていた。男はトランペットを小脇に抱えて言った。

「行こう、話をしようぜ」

二人は肩を並べ、目を丸くしているノッポの前を通りすぎた。

「ちょっと出てくる」

「あ、ああ」ノッポは言った。

娘の歩く姿は美しかったが、男のほうは少し猫背になっていた。渡り廊下を抜け、小さな映画館、居並ぶ宿舎を過ぎ、小さな石橋を渡った。広々とした畑が二人を迎えた。スズメがたくさん高圧線の上に止まっている。線香と紙銭を焼くにおいから遠ざかって、空気が格別にすがすがしく感じられた。いろいろな作物が畑をさまざまな濃さの緑色のブロックに塗りあげている。二人は長いことそこに立っていた、黙ったまま。これまでに感じたことのない幸せが男の胸を一杯にした。娘が突然手を彼の腕に絡ませた。そして二人はゆっくりと小さな堤防に登っていった。娘はささやいた。

「三角顔」

「うん」

「老けたね」

男はほとんど禿げあがった頭を撫で、掴むと笑い出した。

「老けた、老けた」

「ほんの四、五年だよ」

「ほんの四、五年だ。でも一人は日の出、一人は日没だ」

「三角顔――」

「康楽隊にいたときはよかったなあ」男はしっかりと娘の手を挟み、もう片方の手でトランペットをぶらぶら振っていた。男は続けた。「隊を離れてからあちこちで食い扶持を稼いだが、売られた人間の気持ちがようやくわかったよ」

二人はふと口をつぐんだ。男は自分の失言に腹を立て、しまりがなくなった顔をしかめた。だが娘は男の腕を離さなかった。下をむき、歩を進める二組の足をみている。しばらくして娘が口を開いた。

「三角顔――」

男はしょげ返って黙ったままだ。

「三角顔、タバコくれない?」娘は言った。

「とうとうあんたを見つけたわ」

　男はその場所に腰をおろし、両手をすりあわせながら考えごとをしていた。顔を挙げて娘を見るとそっと言った。

「俺を、俺を見つけてどうするんだ」気持ちが高ぶってきた。「金を返すのか？……あの時俺は何か悪いことを言ったかい」

　娘はサングラスの向こうから男の苦しげな表情を見ていたが、ふと自分の制帽を男の禿げた頭にかぶせた。ためつすがめつしていた娘は、自分から笑い出した。

「そんな顔しちゃだめ。そうじゃなければ将軍みたいに見えるのに」娘は言ってサングラスの位置を直した。

「さっきの話はナシだ。年取ったよ。俺が悪かった」

「違うよ、あんたに会いたかったのは、償いをするため」娘がまた言った。

「あの日、あんたの銀行通帳を見てあたしは一日中泣いてた。みんなはあんたが私を食い物にして逃げたんだって言ったけど」娘は笑い出した。男も笑った。

「あんたは本当にいい人だったんだね」娘は言った。「あのときあんたは年取っていて相手がみつけられなかった。あたしは若くて醜くて、弱かった。三角顔、怒っちゃだめだよ、あの頃あたしはあんたをずっと警戒してたの」

　男の顔は苦しげに紅潮した。娘に対して欲情を抱いたことがないわけではない。男は他の隊員と同様、ずっと女と賭け事にあけくれた独り者だったのだ。そんな人間にとって、欲情と美貌は直接繋がっているわけではない。娘は続けた。

「あんたのお金を持って家に帰ったけど、それで終わりにはならなかったの。あいつらはあたしをまた花蓮に連れて行った。一人のデブのところに連れて行かれた。そのデブは甲高い声で私にいろいろと尋ねた。そいつの訛りがあんたと同じだったので、あたしはうれしかった。

そしてそいつに言ったの。『芸は売るけど体は売らない』って」

「デブはくつくつ笑ったわ。まもなくしてあいつらは私の左目をつぶした」

男は娘のサングラスをひったくった。左目はひきつって閉じたままだ。娘は手を伸ばしてサングラスを取り返すと落ち着き払って再びそれをかけた。

「でもあたしは全然恨んでない。どんなことがあっても生き延びてあんたに会うんだって決めてたから。お金を返すのは二の次で、とうとうわかったよって、そう言いたかった」

「あいつらに返す金を貯めたあと、さらに三万元貯めたわ。二か月前に楽隊に入ったの。ここで会えるなんて思いもよらなかった」

「やせっぽち」男は言った。

「あんたの奥さんになるって言ったけど」娘は言ってひとしきり笑った。「でも私の身体はもうきれいじゃない、無理だわ」

「生まれ変わってだな」男は言った。「この世には、なんだか俺たちをみじめで、みっともなくて、おちぶれたところへと押しやる力があるみたいだ……」

遠くから天を揺るがすような音楽が響いてきた。男は腕時計を見た。ちょうど出棺の時間だ。娘が言った。

「そうだね、生まれ変わってからだね。そのときは二人とも赤ん坊みたいにきれいだよ」

二人は立ち上がった。堤防に沿って奥へ奥へと入っていく。まもなく男は「王者行進曲」を吹き始め、興が乗ってくると堤防の上で軍隊式の行進をして、右に左に揺れた。彼女は大声で笑い、制帽を取り戻してかぶり、銀色の指揮棒を振りながら、男の前をやはり軍隊式に進んだ。若い百姓や子供たちが畑から二人に向かって手を振り、歓呼の声をあげた。犬も数匹あちこちで吠えはじめた。太陽が傾く頃、二人の楽しげな影は、長い堤防のむこうに消えていった。

翌朝、人々はサトウキビ畑で一組の死体を発見した。男も女も楽隊のユニフォームをつけ、両手を胸の前に組んでいた。指揮棒とラッパはきちんと足もとに置かれ、きらきら光っていた。二人は見るからに安らかで滑稽だったが、滑稽さの中には一種の威厳が感じられた。

バイクに乗った大柄な百姓がやじうまと一緒に死体を見たあと、肥を担いだ小柄な百姓に道端でこう言った。

「二人ともまっすぐ行儀よく横たわっていて、まるで大将軍のようだったよ」

そこで大柄な百姓は小柄な百姓と一緒に笑い出した。

——一九六四年一月十五日『現代文学』十九期

夜行貨物列車　ワシントンビルディングシリーズ1

1　オナガキジの剥製

モーゲンソーは大股で林栄平の部屋の前を通りすぎた。

「See you, J.P.」

「See you」林栄平《リンロンピン》は言った。

モーゲンソーの大柄な後姿ががらんとしたオフィスを出て、夕暮れの駐車場に向かうのが見えた。ワインレッドのリンカーンがゆったりバックで出てきて優雅に花壇と掲揚台を回っていく。守衛は早くも正門を開けていた。窓の向こうで車は音もなく台湾マラム電子公司を出ていった。若い守衛は音もなくお辞儀をし、音もなく正門を閉めた。

林栄平は再びパイプに火をつけた。「See you, J.P.」モーゲンソーの低く活力に満ちた声が誰もいない広いオフィスに今も響いているようだ。退勤の時間はとうに過ぎていた。終業時間間際にモーゲンソーは林を部屋に呼び財務上のことを話し合った。翌週にはマラム・インターナショナル・コーポレーション太平洋地区のＣＦＯがやってくる。普段は余裕綽綽のモーゲンソーもここ数日は朝から晩まで何件ものレポートの準備をしていた。そのため財務部の責任者である林栄平も毎日残業だ。とはいえモーゲンソーは緊張の中でも動物のような精力を見せつける悪ふざけを忘れない。女性職員を即興でからかい、猥談をし、中国人マネージャーを怒鳴りつけたあと、大きな手で相手の肩をたたいて「オーケー、Frank, 我々の議論が君の昼食の食欲に影響してはいけないね」と大笑いしてみせる。

終業時間間際、二人は少なくない金額の「交際費」をいかに付け替えるかについて頭を悩ませていた。

「東京の事務所は、J.P., 交際費が中国では理にかなった支出だということを永遠に理解しないだろうね」モーゲンソーはかぶりを振りながら長く青い煙を吐き出した。「効率や利潤をもたらす支出は何であれ、経営的には理にかなっているのだが……」

林栄平はどうしようもないというように微笑んだ。彼はがっちりとした体格の、台湾南部の田舎の農家の子弟だ。だがその薄い眉根にはいつもそこはかとない憂鬱が漂っていた。

「東京に根回ししましょう。今年の三期の成績はいずれも好調です。彼らが喜ぶのに十分でしょう」林栄平はよどみない英語で言った。「彼らが喜べば、帳簿のほうもなんとかしやすい」

「君の言うとおりだ、J.P.」ゆっくりとした低い声だった。「Let's play Tokyo politics……だが君、見ろよ彼女を、J.P., あの若い牝馬ときたら」

林栄平は窓の向こうに目を移した。仕事を終えた劉小玲《リウシャオリン》が数人の若い女性と花壇のそばを歩いているのが見えた。豊かでつややかな長い髪が彼女のむき出しになった両腕をことのほか蠱惑的に見せている。彼女は豊満な体つきだったが、もしそのすらりとした健康的な足がなければ、決して美貌とは言えない彼女があれほどの嬌艶さを持つことはなかっただろう。モーゲンソーは彼女の足のゆえに「若い牝馬」と言ったのだ。

林栄平は表情を変えずに劉小玲が他の社員たちと共に送迎バスに乗り込むのを見ていた。モーゲンソーは新しいWinstonを開け、林栄平はパイプに葉を詰め、二人は黙ってそれぞれの煙草を吸った。送迎バスが出発すると、大きなオフィスはたちまちがらんと静まり返った。「J.P.、アーヴィング銀行のあの融資は……」モーゲンソーが口を開き、彼らは再び仕事に戻った。だが林栄平がこの時ふとどうにもならない失望を感じたのは明らかだった。話し合いが終わる頃モーゲンソーはとび色の大きな目で思いやり深げに彼を眺めた。「疲れているようだね、J.P.」彼は言った。「明日私はうちのWashington D.C.で会議だから、君はゆっくり出社すればいい。よく休んでくれ、J.P.」そう言われて林は自分がいわれなき失望を覚えたことをいささか恥じた。ちょっと笑い、テーブルに広げられた書類を片付けると、立ち上がって部屋を出た。

「Take a good rest, J.P., old boy…」モーゲンソーは彼の背後で快活に言った。

自分の部屋に戻ると、林は書類を一つ一つ元のところに収めた。背の低い棚の上には家族写真が飾ってある。彼が後ろに立ち、妻と二人の娘は口を開けて笑っている。業務が拡張されたため、会社は台北《タイペイ》市の東地区の最もきらびやかなオフィスビル街にあるワシントンビルの三階を借り、台北営業所とした。モーゲンソーはそこが気に入り、いつの頃からか「ワシントンD.C.」と呼んで、三日にあげず台北へ通うようになった。林栄平は脈絡もなく台北の繁華街に傲然とそびえ立つあのビルを思い起こした……

窓の外が次第に暗くなってきた。パイプに詰めた葉を灰皿にたたきつけて落とそうとしたら思いがけずパイプが大理石の灰皿に当たり、心を刺すような沈んだ音をたてた。彼は立ち上がった。さきほどの失望が次第に沈滞した憂鬱に変わっていく。電気を消しドアを閉めると彼はそそくさと部屋を出た。

彼は会社が買い替えてくれたばかりのフォード・コルティナを運転しながら、次第に濃さを増していく夕闇の中を進んだ。前方の道路を静かに注視していると、ある種の悲しみがしぶとくじわじわと心の中から四肢に染みわたっていくのが感じられた。彼は漠然と考えた。「同じ新車でも、フォードを運転すると裕隆《ユィロン》［台湾の自動車メーカー］とはとにかく違うな——」話題を探して自分とのおしゃべりを試みる。初めて裕隆を運転したときのことを思い出そうとしたり、予定されている青年会議所の昼食会での講話に相応しいテーマを考えようとしたり、人から紹介された二人の音楽学部の女子学生のどちらを上の娘のピアノの先生とするか選ぼうとした……だがどんなに避けようとしても、モーゲンソーの大胆な悪戯っぽい笑い顔がどの思索の中にも現れ、彼の視野の端に浮かんでくるのだった。

「Linda は本当に何も話していないのか」モーゲンソーは言った。金色のまつ毛で縁取られたブルーの目がまっすぐ彼を見つめている。彼はテレビで見たジャガーの不気味な灰色の目をふと思い出した。

「何をです？」彼は言った。

自分の全く破たんのない平静な表情が見えるような気がした。モーゲンソーは狡猾そうに好奇心丸出しで彼を見ている。「Linda は何も言っていないのか、J.P.本当かね。それは面白い、J.P.」モーゲンソーは大胆に悪戯っぽく笑った。

「私に何を？」彼は言った。自分でも不思議だったが、何も知らぬという自分の様子がいかに隙のないものか、彼にははっきり分かっていた。「彼女が何と言うのですか。あなたが私を昇給させてくれるとでも？」

彼は言った。二人は大声でアメリカ風に笑い出した。

「君は昇給するべきだ、J.P.間違いなくね」モーゲンソーは言った。「コンピュータ顔負けの頭脳の持ち主だ、君は。J.P.……」

今では空の色はすっかり暗くなっていた。彼は車を温泉郷に通じる道へと向けた。うっそうとした木陰で有名な山道だ。車は勾配の緩い道を二回カーブした。それほど丸くはない月が思いがけず市街地の方向の空に掛かり、弱弱しい白い光を放っている。「彼女は何と言う気だろう」しらばっくれてみせた自分の姿を思いながら、彼は恥ずかしさを感じ始めていた。

　午前十一時になろうかという頃、林栄平の秘書劉小玲が林の部屋に入ってきた。いつも物静かで手早い仕事ぶりのその女性秘書が、スチールの書類棚をがたがたと言わせている。林は顔を上げ、彼女が普段とは異なる乱暴さで山のような書類を棚に入れるのを見ていた。

「Linda」彼は言った。

　彼女は驚いたようだったが、静かにうつむいた。軽く口紅を塗ったふっくらとした唇を噛んだまま、視線を手の中の書類から壁に移した。彼女の目に溜まった涙がふと見えた。パイプを口から離した林は英語で行った。

「何があったんだね、リンダ」

　劉小玲の唇がわずかに震えだした。彼女がさっと顔を伏せると、下腹の前に組まれていた両手に涙がぽろぽろと落ちた。

「座って」彼は言った。「どういうことだ、ゆっくり話すんだ」

　ついに彼女は彼の前に腰を下ろした。無言で彼のハンカチを受けとると、涙と小鼻の汗を丁寧に拭った。彼女の目は、そのやや広い顔の中では小さめだと言えるだろう。鼻筋は通り小鼻の形もすっきりしている。だがそのふっくらとした唇が、彼女の容貌に成熟した風情を否応なく与えていた。

　今、彼女は林の背後に掛かっているフィリピンの黒檀の彫刻を見ている。背の低い草葺小屋の前に水牛を引いた農夫がいて、おそらくこれから野良仕事に出かけようとしている。林はよく彼女に言ったものだ。この農夫に笠をかぶせたら台湾の農村風景そのままだよ。

「さきほど東京からニューヨークに転送してもらう書信をタイプして、コピーをボスに届けました」彼女は静かに言った。「ボスが、リンダ、君はきれいだ、と言いました」そこでちょっと言葉を切り、さらに続けた。「あの人はどの人にもそう言うわ。だから私は、どうも、と答えました。すると、リンダ、君は私の鬚がお気に入りだそうだね、ですって」彼女は軽蔑したように林栄平を見た。「あなたが話したのね。会社の男は皆、奴隷根性丸出しのろくでなしだわ」

この夏、モーゲンソーは台湾を離れ一か月の年休を取った。香港、シンガポール、イラン、西独、デンマークとモーゲンソーは林に絵葉書を送ってきた。会社にいる五人の部長のうち、絵葉書を受け取ったのは彼だけだった。その後アメリカのメリーランド州の実家からモーゲンソーは林に手紙を寄越し、自分が口髭を蓄えたこと、それは秘密にしておくこと、台湾に戻ったとき会社の者に「セクシーな驚き」を与えようと思っていることを書いてきた。モーゲンソーが戻ったとき、会社の女性は一人としてボスの髭に興味を示さなかった。あるとき、あの温泉郷の日本式旅館で、林と劉小玲はボスの髭を話題にした。彼は「中国の若い女性は、男の髭を老けているとか不潔だとしか感じない」という意見を披瀝した。

「それは違うと思うわ。うちの会社の女性たちはまだ子供なのよ」彼女は鏡台に向かって念入りに化粧をしながら言った。「私はけっこう好きだわ。あれほど濃いひげが、あの人の若くてイタズラな口のうえに生えてれば……」

そこで彼女は旅館の鏡台を見たまま笑った。嫣然《えんぜん》さの中にある種の奔放さがある。その時彼は裸でベッドに寝そべり『タイム』をめくっていた。無言で笑いながら、さまで痛手ではない嫉妬を感じた。

「どおりであいつは私に向かってあんなにいやらしい笑い方をしてたんだわ」彼女は憤慨し

た。林は黙ってパイプをくゆらせている。「私が出て行こうとしたら、リンダと言って何食わぬ顔で立ち上がり、とつぜん抱きついたのよ……」まっすぐ林を見つめる彼女は、たちまち目のふちを赤くした。「あの畜生……ブタ野郎！」彼女は顔を紅潮させ悲憤をこめて言った。「放して、さもないと大声を出します、そう言ったわ。あいつは突然体を離してこう言った、リンダ、びっくりさせたね、悪気はなかったんだ、リンダ……」彼女の声は次第に平静を取り戻した。「あの畜生」悲しげな声で彼女は言った。「ブタ野郎……」

憤怒が彼の顔に浮かんだ。極めてあいまいな怒りを感じ、パイプを握る彼の手はかすかに震えだした。だが畢竟それは自分の家で妻や子供に向けるような、放縦で憚るところのない、権威に支えられた怒りではなかった。彼を「old boy」と親しげに呼ぶアメリカ人のボス、「出世街道を驀進」する自らの境遇、自分の手を経て動く数百万ドルの金、彼がデザインし太平洋総本部から特に表彰され総本部内のマラム各支社で広く使われている財務報告書の二種類のフォーム、高級住宅街に新たに購入した六十四坪の洋風の家……すべてがバラ色のこの世界で、彼の二年来の秘かな恋人である劉小玲は、辱めを受け、彼の目の前に座っている。こうして林の怒りは、辱められ脅威にさらされた雄としての自尊心をよそにたちまちしぼんでしまい、砂漠に流れる小川のように、なすすべもなく易々とその傲慢な砂地に吸い込まれ消えていった。これこそが自分に感じた羞恥から生じた怒りなのだ。

「分かった」彼は薄い眉を顰《しか》めて言った。

彼女は、怒りと軟弱さ、そして自らを恃《たの》む気持ちによってゆがめられた林の顔を見た。「腹を立ててこんなに醜くなる男の顔を初めて見たわ」そう思うと憐れな気がした。だが彼女はこう続けた。

「何が分かったの。抗議してくれるの？　女はこんなにひどい目に遭わされるのよ」

「劉くん」林は言った。

彼女は林をみつめた。彼の顔は申し訳なさでいっぱいだった。三十八歳の彼の顔に、苦しげなやさしさが次第に浮かび上がってきた。彼女はそれほど悲しくもないのに急に泣きたくなった。

「劉くん、会社の帰りに小熱海で待っていてくれないか」

彼女は首を強く横に振った。涙が頬を熱く流れた。

「話がある」林はやさしく言った。

彼女は黙っている。

「分かっているんだ。この一か月というもの、君は思い悩んでいる」彼は言った。「詹奕宏《チャンイーホン》のことだろう」

彼女は訝しげに林を見た。知られてしまったのだろうか。だが意外なことに、彼の反応は憂いを帯びてはいたが、至って静かなものだった。屈辱を受けたモーゲンソーの部屋から出てくると、彼女はまっすぐ詹奕宏のオフィスに行ったのだ。だが詹奕宏は税務署に出掛けていて留守だった。表ざたにならぬよう二年近く付き合ってきた男を目の前にして、彼女は一つの物語がすでに終焉を迎えていることを知った。彼は寂しく笑っている。

「話しあうべきだわ」彼女はため息まじりにそう思い、さきほど使ったハンカチをきちんとたたんで林のデスクの上に置いた。「早く来てください」そう言いながら挑発的な足取りで彼の部屋を出て行った。林は家に電話を掛けた。「ボスのお供で急に南部に行くことになった」妻は不服を言わなかった。彼は受話器を置いた。

林は汗ばんでいる。温泉郷の道路は狭くてカーブが多い。彼女を乗せて小熱海に行くときは常にこの遠回りの道を行き、彼女は林の運転テクニックを褒めたものだ。彼女は車の中で右に左に揺れ、声をたてて笑った。林のほうはまじめくさってパイプをくわえ、運転に専念していた。今夜の山の温泉郷は煌《きら》びやかな灯火が松の木の合間に揺れている。時折、日本人観光客を喜ばせようとするあやしげな日本の歌が彼の車に流れ込んできた。

劉小玲は小熱海のテラスで林の車が駐車場に入ってくるのを見ていた。小熱海で飼われている犬がワンワンとそれほど悪意もなく吠えている。中年の女性が犬を呼んだ。「トシ、ほら、トシ」女性は日本風に自分の愛犬をしかると、日本語で出迎えた。「お久しぶりでございますね」。林栄平が部屋を取る声が聞こえ、彼がベランダに出る階段のほうに向かったのが見えた。彼女は振り向き、自分のグラスにビールを注ぎ足した。そして顔を上げ、黙って台北の町の灯りを眺めた。

林は彼女のそばに腰を下ろした。彼女はビアグラスを彼のほうに押しやった。彼はグラスを持ち、だんだんと崩れていく泡を静かに見ている。月が天空高くかかっている。彼女はバッグにいれたままで三日ほどになるDunhillをくわえた。彼が火をつけてやった。ガスライターの炎がぷっくり柔らかな唇を照らす。彼はゆっくりとビールを飲み始めた。

「新しい仕事を探してあげたほうがいいかもしれないね」彼はとうとう口を開いた。「来週青年会議所に行くから、適当な仕事がないか聞いてみよう」

このとき宿の女性が煎ったピーナツ、よく冷えたビール、そして新しいグラスを持ってきた。劉小玲はその女性ににこやかにあいさつし、それからふと言った。

「そうだ、おばさん、今日は部屋はいらないわ」彼女はいかにも楽しげに林栄平に声をかけた。「ほかの用事があるのよね、J.P.」

彼は少したためらって、言った。

「夕食を頼む、あっさりとしたやつを」彼は物憂げに笑った。「食事をしたら帰るよ」

タクシーが一台、小熱海の通用門から飛び込んできて、テラスの正面に急停車した。明らかに酔った日本人が二人、二人のホステスに支えられながら下りてきた。宿の女性は愛想よくテラスを下りていった。犬がワンワンと吠えた。

「トシ、ほら、トシ」女性は言った。

二人は黙ってテラスの下の日本人を見ている。

「男というものは家を出たら、糸の切れた凧になる」林は言った。財務部長に昇格した年、彼は東京のマラム太平洋地区本部で研修を受け、そこでわざと遊蕩に耽ったものだ。

「仕事を探してくださらなくてもいいのよ」彼女は言った。

「なんだって」

「仕事を探してくださることはないわ」そう言って彼女は自分と林栄平のグラスにビールを注いだ。泡をグラスからこぼさぬようゆっくりと。「少ししたら、外国に行こうと思って」と彼女は言った。

アメリカに彼女の叔母がいることは知っていた。「この世界で、叔母だけが私を本当にかわいがってくれる」と彼女はよく言っていた。財務部長に昇格する前の去年の冬、林は彼女に離婚はできないと告げた。彼女は毎日泣きわめいたが、しばらくしてついに抗うのをやめた。その頃、彼女は叔母を頼って出ていくと言っていたのだ。

彼は口を噤《つぐ》んだ。

彼女は、次第に濃くなる夜色の中、台北市街の灯火が遠くでますます輝きだすのを眺めている。市街地に連なるあの橋も灯火が等距離に連なるただの直線になってしまった。

林の心は波打った。スーツのポケットからパイプを取り出し、注意深く煙草を詰めた。一階から日本人のどんちゃん騒ぎが聞こえてきた。彼はパイプに火を点け小さな火の海を作った。煙草の匂いが一気に夜の部屋にたちこめた。

「J.P.」彼女は楽しげに言った。「タバコの銘柄を換えたの?」

その楽しげな様子は林を訝しがらせた。これまでは、海外行きを口にするたび彼女は林を後ろめたく苛立たしい思いにさせる涙を流したものだったのに。

「友人のプレゼントだよ」彼は微笑んだ。このとき旅館の女中が夕食を運んできた。台湾式の夜食である。彼女はすぐに粥を一碗平らげた。だが林のほうは理由もなく食欲を失っていた。

「J.P.」彼女は言った。「あなたは私を愛したことはなかった」

彼女は醃瓜肉〔瓜の漬物と豚肉を合せたもの。台湾の家庭料理〕を熱心に食べている。

「でも責めることはできないわ」彼女は言った。「どうしてあなたなしではいられないと思ったのかしら」

「劉くん」林は言った。

「少し食べなきゃ」彼女はそう言うと林のために粥をよそった。「このところ、泣いたりわめいたりばかりしていた……」彼女は寂しげに笑った。「あなたが我慢強くてよかったわ」

「劉くん」彼は言った。「僕らはもう長いんだ。僕の気持ちは分かっているはずだ。それに、申し訳ないのは僕のほうだ」

彼女は相も変わらず穏やかに笑っている。この時突然水が高いところから落ちる音がした。暗いテラスの下に目をやると、小さな庭の日本風の石灯籠の明かりの中、一人の日本人が立小便をしているのが見えた。彼女はすぐに顔をそむけた。林は煙草をくゆらせながら微笑んだ。

「日本人の『有礼無体』とはこのことだ」

彼女は林を見、あまり興味を感じなかったが、それでもこう言った。

「有礼無体って?」

「普段は話しぶりも丁寧で腰が低いが、所構わず立小便をし酒を飲んで大騒ぎする……体というのは体裁の意味だろう」

「J.P. 愛情には」彼女は真剣に言った。「申し訳が立つとか立たないとか、そういうことはないのよ。そう詹奕宏が言ってたわ」

「詹奕宏？」

彼女はすぐに口を滑らせたと思った。彼女は両手でビアグラスを持ち、それをゆっくりと回した。

「以前、あなたは、社会や子供や家庭のことを言った……でもあなたが口にしなかったものがもう一つある。それは、あなたの会社での新しい地位」彼女は林を傷つけることのないからかうような調子で笑った。「あなたは、これこれの理由で、奥さんと離婚して私と結婚できないのだと言ったわ。だけど、あなたには分かっている、それはどれも理由じゃない」

「認めたくないわけではない」彼は苦しげに言った。「愛情というものはそれほど単純じゃない。君も分かっているはずだ」

「J.P. 私はあなたと言い争ってるんじゃないわ」彼女は林の憂わしげな顔を見て言った。「あるいは、こう言いましょうか。あなたはあなたのやり方で私を愛したんだって。家庭を壊さず、私と結婚せず、私に感情の拠り所を求め、しかも私を縛りつけようともしない。私は、私はどうしたらいいの？　そうね、あなたは言ったわ、いい人がみつかったら行っていい、止めはしないって」

葉を揺らす木々とその向こうに遠くまたたくあまたの灯火を林は黙って眺めている。橋を行き来する車は明らかに減り、橋の位置を示す等距離に輝く灯りも、突然目に見えて孤独になった。

「だから、君は去るのか」彼はとうとうため息をついた。「詹奕宏かい」

今度は彼女が黙り込む番だった。

詹は入社して一年にもならない若者だ。能力があるということですぐに新たに作られた原価計算係のトップに抜擢された。いつもぼさぼさの髪をして、肩幅がひどく広かった。普段から口数が少なく、仕事を始めるとひっきりなしに煙草を吸う。次第に、劉小玲には彼が粗野で傲慢で、理由もなく世の中を斜めに見ていることが分かってきた。あるとき、劉小玲が長い書信をタイプし終わってふと顔をあげると、点けたばかりの煙草をくわえて天を仰ぎ、ネクタイを緩め、下顎を手で支えながら書類をみつめて考え込む詹の姿が目に飛び込んできた。その荒々しい、いくらか野蛮さを備えた、怒りに燃えた顔、ひどく広い肩、開いた襟元とぞんざいに緩められたネクタイが、言葉にできない魅力を醸し出していて、彼女が振り返ったその瞬間、問答無用で彼女の顔を赤らめさせた。その頃、彼女はJ.P.と毎日のようにもめており、もう少しで自分と相手を駄目にしそうなところまで来ていた。新しい恋が、失意の恋の苦痛を和らげてくれると単純に考えた彼女は、いささかやけになって熟女の魅力を武器にやすやすと彼を誘惑したのだ。だが、思いもかけず彼女は、この不遜で不機嫌な若者を絶望的に愛してしまった。

「誰も愛を裁くことはできない」彼女は言った。「疎ましい愛というのは、決まってどちらかが相手に騙され弄ばれたと言うものなのよ」

「Jamesはいい青年だ」彼の口調は重かった。「だったら、なぜアメリカなんかに行く?」

「人を愛してしまった人間は、私も含めて、その人が同等の愛情で報いてくれるべきだと思ってしまうものだわ」彼女は弱弱しく言った。「でも誰も考えたことがない、それがどれほど身勝手なことか」

林はあの頃のことを思い出した。昼は上司とその秘書。会社を出ると、彼女は彼を引きずって、密やかな場所で口争いをし、泣きわめき、脅しを繰り返した……そしてある日彼女は言ったのだ、「J.P.、分かったわ。でもゆっくりと離れていかせて」と。「誰もそんなことは強要していない。劉くん、僕がきみのものになる権利を持っていないだけなんだ」彼は言った。それ以後、二人は別れるために一緒にいたようなものだ。「これで彼女は本当に去っていくんだな」そう思いながら林はパイプを吸い、月光の下でいささか眠そうに見える彼女の顔をみつめた。彼は突然こう言いたくなった。

「愛情においては、女は男より誠実で、ずっと勇敢だ」

だが口には出さなかった。林は考え考え言った。

「James は有能だし、将来もある。君には、なんとかしてもっと良い仕事を紹介するようにするよ。そうしたら二人の交際にも便利だろう」

彼女は答えず、神経質そうに手で髪をまとめただけだった。彼の好意に礼を言おうと思ったが、それも水臭いような気がした。彼女は箸のついていないもうすっかり冷めてしまったであろう粥を見て、反射的に言った。

「少し食べなきゃ、J.P.」

言葉を発するべきではなかった、そう彼女は思った。自分の震える声が聞こえ、必死で抑えてきた涙が、ついにどっと溢れ出した。

「どうした、小玲」林は慌てた。

彼女は声をあげて泣き出した。

つい昨晩、詹奕宏は彼女に向かってこう吼えたのだ。

「俺にまとわりつくな、俺はごみ箱じゃない、他人が捨てたものを拾えるか！」

「James……」

「James なんかじゃない、くそったれ、俺は詹奕宏だ！」

「あなたに結婚してほしいなんて思ったことはないわ。私を悪い女だと思ってちょうだい……子供は私が一人で産んで、一人で育てる……私は遠くに行くつもりだから」

彼女は泣いた。彼女はすでに夢見る女学生ではない。だがそうであるがゆえに、自分がどうしようもなく詹奕宏を愛していると気づいたとき、彼女は辛かった。どうして彼女は人を愛することは出来ても、愛を求めると、手をつかねて新たな別れを待つことしかできないのか。

「どうした、どうしたんだい」林栄平は心配げに言い、彼女をふところに掻き抱いて、背中をそっとたたきながら、ハンカチで彼女の涙を拭き取り、しきりに彼女の長い髪に口づけした。

「どうした、どうしたんだい」

彼は彼女を抱きながら、自分は本当にこの女性を愛しているのだと実感していた。ただ、彼の地位、彼の仕事、彼の身勝手さが、彼を臆病にし、不誠実にし、軟弱な人間にしただけなのだ。月が少し西に傾いた。温泉郷はすでに淫蕩の後の疲労の中、深い眠りに落ちていた。

彼女は泣くのをやめ、ハンカチを林に返した。

「ごめんなさい」彼女は小声で言った。「帰りましょう」

「どうしたんだい」林は寂しげに言った。

「何でもないの、ただ涙が出るだけ」彼女は申し訳なさそうに笑った。

二人はテラスを下り、帳場のわきの、小熱海の有名なインテリアである日本オナガキジの剥製を目にした。それは曲がりくねった木の台の上に置かれている。長さ約六メートルの美しい尾羽は、蛍光灯の下でも艶のある高貴な色合いを見せていた。

帳場にいた従業員は眠そうな顔をしていた。林が勘定をすませると、彼女はあの小さな日本風の庭園のそばに立って、雲の出てきた夜空を見ていた。「またお越しくださいませ」従業員はたどたどしい日本語でそう言うと、彼らの車が暗闇に向かって滑り出すのを見送った。

2　柔らかな乳房

劉小玲はビールを再び冷蔵庫に入れた。蒸し暑い夜だ。きりっと冷えたビールは彼を全身から喜ばせるに違いない、そう彼女は思った。テーブルの料理が冷めはじめた。壁にかかった小さな電動の時計を見ると、客が着くべき時間から三十分も経過していた。少し気をもんだが、怒りはなかった。彼女はテレビをつけ、さきほどカバーを換えたばかりのソファーに腰を下ろした。二人のデートはたいてい彼が無頓着に遅刻する。全く忘れられてしまったこともあったと彼女は思った。そこで声を立てずに一人で笑い出した。

適当にテレビをつけると、一人の少女が妻子ある中年の上司に恋をするというお話をやっていた。支配人のオフィスで、中年の男が待ちきれぬように煙草に火を点け、深々と吸い込むと、椅子の背に体を預けて左手で眉のあたりを覆い、ゆっくりと白い煙を吐き出す。支配人室の外では数名の職員が仕事に励んでいる。ある若い女性職員だけが支配人室にいる男性をじっと見つめている。カメラが突然、夢見るようなうるんだ目をした少女の顔を大写しにする……やわらかな音楽が遠くから流れてくる。少女の独白がかぶさる。

……もし私の手を彼のあの憂いをふくんだ疲れた眉間に置き、この世の中で一人の娘が、こんなに、こんなにあなたを愛していると知らせることができたら……

劉小玲はげらげら笑い出した。彼女は自分の煙草に火を点けながら考えた。詹奕宏はきっと「くだらないテレビドラマだ」と言うだろう。テレビの中の支配人は、インテリ風の優柔不断な男だ。ビジネスの世界にこんな男はいない。彼女は思った、J.P. はあんな人間じゃない……

あの日の深夜、J.P. と小熱海から台北に戻りながら、車の中で、林は言った。

「今ようやく分かったよ。もっと早く言ってくれるべきだった」

彼女は何も言わなかった。車はさきほど彼らが遠くに眺めていた橋を渡っていた。林に知られたのも悪くはない、と彼女は思った。あたかも何もかもが一つの神秘のスケジュールに司られているかのように、自然に起こったのだ。

「もっと早く言ってくれるべきだった。今ようやく分かったよ」彼は言った。「詹奕宏に僕らのことを知られるのはまずいな」

最後の一言が、質問なのか判断なのか彼女には分からなかった。彼女は林が一心不乱に運転している様子をながめた。彼の顔に悲しみがなかったわけではないが、人に憐れを催させるようなそれではなかった。彼女はそっと彼の右肩に体を預けた。

「何とでも手配はつくものだ」機械的に顔を赤らめた信号の前で車は停まり、彼は左手で彼女の頭を軽くたたいた。「あるいは、適当な時期に、彼と話してみよう……」

「だめ」劉小玲は突然体を起こした。「私はアメリカに行くと決めているの」彼女は言った。「それに、私のことは、業務上の決定とは違って、あなたが決めることではないわ」

そして彼女は、他人事のように寂しげに笑った。

あのとき自分は腹を立てるべきだったのかもしれない、応接間に座って彼女は思った。林が彼女をモノのように「手配」することに怒るべきだった。だが彼女は林が自分を詹奕宏に譲ろうとした生真面目さに腹を立てることができなかった。もう二年だ。彼女は林に特に顕著な、恋愛における男の身勝手さが分かっていた。だから林が「なんとでも手配はつく」と言ったとき、彼女はむしろ愛情と同情が混じったほろ苦さを感じたのだ。

そのとき、突然そばのティーテーブルの上の電話が鳴った。彼女はひったくるように受話器をつかんだ。詹奕宏の声だ。

——もしもし……どうした？

彼女は息を切らし、吸いさしの煙草を灰皿でもみ消した。

「あなたの電話で、お、おどろいたの……」

彼女は笑って言った。

――心臓が悪いんじゃないか、医者に行けよ。

彼の背後から雑踏の音が聞こえた。

「どこにいるの、遅いじゃない」彼女は言った、「お料理が冷めちゃった」

彼は電話の向こうでへへへと笑った。会社を出て下宿に戻ったら、疲れて眠りこんでしまったというのだ。「一風呂あびて出てきたばかり。腹減った」そう彼は言った。

彼女は受話器を置き、料理を二皿、温めるために台所へ運んだ。心の中には救いようのない甘い気持ちがたゆたっている。歌でも歌いたい気分だったが、なぜか涙が一粒静かにほほを伝って流れ落ちた。「ああ、James, 悪い人ね」彼女は声を出さずに言うとガスを点け、換気扇のスイッチを入れた。「どうしていつも人を待たせるの……」

彼女は、一九四〇年代に華北で活躍した時代遅れの政客である父親を思い出した。父親は台湾にやってくると、突如政界から一切手を引き、自分の家の暮らし向きにさえ関心を持たなくなった。劉小玲が生まれた年、持って来た財産も使い果たしてしまった。母親は産後ひと月でパーマをかけ外に出て生活のためにあれこれ切り盛りを始めた。父親より三十歳若い、四人目の夫人である彼女の母は、まもなく社交やビジネスの才能を発揮しはじめた。かつての「劉長官」のコネクションを使い、母はブティック、貿易会社そしてレストランを始めた。商売が繁盛するにつれ、当時三十そこその母親は、日に日に豊艶になっていった。故郷の家からついてきた周《チョウ》ばあやによれば、それ以降、異母兄や異母姉たちの衣食はようやくまともになっていったという。母の一人娘である彼女は言うまでもなかった。

しかし、彼女の父親は、年がら年じゅう木綿の長着一枚、夏秋には単衣の長着で、何にも口を出さず、老荘を繙いたり、書道を嗜んだり、時には拳法の練習をし、易経と針学の関係といった類の文章を書いては同郷会の会報に発表したりしていた。初めのうちは母親もまともな格好をしろだの、時には社交の場に顔を出せだのと口を酸っぱくして言っていたものだ。「そうさな、宝蓮《パウリエン》」と父はカラカラ笑って「二十歳で日本の士官学校を終えて戻ってきたあと、何もかもやり尽くした。これ以上何を経験するのだ」と言い、変わらず一年に二枚の長着、変わらず何事にも口を出さなかった。劉小玲が物心つく頃には母親の事業はますます拡大し、父親は家の中で、ますます古臭い余計者になっていた。子供たちの前でさえ母は自分の夫を「小汚い爺さん」と呼び、顎で使った。付き合いだ、麻雀だで母が家に帰ってこない夜がますます増えた。そして外に男がいるという噂が、大回りして彼女の家にも流れ込んできた。異母兄姉たちは次々に家を出て学校の寄宿舎に入った。劉小玲も家における母親の強大なる権威に反抗するようになった。

　高二のとき、ついに父が病に倒れた。母は父を評判の良い病院に送り込み、半月ごとに医薬費と専属の付添看護師の費用を支払いに病院に行ったが、病室を見舞うことはなかった。そのころの彼女は無口な少女で、こんこんと眠っていることの多い父に毎日付き添っていた。ある日の夜、家に帰ってみると、客間に豪華に飾り付けられたクリスマス・ツリーが置かれ、その下にプレゼントが山と積まれていた。

「お母様が並べられたんですよ」周ばあやは言い、優しく笑った。

　彼女は無言で客間に立ち尽くしていた。それから無言でツリーの飾りをはずし、木の下にあったプレゼントと共に庭の真ん中に運んでいって、マッチを擦るとそれらの色とりどりのプレゼントの箱を燃やした。ばあやは傍らで黙って涙を流していた。炎が彼女の顔を真っ赤に照らした。寒い冬の夜で、彼女はふと全身に疲れを感じた。その日、彼女は病院に戻って父親に付き添わなかった。そして父は、その夜に息を引き取ったのだ。

彼女は温めた料理を大皿に移し、布巾で皿の周りを拭いた。周ばあやの言う「一度に十数人銃殺しても瞬きすらしない」剽悍《ひょうかん》な若き父親の姿を彼女は見たことがない。彼女が見ていたのは、よれよれの、弱々しい、妻に悪しざまに言われるばかりの裏切られた老人であった。

ドアのブザーが響いた。彼女は火を止め、転がるようにドアを開けにいった。ドアが開くと、酒のにおいが彼女を襲った。酒のせいで蒼くなった詹奕宏の顔が見えた。彼女は黙って後ろに下がり、彼を中に入れた。

彼は酒を飲んだあとの濁った眼で彼女を見て、へへへと笑った。

「ひと眠りして出てきたばかりじゃないの？」彼女はむっとして言った。

彼はどすんとソファーに腰を下ろした。質の良いジーンズを穿き、ダークイエローのシャツは少し汚れている。ティーテーブルの上の煙草入れをつかむと、そのぶ厚い唇に長い紙巻き煙草をくわえ、火をつけてすぱすぱと吸った。紙巻きは彼の唇の上で上下に躍動した。

「ここでご飯を食べると約束したじゃない」彼女は応接間のドアに背を預け、不満げに言った。

「酒を飲んだだけ、食べてない」慰めるかのように彼は言った。「張《チャン》さんと一杯やった」

「張さん？」

「守衛の張さんだよ」彼は立ち上がると食卓のほうに行って肉を一つつまみ口に入れた。

「そうだったの」彼女は言った。「料理を温めてくるわ」

彼女はすぐに機嫌を直した。二十坪そこそこのアパートである。寝室が一つ、小さな応接間が小さな食堂に続き、台所とバストイレ、あるべきものは隣り合ってすべて揃っている。彼女は料理を温め直しながら言った。

「張さんね、張さんがどうかしたの」

「あん畜生」彼はゆっくりと煙草を吸いながら、靴と靴下を脱いでいる。

張は会社の正門に詰めている守衛だ。昨日の朝、人事課が一枚の掲示を出した。張が夜中に会社の守衛室に娼妓を引き入れ飲酒したので解雇処分にする、というものだ。

「あん畜生、張さんは運が悪かったんだ」詹奕宏は言った。「真夜中なのに毛唐に見つかるなんて」

彼は食堂に行って冷蔵庫を開け、自分のために冷たい水をついだ。人事室の葛《コー》室長が口添えをしてやれば、首にはならないはずだと言う。

「それに、その女性は娼妓でも何でもなく、張さんのガールフレンドなんだ。桃園《タウユアン》の輸出加工区の日本の工場で働いている」と彼は言った。「酒だって、張さんは以前から飲んでたんだし」

「You know what I mean, eh?」彼は水を飲みながら、テレビに向かって悪戯っぽく葛室長の真似をした。葛室長は英語を話すのが好きで、しかもなかなか上手い。ただ話の途中に幾度となく挟まれる「分かるかね、ああ?」という口癖が耳障りなのだ。「You know what I mean, don't you, eh?」詹奕宏は左手を振り回しながら言った。「You know…know が何だってんだ、あん畜生め……」劉小玲は料理を温めながら、こらえきれずに噴き出した。

ドアのブザーが再び響いた。「You know what…」詹奕宏はふざけて物真似をしながらドアを開けに行った。痩せた男の子がバースデーケーキを届けに来ていた。

「バースデーケーキ?」彼は訝った。

台所から飛び出してきた彼女は、痩せた男の子に「ありがとう」と言い、十元多めに代金を払った。男の子は喜んで帰っていった。彼はドアを閉め、まだ分からないというように彼女を見た。

「あなたの誕生日でしょ、今日」彼女は言って顔をそむけた。

「あ」彼は言った「ああ」

いつもの皮肉な顔つきが一瞬、深く考え込む表情に変わった。「ああ」彼は言った。彼女の目の縁がわずかに赤らんだ。自分に対してさえこんなおおざっぱな人は見たことがない、と思った。

「張さんと飲んだのは、わざとじゃない」彼女に近づきながら訥々《とつとつ》と彼は言った。「君が飯を食わせてくれるのは知ってたけど、誕生日を祝ってくれるとは思ってなかった」

彼女は笑い出した。「お腹がすいたわ」。灯りの下の彼女は輝くばかりだった。エプロンで顔の汗を拭いた。白いスラックスをはいた彼女の姿は得も言われぬ恰好よさがあった。彼女は両手で彼の腰を抱き、食卓の方へと押していった。彼の腰はがっちりとして柔らかさを失っていない。身体のどの部分にもまして彼の腰はその若さを示していた。J.P. の腰はすでにもう形が崩れている。

二人は食事を始めた。テーブルいっぱいにどこで習ってきたのか分からない台湾料理が並んでいる。牡蠣のトウチ炒め、豚足そば、豚肉の唐揚げ、茹で鶏……「なかなか本格的でしょ」食べながら彼女は言った。「うん」彼は答えた。実際には彼女の料理の腕はそれほどでもなく、茹で鶏の他はどれも今一つの味だった。だが彼はビールを飲みながら「うんうん、悪くない」と言い続けた。ベランダ全体が暗くなり始めた。ザクロが二鉢、部屋から漏れる光の中で静かにたたずんでいる。

考えてみるとこれはもう彼の二十八回目の誕

生日だった。だがその誕生日は、人がわざわざ彼の誕生日を覚えていて、細やかな心で祝福の食事を初めて用意してくれた、彼にとっては思いがけないものだった。一見傲岸で冷笑的な心が次第に融けていった。彼は突然言った。

「おい、知らないかもしれないが、誕生日を祝ってもらったのはこれが初めてなんだぜ」

ちょうど料理を取ろうとしていた箸を置き、彼女は彼をみつめた。そこで彼は縷々語り始めた。

そこそこあった財産のおかげで彼の父親は日本植民地時代に中等教育を終えた。高校卒業後三年で台湾は祖国に復帰した。彼の祖父はその年に他界した。「そのとき祖父の資産はあまり残っておらず、薬局が一軒、生地店が一軒、そして田舎に一ヘクタール足らずの土地しかなかった」彼はゆっくりと言った。二年後、父親はある動乱［一九四七年に起きた二・二八事件を指す］の際、巻き添えを食って危うく命を落とすところだった。それからというもの、若く元気だった父は突然酒におぼれるようになった。「あわてた祖母はすぐに父親に嫁を取った」笑いながら彼は言った。結婚後父親は再びやる気を出したが、金融の変動によって破産に追い込まれた。「そんなとき、俺と弟、妹たちが次々に生まれたんだ」彼はささやくように言った。「父は伝手を頼ってどうにか小学校の図工教員の職を手に入れた」。暮らしの厳しさは想像に難くない。「子どもの誕生日を祝うなんて、第一にそんな余裕はない、第二に田舎じゃそんなこと誰もやらない」と彼は言った。

彼女は一心不乱に耳を傾けている。語られる話が珍しいからではなく、自分が知らなかった子供時代のことを彼が話しているからだ。彼のささやくような思い出話を通して彼女は彼の記憶の中に入っていった。その記憶はそこここが昔の古びた写真の色をしている。彼女は彼にビールをつぎ、あの寒いクリスマスイブを思い出した。炎の中の色とりどりのプレゼントの箱を、一人で死んでいった父親を思った。彼は黙ってビールを飲んでいる。彼は今日退勤後に受け取った父の手紙を思い出していた。それには、送金を受け取った、「アメリカの会社で責任ある仕事をしている兄」を手本にしろといつも弟たちに言っていると書いてあるだけだったが、普段と違ったのは、父親が初めて「私の一生は失敗だった……お前は努力して人より抜きんでてほしい」と書いてきたことだ。

「もし人が年老いて、自分自身に結論を下すとき」彼は言った、「自分を失敗者だと言うのは一体どういう心境なのか」。そして故郷にいる痩せてはいるがまだ健康な父を思った。彼と同様に彫りが深く、早口で話す父。幼いころからずっと、父がその早口で校長や訓導の愚痴をこぼし、三十年も前に彼を破産させた金融変動に恨み節を唱え、政治に、天候に、「外省人」に不平を漏らすのを聞くことに慣れっこになっていた。

「幼い頃からずっと俺は貧しさと不満の中で、黙々と育ってきた」彼は言った。彼の引き締まった顔は多量の飲酒のためにますます蒼白になっている。「家庭の貧しさと父の不遇とが、縄となり鞭となって俺を『学問で身を立てる』ように迫った。家の状況から言っても父の不遇からしても、上の学校に行く機会はなかったはずなんだ」彼は言う。「なのに俺は教育を受け続け、大学を卒業し修士課程も終えた」。怒りの色がそこにあった。「でも誰ひとり俺が何をしたいのか、尋ねてはくれなかった……」彼は胸をどんどんと敲《たた》いた。

「飲みすぎよ」彼女はやさしく言った。

「息子よ、ほら、私たちは自分を犠牲にしてお前を前に進ませているんだぞ。ほら、お前は必ず人より抜きんでねばならないんだぞ」彼は嘲笑うかのように言った。「私らは犠牲になってもいい、息子よ、行くんだ、あの場所に。私たちが一生かけても行けなかった場所に——それがうちの親だ」彼は手を挙げたり眉を揚げたり、表情たっぷりに言いながらふふんと笑い始めた。

「飲みすぎよ」彼女は言った。「張さんたちと飲みすぎたのね」

彼女は彼を応接間に引っ張っていき、テレビの右にあるロッキングチェアに座らせた。

「分かったよ、一生懸命勉強するさ、この一生懸命勉強するよ」彼は興奮の声を上げた。「一生懸命勉強するさ、この野郎。どうしても親父に言うことができなかった。なんであんたが失敗したからって俺を頑張らせるんだ、なぜなんだ！」。彼が宙に向かって拳固を振るったのでロッキングチェアがゆらゆら揺れた。「なぜなら、この野郎、俺はこの目で見てきた。失敗の味はとにかく耐えられない。家の中は暗く窒息しそうで、おふくろは機械——おんぼろで性能の良くない機械みたいに働きづめだ。女中、洗濯女、子守……親父は年がら年中不平たらたら、何かを恨み、罵ってばかり……」

彼女は冷やしたタオルで彼の額や首を流れる汗を拭いた。シャツのボタンをはずしタオルをその薄いが広い胸に当てたとき、彼はけたけた笑い出した。

「冷たい」彼はそう言いながら彼女を押しのけた「分かったよ、後戻りはできない。必死で勉強するさ」彼の甲高い声は突然低くなった。左手で眉間を押さえ、鼻梁に近い目頭を軽く揉んだ。「考えてもみろ、あの頃三、四時間しか眠らなかった。十代の子供だよ、栄養状態も悪いから、一年二年と続けていって勉強のせいで命を落とさなかったのが不思議なくらいだ」

彼はロッキングチェアをそっと揺らしはじめた。彼女はその傍で彼のために冷やした梨を静かに剥いている。彼女は彼を見つめた。一人の男が自分の傷を語る姿を、彼女は初めて見た。このとき平素は粗っぽく強情で誇り高い男の心の内側がようやく見えてきた。彼女の心は疼きはじめた。

呆然と梨を食べる彼の口もとから果汁がしたたり落ちた。彼女は近づいて口を拭ってやった。彼の顔を拭っているその時、かすかに疼く彼女の心に濃密な暖かいものが湧きだした。灯りの下、何を映しているのか分からぬテレビの前で、一人の女が、一人の男の傷跡を憂わしげに見守り、その痛みを撫でながら、一人の傷の痛みを二つに分けている……これはなんという、自分が待ち焦がれていた幸福であろうか。彼女は物思いに沈んでいき、毀れてしまった自らの結婚を思い出した。大学を卒業するや母を悲しませるためだけに十歳年長の船会社に勤める独身男に嫁いだのだ。結婚生活の破たんは単にその男の性的不能のゆえのみならず、不能に由来する奇癖が原因だった。離婚後彼女はマラムに入り、男から男へと渡り歩く寂しい日々を送っていた。

呆然と梨を食べていた彼が言った。

「おい、酒は？　ビールはいやだ」

「もうないわ」彼女は言った。「それにもう飲んじゃだめよ」そしてテレビに近寄りチャンネルを変えた。「テレビを見ましょう」

だが彼はよろよろと棚へ向かい双鹿五加皮酒［高粱酒をベースにした薬酒。「双鹿」はブランド名］と杯を取り出すと、再びよろよろとロッキングチェアに戻って、褐色の酒をなみなみと注いだ。今日は酔いつぶれるつもりなのだと彼女は思った。

「詹奕宏！」彼女は心配して声をかけ、近寄って酒を取り上げようとした。彼が両肘を挙げて手にした酒を守ろうとしたとき、左腕が彼女の柔らかくて異様に豊かな、何もつけていない胸に当たった。アルコールのせいでいささか鈍くなっていた彼の官能ですら、その瞬間、深いところに存在する震えを感じた。酔っぱらいの目で、彼は黙ってまっすぐ彼女をみつめた。

「飲みすぎているわ」彼女は恨みがましく言

った。「飲みすぎよ」

彼はやはり無言で彼女を見ている。だがその眼差しに切迫した欲情はなかった。

「お酒を渡して、いい子だから」彼女は言った。「お風呂に入って早めに寝ましょう」わざとらしい誘惑であやすかのように。

彼は無言で手にした盃を呷った。ひどくふくらみを増した彼女の胸を思いながら、ゆっくりと酒を注ぎ、ぼそぼそと言った。

「おい、妊娠したって言ったけど、本当か」

「お酒を渡して」

「本当なのか」

「私が妊娠してるかどうか、あなたには関係ないでしょ」

彼女は微笑んだ。彼の手の中にある酒を取り返すのは、どうやっても無理だということが彼女には分かった。彼女は振り向いてテレビに目をやった。台湾語のドラマがブラウン管の中で騒がしく演じられている。

彼は一人でくつくつと笑い出した。彼女は立ち上がり食器を片づけ、今流行っている歌を口ずさんでいる。

「ここにいろよ」振り返った彼はティーテーブルの上から煙草を取り、震える手でマッチを擦った。

「テーブルの上を片付けるだけよ」手を動かしながら彼女は言った。「明日洗うわ」

彼は黙ってブラウン管を見ながら、すぱすぱと煙草を吸った。アルコールのせいで動悸がしだした。

「君が妊娠してるかどうか、俺には関係ない、か」独り言のように彼は言った。

「なーに?」キッチンから彼女が聞いた。食器が洗い桶に入るときに耳障りな音を立てた。何も言わず彼はぼんやりテレビを見ている。

手を拭き拭きキッチンから出てきた彼女は、彼のそばに腰を下ろした。

「なに?」彼女はそう言って、たちまちのうちに疲れが出たような青い顔を見た。「お湯を入れるからお風呂に入って」

彼は黙りこくってゆっくり酒を飲みながらテレビを見ている。

「おい」突然言った。「君は、台湾人を、どう思う」

酔っぱらいの質問だわ、と彼女は思った。だが真剣に彼女は答えた。「私の心には、一人の台湾人がいる」そう言って常に寂しげな怒ったような彼の横顔を見た。「その人はとても男らしく、男らしくて……」「私はその人を愛している」彼女はむやみに悲しくなってきた。「でも、その人は私を愛していない。愛してない」彼女は言った。「愛してないのよ」

「この台湾人たちを見ろよ」ブラウン管から目を離さず彼は言った。「この台湾人たちは、どいつもこいつも、キ印かバカだ」

彼女はテレビの中の台湾語ドラマの低俗な馬鹿騒ぎを呆然と眺めた。

「もしも、一人の外省人が」彼は言った。「一人の外省人が、幼い頃からずっと、こんなドラマでしか台湾人を知らなかったら、一生のなかでその人の目に映る台湾人とは、いったいどんな人間だろう？」

彼女は集中して聞いていた。それが酔っぱらいのたわごとだということを忘れかけていた。

「もちろん俺は知ってる」彼は言う。「こんなシナリオを書いているのも台湾人だってことを」

そこで彼は悲しげに、ふふんと鼻を鳴らした。「お風呂に入ったら」彼女は言った。「お湯を入れてくるわ」

彼はしばし沈黙し、突然口を開いた。

「君が妊娠してるかどうか、俺には関係ないんだな」

彼女は笑い出した。「どうしたの」にこやかに彼女は言った。

「君が妊娠してるかどうか、もちろん俺には関係ない」彼は言った。

「お湯を入れてくるわね」彼女がやさしく言った。

「もちろん関係ないさ！」

彼の声は高ぶり震えていた。目を上げるや、怒りと多量の酒でゆがめられた、醜く恐ろしげな彼の顔が目に入り、彼女の心はたちまち沈んだ。

「はっきり言おう」彼は怒鳴った。「君は、君は、俺が君とJ.P.のことを知らないとでも思っているんだろう」

彼女の手足は冷たくなった。この嵐はこれまでになく突然襲ってきた。彼は嫉妬深い、もっと言うなら嫉妬に狂う男だ。これまで何度となく伝え聞いた彼女の過去について激しく詰め寄ってきた。だが、彼が自分とJ.P.の関係をも知っていたとは夢にも思っていなかった。

「あんたが妊娠してるかどうか、もちろん、俺の知ったことじゃない」。彼の顔は長く放置されていた古紙のようにくすんでいた。彼は猛り狂って怒鳴った、「あんたは誰にでも足を開くんだからな！」

その言葉は一束の鋭い刃のように彼女の胸に突き刺さった。恥辱と怒りで顔が紅潮し、涙がどっとあふれ出てきた。

「あんたはこうやって俺を騙したんだ」

そう言うと彼はがばっと振り向き、重々しいビンタを彼女の頬に見舞った。二発目のビンタを振り下ろそうとした時、彼女は自分でも気づかぬほどのすばやさですっくと立ち上がり、梨を剥いていた鋭利な果物ナイフを握った。

彼もまたロッキングチェアから立ち上がった。罵られ殴られるままになっていた目の前のこの女性が、手に刃物を握り、毅然と彼の前に立っているのが目に入った。酒に酔った彼の頭は、その一瞬、眼前の光景が何を意味するのか理解できていなかった。彼は息を切らし、言った。

「君は、俺も、テレビの中の、狂ったバカな男だと、思っているのか」

彼の声は明らかにその猛々しさを失っていた。女の左頬に彼の手形がありありとついているのが見えた。彼女は後ずさりし、果物ナイフを握りしめて言った。

「これ以上暴力を振るわないで。お腹には赤ちゃんがいるの」彼女の声はその表情と同様に厳粛だった。「詹奕宏、ちゃんと聞くのよ。あなたが信じようが信じまいが、私のお腹には、あなたの子供がいるの……」

彼は呆然と立ち尽くし、アルコールに浸りきったその目は虚しく彼女を見るばかりであった。

「でも、安心して」彼女はぐっと息をのみ込み、はっきりと言った。「私、劉小玲は、決してあなたにつきまとって、結婚してほしいなどとは言いません。子どもは私が一人で産んで一人で育てると決めたの。私たち母子は遠くへ行くから」

彼は立ち尽くすばかりだった。酒はたちまちあらかた醒めてしまった。「私のお腹には、あなたの子供がいる……」彼の頭の、醒めてきた部分で彼女の声がこだました。彼は母性の最も原始の勇敢さを見た。涙は、手形の残る彼女の腫れた両頬で次第に乾いていった。だが彼女はやはり鋭利なナイフをしっかりと握りしめている。

「私は、どうでもいい子供を、私の身体の中に宿したりしない」無意識に髪をなでつけて彼女は言った。「私がこの子を宿したのは、あなたを」声がわずかに震えた。「あなたを、愛しているからよ……」

彼女の目の縁がぱっと赤くなった。しかし彼女はうろたえながらも感情をぐっと抑え、強く目をしばたいてナイフを握りしめた。沈黙したまま自分の感情と闘っていた彼女は、しばらくして言った。

「さあ、お風呂に入って」

彼は立ち尽くして考えこんだ。そして服を整え、ソファーの上のコートを手に取った。

「どうするの」

「帰る」

彼女はうつむいて黙り込み、果物ナイフをティーテーブルの上に置いた。ふと見ると小指から血が流れている。明らかにナイフを握っていて傷ついたのだ。

「そうね」彼女は疲れた様子でソファーに腰を下ろした。血が彼女の白いスラックスに滴り、赤黒いシミをつくった。

彼はためらった。わずかに残った薄っぺらい男の誇りが彼の足を玄関に向けさせた。この時、彼女が突然背後から彼のベルトを掴んだ。

「何するんだ」

「帰らないで」彼女は悲しげに言った。涙が雨のように流れ落ちてきた。彼女は声を呑んだ。「あなたにつきまとっているわけじゃない」嗚咽しながら言う。「帰るのなら、明日にして。こんなに酔って、バイクに乗るのは、危険だわ……」

そして彼女は声を失い、身も世もなく泣いた。

振り向いた彼は、力まかせに彼女を抱きしめた。

「劉さん」彼は小声で言った。「手をケガしているよ……分かってる?」

彼女は全身を震わせて泣いている。彼は何もつけていない、目立って豊満さを増し始めた暖かい彼女の胸が、自分の懐の中で、あわただしく弾け動くのを感じていた。「私のお腹には、あなたの子供がいる……」彼女の厳粛な宣言が、彼の心いっぱいに広がっていた。

「泣かないで」彼はそっと彼女の背中をたたいた。「手をケガしている……」

二筋の涙が、彼の青ざめた、酒臭い顔に、いつの間にか流れていた。

3　砂漠博物館

一週間遅れでマラムインターナショナルコーポレーション太平洋地区のCFO、ソロン・O・

ボーダーの一行三名は、ついに台湾マラム電子株式会社にやってきた。モーゲンソー及び林栄平以下財務部一同は、緊張した多忙な四日間を送った。五日目、S.O.B.（ソロン・O・ボーダー）は財務の詳細を点検させるためダスマンを台湾に残し、朝早く東京へと飛び立った。S.O.B. は台湾マラムの財務状況に至って満足していた。林栄平の有能さは再び非常に高い評価を得た。林栄平が功労を独り占めせず、中国的にさりげなくその成績の一部をモーゲンソーのものとしたため、モーゲンソーは大いに喜んだ。

緊張した四日間は終わった。居残った財務調査員のリーダー、ダスマンは、若く聡明で親しみやすく、台湾マラムの上から下まであらゆる社員に友好的であった。五日目がダスマンの調査開始日だったので、財務部では五日目の終業後、部内の幹部を集め、ダスマンをもてなすと共に、来月初めに職を辞して渡米する劉小玲の送別会を兼ねることにした。

詹奕宏は退勤後、アパートに戻り、新調したばかりのダークブルーのスーツに着替えて宴会が行われるホテルにやってきた。三階に上るエレベーターの中で、鏡の中の自分がずいぶんと痩せてしまったのを見た。彼は鏡に向かい肩に落ちた細かいフケをはたき落した。外国人のカップルがエレベーターの片隅に寄り添っていた。ここ数日、向き合う暇のなかった自分の憂鬱が、このエレベーターのように、ずっしりと、だが猫の足取りの如くひそやかに昇降しているような気がした。

彼は三階に設えられた宴会場に入った。

「ハイ、詹！」モーゲンソーが上機嫌で言った。

「ハイ！」詹奕宏は答えた。

ウエイターが彼のために酒を垂らしたジュースを持ってきた。彼はテーブルの上に James Chiam と書かれたカードを見つけ、腰を下ろした。

「James, 疲れているようだね」モーゲンソーはテーブルの反対側で、彼に向かって手にしたジュースを持ち上げた。「君はこの数日とてもよくやったとJ.P.が言っていた」

詹奕宏もモーゲンソーに向かってグラスを挙げた。「そりゃどうも。何てことありません……」

彼はそう言った。そのとき、林栄平とダスマンが劉小玲を両側から抱えるように入ってきて、「やあ」「やあ」の声があちこちで起こった。林栄平のスーツはベージュで、生地も仕立ても見るからに上等だったが、ネクタイの柄はいかにも野暮ったい。ダスマンはその日ずっと着ていたざっくりしたスコットランド・ウールのチェックの上着のままで、相変わらず身なりには無頓着な様子である。彼の顎鬚は柔らかい灯りのもとで黄金の光沢を放っていた。

劉小玲はワインレッドのイブニングをまとい、裾を引いていた。豊かな黒髪はその細い肩にさりげなく洒脱に載っている。ゆったりとしたベルベット地でも彼女のすらりとした美しい体形は覆い隠しようがない。彼女は挨拶をしてくる人に無言で頷き微笑んだ。

詹奕宏はうつむき、酒を垂らしたジュースをそっと口にした。部屋に入ってきてからというもの彼女はまともに彼を見ていない。だからこそ、彼女がとっくに自分に気づいているのだと分かっていた。これほど多くの人の前で、自分が一人ぼっちだと思わせてはならぬ、と彼は考えた。だが何事もなかったかのように他の人とおしゃべりをすることがどうしてもできなかった。いつの間にか煙草を取り出した彼は、誰かが火のついたライターを目の前に差し出していることに突然気付いた。

「どうも」彼は目を覚ましたかのように言った。「すみません」

林栄平は黙ってライターをしまい、静かに彼を見ながらパイプを吸っている。そしてごく自然に詹奕宏の肩をたたいた。

「君がこんな正装をしているのを初めて見たよ」J.P. は英語で言った。

詹奕宏は笑った。「Never saw you so affluently dressed.」彼は J.P. の英語を思った。Affluent を服装の形容に用いるのは初めて聞く言い方だ。

「ここ数日」J.P. は言った。「君には世話になった……」

「どういたしまして」

彼は言った。そしてまっすぐ自分の上司を見た。J.P. の顔にはひとかけらの嘲弄も、上司の尊大さもなかった。彼は今日の昼ダスマンと一緒にチェックしていた時に見つけた問題を細かく J.P. に説明し始めた。林栄平は一心に耳を傾け、時折、手慣れた質問を挟んだ。突然ウエイターが彼らに何の酒を飲むかと尋ねて、詹奕宏の話を遮った。

「ウィスキーを」J.P. は言った。

詹奕宏はウエイターに向かってテーブルのジュースを掲げてみせた。「ありがとう。あとでこれを持ってきてくれ」そう言うと、不思議そうに彼を見つめている J.P. を見て微笑んだ。宴会場の空気はすでに活気づいていた。ウエイターが劉小玲たちのテーブルに最初の前菜をサーブしているのが見えた。モーゲンソーとダスマンが劉小玲の両脇に座り、興奮気味に先を争って彼女に何かを言っている。彼女は落ち着きはらって微笑んでいる。彼女の首には、七宝焼のペンダントがかかっている。銅片に描かれた深緑の蓮の葉が姿良く折り重なっているさまが見えるようだった。蓮の陰には、澄んだ青の地に白い模様の鶉《ウズラ》のつがいがいる。


彼が彼女のアパートで誕生日を過ごしたあの夜、二人はなるべく早く結婚することを決めた。翌日の夜、彼は彼女に付き添って今晩のワインレッドのベルベットのドレスを買いに行った。そしてある服飾品店で、古風な模様を焼きつけた七宝のペンダントとベルト、そして指輪を買った。深緑の蓮と鶉の揃いのデザインだ。それが終わると今度は彼女が付き添ってこのダークブルーのスーツを誂《あつら》えたのだ。

ところが何日もしないうちに二人はまた激しくぶつかった。彼女の過去に対する彼の嫉妬はすさまじく、一種の病気に近かった。彼らの言い争いは日増しに激しくなり、最も辛辣で聞くに堪えない罵詈雑言を投げつけあった。ある時、彼のアパートで彼は激しい怒りの炎の中、理性を失い、狂ったように彼女を殴り、蹴ったのだ。彼女はクッションを掴んで腹部を庇い、床の上に丸まった。彼が正気に戻ったあと、彼女は一人でよろよろと出て行った。泣きもせず、罵倒もせず、うめくことさえしなかった。

彼女は去った。自分自身に対する部屋いっぱいの後悔を彼に残して。彼は煙草を吸い、行きつ戻りつし、テレビをつけたまま放心した……耐え切れず部屋を出てタクシーを止め、彼女のアパートに駆け付けた時はすでに真夜中だった。彼女の窓が閉じられ、灯りが消えているのを見ると、鍵を取り出し部屋のドアを開けた。中には誰もいなかった。かつてなかった不安が彼を襲った。その時、彼女が帰ってきた。額の左側に青いこぶができていた。彼が大股で近づくと、彼女はすっとその抱擁をかわした。薬の匂いが、病院帰りであることを告げていた。

彼女は台所で冷蔵庫を開け、自分のために冷たい水を一杯注いだ。ドアに寄りかかり、彼を見て、すこしずつ水を飲んだ。その眼には恨みも怨みもなく、そして、間違いなく愛もなくっていた。

「幸い子どもは無事だった、とお医者さんが言ったわ」

彼女は独り言のように言った。

「小玲」

彼女はおだやかに水を半分彼に分けた。彼はコップを持つ彼女の手を捧げ持った。「悪かった」彼がもぞもぞと言うと、彼女は歩いて行ってソファーに腰を下ろした。

「そんなふうに言わないで」彼女はついに言った。

二人は黙り込んだ。遠くにワンタン売りの声がした。彼女は懐からぶ厚い封筒を取り出した。

「これが来たわ」

受け取ってみると、アメリカ大使館から送られてきた移民手続きの書類の束だった。

「来月には出発する」

彼は何も言わず、すぐに書類を返した。煙草を吸いたいと思ったが、持っていなかった。彼女は書類の束をぱん、とテレビの上に投げた。そしてため息をついた。「私には子どもがいるけど、あなたには何もない……」

彼は踵を返して出て行った。階段を下りる前、彼女が彼の方に目をやることもなく静かに掃出し窓のカーテンを閉めているのがちらりと見えた。彼は腹を立て、一気に階段を駆け下りて表通りに出た。楓《フウ》の木が植わっている赤レンガの道を急ぎ足で歩いて行く。「行けばいいんだ、行けば。遠ければ遠いほどいい」彼は声もなく叫んでいた。ある踏切で轟音を立てて行き過ぎる長い貨物列車に行く手を遮られたとき、ようやくいつの頃からかしとしとと小雨が降り出していたのに気づいた。


「お客様、ステーキの焼き具合はいかがいたしましょうか」

濃い褐色のユニフォームを来たウエイターが尋ねた。

「ミディアム・ウェルで」

彼はウエイターに向かって歯を見せた。うつむいたウエイターの袖口が黄ばんでいるのが見えた。

「実際のところ」隣に座っている林栄平が言った、「君は博士の学位を取ってくるといいんだがな」

「やめておきましょう」詹奕宏は言い、首を横に振って笑った。

「財務部は来年規模を拡大する」J.P. は言った。

「やめておきますよ」詹奕宏は言った。今度は笑わなかった。彼は顔をそむけ、左側に座っているAliceと礼儀正しく酒を酌み交わした。

「木門レストランに新しい歌手が来たの」アリスは言った。「小柄で、ちょっと泥臭いけど、ジョーン・バエズを歌わせたら本物よ」

「そう」詹奕宏は言った。
J.P. ははっきりと詹奕宏の敵意を見た。「分かったんだな」と彼は考えた。ダスマンと劉小玲を迎えに行き、自分はテーブルを一つ離れたこちらに座った。それはモーゲンソーに「リンダとは何でもない」ことを示すためにすぎない。モーゲンソーとダスマンが劉小玲の両脇に座って、興に乗って談笑しているのが見えた。二人の外国人に怒りを覚えた。「いや、違う」と彼は思い、そっと首を振った。「一番憎むべきはやはり自分自身だ」。かつて自らの愛人だった女性が外国人のボスに性的いやがらせを受けたのに、ほとんど反射的にそのボスに対して知らぬ振りをした。自分とその女性との間には何もない振りをしたのだ。「こんな自分は……」と彼は思った。
「林部長」Davis が言った。「一献差し上げます」

林栄平は満面の笑みを浮かべて、自分の盃を挙げた。Davis は苦学の青年で、十年前高等商業を卒業し米軍のある機関で働いていた。米軍による人員整理のために失業したので、青年会議所の友人が林栄平に紹介してきたのだ。林栄平は Davis が学歴はないが苦労を厭わぬ優秀な人材だと見ぬいた。林がためらいもなく自分を重用してくれることを彼は感謝してもしきれないと思っている。今も、彼は恭しく両手で盃を捧げ持って「一献差し上げます」と言い、色白の顔には、敬意に満ちた緊張による紅潮がゆえなく浮かんでいた。

「暇なときは何をしているのかい」J.P. はわざと親しげに尋ねた。

「あ、あ」Davis は言葉につまった。「英語を少しやっています」

林栄平は、すかさず彼の英語を褒めた。このとき劉小玲のほうから何か騒がしい声がした。林栄平は目を細め、すでに酒で顔を赤くしたモーゲンソーを見た。

「J.P. は砂漠が好きだという人を聞いたことがあるかい」モーゲンソーはテーブルを一つ隔てた向こうから怒鳴った。「リンダは砂漠が好きなんだとさ――変わった趣味だよな」

林栄平は無表情にモーゲンソーを見ている。酒のせいで赤らんだ顔にモーゲンソーの髭はとりわけ目立っていた。「You son of a bitch!」彼は心の中で罵った。「この白痴め」二年後までにニューヨークの方では新しい政策を打ち出し、――「必要かつ可能であれば」各支社の管理職をなるべく本土化するつもりであることを彼は知っていた。彼はすでに手配に着手していた。まず財務部に自分の腹心を置き、それから、モーゲンソーを追い出す。

「君は博士の学位を取ってくるべきだ」林栄平は詹奕宏に向き直った。「会社の経費と名義で送り出してもいい」

「やめておきます」詹奕宏は言った。

「だったらアリゾナ州のソノラ砂漠に行かなきゃ」ダスマンが劉小玲に言っている。「あそこには素晴らしい砂漠博物館がある」

隣席の、統計組の働き者の女の子 Alice と、最近封切られた映画について熱心に語っている風を装いながら、詹奕宏の耳はずっと喧噪を隔てて劉小玲のところの砂漠についての話を聞き取ろうと頑張っていた。ダスマンは自らをアマチュアの生態学者と任じており、その砂漠博物館が、どれほど現代的な科学装置で進化の過程を生き生きと説明しているか、ほとんどが夜間に活動する砂漠の動物たちの興味深い生態を、特殊な光学設備のもとで、どのように参観者たちに余すところなく見せているか……を説明しているところだった。

「へえ、知らなかった、知らなかった、知らなかったわ」劉小玲は感嘆の声を挙げている。

「沙漠は生命と生気に満ちた場所なんですよ」ダスマンは言った。「ただ人々が知らないだけなんだ」

「But Mr. Dasmann…」劉小玲は言った。

詹奕宏は耳を傾けながら、黙って煙草に火をつけた。Alice は英語が苦手だったが、それでも彼女も一生懸命に聞いているようだった。

「劉小玲は今夜とてもきれいね」Alice は言った。

詹奕宏は次に顔を反対側に向け、J.P. を相手に酒を垂らしたジュースを飲んだ。「酒を飲んだらいいのに。飲めないわけでもないだろう」J.P. は言った。「いえ」詹奕宏は言った。彼はJ.P. のひどくあいまいな憂鬱を感じ取った。だが彼は、自分が腹を立てて劉小玲のアパートから飛び出したあの夜——あれ以来二人は一度も会っていない、毎日仕事を終え自分の散らかった住まいに戻ると彼女が恋しくてたまらなくなるにも拘わらず——踏切で彼を遮ったあの貨物列車を思い出していた。黒く力強く、いつまでも続く貨物列車は、轟音を立てて自分の目の前を走り去り、その先にある自分の故郷——街路はわずか二本、街路を出ればすぐに大きくも小さくもない平野につながっている故郷に向けて走っていく。


劉小玲と知り合ったばかりの頃、詹奕宏は一度彼女と一緒に夜行列車で南部の田舎に帰省したことがある。車内には柔らかな灯り、広々とした座席があった。彼女の左手は彼に握られ、右手は汽車の窓にかけられたレースのカーテンをもてあそんでいた。そのとき彼女は十数年来絶えず彼女の夢に現れる情景——白い、見渡す限りの砂漠のことをささやくように語ったのだ。

彼は聞くともなしに聞いていた。心の中では自分の父親が「外省人の娘」を連れて帰ったらどういう反応をするのだろうかと考え、一人で秘かに笑っていた。

「でも夢の中の砂とは全く違うの」彼女は言った。

「うん」

彼はわずかに身を起こし、手を伸ばして茶碗置きから茶碗を取った。豊かな髪を長く垂らした彼女の頭が窓ガラスに斜めにもたれかかっているのが見えた。外は尽きることのない闇夜だ。遠くの町の灯りがゆっくりと後ろに向かって回転しながら遠ざかって行く。機械的にガムを噛む彼女の横顔には、ある種の安定し満足した、だが寂しげな表情が浮かんでいた。

彼女は、夢の中の砂は白いのだと言う。

「純白ではないのよ」彼女は言う。「卵の殻のようなあんな白なの」

彼は声を立てて笑った。昔、毎朝生卵を二つずつ割って酒に漬けて飲んでいた馬鹿な自分を思い出した。兵役の時に知り合った友人が、そうすれば男性の能力を強めることができると言ったのだ。

彼女は不思議そうに首を巡らせて彼を見た。

「卵の殻と言っても」彼は言った、「いろいろあるぜ」

彼女は彼の右手を自分の胸に引き寄せたが、わざとその豊かな胸に触れさせぬようにしていた。彼女は相変わらず頭を窓ガラスにもたせかけ、窓の向こうの闇夜を凝視している。

「とにかくあんな白さなの。見渡す限り、広々と、果てしなく白くてきれいな砂」彼女は言った。

「サボテンとかがあるはずだろ」彼はふざけた。

彼女は首を振る。

「じゃなければバッファローの頭蓋骨とか」

彼女は再びおごそかな表情で首を横に振る。

このような夢を初めて見たのは中学生の頃だったという。その静かで白い果てしない世界は彼女を怖がらせた。砂漠の夢から覚めるたびに、彼女は孤独を感じて泣いた。布団の角を口に押し込んで泣き声を漏らさぬようにしなければならぬときもあった。

「それから、大人になって、多分慣れてしまったのね」彼女は言った。「だんだんと夢の中でその広々とした砂を見つめることができるようになった」

彼女はこうやって本物の砂漠に興味を持ったのだ。

詹奕宏は少し残したステーキの皿をウエイターに下げさせ、ナプキンで丁寧に口の周りを拭いた。もともと食欲のなかった彼は、トマトソース味ばかりの満腹を覚えていた。モーゲンソーが今夜の主賓二人のために順に乾杯をしようと提案した。劉小玲がすっと立ち上がったのが見えた。その瞬間、彼女はたおやかに立っていた。

「いいえ」彼女は言った。「私から皆さんに感謝させてください」

二人の西洋人も続いて立ち上がった。席についていた人はばらばらと立った。詹奕宏はうつむいて、ゴブレットを握りしめた。

「私たちを忘れないでね、劉さん」Aliceが突然言った。

彼は顔を上げると、彼を見つめる憂わしげな劉小玲のほろ酔いの視線とぶつかった。彼女の手がグラスを持って皆に向かって小さな円を描き、乾杯を促すのが見えた。

彼女のふっくらとした指は何もつけていない。グラスに残り少ないジュースを彼は黙って飲み干した。皆が再び腰を下ろしたとき、詹奕宏は突然自分のスーツのポケットにある指輪のことを思い出した。手を入れてみると、確かにあった。それは彼女が今身につけているペンダントやベルトと揃いの七宝の指輪で、同じように雨に打たれる深緑の蓮の葉の模様が焼き付けてある。あのとき、数日後に結婚届を出した際に彼女の指に嵌めるつもりで、彼がポケットに入れたのだ。

モーゲンソーが政治を話題にしはじめたようだ。

「S.O.B. は、我々外国企業は台湾を地図の上から抹殺することはありえないと言っている……」とモーゲンソーは言った。「SOB said that we multinational companies here would never let Taiwan wiped out from the map…」明らかに酔っぱらったモーゲンソーは、顔を劉小玲に近づけた。「奇妙だろう」彼は言った。「我々アメリカのビジネスマンは台北はニューヨークより何千倍何万倍も良いと思っているのに、お前たち××の中国人ときたら、アメリカを××のパラダイスだと思ってるんだからな」

詹奕宏は劉小玲が表情硬く後ずさるのを見た。「私はアメリカをパラダイスだとは思っていません……」彼女はこわばった笑いを見せた。彼女は「パラダイス」の前の「f--ing」という卑語を巧みに削っていた。当惑するでもなく、腹を立てるでもなく、モーゲンソーの失態を軽蔑すらしていた。詹奕宏は視線をすっと壁に移した。胃が冷えて頭の中が次第に空っぽになっていくような気がした。「やはりあのひとは世慣れている」と彼は思った。「And you f--ing Chinese think the United States is a f--ing paradise.」モーゲンソーは言った。「おかしいだろ、ダスマンさん」ダスマンはげらげら笑っている。Alice は英語の卑語を知らないので、何も分からず一緒に笑った。詹奕宏は深々と息を吸い込んだ。彼の頭はとたんに空っぽになった。モーゲンソーはまだあうあうと話を続けている。だが、詹奕宏には「f--ing Chinese」という言葉が自分の空っぽの頭の中をぐるぐる回っているのだけが感じられた。ふと、自分の手がいつのまにかかすかに震えているのに気付いた。

彼は突然言った。

「あなたがた、言葉に気をつけるんだな……」英語で言ったのだが、その声はひどく弱々しかった。林栄平の他は誰も彼が何を言ったのか聞こえなかった。林栄平は驚いて彼を見た。詹奕宏は自分の情けない声に深く傷つき、怒りを感じた。彼はすっくと立ち上がった。

「あなたがた、自分の言葉に気をつけたほうがいい」

彼は言った。顔色は青白く、息遣いが荒かった。部屋の中はたちまち静まり返った。何が起こったのか誰も分かっていないようであった。

「私は辞職を以て抗議の意を表します、モーゲンソーさん……」詹奕宏は言った。彼の顔は苦しげにゆがんでいる。「だが、モーゲンソーさん、あなたは私に丁重な謝罪をしなければならない……」

「James…」林栄平は小声で言った。

「偉大な民主共和国の公民にふさわしい謝罪をだ」詹奕宏は言った。

「どういうことだ、J.P.」モーゲンソーはもごもごと言った。

「James…」林栄平は言った。

詹奕宏は猛然と林栄平に向き直った。その顔には哀しげな、辛そうな笑いがあった。

「J.P.」彼は台湾語に切り換えて言った。「外人の前で喧嘩はやめよう」彼は無理やり笑い顔を作り、努めておだやかな調子で言った。「あんたがどうするかは、俺は知らない。だが俺は、これ以上、人の顔色を窺いながら毎日を送るのはごめんだ」

そう言うと彼は振り向きもせず大またで部屋を出て行った。

「詹奕宏！」

劉小玲が突然立ち上がった。「詹奕宏！」彼女は大声で呼ぶと、床まで届く長い裾をからげて詹奕宏を追い、暖かみのある豪華なシャンデリアが下がる宴会場を飛び出した。

4　七宝の指輪

ホテルの玄関から遠くないところで劉小玲は詹奕宏に追いついた。彼女は彼の腕にすがりついた。二人は黙って大通りに続く静かな坂道を歩いていった。彼女は何度もこっそり心配げに、まっすぐ前を見つめたままの彼の横顔に目をやった。さきほどの、怒りと悲しみと羞恥と苦しみにゆがめられた表情は消えていた。疲れているように見えたが、すっきりと穏やかな彼の表情は、彼女ですら目にしたことがないものだった。

流しのタクシーが誘うように二人の横をゆっくりと通り過ぎていく。詹奕宏がにこやかに運転手に首を振ると、車は前方へ走り去った。彼女が遠ざかって行くテールランプを黙って見ていると、詹奕宏は彼女の右手を持ち上げ、あの七宝の指輪をはめた。

彼女は泣きだした。

「外国に行くのはやめろ」彼は穏やかに言った。「俺と田舎に戻ろう……」

彼女は声を上げて泣きそうなのを必死でこらえながら、何度も何度も頷いていた。

「泣かないで」

彼はやさしく言った。

彼は、踏切を行くあの貨物列車を突然思い出した。黒く、強大で、長い、夜行貨物列車、轟々と南の彼の故郷に向けて走る貨物列車を。

――一九七八年三月『台湾文芸』五十八期

鈴《すず》璫《の》花《はな》

私は一人、あの丘の上の廃墟となったレンガ窯の傍に坐っていた。……十月だっただろう、私は、鶯鎮の晴れ渡った空気を貫いて丘の下の黄色の稲田を照らす朝九時か十時頃の太陽を見ていた。丘の上のその廃窯は、斜めに削り取った坂道から四十メートルほど離れていて、丘の下のタコノキの林と接していた。この坂道全体が、数十年もずっと、この付近の窯から出た失敗作を捨てる場所でもあった。そこには一面、赤黒く焦げ、破損し変形した陶器たちの死体が散乱していた。照り始めた太陽の光に照らされ、そこからオレンジ色の反射光が煌めいている。そして恍惚として見ていると、荒れた坂道の茅草もレモン色に染まり始めるのだった。坂道の端っこには、何人か貧乏人の子どもが雑種の犬を従え、使えそうな皿や碗、小さい甕を拾い上げている。男の子が坂を駆け下りる時の陶器のパキパキ鳴る音、子どもの笑い声や犬の鳴き声も聞こえてきた。

　ちょっと前、私も幾つか良さげなモノを拾っていた。コーヒー色の煎じ鍋、二匹の出目金魚が描かれた荒仕上げの皿。私はそれらを曾益順と作った秘密の隠し場所——廃窯に押し込んだ。この時、線路に接する鶯鎮国民小学校から、朗々と唱和する声が漂ってきた。心に淋しさが込み上げる。私は家に居るふりをして、毎日学校をさぼっていた。そうやって既に三日が経っていた。

第一日目、益順が飼っている青蛇が見たくて、阿順と一緒に廃窯にきていた。

あの日、曾益順は私の手を引いて廃窯に導いてくれた。縦に割れ目のある水甕――その中に飼っている深緑の小さい青蛇。益順は得意げにもう一つ、蛙を飼っている水甕から一匹摘み出し、蛇の甕へと放り込んだ。蛇は身体を伸ばして外に出ようとしたが、その度に甕の底に滑り落ちていた。私はその瞬間を見逃していたのだが、跳ねていた蛙は、既に蛇に咥えられ、空しく足をバタバタさせていた。蛙はジージーと断末魔の叫びをあげたが、蛇は何度か飲み下す動作の後、とうとう蛙を平らげてしまった。私は元々は細い、その蛇の首から胴のあたりを観察した。それは、蛙を呑んだために膨れ上がり、ゆっくりと身体をくねくねさせていた。私たちは再び、蛙を放り込んだ。が、その後はもう食べなくなった。二匹の蛙が蛇の傍らで縮こまっているのを物憂げに眺めながら、ようやく私たちは廃窯の外へ出た。

あの日だった。曾益順は何度も考えて、私もまたこの廃窯を共有しても良いことに決めたのだが、それは無条件にではなかった。

「まず、ここを秘密にすること」

「第二に、自分の最も好きなものをここに置く、ということにしよう」

二日目、姉の裁縫用のチョークと、日本人が置いていった木彫りの笑い弥勒を持ってきた。少しは貢献したはずだが、どう考えても益順の小蛇と蛙には敵わず、引け目を感じた。しかし益順は、夜にくる魑魅魍魎を追い払ってくれるだろうと、満面の笑みを湛えたその弥勒仏を称賛した。この時から我々は、廃窯から出る際、何度も廃窯に向かい合掌の礼を繰り返すようになった。

「ここにくるんじゃない、聞いてるのか？帰れ、帰れっ」

曾益順の声がして、私はすばやく廃窯をぐるっと回った。

「阿順⁉」と呼んでみた。

私は廃窯に通じる小路で阿順が両手を広げ、ボロボロの服を着た少女と二人の幼子、そして逞しい黒の雑種犬に立ちはだかっているのを見た。

「ここはあんただけの路じゃないのよ……」両手いっぱいに鉢と大小の碗を抱えた少女が言った。

「この路は俺が見つけたんだし、樹だって俺が植えた……」

益順はそう言うと、黒犬がワンワン吠えだした。「クソッ、なに吠えてんだ。クソッタレ！」益順は怒鳴りながら、石を拾い上げ、逃げようとする犬に投げつけた。女の子も幼子たちも憤懣やる方ない様子だったが、しかし逃げて行った。

「腹出し土左衛門、死んじまえ……」

女の子は呪詛の言葉を投げつけ、犬も吠え続けた。

「この路がお前のものなら、ズボンなしで歩いてみろ！」女の子は石の届かない距離をとって、怒鳴り返した。「腹でかはすぐ死ぬ、みっともなく死ぬぞ！」

曾益順は黙然として廃窯へと戻ってきたが、額には汗がべっとりと付いていた。私の傍を通り過ぎる時、腰に結わえた籠に何かが飛び跳ね、「クワッ、クワッ」と鳴いた。私には分かった、それは青蛇の餌の蛙だった。

強く弱く遠く近くオルガンの音を乗せ、そよ風が丘の廃窯にも吹いてきた。私はその音色から歌を聴き当てた。

――太陽が燦々と、
中国の少年や、
志気強し、志気強し……

ああ、二番だな。中級の唱歌クラスだ、私はそう思った。オルガンの前でいつも腕まくりをする、痩せぎすで背の高い陳彩鸞先生のことを想像した。彼女はいつも、「志気強し」を「住気強し?」と歌ってしまう。思い出して笑ってしまった。

「……志気強し――」私は口ずさんでみた。そして、身体を揺らして口真似をした。「中国の少年や、住気強し――かっ……」

「朝、餌やったか?」

曾益順が窯の外に頭を出して訊いてきた。

「うん」

「やり過ぎるなよ?」阿順は眉をひそめて言った。「死んだら、弁償だぞ」

私は、阿順が窯の口から出てきてそそくさと暗い窯の中に向かって手を合わせるのを眺めた。

またオルガンの音と生徒たちの歌声が、ふわふわと漂ってきた。私たちは黙って丘の下に広がる黄金の稲田を眺め、ぼんやりと十月のそよ風に揺れる竹垣を見つめ、そうやって国民小学校から漏れ出てくるオルガンと歌声に聴き入っていた。

「明日は、もうやめよう」

私は遠くに見える、稲田と渓流が接する辺りを眺めながら、憂鬱に言った。

阿順は驚いて私を見つめた。

「学校に戻らなくちゃ」私は俯き、ボソボソ呟いた。

「そんなら……」阿順は「筍亀をきっと獲ってきてやる」と言った。

「うそだ」

「どうして、どうしてうそだと?」

「十月に筍亀なんていないよ、自分で言ってたじゃないか」

阿順は黙った……。

「いるにはいるんだ。ただあの尖り山の頂上の竹林に行かなくちゃ。大きいのがみんなあそこに。こーんなにでかいんだぞ……」

「本当?」

「本当さ」しかし実直な阿順の顔に翳りが仄

見え、「でも、もう俺の叔父さんに連れて行ってもらえない」そして心配そうに続けた。「叔父さん、死んじゃうんだ」

「えっ？」

二か月ほど前、台風のため連日の豪雨だった。それで大漢渓が洪水になった。風雨が一息ついて、阿順の叔父さんともう一人の男が流木を薪にしようと、轟々と流れる渓流に出かけたところ、不注意にも山から押し流されてきた大木に突き飛ばされ、胸と背中を負傷した。すぐに岸へと助け出されたが、叔父さんは何度か血を吐いた。聞いたところでは、それからずっと起き上がれないままなのだ。

私たち二人はまた黙りこくり、オルガンの音を聞き続けた。

「じゃあ、兵隊を見に連れていってやるよ！」

「本当？」

「本当さ」

「でも、怖いよ」

私は目を丸くして言った。

学校の裏には黒松の林があった。その松林を下った辺りに五棟、鶯鎮国民小学校の最も古い教室校舎があって、全て兵舎になっていた。学校は再三再四、そこに行ってはならないと厳命していた。そういうわけで、学童たちの心の中では、その黒松の林は神秘の禁区となっていた。

「何度か行ったから、知ってるんだ」阿順はニヤニヤした。

「うそだ。またうそなんだろう」

「えっ、どうして？」阿順は目を細めて「どうして、どうしてうそだと？」

私たちは鞄を窯の中に放り込んだ。ただ阿順のは実は鞄でなかった。白いバンドで本と帳面と弁当を一括りにしたものだった。私たちは廃窯を離れ、相思樹林に沿って赤土の道を下り、月桃花が満開となった小丘をすり抜けた。すると変わった匂いが漂ってきた。葱、大蒜、唐辛子が混ざったような……。

「やつらは今、飯時なんだ」阿順は言った。

阿順は少し小走りに先を歩き始めた。

「ほら」阿順は言った。「どんな感じで飯を食ってるのか、見えないかな」

私たちは小丘を越え、廃線になった線路に出て、蔦や草で覆われた、閉ざされて久しい学校の後門に辿り着いた。後門を入るとそこは廃園だった。廃園の中には石碑が立っていて、日本軍が台湾を征服した時の、北白川宮親王がここで陣営を張った事跡などが記されていた。台湾が中国に復帰して以降、石碑はそのままだったが、碑文はセメントで消されていた。廃園を抜けると、一面の黒松林となった。駐留軍は五棟の木造の教室校舎を、台所、将校事務室、そして兵舎にあてていた。

私たちは記念碑の台座の後ろに蹲《うずくま》り、兵士たちが三つに固まってアルミ碗やコップに飯を盛り、地べたにおいた皿からおかずを抓まんでいるのを見た。

「うまそうだな」阿順は言った。

「そうかな。まずそうだよ」私は反対意見を述べた。

「うまそう」また阿順は言った。「知らないだろう、俺は食ったことあるぜ」

「うそだ」

私は目を見開き、地面に蹲ってガツガツ食べている兵士たち、立って食べている兵士たちを見た。そして阿順に尋ねた。

「どうして家の中で食べないのかな？」

「どうしてだろう」

「どうしてテーブルで食べないんだ？」

「分からない」

「やつらはどうして今、朝飯を食ってるんだ？」私は言った。

「知らない。飯は一日二回なんだろう」と阿順は言った。

「また、うそだろ？」

「どうして?」阿順はまた目を細めて、耐えきれない様子で「なんで、うそだと?」

「誰からそれを聞いたんだ?」私は言った。

「俺たち曾厝村の一人が言ってたんだ」阿順は今度は石碑にへばりついて言った。「そいつは兵隊さんたちに野菜を届けているやつなんだ」

「やっぱり、見えないように蹲ったほうがいいよ」私は言った。「見つかっちゃうよ」

「それがどうした?」阿順は笑った。

「やつらは天秤棒で人を殴り殺して、勝手に埋めちゃうんだぞ」

「それは、前に俺が言ったことだろう」

阿順が言っていたのは、曾厝村の野菜売りの話で、野菜を届けに行ったある日、ちょうど軍紀違反の兵が別の教室で打ち据えられていたのを見てしまった——その顛末だった。叫び声は、はじめはかん高く、続いて疲れた様子で、さらにうんうんと呻吟する態で、最後にはヒーヒーという声が漏れ出てくるだけとなった。そして数日後、その兵士は死んだ。数人の兵士が兵用の毛布で死体を包み、墓地へと担架で運んで行った、と言う。

「実際、叩き殺されたわけではないかもしれない、と曾厝村のそいつが言ってた」と阿順。

続けて阿順は、兵隊さんの中で何人かがひどい下痢で、治らないようだった、とも言った。そして「それでまた曾厝村のそいつが言ってたんだが、やつらの厠から出てくる堆肥は水っぽいんだ」と。

急に私は臭気を感じた。木造の厠所が目に入ったが、取っ手が壊れており、斜めのまま扉が開いていた。草履を履いた兵士が、腰ひもを結びながら厠から出てきた。

「行こう」私は唾を吐いて言った。

私たちは、壊れて意味を為さない後門をそそくさと出た。一群のシロガシラが、相思樹の林でジージーと鳴いていた。

「うるさいシロガシラだ」阿順は不愉快そう

に言った。「うるせー!」

阿順は石ころを拾い上げると、頭の上の相思樹の枝めがけて投げつけた。シロガシラどもは飛んで行ったが、そう遠くない枝に止まって、また騒ぎ始めるのだった。

「僕の叔父さん、死ぬんだ」阿順はまた憂鬱そうに言った。「一昨年、隣の阿冬姉さんが死んだ時も、シロガシラたちが竹垣にきて、丸二日鳴いていた」

「ほんと言うと、大きな筍亀、それほどほしいわけじゃないよ」私は済まなさそうに言った。私も石ころを拾い上げ、シロガシラたちが騒ぐ遠くの木陰めがけて投げ込んだ。シロガシラたちは案の定、羽ばたいて、さらに遠い林まで飛んで行き、また鳴き始めた。

相思樹《ソウシジュ》の林を抜けると、パッと明るくなった。桃鎮に向かう線路が長々と私たちの眼前に現れた。阿順はしばし、シロガシラの立ち騒ぐ凶相を忘れ、両腕でバランスを取りながら、小さく慣れた足取りでレールの上を歩き始めた。

「阿助よ、こんな風にできるか?」阿順は言った。

私も興奮して線路の上を歩き始めた。本能的に両手を広げ、揺れる身体のバランスを取っていたが、二、三歩して落ちてしまった。一方の阿順は、既に一定の距離を進んだだけでなく、同時に歌も歌い始めた。

——喜び溢れ、灯りを点し飾りを付けよう
勝利の歌をみんなで歌おう
この歌声が町にも村にも響いて
台湾の中国復帰、忘れるな……

私が二年生となったあの年、台湾は中国に復帰した。一時期、多くの中国の歌が、国民学校を中心にして、鶯鎮の隅々から聞こえてきた。あの頃、学校も民衆も、慶賀行列に参加し、青天白日旗を振り、街を歩きながら「台湾復帰の歌」などを歌った。しかしここ数年、あまり歌われなくなった。私は、四年生までの男子児童がいっしょにやる騎馬戦の時の歌を思い出した。両手をポケットに突っ込み、足を枕木に落ち着け、大きな声で歌ってみた。

——八年抗戦、八年抗戦、

勝利は我がもの

……

阿順と私は、このように線路を歩いていた——当然、阿順の技術をもってしても、時にレールから落ちてしまい、カラカラと笑うのだが——。枕木を踏みしめ歩きながら、凡そ想い出した順に好きな歌を歌った。線路の片側は、柔らかく伸びた茅草の土手になっていた。もう片側は、石とコンクリートで固められた一丈ほどの高さの堤だった。堤には歩道もついているが、時に通過するオンボロの客車がくるたびに、黒っぽい塵埃が巻き上がるのだった。

「阿助、歌うな!」十歩ほど前を行く益順が叫んだ。「静かにして」

どうしたんだろうと思って阿順を見ると、レールに屈みこんで、右耳をレールに押し当て笑いながら言った。

「聴いてみろよ、汽車がくるぞ」

目を凝らして見たが、線路の途切れる境にまだ汽車の影はなかった。晴れ渡った空の下、線路の傍の電柱が規則正しく立っていて、鶯鎮の外の広々とした世界にまで繋がっていた。二羽の鷹が、柔らかくくっきりとした円をのんびりと描いていた。

「聴いてみろよ、汽車がくるぞ」阿順は言った。「しゃんがんで、俺みたいに」

私は耳を温かいレールに押し当てると、すぐに轟々とした車輪の音が伝わってきた。それは特有のリズムで、その明快なリズムとともに段々と大きくなってきた。そうやって私たちは汽車がくるのを待っていた。遠くで名も知らぬ鳥の鳴き声が響いていた。私たちはついに一筋の黒煙が、レールの尽きるところからモクモクと出てくるのを見た。

「来た来た！」阿順は飛び上がった。「ほら、来たぞ！」

私たちはついに黒い車体を見た。汽車はスピードを上げて迫ってきた。私たちは草叢に降り、神妙にして通り過ぎるのを観察し、力強い蒸気と轟々たる車体の音に聴き入った。汽車は優美に、そして雄々しく私たちの目前を、レールのわずかなカーブに沿って走り抜けて行くのであった。

「おらおらおら――！」

益順は茅草の中から、汽車に向かって飛び跳ね、叫んだ。汽車が遠ざかると、阿順は急に黙りこくり、遠くを見つめる寂しそうな眼差しに変わった。

「阿助よ、聞きたいことがあるんだ」突然、曾益順が言った。

「うん」

「阿助、高東茂先生が汽車に乗っていたら、俺たちを見た……かな？」

「分からないよ」私は想いに耽りつつ「やっぱり分からない」

確かに分からない、分かるはずもない。

高東茂先生は、阿順の「牛飼いクラス」の担任だった。私たちが五年生となった去年、学校は家長会の有力者の圧力で、経済的「学力的」に進学の望みのない生徒をより分け、別に「職工クラス」とする決定をした。校務会で唯一反対したのが高東茂先生で、彼は志願して「牛飼いクラス」を引き受けたのだ。

「先生はたくさん歌を教えてくれた。誰も教えてくれなかった歌」

曾益順はそう言いながら、寂しく小声で歌った。

——銃口は外へ
みなで前へ
農民をいじめるな
仲間をいじめるな
……

私も覚えていた。高東茂先生は「牛飼いクラス」に算盤や簿記を教えるだけでなく、読書、唱歌の授業も増やした。高先生はまた、校長の反対にもめげず、全生徒を連れ、鶯鎮付近の二甲や大埤などの村々に出かけ、貧しい生徒の家の農作業や公共施設の清掃を手伝ったり、田畑に出て種や堆肥を撒いたり、害虫駆除のやり方も教えた。高先生は、学校から「不良」の烙印を押されていた、貧しく腕白な曾益順を級長にし、筍亀の生態について報告させたり、「進学クラス」でもいたずら好きの私を言外に可愛がってくれた。ちょうどその頃であった、曾益順の話題の中で、比較的真面目な内容が出てきたのは。たとえば、クラス別教育は階級蔑視であるとか、貧しい人が盗みをするのは腹を空かせた子どものためだとか、貧しい人には住む家もないとか……。

「林先生はお前を叩いたこともあったけど、恨んでないか？」益順は言った。
　二人は茅草の土手に寝ころび、鎮の境にある青緑色の山を眺めていた。小さい頃から、あの山は鄭成功が台湾に転戦しにきた時に通ったところだと聞かされていた。官と兵を連れて鳶の精霊が住む鳶山に差し掛かった際、その精霊に多くの兵士が食べられてしまった、とか。また、鄭成功は怒って、大砲で鳶の精霊を撃破し、土地に平安がもたらされた、とも。私は黙って、細く柔らかい茅の茎をかじり、ほんのり甘い汁を吸い続けていた。クラスを分けるなんて、どうして楽しいことがあろう？　特にいつも遊んでいる友だち——面白いお化けの話をたくさん知っていて、しかも夏になると大きな飯盒に筍亀を入れて持ってきて、町の自分たちに売ってくれる子、どこによい釣り場があるのか知っていて、川泳ぎの後で家族に分からずに済む方法を知っている益順など——クラスを分けたことについて、彼らは卑劣と憤怒と隔絶を感じていたのではないか——私は幼心に、自分でも説明のできない悲しみを抱えていた。

ある年の夏、多くのクラスメートが毎年のように、阿順に筍亀を予約した。が、日々が過ぎても、阿順は知らぬ顔をして筍亀を持ってこなかった。ある日、三限目が終わった頃、五、六人が「牛飼いクラス」にやってきて、筍亀を要求し始めた。

「筍亀らはみんな牛を見に行っちゃって、いねーんだ」

曾益順は、白目を剥き挑むように言った。

「明日、持ってくるということでいいんじゃないか」私がむしろ釈明するように言った。

「明日も、明後日も、明々後日もない！」益順は続けて「ないものはない。どうだってんだ！」ないよ。偉そうに。やら

謝樵医院の長男の謝介傑は、真っ赤になって猛然と益順の肩を衝いた。曾益順は四、五尺ほど飛ばされ、書棚も一脚ひっくり返った。彼は茫然として床にへたり込んでいたが、こんな攻撃に遭うとは思っていなかったらしく、顔面蒼白であった。

「筍亀がないなら、金返せ！」謝介傑が言った。

この時、高東茂先生が教室に入ってきた。私と筍亀を貰いにきた生徒を除いて、みなワーと声を出し散ってしまった。先生は軽蔑の表情を浮かべ、さっと歩み寄ってきて、平手で一発、正確に私の右頬を打った。

「まだ社会に出てないうちに貧しい人間をバカにするのか？」高東茂先生は怒って言い放っ

た。

　私は少し眩暈を覚えた。「牛飼いクラス」全体が静まり返った。私はぼんやりとその場を離れた。その時、阿順の顔に驚きと呵責が見えた。放課後、邱記氏の大きい窯場の傍の道を歩いていると、高東茂先生と曾益順が突然、道路標識の付近から出てきた。

「庄源助、先生が悪かった」先生は微笑みながら言った。背が高く痩せた先生を見上げると、先生の色白の顔が見えた。先生は、長い憂愁を経たような二つの眼で私を見つめた。

「クラスを分割するなんて……大人の悪い考えなんだ」高先生は言った。「先生の間違いは、ある悪いやり方でもう一つの悪い事に反対したことだ。うむ。分からないかな？　とにかく先生が悪かった」

　私は依然としてよく分からなかった。しかしなぜか、二人の五年生の生徒はいっしょに涙を流したのだった。

「我々は他人に、お互いに差別したり、憎み合ったりすることを教えてはならないんだ」高先生は言った。「そう、お互いに……」

　冬休みが終わった後、学校に戻ってみると、高東茂先生はいなくなっていた。「牛飼いクラス」は怒りっぽい女先生に代わっていた。曾益順は級長の任を解かれ、喧嘩や悪戯、ズル休みの常習者に戻っていた。ただあの帰り道、高東茂先生によって取り持たれた二人の友情は、少しも動じなかった。生徒は誰も、先生がどこに行ったのか知らなかった。牛飼いクラスのクラスメートが担任に訊いたこともあったが、全く相手にされなかった。その年、鶯鎮全体にも憂鬱な空気が漂い、大人たちも沈黙と恐怖に浸されていた。それは父親にしてもそうだった。農会の総幹事と付き合いがあり、謝樵医院の謝先生や邱記氏の窯場の邱信忠などこの一帯の「顔役」達と、母親たちから「清潔酒楼」と陰口を叩かれている店で飲み麻雀をしていた父もまた、家に居る時は黙々と飯を食べ、黙々と台北に出勤していた。

「あんなに良くしてくれた高先生、どうして一言もなくて行っちゃったんだろう？」

私はそう呟きつつ、口に咥えていた茅の茎を吐き出し、柔らかい茎を口に放り込んだ。茅草は、水牛が反芻するように、唇の動きとともに揺れていた。空気もさらに熱くなってきた。

「誰か知らないのかな？」

座り込んだ阿順は一匹の大蟻を手の平に載せ、好きに歩かせた。そして、既に聞き及んでいたことをくり返した。旧暦の正月前の小雨の降る夜、一台のジープが高先生の狭い庭に停まり、二、三の人物が戸を叩いた。すると高先生は家の裏側の窓を破り、小雨の降る暗夜に飛び出し、大湖郷の稲田に消えていった。しかし、大人から聞いたこんな話は、幼く当惑した心に深く刻まれ、たとえ親友であってもめったに話せないのだった。

「誰も知らないのかな？」阿順は叫ぶように言った。「もし俺と蛙を採りに行きたいなら、もう高先生のことは言わないで……」

この時急に、汽車が迫ってきた。阿順はバネが弾けたように跳ね上がり、汽車に向けて、鬱憤を晴らすように叫んだ。

「おらおらおら！　あーっ……」

「おらおらおら！　あーっ……」

私もまた両腕をぐるぐる回し、汽車に向かって叫んだ。

また汽車が遠くなる。剥げた赤土の丘の辺りのカーブに消えると、遠くの鳥の鳴く声だけになり、二人は茅草の土手を降りはじめた。翠色のイナゴが私たちの歩いている草叢から飛び出し隠れた。空中を飛ぶ時、チチチという羽音を響かせて。

「ほら！　あの紅い羽根！」阿順が叫んだ。

一匹のどでかい深緑のイナゴが、まさに私たちの目の前を飛んだ。薄紅色の内羽が太陽に照らされ、眩いばかりの虹を描き、悠々と向こうの茅草に着地した。

茅草を降りていくと、一面に石が積もった河原に出た。白や灰色の大きな石は、幾度もの洪水によって運ばれてきた遺物だ。少しずつ葦原を進んでいくと、白い花、大きな葦の花が、古代の兵舎に掛かった軍旗のように規則正しく咲いていて、西風に吹かれ翻っていた。黄色い名も知らぬ水鳥が、葦の上を忙しく飛び跳ね、クワッ、クワッ、クワッと鳴いた。

「阿助よ」曾益順が言った。

「ああ」

「あのな、明日から、お前は学校へ戻ったほうがいいぞ」

「……」

「考えたけど、高先生が知ったら、怒るんじゃないか」

「もう三日も行ってないし」

「……」

「それじゃ、阿順は?」私は言った。「高先生は、お前がこんなふうじゃ、やはり怒るんじゃないか」また阿順は黙って歩いたが、急に歌いだした。

——同胞たちよ
歌うから聴いておくれ
我々の東の方
小東洋がある
数十年来、戦の準備をして
中国を滅ぼしに

……

たとえ阿順の歌声が調子はずれでしわ枯れていたとしても、その歌は元々から悲痛なものであった。

「教えておくれよ」私は言った。

「これも高先生が教えてくれたものさ」

「教えておくれよ」

阿順はそこで一節ずつ教え、私も一節ずつ真似していった。最後の節は「中国を滅ぼさんと、アイヨへー」私はハハハと笑った。

「アイヨへーって何だ？」私は言った。

阿順は頭を掻いていたが、次の瞬間……

「あっ、鈴瑠花！」と叫んだ。

頭を挙げてみると、河原の石を積んだ敷地と、四つの面を鈴瑠花で囲んだ垣根が見えた。垣根には、数輪鮮やかな鈴瑠花が咲き誇っていた。渦巻状になったうす紅の五つの花弁が、赤子の握りこぶしほどの大きさの「鈴」に見える。そして、淡黄色の花粉がついた細長い花芯が花弁に垂れ下がり、風にゆらゆらと揺れ、チリンチリンと誰かを呼んでいるようだった。

垣根に繋がれていた犬が突然吠えだした。私は怖くなり、手でぎゅっと阿順のシャツの端を掴んだ。

「中に誰もいないのかな」私は言った。「犬が飛びかかってきたらどうしよう？」

「この家は母娘だけなんだ」阿順は言った。「この時分は、いつも垣根の中で野良仕事しているはずなんだ」

鈴瑠花の垣根をぐるっと回ると、見渡す限り河原の三分の二くらいが畑になっていた。畑の回りには白や灰色の石を積んだ低い壁があった。少し遠くに黒い服を着たおばあさんと色あせた花柄の服を着た娘が腰を曲げ、野良仕事をしていた。

「客家芋、知ってるだろう？」阿順は言った。

私たちは鈴瑠花の陰の石に座り、上着のボタンをはずして、太陽の下で注意深く畑の野菜を洗っている母娘を眺めた。私は「客家芋」が何か知らず、首を横に振った。

「何にも知らないんだな」阿順は嘆息して言った。「お前ら進学クラスって、いったい何なんだ」

曾益順はそこで話し始めた。それは、彼ら曾厝村の百姓たちが穀物を干すところで晩御飯を食べていた時、自然の流れで聞いたことである。

約五年ほど前、全て福佬人が集住する鶯鎮に突然、南部の客家部落から徐という客家人が越してきた。言葉が通じ合わないので、鶯鎮では差別されざるを得ず、この土石が積もった荒地に農舎を建て、鶏や鵞鳥を飼い始め、雑草と石ころだらけの地を何町歩かの畑に変え、芋を植えた。南方の客家から持ってきたその品種は、格別にさくさくして美味しかった。市場で売るその芋を「客家芋」と呼ぶようになるのに時間はかからなかった。そして、鎮のあちこちの村の人々は、河原で孤独に畑を耕している一家のことをそう呼ぶようになったのだ。

しかし来てすぐの頃、既に胃病を患っていた徐阿興は、芋畑を各種の野菜に切り替えたその年に、為すすべなく亡くなった。「怪しいな、胃病だけで死んじまうものなんか?」鶯鎮の人々はそう語った。しかし客家の刻苦勉励の習慣からであろうか、徐阿興の妻と娘は、黙って耐え、着実に全ての畑仕事を引き継いでいった。

昨年末のこと、鶯鎮駐屯の兵が増え始めた。徐阿興の妻は市場に野菜を買いにくる青年で、同じ徐という姓の炊事兵と知り合った。彼は客家人の「客」となり、そして家族同然となった。その若い炊事班長は、毎週の休日になると、河原の徐家を訪れ、水遣り、整地、種植えに勤しんだ。しばらくして徐阿興の妻は、徐々に娘が男と付き合うことを許すことにした。娘は祝日になると必ず、学校の松林の野営区の門にやってきて、炊事兵を迎えるようになった。たちまち、若い炊事班長は仲間たちの嘲笑の対象になった。

「それからどうなったの?」私は訊いた。

「可愛そうに、その炊事班長は下痢になって、何ヶ月か寝てたんだが、ついに亡くなったのさ」

この時、黒い服を着た婦人が畑で腰を伸ばし、袖口で汗を拭っているのが見えた。背が高く、陽に焼けた顔。

「やつらは禍の相に生まれた女だ」

阿順は私の耳元で小声で話した。

「夫に禍？」

「シー！」益順は緊張した様子で畑の女たちを見やり、「声が大きいぞ、バカ！」

「どんな意味？」私は小声で尋ねた。

「行こう」阿順は呆れた様子で言った。

私たちが「客家芋」の家と畑から離れる際、私は好きなだけ、両手にいっぱい鈴瑠花を採った。太陽は更に高くなり、足の裏が熱くなってきた。良いことに、そこらじゅうに地下水が湧いていて、黒ずんでいる。足の裏が熱くなった時、その湿った黒い砂溜りで一休みすればよいのだ。それから私は鈴瑠花の花弁をむしり、乾いた白い岩の上に散らした。その瞬間、土色の蛙が飛び出し、何度か跳ねて岩陰に消えた。

「蛙！」私は叫んだ。「見て、蛙！」

阿順は振り返り、私の方を向きながら後ろ向きに歩いた。

「腹減ったな」彼は言った。「腹減らないか？」

私は廃窯に弁当を置いていたのを思い出して、言った。

「戻って、弁当食べよう」

後ろ向きに歩いていた阿順は石に躓いた。でんぐり返って、彼は地面にへたり込んだ。私は堪えきれずに笑った。しかし地面に倒れた阿順は真面目顔で、

「そうだ、落花生を食べにいこう！」

私たちは渓流に沿って走り始めた。私より阿順は速かった。大きな石を踏みたくなかったので、むしろ小さい尖った石を踏んだのだが、その痛みで私は速度を緩めた。「落花生食べるんだから、もっと速く！」益順が叫ぶ。私は川沿いの黒い砂溜りまできたが、そこからさらに進むと、六尺ほどの濁った流水があった。その濁

った流水を突っ切ると、そこは一面の黒土であった。目を凝らすと、防風用の竹垣以外は全て薄緑色の落花生畑なのだった。遠くには藁で作った案山子も立っていた。見ると、阿順はもうパンツ一枚になって、私に手招きした。

「俺が泳いで対岸まで渡って、獲ってくる」阿順は言った。「俺の服を持っててくれ、対岸に誰かがきたら、その服で草を叩くんだ。それで大声で『このイナゴめ、えいえい！』と叫んでくれ」

私に背を向けズボンを脱いだ阿順は、そのまま水に入っていった。水はすぐに彼の腰までできた。阿順は平泳ぎを始めた。水音を全く立てず、スイスイと対岸に近づいていく。阿順が静かに対岸に着き、パッとこちらを見やった時、自分の任務を思い出した。見張らなくちゃいけない。正午の暑さで、落花生の畑は煮え立った鍋の中のようで、一面の薄緑が熱気で蠢動しているようにも見えた。灰色の野鴨以外、落花生畑には何の人影もなかった。

阿順はすばしっこく、低い体勢のまま匍匐前進していった。そして、落花生畑の端にたどり着くと、黒土から引っ張れる限りの落花生を引っこ抜いた。畑は柔らかく、さほどの力も必要とせず、数珠繋ぎの白い落花生が黒土から出てきた。

目いっぱい持てるだけの落花生を持って、彼は立ち泳ぎをして戻ってきた。彼は相変わらず用心深く、秘密を保持するように黙々と泳いでおり、わずかな水音を立てただけだった。水面から立ち上がり、ざーと水が身体を伝わったので、私は緊張し対岸を見つめた。彼は地下茎ごと落花生を抱え、こちらの岸に上がってきた。そこで私は初めて分かった。阿順は私と同じ歳だったが、彼のあそこは大人くらいに成長していて、走っている時に揺れ動くので、私はびっくりし、ぼんやりしてしまった。

「うぉー」阿順は小さく叫んだ。

彼の顔には高揚した笑みがあった。そして両手いっぱいの落花生を葦原の裏の地面に下ろした。彼は衣服を返してもらい、思い出したように背を向けてズボンを穿いた。

「これくらいあれば、腹いっぱいになるぞ」彼は言った。

私は驚きを隠しながら、モゴモゴ言った。

「阿順、もう大人みたいになっている」

彼は驚いた様子だったが、それから怒ったように言った。

「クソッタレ、笑いものにするんじゃない、お前もこうなるんだ」

私は少しも笑いものにするつもりはなかった。うまく言い表せなかったが、自然に対する畏怖を感じていたのだ。彼は両手で柔らかい砂地を掘り、小さい窪みをこさえた。そして、周りにある枯れた葦の枝、洪水で流されてきた流木を持ってきて、窪みの中に敷くように命じた。それから得意げに、ポケットからマッチを取り出し、集めた薪に火を点けた。私はずっと彼の指示通りに落花生の茎と葉をむしり取ったので、豊かに実り数珠つなぎになっている落花生の根茎だけが残った。火の勢いが収まりそうになった頃、生の落花生を熱した窪みに投げ入れ、すぐさま乾燥した砂で熱々の蓋をし、さらに小さな山を作った。

私たちは近くの二本の茄冬樹《あかぎ》の木陰で横になって待った。樹の下から、明るく浅い藍色の空を眺めた。ザワザワと渓流から吹いてくる風に茄冬樹の葉陰が揺れ、私たちの眼の前で、不思議な融合と分離を繰り返していた。天地全体が柔らかく温かく振動し、まるで回転しているような感覚にとらえられた。それは子どもの頃の揺り籠のような記憶で、無限に広がる宇宙の中で目覚めるような感覚であった。

「本当はね」阿順は言った。「俺は十歳で入学しているんだ」

貧乏な小作人の家に生まれたので、十歳まで、なかったのだ。

台湾が中国に復帰するまで、彼は学校に行って

「中国に帰ったあの年、俺たち曾厝村の遠縁の親戚で、日本によって牢屋に入れられていた者が帰ってきたんだ」阿順は言った。「まだ俺が学校に行ってないのを見て、彼が言ったんだ。もう俺たち中国人の時代なんだ、みんな字を習わなくちゃならない。そして中国の建設が何だとか……」

それで阿順は小学に入学したのだ。阿順によれば、二年経って、彼のあの「曾厝の遠縁」は、何かの事件に引っ掛かって、家に帰ってこなくなったんだそうだ。

「あの時、父さんは、もう勉強は要らんだろう、と言った。本を読むのはインテリさ。官僚になるべきものが官僚に、豚飼いは豚飼いに、だ。父さんはまた言った。我々は働き牛のようなものだ、愚直に生きていればいいのさ」阿順は言った。「三年生になった頃、父さんは俺を連れて畑に出るようになった。もう学校には行かせないと」

阿順は続けて言った。そして一年経った頃、二甲の高厝村に、中国大陸から帰ってきた一人の若者が現れた。彼は元々、日本が中国に戦争しかけた時に行ったやつだった。大陸に行ったんだが、そこで中国側に付いたようだった。その若者というのが、高東茂先生だった。

「二甲の高厝村と俺の曾厝村は、先祖が兄弟だったと言われ、距離も近かった」阿順は言った。「父さんは高先生の話を聞いて、俺をまた学校にやったのさ」

「もう一度学校に戻ろうよ、どうあってもまず卒業してさ……」私は口を挟んだ。

彼は押し黙った。しばらくしてこう言った。

「腹減ったろう?」

「うん」

「高東茂先生が担任になって分かった。田舎者は無能者じゃない、って」

彼は右足を左足に載せ、静かに言った。太陽はさらに輝きを増していた。彼は左腕を曲げ、自分の両目を覆った。私は彼の傍に横たわり、傍の砂地に半分埋もれたソーダ瓶を眺めていた。ガラス玉が埋め込まれたあのタイプの……。

「高先生がいなくなっちゃって……、誰も牛飼いの面倒を見ちゃくれない……」阿順は歌うように言った。そして溜息をついて坐りなおした。

「腹減ったろう?」またそう言った。

「うん」

二人の子どもは、枯れ枝を使い、蒸された落花生の砂の窪みを掘り起こし始めた。

「思った通り!　この砂、火傷するぞ」彼は言った。

私たちはまた茄冬樹の木陰に戻って落花生を食べようと思った。ここ数年、落花生は最も流行ったおやつだった。炒めたり、塩水で煮たり、すり潰した大蒜といっしょにドロドロに煮たり……どの雑貨店でもガラス瓶に落花生を盛って売っていた。お客が買う時には、主人がそのガラス瓶から茶碗を取り出し、その茶碗に厚紙を敷いて軽量するのだが、そんな時、主人は自分の親指を茶碗に突っ込むのだ。そうやって一杯いくらと計算したのである。誰が初めにそんな売り方を考えたのかは分からなかった。人々はその「誤魔化し」を分かっていたけれど、落花生の好きな人々は許していた。

だが、この熱々の落花生は、炒めたもの、塩水で煮たもの、すった大蒜といっしょに煮たものにはない香ばしさがあった。生の豆の風味に、焦がした落花生が醸し出す独特の香りが加わって、実に香ばしかった。

私たちは、落花生で二つの腹を満たし、残ったものはみなポケットにしまい込んだ。益順は居眠りを始めた。太陽は既に頭の真上にかかろうとし、茄冬樹の影も小さくなっていた。この広々とした河原は灼熱となった。石がすべて輻射熱を帯び、とんでもない熱さとなっていた。

「戻って、昼寝しよう」阿順は言った。

「僕たちの窯に?」

「うん」

あそこがひんやりとして涼しいことを思い出した。この二日間、あそこで昼寝していたのだ。初めての時は、水甕の中の蛇が出てくるんじゃないか、自分の頭に落ちてくるんじゃないか、と緊張して眠れなかった。だが、阿順はもう鼾をかき始めていた。この時、近くの葦原から、こそこそと土灰色の影が突然出てきた。阿順は跳ね起きて、追いかけた。

「野兎だ!」阿順は叫んだ。

彼は何歩か走り出して眺めたが、それは素早く灼熱の石ころの間に消えてしまった。その後はまた、何事もなかったかのように葦原が風に揺れるだけであった。

「クソッ、野兎め!」阿順は振り返り、興奮して叫んだ。「太ってて美味そうなのに、クソッ!」

私は茄冬樹の下に立ち、急いで野兎のいなくなった方角の小丘を見た。その頂上に東屋《あずまや》のような黒い影があった。

「おう、見える?」

私は興奮して叫んだ。益順もキョロキョロして私の見ている方角を見遣った。間違いない、あれは「田螺台《たにし》」だ。私の家の後ろ側からそれほど遠くないところに小山があった。近所の子どもたちは、それを「裏壁山」と呼んでいた。

「見えた? 前に話した〝裏壁山〟だよ」私は言った。「ねえ、見えたの?」

「うん」彼は言った。

以前は知らなかったが、裏から見ると、「裏壁山」の相思樹林が優美にザワザワと揺れている。子どもの頃から、私は一人で、あるいは遊び仲間といっしょに、日本時代に遺された空襲警報機——それをみな〝田螺台〟と呼んだ——を設置した頂上から、今自分が立っているこのがらんとした河原をよく眺めたものだった。しかし、河原からその山を見るのは、実は初めてだった。山裾には、小さな竹林があって、その真ん中が黄色くなっていた。竹林の傍には雑木が生えていて、濃緑の相思樹林となっていた。晴れた日の空の下で、相思樹のほっそりとした青黒い枝に葉が繋り、葉の組み合わせで大小の球形を為していた。その繋りの外側は浅い新芽で、太陽の光の中、柔らかい緑色の光を放っていた。

私と曾益順は、「裏壁山」の背後からその頂上に登った。そして肩を寄せ、赤煉瓦の東屋に腰を落ち着けた。東屋の屋根には木で留められた小台があって、ずっと放置されたままのサイレンがあった。戦争の末期、米国の飛行機が飛来した時、鶯鎮全体に鳴り響くのは、まさに肝をつぶされるこの空襲警報機なのだった。幸いなことに、鶯鎮に落とされた爆弾は、たった三つだった。一つは、窯場が集まった丘で、二つか三つの窯を台無しにした。もう一つは、日本人の「西松組」の既に廃棄されていた石炭集積場の近くの水田だったが、爆発はしなかった。

「もう一つがあそこに落ちたんだ」私は山裾の右側の派出所を指さした。それは「ちょうど防空壕の上で、いっぺんに、何人かの日本人と台湾の警察官、その家族が亡くなった」と言った。

この東屋から、私たちは、大部分の鶯鎮東区の家と、古びた瓦屋根を一望することができた。青天白日旗があるのが派出所。今からでも、爆発した痕跡が見えないわけではなかった。……日本人が作った庭の草木、そしてこんもりとした派出所の屋根。

「雄鶏の鳴き声をやってみろ」阿順が突然言った。

私は笑い出した。前に私から提案していたことだったからだ。私は日曜の朝、ここで一人で雄鶏の真似ごとをしていたのだ。この時代、鎮ではだいたいどこでも、節句の際や接客に使うために鶏や鴨を飼っていた。そういうわけで、私がこの山にきて、ゴミゴミした鷲鎮の東地区の屋根を眺め、雄鶏の鳴き声を真似した時、すぐに付近の雄鶏が自分を誇示するように熱心に反応してくるのであった。そいつらの鳴き声は、さらに遠くの雄鶏たちの反応を呼び起こし、だいたい全鷲鎮東区の雄鶏がお互いに鳴き合ったので、「裏壁山」の少年は、独り指揮者の快感を得ていたのであった。

「クワッ、クワッ、クワッー」

阿順は、両手をメガホンのようにして、阿呆のように鳴き声を真似し、笑い出した。

「似てないよ」私は言った。

「クワッ、クワッ、クワッー」

「やっぱり、反応がないじゃないか」私は言った。

しかし、ちょうど山の西側の遠くから一声、ままあの鳴き声が漂ってきた。

「聴いたか、聴いたか、ほら！」阿順はうれしそうに叫んだ。

「クワッ、クワッ、クワッー」

彼は続けて、西側の屋根々々に向けて一生懸命に鳴き真似をした。だがどのようにしても、返ってくるのは、今度は鎮のがやがやとした喧噪だけだった。

「見える？　あれが僕の家さ」私は言った。

私は山の西側にある、おんぼろのハト小屋が乗っているちょっと高くなった屋根、その右側の四棟が同じ灰色の屋根なのだが、その辺りを指さした。そして、その辺りの古い榕樹《ガジュマル》から漏れて見えるのが家の裏にある二丈ほどの深さの井戸なんだ、と説明した。

「二丈もあるって？」彼は首を横に振って言った。「信じられない」

二丈も深さがあるのは嘘ではなかった。鷲鎮、特に東地区では、どの井戸も一、二丈の深さで、水質もあまり良くはなかった。朝、井戸の蓋を開けると、いつも水面に濁った水垢が浮いていて、その間に鈍い油っぽい光が見えた。特に深いわけでもないのだが、水揚げ器の鉄の心棒の消耗は激しかった。桶を下に降ろす時、その水揚げ器はギーギーと間延びした泣き声のような音を出した。しばらくして桶がやっと底に着水し、沈鬱な音が立ち上ってくる。その後、女たちが両手に力を込め、腕を折り畳むようにして、水で一杯になった桶をだんだんと引き上げるのだ。水はさほど多くなく、だから井戸端の女たちの口喧嘩も絶えなかった。

既に阿順に話したことがあるのだが、あの井戸の傍の一家が、外省人金さんの家だった。

「お前が言ってた、奥さんに御飯を作ったり、服を洗ったりする、あの金さん?」彼は言った。

光復後、鶯鎮でも、幾人かの外省人が住んだ。ただどうしてか知らないが、また出ていった。金さんは別だった。彼は唯一、単身で鶯鎮にやってきた外省人だった。背が高く、頭髪はいつも油で固めていた。言葉が通じないので、いつも笑顔を絶やさず、筆談で話をしていた。笑うたびに、ピカピカだが不揃いの金歯が見えるのだった。彼はいつもゆったりとしたズボンを穿き、それに白の靴下、黒い布靴を履いていた。今になっても、彼が当時どんな職業に就いていたのか、はっきりしない。ただ、当時、鎮長、派出所の人が彼に恭しく接していることから、かなり力のある人のように見えた。

あの夏、四十歳になろうとしていた金さんが結婚して、家の裏の井戸の近くの古い日式の家を借りることになった。

「外省人はいったん借りると、ずっと居座るんじゃないのか?」彼は言った。

大人たちはみなそう言っていた。しかし、鶯鎮では凡そ、金さん以外そんなことはなかった。四年前に上海から帰ってきた金さんの大家さん、余義徳は、声を大にして、外省人には家を貸さない、と言っていた。しかし今回は金さんに貸したただけでなく、二十歳の娘まで嫁にやったのだ。

「あの大家は上海時代、日本人のための仕事をしていた」私は大人たちの会話を覚えている。「上海時代、一家で日本人地区に住んでいて、全て日本語で通し、娘に中国語を話させないようにしていた、ということだ」

「なんでだ?」

「知らねえ」私は言った。「大人がみんなそう言ってた」

いつもにこにこしている金さんが裏の日式の家に越してきた時、私は子どもたちとワイワイ観にいったものだった。金さんの机、椅子、ベッドは全て畳の上に置かれていた。畳に上がる時、金さんは彼の大きな靴を脱がず、畳を汚すことも気にしない様子で、そういったことが近所の主婦たちの話題となった。話題は話題を呼ぶ。大家の余義徳さんはすぐに、鎮公所の戸政課長となったそうだ。そして公の場面では、訛りのある上海語で三民主義を論じ、中国の建設云々といった類の話をするのであった。結婚してすぐの金さんに関しても、近所の主婦たちが報告し始める。どのように台所で食事を作っているのか、どのようにお嫁さんを手伝い、服を洗っているのか、どのように妻に優しく声をかけ、気を利かしているのか……羨ましいこと限りなし。

「なんとまあ」井戸端で洗濯し、米をとぐ女たちは嘆息して言った。「外省の男と私たちの男とはなんと違うことよ!」

「俺は信じないね」阿順は不服そうに言った。「外省人の男がそんなに女を大切にするなんて。たとえば、周宏時先生を見てみな。ふん!」

曾益順は一つの例を出してきた。周宏時先生は学校で唯一の外省人の教師であった。彼はきつい湖北方言で話すので——たとえば国家の「国《グゥオ》」は「鬼《グゥイ》」のように言うのであった——一時期、国語教育は誰を手本にすれば良いのか混乱していた。周先生はまた、眉にずっとしわを寄せ、ややもすればすぐに学生の手を叩くだけでなく、オンボロの宿舎に帰ると、奥さんや子どもを殴ったり蹴ったり、声高に罵ったりしていた。

太陽が西に傾き始めた。裏の河原の方から、風が小さな山にずっと吹いていた。左前方に目を凝らすと、尖った丘一帯の窯場から濃い黄黒色の煙がいくつも立ち上っていた。長く繋がった貨車が桃鎮に向けて走っている。遠くの木蔭に見え隠れしていたが、ついに行ってしまった。

私と阿順は、このようにああだこうだとおしゃべりして、学校をさぼっていた。私は彼を連れ、山の中腹の灌木林の中の古い鳥の巣を見に行ったことがあった。そのツガイの鳥は野バトよりいくぶん小さく、胸には赤く光る羽毛があった。私は彼に、翡翠色の卵を二つも産んでいた、と報告した。が、阿順はただ頑固に言った。

「信じねーよ」

「嘘なら死んでやるぞ、家にも戻らない！」私は誓いを立てて言った。「はっきりと、親鳥がいない時に、卵を手で転がして見たんだ」

「信じないよ、鳥の卵が翡翠色だって？」彼は言った。「それで？」

そこで私は長々と彼に、母鳥は巣と卵を人間が弄《いじ》ったことを知って驚いて行っちゃったんだ、と言った。

「それなら、ちゃんと知ってるってことになるな」阿順は考えながら言った。「鳥とはそんなもんだからな」

私は彼を連れ、秘密にしている番石榴《グァバ》の樹を見に行った。あの時代、子どもはみな必ず、自然の中で何かちょっとしたものを探し出し食べていたものだった。たとえば、カタバミの太く長い白い茎は、噛むと酸っぱさの中にほんのりとした甘味が出てくる。蝶に吸われてない朝顔は、早朝に花弁を取って舌で花芯を舐めると蜂蜜のような甘い味がした。親指大にもなる野苺もあった。無心になってポケットに詰めていると、紅色の汁が服に沁みてくる。ところで、誰かが野石榴《ザクロ》の樹を見つけたとすると、それを私物化し腹いっぱい食べるか、実を結ぶ時期にあっさりと仲間に公開するかした。私は阿順を連れて、まだ公開していない石榴のところに連れて行った。そこまでの間、私は阿順に、それが如何にたわわに実っているか、如何に地面に落ちた実が熟れてグチャッとしているか、そしてどの石榴にも鳥が啄んだ跡があることなどを教えた。しかしそこに行ってみると、意外にも樹には、熟れたのも青いのもなかった。地面にも全く落ちていないのであった。

「やっぱり」阿順は笑って言った。「だから信じないんだ」

「ちがう、信じてよ」私は急いて言った。「誰かに見つけられて、全部採られちゃったんだ」

「あれっ、糞したくなった」彼は突然、人を笑わせるかのように言った。

彼はうろうろして草がお尻に当たらない場所を見つけ、しゃがんだ。ここは人がめったに来ない原だと彼は言った。わけもなく私もしゃがみたくなった。それで別の場所を見つけた。

「蛇はいないか？」彼はすぐに笑いながら聞いてきた。

「いないよ。山の洞窟以外では」

「洞窟？」

「そうだ！」私は思い出して興奮した。「ここから左の方に降りていくと、中腹にトーチカがあるんだ」

「トーチカ？」阿順は笑いながら言った。「信じないぞ」

「後で連れて行くよ」私はいきみながら言った。「アメリカが上陸して峡鎮の辺りから撃ってくるんじゃんないかと。それで日本人が砲台を峡鶯橋の方に向けて……」

「信じないぞ」

「トーチカの辺り、十歩ぐらい離れたところに洞窟があって、セメントで作ったトーチカと繋がっているんだ」

「んー……」

彼はいきんでいるようだった。

「中国への復帰以降、洞窟の一部は崩れている」私はそう言って、尻を拭くための枯れ枝を折った。「時々、野良犬がそこで子犬を生むんだって」

「けど、お前は蛇もいるって言ってたな」

「そう、ハブ！　嘘じゃないぞ！」

「ハブも見たのか」彼は笑いながら言った。

「見たよ、もちろん！」

「どんなんだ？　ハブって」

「喉は細いんだ」私はズボンを引き上げながら目を吊り上げ、隣の陳兄貴とロウソクを点けて洞窟を「探索」した時に出くわしたハブのことを思い出した。「頭は三角で、胴は太く、尻尾は短め、切られた尾が治りかけているように見えたんだ」

「毒蛇だったら、みんなそんな感じだよ」彼はまた笑いながら言った。「で、どんな模様だった？」

「胴には六角形の花のかたち」私は思い出しながら言った。「その花の上に紅色が乗っていた」

彼はそそくさとズボンを穿いた。

「その通りだ」彼は草叢から出てきて言った。

「じゃあ、連れて行ってくれ」

「今、洞窟の中は崩れてひどくなってるかも」

「大丈夫」

「野良犬がいるかも」

「それも大丈夫」

「思うんだけど、一度帰って、こんな棒とロウソクをもって……」

「そんなこと言って、トーチカ自体無いってことじゃないのか」阿順は笑い出した。

私たちは生い茂るシダを踏みしめつつ、硬めの石を手に準備して、私が先頭に立ってトーチカに向けて歩いて行った。

阿順がついに雑草に覆われた、セメントで造成された砲台を見つけた。

「おっ、本当に砲台だ」彼は驚いた。砲台を隔てている深さ三尺ものセメント台がなければ、曾益順はその幽玄なる砲台に手を触れていただろう。私は洞窟に入ってみようと提案した。もしも内部が崩れていなければ、トーチカに繋がっているはずだから。

だが、洞窟に近づいた時、急に人影が洞窟から現れた。その瞬間、阿順の悲痛な叫び声が聴こえた。

「高先生！」

その人は短めの棒を握りしめ、逃げ出そうとする脚を止め、振り返った。ああ！　高先生ではないか？　ざんばら髪に落ち窪んだ顔、ぼうぼうの黒い髭。憔悴し垢まみれで、余計にその目は大きく、恐怖のために血走って見えた。

「高先生……」

曾益順は涙を流し始めた。私は呆気にとられて立ち尽くしていた。ようやく亡霊のようなその人が、確かに高先生だと分かった。彼は極度に何かを恐れ、きょろきょろ見回した。

「入れ」

彼は洞窟を指さして言った。声はまるで老いさらばえた老人のそれだった。阿順はあっさりと洞窟に入って行った。

「入れ！」

高先生は恐怖に震えた低い声で、躊躇している私を叱った。私もついに阿順にくっついて縮こまって坐り、目を見開いて高先生が腰をかがめて入ってくるのを見た。すると、彼の身体から異臭が漂ってきた。彼は一枚きりしか着ておらず、汚れてボロボロだった。彼は少し明るめの石壁に背をもたせて座った。彼は何度か、二人の生徒の訝し気な悲哀と同情に充ちた目を避け、俯いた。

「行きなさい」彼は弱々しく呟いた。「行くんだ」彼は突然悟ったかのように頭を挙げ、無限の恐怖と憂鬱が蔵された瞳を見開き言った。「誰にも言うんじゃない、分かったね。誰にもだ」

「高先生」阿順は叫んだ。

「誰にも知らせちゃいけない。行くんだ」高東茂先生は言った。

「高先生、何か食べ物を持ってきてほしいだろう」阿順は言った。

「ダメだ。二人とも行くんだ」

「俺、すぐに戻ってくるから」阿順は一心に請うた。

「行くんだ」高東茂先生は焦った様子で、洞窟の深い方を見つめ、自分に言い聞かせるように言った。

「高先生」阿順は言った。

「行け、行くんだ！」高先生は突然声高に叫んだ。彼の手には棒がぎゅっと握られており、微かに震えていた。彼のもう一つの手は、洞窟の出口を指していた。

曾益順の顔は涙でぐちゃぐちゃだった。彼はポケットの落花生を取り出し、地面に置いた。私もそれに倣い、落花生を全部取り出し、阿順と同じところに積んだ。

「高先生、明日の朝、ご飯持ってくるよ」阿順は涙を溜めながら言った。

「行け！」高先生は虚ろで苦しみに満ちた目を見張り、言った。

阿順と私は洞窟を抜けた。空はもう暮れようとしていた。二人は裏壁山から真っ直ぐ丘の上の廃窯に向かった。ずっと押し黙り、一言もなかった。私たちは廃窯から各自の鞄を取った。赤い目の阿順がこう言った。

「阿助よ、言っちゃいけない」彼は厳粛に言った。「明日の朝、二人の弁当を持って行こう」

「分かった、りっぱな弁当を詰めてくる」私は言った。

次の日、私は待ちきれず、洞穴に行った。既に阿順がぼんやりとして洞窟に居るのが見えた。近寄って見ると、洞窟は散らばった石、岩についた水滴を除いて、朝日に照らされてもぬけの殻だった。

「高先生はまだ寝てるの?」私は小声で言った。

阿順は首を横に振り、言った。

「行っちゃった」

「探したの?」

「探した」

「いなかった?」

首を横に振りつつ、彼はがまんにがまんを重ねた涙を静かにほとばしらせた。

私は洞窟に入り、少し探ってみた。ちょうど左に折れ曲がる坑道にボロボロの毛布があり、欠けた食器類が散らばっていた。碗にはまだ石榴が三つ四つ残っていて、その香りと洞窟の独特のカビ臭さが交じり合い、鼻を突いた。毛布の一端には、落花生を剥いた殻が積んであった。

私は洞窟の外に出て、曾益順が既に数十歩前を歩いているのを見た。

「阿順!」私は叫び、追いつこうとした。

彼は答えず、ただずっと繋っているシダをはね退けはね退け山を下って行った。私は黙々と彼と歩き、時々声をかけたが、依然として阿順は押し黙っていた。前になり後ろになって朝の大漢渓の河原を歩きながら、私は彼が手で涙を拭っている姿をずっと見続けた。満開の鈴瑠花で垣根を作っていた「客家芋」の女の家のところまできて、ふと私はこうしている阿順に着いて行ってはならないのだ、と感じた。一人にさせるべきなのだ、私は突然自分にそう言いきかせた。私は歩を緩め、欣然として赤い鈴瑠花の垣根のところで、阿順が涙を拭きながら歩いて行くのを見送った。

その年の夏、私は台北のC中学に合格した。

これ以降の一年、私は少しずつ、大人たちの口から洞窟に逃げた高先生がすぐに逮捕された様子を知った。そのすぐ後に、ある人が、台北駅の公告欄で、重々しく朱墨で印をつけられた名前の列の中に「高東茂」の三文字を見つけた。不思議なことに、その年、故郷鶯鎮では奇妙な事件が特に多かった。たとえば、鉄橋の下で渓鎮と桃鎮のヤクザの仲間割れ事件があり、屈強な男が肩から下を叩き斬られ、その死体が大通りに晒されるということがあった。鶯鎮国民小学校の美しい黒松林が突然害虫に襲われ、数か月もせずに全滅してしまい、駐留軍の薪にされてしまった。あの金さんの元の奥方が、突然大陸から台湾にやってきた。金さんに捨てられた余義徳の娘は、裏壁山で首を吊った。余義徳は鎮公所を離れたが、むしろ鶯鎮の農会の総幹事へと昇進してしまった。

　曾益順はと言えば、鈴瑲花のところで別れて以来三十年、ずっと会えないままだ。私と私の家族はみな、私が大学の工学部に合格した年に、家を挙げて立派な都市に移り住むことになった。最近では、たまたま雑誌で王希哲や劉賓雁[1]の文章に触れた時に、なぜか自分でも分からない感情のひだから、高東茂先生が思い出された。しかし、思い出すにしても、はっきりと高先生の面影を再現することは出来なかった。ただ高東茂先生の驚愕と憂愁を帯びたあの時の瞳だけ、それだけが鮮やかに……

——一九八三年四月『文季』一期

1　王希哲、劉賓雁、両者とも八〇年代の大陸中国において、民主化運動にかかわった著名な人物。王希哲（一九四八年〜）はかつて一九七四年、広州の街頭で「李一哲」大地報を掲げ、民主法制の実現を訴えた。劉賓雁（一九四四年〜二〇〇五年）は、人民日報の記者で、改革開放以降の中国において幾つかの優れたルポを遺した。その後、米国に移住。

趙《ジャオ》南《ナン》棟《ドン》

1　葉春美《イエチュンメイ》

一九八七年九月七日

昨日午後七時二十分、心筋梗塞が再発、呼吸があわただしくなり、顔面及び指先に軽いチアノーゼあり。突発的な激痛が前頭葉から左肩と左腕に走り、意識を失う。

検診結果：心拍毎分96回、血圧110／72mmHg。心音正常、雑音なし。未確認ながら左肺底部に水音。

心電図所見：V1からV3に明らかなQ波。V3からV5にR波下降。I誘導：aVL及びV1からV6へとST上昇。T波の異常から、心室前壁の心筋が梗塞している疑いがある。……

昼食を済ませ、葉春美《イエチュンメイ》は石碇郷《シーティン》から公路局の車で台北市に向かい、バスに乗り換え東区のJ病院に着いた。腕時計を見ると、あと数分で午後二時になるところだった。汗水で彼女のブラウスは五十三歳のふくよかな背中に張り付いた。石碇などに比べると台北はなんてにぎやかなのか、と彼女は思った。

先週来たときの記憶を辿り、彼女は西棟のエレベーターで十階に上がり、ナースセンター受付をパスして一〇〇二号室にたどり着いた。病院のセントラルクーラーで、汗ばんだ体は一息つき、とても涼しく感じられた。

彼女はそっと病室のドアを開けた。背の低い先住民らしき特別看護師が静かに立ち上がり、微笑んだ。ちょうど逆光が彼女の顔に射しており、先住民特有の二重の澄んだ眼が、やわらかだが人に迫るような輝きを湛えていた。

葉春美も無言で微笑んだ。しかし彼女は慌ただしく病人の様子を伺い始めると、笑顔はすぐに驚愕に切り替わった。

「あっ」思わず驚きの声が出てしまった。

趙慶雲《ジャオチンユィン》の顔は信じられないほど落ち窪んでいた。先週のことを思い出すと、彼はベッドの上で談笑していたし、彼女のために林檎をむいてやる、と言い張ってもいた。

しばし沈黙の後、「いつからこんなふうに?」と彼女は聞いてみた。

「昨日の午前からです」

「あぁ」憂鬱な溜息しか出てこない。

自分も看護師だった。だから専門的にも分かってしまう――趙慶雲の病状は既に危篤状態であることを。一回りも小さくなっただろうか。顔はげっそりとしてまるで蝋のよう、白髪もますます干からび、ざんばらに。鼻には呼吸のための管が装着されている。高く丸まった枕の手前で、その首は窮屈そうに四十五度に曲げられ、苦しそうに呼吸していた。趙はやはり昏睡状態に入ってしまったのだろう。思うに、痰を詰まらせないように、病人の首をこのように曲げたのだろう。

葉春美は今年、石碇のコンテストで入賞した春茶をベッドの脇の茶たくに置き、そばのイスに腰を下ろした。

先週のことだった。彼女が石碇で茶を植え、焙煎していることを話すと、「さてさて、よいかな。私がたてるのを見ておきなさい。私は福建人だから、小さい頃から茶のことはわきまえておる」趙慶雲は笑いながらこう話していた。

今年入選した春茶二箱を頼んだばかりなのに。趙は両腕と右太ももに点滴の管を入れ、意識不明になっていた。

「先生は?」彼女は邱玉梅《チョウユーメイ》という名をやっと思い出して、特別看護師に「先生はなんておっしゃっているの?」

「意識不明と」

邱玉梅は黒々と澄んだ美しい眼を動かし、慎み深くこう答えた。葉春美は昏睡状態の趙をじっと見つめ、黙り込んだ。

「趙さんはとても優しい方」邱玉梅は呟いた。

「そうなの」春美もうなずいた。

「こんなに痛みをがまんする人はいません」

……「痛くて満身に汗をかいているのに、笑顔で〝ありがとう〟〝おつかれさま〟〝ありがとう〟って」

「息子さんはくるの?」

「はい、毎日。午前だったり午後だったり」

時計を見ながら邱はまた、「午後が多いです。四時、五時、七時……まちまちですけど」と返した。

葉春美も腕時計を見やると、二時四十五分を指していた。「下の息子さんは?」

邱玉梅は澄んだ大きな眼で彼女の方を見やった。

「くるのはいつも、上の息子さんです」

「そうなの」

葉春美は押し黙った。二人で、ベッドの上で苦しそうだが規則正しく呼吸を続けている病人を見やった。静かな病室でクーラーと寝息だけが響いていた。

今回どうであれ、きっとあの芭楽《バラ》ちゃん(下の息子)を探し出さなくては……葉春美はそう想っていた。

一九七五年七月、歴史始まって以来の大規模な政治犯への特赦と減刑があった。葉春美はその時、あの場所から石碇の実家に戻ったのだ。十九歳で保密局に連行され、帰ってきた時には既に四十四歳の中年女性になっていた。葉春美は新聞で、宋姉さんの夫、終身刑だった趙慶雲もこちらに戻ったのを知ったのだった。

「どうしたって私は無理。おそらくあなたは生きて出ることになる。覚えておいてね、大稲埕《ターダオチェン》の林《リン》内科よ。上の息子、平平《ピンピン》がそこにいるの。この芭楽もそこにきっといることになるはず。頼むわ」

南所にいた時のこと。宋姉さんは芭楽に乳を飲ませながら、独り言のようにそう言った。彼女がそう言う時、かならず二十歳にもとどかない春美は我慢できず涙を流した。

彼女はうつむき、頭を強く振り言った。

「宋姉さん、もう言わないで、もう……」

それはあの年の春、寒い朝だった。囚人房の錠が突然ガラガラと響き、鉄の扉がギィと開いた。

「宋蓉萱《ソンロンシュエン》、出廷！」

あばた顔の班長が告げた。扉の外に潮州人の王《ワン》班長がいるのも見えた。また、開いた扉の蔭に、ちらちらと別の一つ二つの人影も。葉春美の心はみるみる縮まり、狂ったような動悸と眩暈におそわれた。彼女は突然、宋姉さんが話していたことを思い出した。班長と憲兵に呼び出された時、それは銃殺を意味する、と。さらに昨晩は監視官がわざわざ青色の名簿を持ってきて、点呼していた。点呼を終えた後、一晩中、房全体がひそひそ話となった。だが、まさか宋姉さんが呼ばれるとは……

「髪を梳かしても良いですか？」

宋姉さんは落ち着いて言ったが、顔色はしだいに脂肪の塊のように蒼白になった。彼女は黙ったまま鏡のない壁に向かい、三十八歳でもういくらか白くなった、まだ艶の残る長い髪を梳かし始めた。全ての房と通路は、まるで何もかも死に絶えたような寂漠に包まれた。あばた班長と王班長は、梳かした宋姉さんの髪を鋭く一瞥し、彼女が房の隅の寝床に跪き、熟睡している芭楽に自分の毛布を掛けている様子を見やった。

「趙夫人よ、芭楽を抱いておゆき。審判が済んで、また抱いて戻ってくればいいじゃないの。目を覚ましてお母ちゃんを呼んでも、私たちじゃどうしようもないからね」

新竹の中学校で先生をしていた許月雲《シューユエユン》先生が思わず言った。何て気が利くの！　葉春美は顔を背け、壁を向いて涙した。もし班長がそれを受け入れたとしたら、宋姉さんはおそらくその審判で死刑にならずに……。

「だめだ！」あばた班長は怒った目で許先生を睨みつけたが、思い直したように優しい声で、「すぐに戻ってこられる」と言った。

葉春美は涙でかすんだ目で見た。宋姉さんが一人の母親としてこれ以上ないほどのひたむきさに満ち、全てを託すかのような眼差しを投げかけて出て行くのを。死んだような静けさの中、もどかしげに手錠を掛ける金属音が伝わってきた。

房の扉が重々しく閉じられると、春美は全身の震えに襲われた。彼女は声を押し殺し、泣いた。そして古着で作った枕を抱きしめ、生命の内奥から溢れ出てくる慟哭をやっと飲み下した。

誰かの手が春美の背中に軽く置かれ、優しく撫でた。

「勇敢ダネ」

許月雲先生は日本語でこっそり呟いた。

この時、遠く階下の男子房から激しい政治スローガンが聞こえてきた。続いて身体を殴打する鈍い音がすると、スローガンは途絶えた。

墓場のような沈黙だわ。葉春美は頭を上げ、なお漆黒が続く窓外の夜明け前の空を眺めた。下の男子房からまた突然、絞り出すようにして歌う「赤旗」が聞こえてきた。再び激しい罵りと殴打の音がし、歌い始めてまだ三句目に達していなかった日本語の歌詞が突如、また掻き消された。葉春美は泣き叫ぶこともなく、静かに房を出ていった宋姉さんが、その生のもっとも大きな沈黙の一瞥のうちに、春美に向かってこの上なくはっきりとした遺言を残したことを思い出した。

――春美さん、芭楽のこと、とにかく頼んだわ……

そう言い遺した宋蓉萱は台北C中学の教員宿舎で、夫の趙慶雲といっしょに逮捕されたのだった。それは一九五〇年の春、宿舎界隈の年老いた榕樹が柔らかい若葉を芽吹かせ始めた頃だった。

「奴らがやってきた時、芭楽はまだお腹の中。四ヶ月とちょっとだった。長男の平平はきょとんとしたまま、私たちの後ろにくっついて、一緒にジープに乗りたがったわ。――ここにお金があるから、お腹がすいたら何か買ってお食べ。もう戻りなさい、平平……と慶雲が話しかけ、ポケットの中のお金を全部取り出して渡した。……そんな風にして、私たちはジープに乗せられてきたのよ」

春美は思い出した、宋姉さんが女子房でこの話をするのが一番好きだったのを。何度も何度も、宋姉さんは話しては笑い、でも目じりの涙は堪え切れず盛り上がってきて、引き締まった彼女の頬を伝うのだった。

芭楽にはちゃんとした名前があって、趙南《ジャオナン》棟《ドン》という。当時、「南所」と呼ばれる看守房で生まれたので、宋姉さんがそうつけたのだ。その赤ん坊は小さかったが思ったより元気で、台湾の野ざくろ（芭楽）に似ていたので、女子房の仲間たちが「芭楽ちゃん、芭楽ちゃん」と呼び、ついにあだ名となった。

背が高く痩せた看護師が点滴を換えにきて、邱玉梅も手伝った。九月の陽光がまぶしく、きれいに磨かれた窓ガラスに反射している。外は灼熱だが、病室の冷気のため、かえって窓から射すギラギラとした陽光は奇妙な幻のように見えた。葉春美はベッドに横たわる趙慶雲をじっと見つめた。彼はこのうえなく集中し、熟睡しているようだった。あたかも千里の道のりを休むことなく旅してきた旅人が、ついに一息ついて、そのまま横たわっているかのようだった。

葉春美は七八年の秋のことも思い出していた、ついに戻ってきた趙慶雲の住処を探し出し、初めて彼に会った時のことを。

あの頃すでに、趙慶雲は六十すぎの老人となっていた。今、臨終の時をむかえベッドに横たわっているのとは違い、初めて会った頃の宋姉さんの中の「趙さん」は、なんて颯爽として立派であったろう。とても慎み深く、自分の残りの人生についても、ある種の達観を湛えたイメージだった。

ある時女子房で、宋姉さんは「いつかここを出ていって彼に会ったら、この写真を見せてね。趙さんはとても注意深い人間だから。この写真がなければ、おそらく距離をとろうとして、あなたのことなんか知らない、って言うわ」

笑いながらそう言い、彼女は懐の一枚の写真を葉春美に押し付けた。「あの人のこと、悪く思わないで。若い頃からいつも、損ばかりしていて。だから、いつもびくびくしている。それでも、変に思わないでね」宋姉さんは溜息をついた。

それは黄ばみがかった四寸大の写真だった。写真には縦横に皺が寄り、破壊された歳月の波乱に満ちた時を物語っていた。写真に映っているのは、昔風の丸眼鏡をかけた四角い顔の青年で、髪は大人びたオールバック。分厚い唇は、人が見たら笑ってしまうほどぎゅっと結ばれており、分厚い綿入れ服をまとっていた。光線が右上方から射しているため、顔の左半分は暗い影に覆われているが、レンズをじっと見つめる彼の両眼は溌剌としていた。

一九七八年であった。ようやく、宋姉さんから何度も「趙さん、趙さん」と聞かされていた人に会ったが、実際に会う以前から、葉春美は毎日何回となく、石碇の実家の彼女の部屋で、この皺くちゃの写真を取り出してはしげしげと眺めていた。「少なくとも会ってみれば、何らかの反応があるでしょう。宋姉さんの夫なのだから……」春美は考えた。

しかし、やっとのことで会った時、春美は趙慶雲の真っ白な頭髪や、両頬が落ち窪み、面長で皺の寄った顔に、かろうじて写真の中の趙青年の本物の面影が残っていて、ああ彼なんだ、と分かるのだった。

初めて会った時はこんな感じだった。家はマンションの九階にあった。四十歳くらいの男性が出てきて、花柄を透かし彫りした銅の扉を開けた。

「趙慶雲さんとおっしゃる方、いらっしゃいますよね？」彼女は言った。

「葉おばさんですね？」男性は歯並びの良い口元をほころばせた。玄関からすぐの広い客間に、どっしりとした栗色のソファが置かれていた。思い起こすと、栗色の毛並みの美しい獣五匹が、ひっそりと横たわっているように見えた。貝殻が散りばめられた大きなランプシェードから もれる柔らかな光が客間全体を照らし、オリーブ色に染めている。

この温かく快適な客間で、葉春美は初めて趙慶雲と、それから宋姉さんが「平平」と呼んでいた長男と、話しやすい三角形を作って腰を下ろした。しかし抑えきれない涙がとめどなく流れきて、話に詰まるのであった。

「ほんとうに、すみません…」

春美は涙を拭きながら言った。全く知らない場所、元々全く面識のない人の前で、自分がこんなふうになるなんて。

二人の男性は静かに葉春美の気持ちが落ち着くのを待った。春美は眼鏡を外し、バッグから黄色い布を取り出し、うつむいて静かに眼鏡を拭いた。その時、家政婦がコーヒーとお菓子の小皿を運んできた。コーヒーのモダンな香りが、すぐに客間に広がった。

葉春美は眼鏡をかけなおし、きれいに畳んだハンカチで赤い鼻を丁寧に拭いた。彼女は宋姉さんから受け取り、懐に三十年余りも隠し持っていた写真をハンドバッグから取り出し、趙慶雲に渡した。

「ああ」趙は溜息をもらした。彼女には写真を受け取った際の趙慶雲の様子が強く印象に残った。最初はいぶかしげな様子だったが、古色蒼然としたその四寸大の写真の中に四十年前の自分の面影を認め、溜息をもらしたのだ。骨太の手がかすかに震えているのがわかった。彼女が再び頭を上げると、突然、趙さんの目尻に年老いた苦い涙が光った。

「それは宋姉さんが私に渡したものです」春美は泣いた後のくぐもった鼻音で、「やっとお返しできます」と言った。

彼女の目の縁も、鼻も真っ赤に腫れていたが、悲しみはもう消えていた。気がつくと、趙慶雲の長男、爾平《アーピン》（平平）はひっそりと客間を去っていた。沈黙の時間が続いたが、ついに趙は口を開いて……

「蓉萱、あいつは何か言ってましたか？」

写真を注意深く紙入れにしまい、彼は言った。

葉春美は宋姉さんが房を出て二度と戻らなかった、あの夜明け前のことを思い出した。彼女は何も話さなかったのだ。はっきりと覚えているのは、宋姉さんがあばた班長の監視する中、黙々と鏡のない囚人房の壁に向かって、どんな風に長い髪を梳かしていたか……。

「いいえ、何も」突然、趙の顔が曇った。趙は低い声で「ないのか」と呟いた。

あの時、宋姉さんはただただ静かに房を出て行った。そしてまた思い出すのであった。あの沈黙を……一九五〇年代初頭、台北の青島《チンタオ》東路口《トンルーコウ》にあった軍事監獄の、まさに世紀の沈黙。声高に主張する千万冊の書物でも言い尽くせない激動、最も熾烈な夢想、最も苛烈な青春、狂気のような生と死、あれは何だったのだろうか？

「宋姉さんが出て行く時、最も心残りだったのは芭楽ちゃんのことでした」と春美は言った。

「……」

「数えてみると、芭楽ちゃんはもう二十八歳ですね」葉春美は笑みを浮かべたが、その眼差しはまるで母親のようであった。「結婚したの？　大学は？」

すると趙慶雲は寂しそうに笑った。次男の趙南棟は専科学校を卒業し、今は南部でビジネスを勉強しているという。

「そう」と春美は言った。「お帰りになった時にお電話ください。会ってみたいから」

あれから今まで、葉春美はその次男には一度も会えていない。先週病室に見舞いにきた時、次男もベッドの傍にいるんじゃないかと思い込んでいたのだが、肩透かしを食らった。

「あいつ、昨日帰っちゃったんです」

先週、長男の爾平が笑いながら言っていた。

彼は洗面所からいつの間にか剥き終えた梨を持ってきて、春美の傍の茶卓においた。

「ついてないのね」彼女は寂しそうに言った。

彼女は趙慶雲の様子を細かく尋ね、元気そうであることが分かると、ひとしきり宋姉さんのことを話し始めた。

宋姉さんが最も耐え難い拷問の間、一心にお腹の中の赤ん坊のことを思い、肉体の苦痛を忘れていたことなど、二人に伝えた。

宋姉さんはこう語っていた。「彼らは私が訓練されていて、口を割らないのだと言ったわ。地面の上で私を蹴り、踏みつけた。私は身体を丸め、両手で必死にお腹を守ったの。私の赤ん坊が蹴られないように、ひたすら気をつけたわ。彼らは頭、太もも、背中……と踏みつけたけど、お腹は蹴ろうとしなかった。それでほとんど痛みは感じなかった」と。

ある冬の晩、看守所の女子房で、みな我も我もと三ヶ月余りの芭楽ちゃんを抱こうとしたり、母親の親ばかぶりについて話したりしていた時、宋姉さんはこうも語っていた。

　爪を剥がされる時も、お腹ではなく、胸郭で泣き叫ぶように気をつけたし、親指を縛って吊るし上げられる時も、なるべく下腹を庇った……十数日で何回かの拷問が終わった。あまりに多くの体力と精神力を、お腹の中の生まれようとする赤ん坊を守るために使ってしまったので、「一日が終わると、いつも湿った泥みたいな麻痺状態になって、ちゃんと坐ることができなかった……」

　葉春美が覚えていたのは、二人の女班長に支えられて房に戻ってきた時、宋姉さんの両太腿が赤くパンパンに腫れ上がっていたことだ。細い銅線を束ねたムチは、さほど力を入れなくても囚人の太腿を傷つけ、二日目になると太腿は醜く腫れ上がる。拷問の時、尋問官はまた発熱して腫れた太腿を抓ったり、叩いたりするので、「涙もオシッコも、痛みでみんな出てしまうんです」と春美は言った。

　宋姉さんが身重であることは、すぐさま房全体の関心事となった。

「春美。アナタハ看護師デショ、頼ムヨ……」

　その頃、房で病気にかかっていた許月雲先生が、日本語でそう頼んできた。自分を囲む女囚たちを見渡し、疲れきった微笑みを無理やり浮かべながら、宋姉さんは口ごもるように「本当にすみません」と言って気を失った。額に手を当てると、宋姉さんは熱を出していた。

　熱は数日経っても引かなかった。寝たと思ったらすぐ覚めてしまう。許月雲と葉春美は一晩中交代で、額に冷やしたタオルを当て続けた。

「拷問がやっと終わったかと思うと、熱も体の傷や痛みも、もうどうってことなかった。寝たかと思うとすぐ覚めちゃう。でも水を飲まなきゃとか、食べなきゃってことはずっと頭の中にあった。あの時お腹の中の赤ん坊が私の拷問に付き合ってくれたから、私はすぐに良くなったんだわ」

宋姉さんが子どもに乳を飲ませながら、思い出すようにそう言っていたことを葉春美は覚えている。三十数年前のことだ。春美は芭楽が吸っていた、青い静脈が透けるような白い宋姉さんの豊かな胸を見て、言葉にならないほどの温かさを感じていた。

宋姉さんの熱がどうしても下がらなかった時、春美は突然あることを思いついた。彼女は房の中の一人一人に、下痢か歯痛の仮病で医務室に行かせ、「Diazine」と呼ばれる消炎剤を出させた。春美はこの成分のスルフェンアミド剤を集め、飯茶碗を使って砕き、粉末状にし、歯磨きペーストを半分ほど混ぜ、軟膏にした。そしてそれを、炎症で腫れ上がり、爛れた太腿の傷口に塗ったのだ。

それから数日すると、宋姉さんの太腿から炎症が消え、腫れも退いた。熱も汗をかくごとに、あっという間に退いていった。

「四ヵ月後、班長がきて、出産のために宋姉さんを入院させると告げた。房中の仲間はみな、宋姉さんが女の子を連れて帰ってくると思っていました。でも、宋姉さんは男の子を産んで帰ってきたんです」

春美は話しながら思い出にひたり、朗らかに笑った。

あの日、宋姉さんと赤ん坊を帯同してきた江蘇人の女班長すら、笑みを浮かべていた。結婚も子どもを産んだ経験もない許月雲先生は、赤ん坊を奪うように抱き取った。

「日本人はね、〝赤ン坊〟って呼ぶの。ほんとよ。ねえ見て、赤いこと……」許月雲先生はまだ首の据わらない、生まれたばかりの赤ん坊を抱きながら、不思議そうな顔で葉春美に話しかけた。

「ちょうどあの日でした、宋姉さんが初めて平平［爾平］、あなたのことを詳しく話してくれたのは……」

先週のことだった。葉春美は病室で神妙にしている爾平に話して聞かせた。その時彼女は、荒寥として靄《もや》の奥にかすんだ五〇年代、神から見放された無音の場所で、日々生と死の間を彷徨いつつ、ごく真面目に生きようとした房の仲間たちのことを思い出し、溜息をもらした。

「父は何も話してくれませんでした。話そうとしなかったんです」と趙爾平は低く呟いた。

春美は微笑みながら、「彼は私たちといっしょじゃなかったからよ」と言った。

「父は、そういうことを全く話さなかった」

その時春美は振り返り、ベッドの上の趙を見やると、趙慶雲は病室のドアの方に顔を向け、微笑んでいた。ちょうど特別看護師の邱玉梅がクッキー二箱を抱え、ドアを開けて入ってきた。

趙慶雲は邱玉梅に向かって「お帰り。きみのお姉さんはたまにしかこられないのに、どうしてもっと一緒にいてあげないんだ?」と言った。

趙が言うには、邱玉梅には姉が一人いて、屏東から台北に遊びにきたついでに、病院に立ち寄ったのだそうだ。「ここにはついていてくれる人がいるから、お姉さんのところへ行ってもいいんだよ」と。

邱玉梅は銀色の包装を破いて、病室にいる皆に一つずつ、濃厚なヨーグルトの風味のクッキーを配った。

「ありがとうございます」邱玉梅は先住民特有の大きくて彫りの深い瞳を輝かせ、嬉しそうに「じゃ、姉のところへ」と告げた。

病室のドアは彼女の背後でそっと閉じられ、室内の三人は静かにクッキーを食べ始めた。

「話そう。この病気が治ったら、おまえに話してあげよう」趙慶雲は掌の上の薄いクッキーを見つめながら言った。「実際、話したくないわけじゃないんだ。ただ世の中がすっかり変わってしまって。あんな過去の出来事なんて、誰も聞いてくれない。誰が分かるっていうんだ?」

「一九五〇年に離れた時の台北と、一九七五年に戻ってきた時の台北は全く別の街になっていた」。今と比べると元気だった趙はこんな風に思い出しながら、話し始めた。逮捕された時に在職していたC中学でさえ、全く変わってしまった。敷地は拡げられ、日本時代からの木造校舎は一棟残らず取り壊され、全てコンクリートの建物に変わっていた。台北市全体を見回して、彼が一目でそれと分かったのは、赤レンガのあの永遠の総統府と、一九四七年に彼が初めて台湾にやってきた時、ちょうど二・二八事件の翌日の肌寒い朝、一人で通り過ぎたあの新公園〔現在の二・二八記念公園〕だけであった。さらに彼が覚えているのは、七五年に家に戻った後のこと、爾平の車に乗せてもらって新公園を一周した時、わざわざ新公園の正門の向かいに車を止めさせた時のことである。そこだけは変わらない園内の博物館を眺めていると、耳元に一九四七年の台北騒乱のどよめきがよみがえってきた。

これも先週、葉春美が初めて病院に見舞いにきた時のこと、趙は全く変わってしまった歴史に向き合い、断絶を超えて受け入れなければならない苦しさを話し始めた。

「日本に一つの童話がある。浦島太郎という漁師がほんの一瞬だけ竜宮城に行った。ところが帰ってみると、自分の眉も髭も真っ白になっていた。世の全てがすっかり変わっていたんだ」

葉春美は微笑みながら驚いた様子で、何故その日本の童話を知っているの？　と尋ねてみた。一九三二年、上海で一・二八事変（上海事変）が起こった時、二十三歳の趙慶雲は日本語を習得しようと決心したのだと言う。「あの頃、徹底的に日本という敵を知ろうと思ってね」と、ちょっとはにかみながら「日本語の教科書で、浦島太郎を読んだのさ」。……

気がつくと、病床の昏睡状態にあった趙慶雲は急に痰を詰まらせたようで、蝋のような黄白色の顔が急に紅潮してきた。葉春美と邱玉梅が急いで痰を取り除こうとして吸引機が強く振動している最中、春美は趙慶雲がやはり意識不明となっていることが分かった。

葉春美はイスに戻り、安らかではあるが、再び重苦しそうに呼吸だけしている趙を見つめながら、思い出していた。日本が上海を攻撃した「一・二八」事変に抗議する学生運動の中で、宋姉さんと趙さんが出会ったことを。

「ああ、そうだった」。ある日、宋姉さんは灰色の壁に向い、柔らかく長い髪を梳かしながら、趙さんと知り合った頃のことを話してくれた、「あの頃、趙さんはいつも眉間に皺を寄せて、いつも〝一体、中国の中でまだ平和な場所なんてあるんだろうか?〟って繰り返していたのよ」と。今、葉春美はあの鏡のない壁にぽつぽつと貼り付いた、人の血を含んだ蚊の染みを思い出していた。

趙慶雲よりも日本の童話に詳しいはずの葉春美だが、出獄後の我が身の移ろいの激しさを、「浦島太郎」に擬《なぞら》えてみたことはなかった。春美の中にあったのは、いずれにせよ深い悲しみだった。あの頃、彼女は認めざるを得なかった。長期の収監の間に、時間や歴史や社会の変化が、故郷に戻った彼女を異国人に変えてしまったということを……。

一九七五年、彼女が石碇の実家に戻った時、田舎の故郷に巨大な変化が起こっていた。山の中腹の大通りにあった、日本時代に建てられた木造の郵便局は既に取り壊され、一列に並ぶ青灰色のコンクリート住宅に変わっていた。少女時代の春美はその郵便局から、たくさんの手紙を慎哲兄《シエンジャー》さんに出したものだった。いつも七、八通もの手紙を出して、慎哲兄さんの奥さんに代わりに受け取ってもらっていた。あの激動する時代にあって、懸命に駆け回っていた慎哲は八堵《パートゥ》の実家に戻ると、やっと一通一通の手紙に目を通して、時には長く時には短く、彼女に返事を書いて寄こしたのだった。

「いったい何を書いていたの、よくもそれだけ話があったものね」

ある時、宋姉さんは芭楽のオムツを替えながら、ひやかすように聞いた。

春美はうつむいて、手で口元を隠して笑った。一生の中で、あの時ほど真剣に本を読んだことはなかった……

ある晩秋の夜、ごく普通の少女だった春美にとっては見知らぬ一人の青年が、ランプで光を取る薄暗い彼女の家に突然、現れた。

「慎哲さんがこれをあなたに届けろと」と彼は言った。

彼女はお茶一杯も飲み終わらずに出て行った青年が、石碇郷の険しく傾いた石ころだらけの小道に消えていくのを見送った。新聞紙をほどくと、川内唯彦ともう一人、今ではちゃんと思い出せない、永田なんとかいう日本の学者が共訳した古本の『弁証唯物論の哲学』という本だった。読みにくい書物だった。まだはっきり覚えている。彼女は一つの文章を何度読んでも、その深い意味を理解できず、いつまでも悩んでいた。自分で理解できないところ、理解したと思っても自信のないところを彼女は長々と手紙に書き、慎哲兄さんに尋ねていたのである。本のこと以外では、時おり野鴨が春の渓流の遥か遠くに泳ぐ光景などを書いて送った。慎哲兄さんからの返事の中で、一度、このように書かれていたことがあった。

「あなたは、哲学よりも文学に向いているようですね。黄昏の小川の畔をかくも静謐な筆致で描けるとは、実に大したものです。ただ、真剣に文学をやろうと思うなら、哲学もやはり必要なのではないでしょうか……」

「病人の面倒を見たことがおありでしょう」

缶ジュースを一本取り出して、邱玉梅が聞いた。

「ええ」春美は淡々と「昔、ちょっとだけ

……」と答えた。

「ああ、やっぱり……」

春美は小学校を卒業したその年、人の紹介で、八堵の林内科の診療所で看護師になるための見習いをしていた。林家には子どもがなく、二人の養子を育てていた。当時中学校で勉強していた慎哲兄さんは、その林内科の二番目の養子だったのだ。

慎哲兄さんは医学を志す気が全くなく、時に癇癪を起こす養父の怒りに触れていた。しかし彼は頭を垂れて何も言わず、反抗することも、嘆くこともなかった。ある時なぜか忘れたが、林先生にひどく叱られた後、慎哲兄さんは何事もなかったかのように、日本語訳のゴーリキー『母親』を調剤室に持ってきて、渡したことがあった。慎哲兄さんがなにげない様子で、『母親』を彼女の小さな調剤室に放り投げた時のことを思い出すと、今でも時々、目頭が熱くなり、喉が詰まる。慎哲兄さんは少女だった春美に、知識や言葉の美しさへの飢えを呼び覚ましたのだ。しかし、純粋に惹かれあう二人の若者は、結局、家柄に関して極度に強い偏見を持った白髪頭の林医師の目をごまかすことはできなかった。

春美はすぐに診療所を辞めさせられた。風呂敷包みを手に提げ、恥ずかしさと寂しさに涙を流し、頭を垂れて林診療所を出て行こうとした時、春美は突然、二階に留め置かれていた慎哲兄さんが、日本語でこう叫ぶのを聞いた。「ツブサレルナヨー!」

「〝つぶされるな〟、それ以来、私はこの言葉に必死にしがみついて、決して手を放さなかった」とあの時、春美は宋姉さんにそう語った。八堵から故郷の石碇に戻り、彼女は田んぼに出たり、炭鉱に行って石炭ガラを洗ったりして凌いでいたが、結局、また一人、風呂敷を携えて基隆《キールン》の診療所を訪ね、家政婦兼看護師をすることになった。だが驚いたことに、慎哲兄さんの一通の手紙が転送され春美の手元に届いたのだ。

「あの時はね、八堵の林診療所を離れてから一年余り経った頃だった」。獄中の春美は、芭楽を柔らかく叩きながらあやしていた宋姉さんに言った。「お互いに何か取り決めたわけでもないのに、そんな風にずっと繋がっていたのね。つぶされちゃいけない。あの人はただその言葉だけを私に残して……」

手紙には愼哲兄さんが家を出てからの、一九四七年動乱の経験が書かれていた。「石碇付近を通った時、どうしてもあなたに会いたい気持ちを抑えられませんでした」。日本語でもこう書かれていた。「貴方ガ本当ニツブサレナカッタコト、ソレガトテモウレシイ……」と。

その他簡潔にだが、優しい励ましの言葉が綴られていた。

「泣いた?」宋姉さんは溜息混じりに聞いた。

葉春美は下唇を噛み、もじもじしながら頷いた。彼女はそれ以来、手紙のやり取りがぐっと増えたことを記憶している。時には、他人に託して書物を送って寄こした。そしてあの年だった、愼哲兄さんは何の前触れなく基隆に現れた。

「日焼けして、痩せたように見えたわ。でも、変わったのは容貌だけじゃなかった。彼の眼にはまるで人を刺すような、それまで見たこともない光が燃え上がっていた」葉春美は呟いた。

「二・二八事件の中で見失ってしまったと思っていた祖国を、また見つけたんだ」愼哲兄さんはそう語っていた。

しかし一年たっても結局、彼女はあの難解すぎる『弁証唯物論の哲学』を読み終えることはできなかった。なんとか第一章のベーコンを読み終え、第二章のホッブスを半分ほど読み進んだところで、愼哲兄さんは捕まってしまった。半年後、彼の家族は台北まで赴き、既に腐乱していた愼哲兄さんの遺体を引き取った。翌月には基隆市全体が、ぞっとするほどの恐怖に飲み込まれた。ある日、春美は大通りで、基隆K中学の金《ジン》校長が捕まったという消息を耳にし、診療所に別れも告げず、すぐに車に飛び乗って石碇の山村に戻った。深夜、彼女は自宅で捕まったのである。その時、読んでも分からず口惜しく思っていた『弁証唯物論の哲学』も、いっしょに持っていかれた。今でも時々、春美は黴が生え、ボロボロになったあの表紙を思い出す。

「あの本、今どこにあるのかしら?」。何十年経っても、こんな可笑しい想いが時おり頭の中を掠める。


嗚呼! 信じがたい出来事、そして人々——あんな時代は今の社会から見れば、おそらくどんな奇怪な昔話よりも不可解で、信じがたいことだろう。七五年、山の石碇に戻った後、かつての日本式郵便局があった道を通り過ぎるたび、春美は誰かの悪いいたずらに騙されてでもいるかのような、不愉快な感覚を押し付けられる。彼女が不在だった二十五回の季節が巡る中で、石碇の山村全体が完全に様変わりしていた。悪意を持った魔術師が、人々の生命を繋ぎとめていた一筋の小道を、一本の樹を、一つの界隈全体の有り様を完全に変えてしまったのに、人々は無関心を装い、知らんふりしている。


「葉さん、芝居やったことある?」

先週、趙慶雲は突然、笑いながら葉春美に尋ねた。

「芝居?」

「舞台劇だよ。台湾じゃ舞台劇は盛んなんだろう?」彼は言った。「私たちが学生だった頃は、抗日のためによく出たのさ。」

「……」

「全国抗戦で何をするにも大変な想いでやった。舞台も簡素なもので、舞台と楽屋裏とを一枚のカーテンか何かで仕切っただけだった」趙慶雲は続けて、「楽屋裏のスタッフが時々不用意に、上演中の舞台に飛び出てしまうことも……」

一度、楽屋裏で作業中だった趙慶雲がいつのまにか、山場を迎えた舞台に事故のようにして押し出されたことがあったという。舞台の下は黒々とした観客の塊だった。「ちょうどある幕では、舞台に大勢の役者が出揃って、とても賑やかだった」彼は思い出しながら言った。あの時、突き出された自分はただ黙って片隅に突っ立っているしかなかった。何事もなかったかのように、一言も話さず。

「つまり、全幕を通して私の出る幕などなかったんだ。一つの台詞もなかった。分かるだろう?」彼は言った。「三十年近く閉じ込められ、娑婆に帰ってきた時、思い出したのはあの舞台だった。本当にそっくり。この社会じゃ、私たちのような人間には、何の役割も、台詞も、とうになくなっている。今さら何を話せと?」

いつの間にか三人はまた黙りこんでしまった。院内アナウンスがひっそりとした病棟全体に響き渡り、何度目か分からないが、湯先生の名を呼び出していた。

「湯先生は本当に忙しい人だ」趙慶雲は突然、春美に話しかけた。「私の主治医でね。もう二日も回診にきていない。ずっと張先生が代わりにやってくる……」

「……」

静かに趙爾平が「だけど、僕はやはり、父さんは話さなきゃいけないと思う」と言った。

「話さないと、僕たちは分からないままなんだよ」

「……」

春美が続けて、「私たちとあなたたちは、二つの別世界の人間のようね。私たちの世界、まるで嘘みたいでしょ?　でもあの歳月、あの人たちのこと……どうしても忘れられないの。逆にあなたたちの世界が嘘だとしても、毎日目にするもの。どれもにぎやかな生活よね」と言った。そしてまた、「あの頃、夢を抱えたまま亡くなった人、例えばあなたのお母さんのような人々ね……彼らはむしろ問題ないのよ。でも生き残った側、趙さんや私のような人間は、ずっと想い続けてきた。元に戻って、また家族と一緒に過ごしたいって、そのことばかり何十年も」

「……」

すると趙慶雲は、「言ったことがあるだろう？　帰ってきたのはいいことだ。でも、葉さんも同じで、自分の役割がもうなくなっていた。分かるだろう？　全幕、自分の台詞がないんだ！」と、ベッドの枕に寄りかかり、短く硬い白髪を掴みながら言った。春美は覚えている、あの時、彼はかなり疲れていて、顔全体も曇っていた。「趙さん、疲れたでしょ。横になって休んで」と春美は声をかけた。趙慶雲は安堵したように唸り、横になった。そして、天井を眺めながら、弱々しくまた続けた。

「爾平よ。さっきから考えていたんだ。やっぱり話そうと思う。でも、お前にどう話せばいいのか？　もしも今、私がまだあの獄舎にいて、お前がそこにやってきて、傍に座ってくれたら、私は多分、念入りに話してあげられるだろう」と。「だが、私は出てきてしまった。ここ数年、私は見てきたこと、聞いたことを思い出そうとしたけれど、あの時代はもう過ぎ去ってしまった。どう話しても、誰にも分からないだろう」

「……」

「ただ、こんな感じでは言えるだろう……。九・一八（満州事変）のあの年、お前のお母さんは確か十六歳だった。翌年はまた一・二八（上海事変）で、その三年後は一二・九（抗日学生運動）だ」彼はずっと病室の真っ白な天井を見つめながら、低く呟いた。「あれは日本人が、次々とこちらに迫ってくる時代だった。我々はそんな歴史の中にあった。抗日と愛国主義に殉じることしか念頭になかったんだ。我々の世代にとって、生涯の核心はただそれだけだった」

趙慶雲は静かに目を閉じた。自分自身の話に満足していないのだろう。こんなことを話しても、息子は分からないだろう、と途方に暮れているように見えた。

宋姉さんも、趙さんとの馴れ初めは、まさに中国全土が抗日に向かう前夜だった、と話してくれていた。趙さんも以前、宋姉さんが運動に参加した歴史と経験をおぼろげながら覚えている、と話したことがあった。実は六歳年長の自分より、長くて豊富な経験を持っていたという。

そして抗日勝利の一年前、春がやっと過ぎた頃だった。福建省の長楽で宣伝工作をしていた若き趙慶雲に、ある日、一人の使いが名刺を持ってやってきて、客人が新聞社の応接室で面会を求めている旨を告げた。趙慶雲は席を離れ、そのまま連れ去られ、二度と元の新聞社には戻れなかった。宋蓉萱がその一日前に、福州市で逮捕されたことも知らないままだった。「あの時、爾平は一ヶ月になったばかりだった」と、趙慶雲は言った。「三百日間もずっと獄舎に留め置かれていたよ。やっとのことで分かったのは、抗日活動中の組織系統を疑われたため、ということだった。それから、うやむやのうちに釈放されたんだ」

春美もまた思い出した。あの頃の宋姉さんは、気が触れたように、生まれたばかりの赤ん坊のことを想い続けていた、と話してくれたことがあった。

窓の外の空は灰白色なのに明るく、美しく思われた。葉春美は腕時計を見ると、まもなく午後五時になるところだった。先週来ていた爾平はまだ来ない。彼女は趙爾平が身につけている背広とネクタイを思い浮かべた。

葉春美は続けて、宋姉さんが病院に運ばれ出産した、あの一年のことを思い返していた。芭楽を連れて帰ってきたあの日、許月雲先生が新生児を抱いていた。宋姉さんは、当時やっと六歳の、人に預けたままの爾平のことを想い、一晩中とめどなく涙を流した。

房の全員がそこで初めて、宋姉さんには監獄の外にもう一人、子どもがいることを知った。

「どうしてその子を連れてきて、私たちと一緒に住もうとしないの？　ここじゃあ、女囚が子どもを連れてきても良いことになっているんだから」とっさに許月雲先生が口を挟んだ。

「私と趙さんは、どうなるか分からない。それで、子どもが出たり入ったりするなんて……」目を泣きはらして宋姉さんは言った。

宋姉さんはこうも話してくれた。趙さん一家は一九四六年末、台湾にやってきて、ある新聞社で働いていた。そこで林栄先生に出会ったのだ。彼は当時、台北の大稲埕《ダーダオチュン》で小児科を開いていたが、熱心に中国文学を学ぼうとしていた。四七年三月、二十一師団が基隆に上陸し民衆蜂起を鎮圧すると、趙慶雲は、多少とも「事件処理委員会」に関係していたため危険が迫っていた林先生一家を、現在の台北市廈門街《シャーメンチェ》の広々とした新聞社の宿舎に匿ったのだ。

「思いがけずこの時の友情から、林栄はなんと、密かに爾平を連れ帰って育てることになったんだ」先週春美がきた時、こう語り始めた趙慶雲は、横向きに寝たまま明るい病室の窓を眺め、独り言を話すように続けた。「蓉萱が死んで、やつらはどこにも子どもの引き取り手を見つけられなかった。それで、やつらの方から、子どもを林栄のところに預けたんだ」

病室のドアがギィと開いた。三人の医師と二人の看護師が入ってきた。先頭の医師の頭髪には白いものが混じっていたが、丁寧に整えられていた。もう一人の若い医師が、趙のカルテを差し出した。

「林先生ですね？」葉春美は立ち上がって、丁寧に尋ねた。

「……」

「容態は……」

白髪混じりの医師は、穏やかに微笑んだ。

そして「私たちも、あなた方も、みな全力を尽くしていますよ」と言った。

看護師はいつものように病人の血圧と脈拍を計り、尿導管から導き出された尿を計測した。それから彼らは趙のベッドの側で祈るように沈黙し、しばし佇んだ。そして静かに病室を出て行った。

「あの人は楊先生です」邱玉梅は趙の毛布を掛けなおし、静かに春美に告げた。

「そう」

「趙さん、あまり苦しがっていないようね」

「ええ」葉春美は言った。「あの……趙さん、上の息子だけど、今日来るかしら？」

邱玉梅は腕を挙げ、時計の時間を見た。

「あの方は毎日来ます」……「ただ日によって、遅くなることも」

「末っ子は、来たことはないの？」春美は聞いた。

「もう一人、息子さんがいるんですか？」

邱玉梅は訝しげに尋ねた。

「ええ」春美は溜息をついた。

葉春美は宋姉さんが刑場に行ったあの日、芭楽が特に気持ちよさそうに眠っていて、昼近くにようやく目覚めたことを思い出した。奇妙なことに、あの時、春美が最も心配したのは、赤ん坊が起きて泣きじゃくることだった。彼女は、そうなると自分が崩れてしまうんじゃないか、と思って畏れたのだ。けれど、あの日の芭楽は、ただ静かに目を覚まし、よく眠った後の、澄みきった眼をきょろきょろさせただけだった。房の仲間たちは、芭楽の布団のところに集まり、オムツを換えたりした。春美は、ずっと母乳を飲んできた芭楽のためにミルクを購入する要求書を書き始めた。さらに、彼女が宋姉さんの母代わりになれるよう、許可を求めた。その晩、彼女は自分の寝床を宋姉さんのところに移し、一晩中寝入っている南棟、すなわち芭楽を見守りながら、泣き続けた。

こうして芭楽は落ち着いて三、四日を過ごし、全く泣くことも、騒ぐこともなかった。オムツが濡れると、ちょっとは泣くものの、すぐに静かになる。ところがある日、芭楽は母親と一緒にいた時のように、顔を真っ赤に、喉を引き裂かんばかりに泣き始めた。この泣き声は、房の仲間たちを泣かせることになった。葉春美は激しく泣く芭楽をぎゅっと抱きしめ、あやしながら、房の中を歩き回り、止めどなく涙を流した。

「泣くしかないよね」葉春美は呟くように言った。「泣いていいよ、誰も止めないから……ここ何日も泣いていなかったし。お母さんが恋しいの？　どうしたらいいんだろう……」

いくつかの房の仲間たちも、自分の寝具に座り込んで、涙をぬぐっていた。許月雲先生は手に持っていた本を下ろし、春美が抱いた赤ん坊に微笑みかけたが、その眼は真っ赤に濡れていた。

そんなことがあった後、やはり芭楽は笑い始めた。同房の仲間たちの腕から腕へとしっかり抱かれ、ふっくらとした頬にキスされたり、抓まれたりした。

二週間ほど経ったある日の午後、房の重い扉が開いた。そこにはまた、あばた班長と、まっすぐな髪の、一度も化粧したこともないような江蘇出身の女班長も立っていた。

「子どもを寄こしなさい」とあばた班長が言った。

房は静まり返った。

「我々は、子どもを育てる人を見つけました」江蘇の女班長は、穏やかに述べた。

許月雲先生はちょうど自分の胸の中にいた芭楽をきつく抱きしめ、真っ青になった。

「この子を誰のところに？」

「ふん、関係ないだろう、お前には！」

あばた班長は大きな鍵で許月雲の方を指し、怒った目で睨んだ。彼の厚い唇は怒りを含んで外側に反り返っていた。そして江蘇の女班長は靴を脱がず、房に入ってきた。綺麗に磨かれた床板に足を踏み入れ、黙って許月雲の胸から赤ん坊を取り上げた。芭楽は激しく泣き始めた。

房の扉が重々しく閉じられた。鍵を回す鈍い音が響いた後、葉春美の耳には、世界中の父母の心を慰めることのできる、芭楽のとてつもなく健やかな泣き声が徐々に遠ざかって行くのが聞こえた。

葉春美の記憶の中では、ただその時だけ、それまで慎み深く、気丈に振舞っていた許月雲先生が泣いたのである。彼女は両手で顔を覆い、泣いていたが、そのうち声も出なくなった。そして……

「人殺シ！」彼女は押し殺すように日本語で言った。「人殺シ……人殺シ！」

ああ、許月雲先生。どんな風に台湾大学医学部事件[1]に関わっていたのか、房の中でも頑として口を閉ざしていた許月雲先生であった。が、葉春美の思い出の中では一度、南所にいた時、蔡孝乾[2]の自供により芋ずる式に逮捕者が出たのを知った時、発作的に房の中で同じように泣き叫んだことがあった。

「人殺シ――！」

葉春美はベッドの上で苦しく呼吸している趙慶雲の様子をじっと見つめた。そして彼女はふと思った、もし死ぬのであれば、このように意

1　一九五〇年五月、中国共産党の地下組織である台湾省工作委員会の蔡孝乾の逮捕と自供により、地下組織八十名余りが大量摘発にあった。その中に台湾大学の付属医院の細胞が含まれていた。この台湾大学医学部事件は、いわゆる知名度の高いエリートも多く含まれていたので、社会的な衝撃も強かった。

2　台湾出身。中国共産党の内務部長、中央委員にまでなった人物である。当時、台湾省工作委員会の最高責任者であった。蔡は、一九五〇年一月二十九日に逮捕される。逮捕後は、国民党側に寝返り、五月三十一日には台湾省と大陸全体に向けて、ラジオを通じて「反共声明」を発表した。

識不明のまま息を引き取るのが良いのか、あるいは宋姉さんのように、一瞬のうちに刑場の露と消えるのが良いのか。

ちょうど芭楽が連れて行かれた、その次の日の朝だった。慌てて錠を開ける耳障りな音がして、全房の仲間たちは驚いて目を覚ました。

「許月雲……」

あばた班長が呼んだ。口にくわえていた煙草をつまんで床に捨てると、布靴でぎゅっと踏みつけた。

許月雲は落ち着いて房の扉に背を向け、きれいな上着に着替え、毛布を畳んだ。そして立ち上がり、皆に声をかけた。

「お元気で」

彼女はそれから房を出た。階下の男子房からは、はっきりとは聞き取れないが、怒鳴るようなスローガンが聞こえてくる。すると突然、通路から彼女の穏やかな歌声［日本語］が響いてきた……

人民ノ旗
アカハタハ
戦士ノ屍ツツム
東雲ノアケヌ間ニ
戦イハ　ハヤオキヌ
……

許月雲先生はその年の十一月に逝った。翌年の初春、葉春美の案件が結審した。五人に対して死刑。彼女は終身刑であった。

「趙さんには、まだ下の息子さんがいらっしゃるはず」

邱玉梅が一心不乱に毛布を直している様子を見ながら、葉春美は突然こう切り出した。

「えっ、そうなんですか」

「今まで見舞いに来なかった？」

「いいえ」

「……」

「趙さんはそんなこと話してませんし、親子お二人でお話している時も、そのことは……」

「そう」葉春美は言った。「その末っ子、小さい頃、抱っこしたことがあるの」

「へぇ」邱玉梅は穏やかに微笑んだ。

「たくさんのおばさんたちが、あの子のこと、抱っこしたのよ」

葉春美は囁くように言った。邱玉梅は春美を気遣うように、趙慶雲の茶卓からティッシュペーパーを取り、春美に手渡した。

「二十数年もその子を見てないの」

葉春美は涙で潤んだ目尻にティッシュペーパーを軽くあて、微笑みながら言った。

「あぁ」とまた溜息が。


終身刑が確定したので、同房の仲間たちも喜んだ。「とにもかくにもあなたが先例になったのだから、私たちの房からはもう死刑判決は下らないでしょう」姚という姓の仲間がこう言った。しかし葉春美は憂鬱だった。死刑の一歩前の終身刑である。生きられるとはいえ、宋姉さんの代わりに芭楽の世話をすることができない。後に彼女は軍事監獄付属の被服工場に回されたが、またさらに東部のある小島に移され、「女子大隊」に編入させられた。そして一九六〇年の初め、彼女と他の全ての女性政治犯は本島の台北近郊の板橋に送り返された。この途上、春美は折につけ芭楽の消息を問う申請を出したが、芭楽とは直接の親族関係でないことから、赤ん坊の養育家族と連絡を取りたいという希望は却下され続けた。板橋の監獄に送られた後、彼女は医務室の薬剤師兼看護師の仕事をさせられることになった。最終的には、彼女の要求が通り、当時まだ東部の島にいた趙と手紙の遣り取りが許されることとなった。

趙さんの手紙によれば、その時、趙南棟はすでに数え年で十歳、満九歳になっており、兄の趙爾平は十六歳となっていた。二人とも台北から花蓮に引っ越していた林栄医院にいた。「一九六二年にあなたが刑期満了で釈放になる頃、爾平は十八歳、南棟は十二歳になっているでしょう」手紙にはそう書いてあった。「蓉萱が残した子どものことですが、出所したら、時折様子を見に行って欲しい……」とも。葉春美は趙慶雲への返信に、彼女もまた同様、終身刑になっている旨したためた。二週間後、また趙が小さい島から数行の手紙を寄越した。彼は男子部隊にいて、葉春美の刑期が十二年になっているという情報、これが流言であったことを訝びた。彼女はその短い文面から、彼の悲哀を感じ取った。春美はまた再び手紙を書いたのだが、今度は政戦室から送り返されてきた。「規定に従い、非直系の親族は通信不許可」戻された手紙は赤色でそう書き添えられており、その下には「毋忘在莒（復国を忘るなかれ）[3]」の青色の印章が押してあった。

一九六五年四月になって、政戦室は彼女を呼んで個別面談をした。ある特務機関が彼女を医務室の薬剤師にすることを望んだ。「何か別の取引のためではない。そこへ移動するにしても、必ずしも減刑されるということではない。しかしこんなところに留まっていても、そんな機会は絶対にないだろう」大佐の劉保護官が、きつい東北訛りでそういった。葉春美は芭楽のことを思い出した。彼が何歳になっていたとしても、宋姉さんの遺言なのだから、もし彼に会うことができたら……と考えた。

一週間後、春美は板橋の監獄を離れ、彼女からすればかなりモダンな調剤室を任されることになった。彼女は調剤室の隣の、半分ほどは医療機器と未開封の薬品によって占拠された、一人部屋で寝泊りすることになった。何か事が起こると、昼であろうと夜であろうと、彼女は班長が持ってきた処方箋通りに薬剤を調合した。強心剤、各種の心臓疾病の薬剤、抗高血圧剤、消炎、消腫剤、止血剤、抗鬱血剤、鎮静剤……彼女は南所の日々を思い出していた。拷問された者に対する医療の質は、五〇年代初期とは全く比べようもなくなっている。彼女はよくこんな感慨に耽るのであった。

葉春美は腕時計を見た。もうすぐ午後五時半になる。しかし病室の外の日差しは、相変わらず眼も眩むほどであった。彼女は立ち上がり、趙のベッドに近づくと、彼の目尻に黄赤色の分泌物が付着しているのに気がついた。流動食の管を唇に装着していたが、昏睡状態のうちに擦れ、からからになった唇に薄っすらと血が滲んでいたのだ。彼女は茶卓の白いティッシュペーパーを引き出すと、注意深く趙の唇と目尻を拭いた。

「行かなくちゃ」葉春美は言った。

「そう」邱玉梅は名残惜しそうに、立ち上がった。

「電話番号を残しておくわ」春美は言った。

「万一のことがあったら……すぐに電話してちょうだい」

「はい」

「住んでるところが遠いの」春美は言った。

「分かりました」

葉春美はしばらく立ちつくした。急に、次にくる時には、趙爾平に宋姉さんの遺骨をどこに置いているのか、聞こうと思った。

「そう、必ずお線香を上げに行かなきゃ……」

春美はそう思いつつ、静かに趙慶雲の病室を後にした。

3　故事に因んだ言葉。昔単田という人物が莒県にあって、復国を誓ったとされる。当時の文脈では国民政府が大陸反抗への地固めとして、台湾において展開した精神運動のスローガン。

2 趙爾平《ジャオアーピン》

一九八四年九月十一日

意識不明のまま、昏睡状態続く。

検査結果：心拍毎分84、拍動に不規則な乱れ。血管結束部に停滞現象。血圧104／68mmHg：呼吸毎分26。病状安定、治療を続行。

現在鼻孔から気管呼吸。動脈血酸素分圧42mmHg：炭酸ガス分圧54mmHg。心電図ST段階で次第に落ち着く：I&Q平衡状態を保持。胸部レントゲンに蝶状の影、明らかに肺葉に裂線あり、心筋梗塞による軽度の浮腫発症の疑い。

心電監視器を継続。

ドパーミン微量と利尿剤の投与……

趙爾平は病室に入ると、いそいそと父、趙慶雲の顔を覗き込んだ。ここ二日見舞いに来られなかったのだが、かなり面やつれした観がある。髪の毛もいつもより枯れてざんばらだ。病人の顔はただ蛍光灯に反射している薄い膜のようで、全く血の気を失っている。目の縁も落ち窪み、淡い隈どりを施したように見える。酸素を送る気管が挿入された鼻にも、流動食を送る導管を加えた口にも、血の色が滲んでいる。

三日と経っていないのに、どうしてこんな風に？　趙爾平は説明のつかない苦痛を感じた。ここ数日は、来られはしなかったけれど、ほぼ毎日電話で邱玉梅に様子を聞いていた。だいたい「先生が言うには、まだ特段の変化はなく、……凡そ平常と……」と彼女は報告していたはずだった。

父は一九七五年に釈放され家に戻ったが、七七年には狭心症の症状が出始めていた。以後、数か月に一度、発作があった。そして二か月前、発作が頻繁になってJ医院を訪れ、診察の結果、入院と同時に検査と治療が必要との提案を受け入れた。入院の後、一か月あまり病状は安定し、だいたい毎日見舞いに行っていた。一般論としては、彼の仕事上の責任の重さやその多さから見て、これほど見舞いに行っているのは、現代人的な感覚からすると十分親孝行の部類に入る。しかし最近、最期が近づきつつある父を前にして、彼はふと、以前から味わっていた孤独に苛まれるのであった。小さい頃から、林栄おじさんの家に里子に出されていたが、母親が社会的には説明しようのない状況で亡くなったことも知っていた。また、父親は台湾の台東の離れ小島に居て、おそらく亡くなった後でしかその残酷な監獄から出てこられないだろう、と予測していた。このような運命が彼を早熟にしたのだ。二十七歳になった年、彼はもう自立できたと感じた。緑島の監獄が台東の泰源《タイユエン》と呼ばれる山の中に移動した時、結婚したばかりの妻を連れ、改めて父に会いに行くことができた。このことが彼の人生を支える一つの起点となった。

今、ここ三十年来の趙爾平にとっての人生の「起点」が失われようとしている。ただ、以後の人生もそのまま続いていくだろうし、おそらくこのことで混乱することもないだろう。しかし子どもの頃から感じていた孤独、ずっと自分に付きまとっていた孤独は消えそうになかった。

看護師邱玉梅は病室内の小型キッチンから、冷えたジュースを持ってきて、差し出した。

「ありがとう」彼は小声で言った。

「これは先週の請求書です」

そう言って、彼女は病院からの請求書を彼に手渡した。趙爾平は職業的に、注意深く各項目に目を通した。そして、アタッシュケースから小切手帳を取り出し、八万四千元の小切手を切って邱玉梅に手渡し、今週までの医療費を入院受付に支払ってくれるよう頼んだ。

彼は小切手帳を再びアタッシュケースにしまい、ここ数日のことを思い出した。もう少しのところで彼の日常生活が完全に覆される瀬戸際だったのだ。この二日間、失うかもしれない会社での地位を死守しようと、気を張り詰めて事を処理し、どうにか危機を脱したところだった。この時、骨身にしみる疲労感が、一挙に彼に襲いかかってきた。

わずか三日前のことだった。ドイツダイスマン社の社長フィネガンの現地秘書ナンシー〔南西《ナンシー》〕が、ダイスマンの台湾販売総代理店・暉煌社の若社長蔡景暉《ツァイチンフイ》に向け、ある秘密情報を流した。北部業務部長フレッド楊《ヤン》と数名の社員が示し合わせて、フィネガンに蔡景暉を密告したというのだ。その情報によると、蔡景暉は販売総額に含まれる固定比率のリベートを趙爾平に賄賂として贈り、その見返りにこのダイスマン薬品工業の販売代理権を独占、台湾の薬品市場において、ダイスマン社が業務展開する上で重大な影響を与えた、というのであった。

「顔色が真っ青じゃないか。よくないな!」

と蔡景暉は言った。

蔡景暉は毎晩のように、彼とナンシーが自宅として借りている、美しく広々としたマンションに趙爾平を呼び出し、自分たちの身辺に沸き起こった一大事を話し合った。そして、シーバス・リーガルを傾けつつ、爾平に気遣いの言葉をかけたのだ。

この日も三人は台北の東区にある高級住宅街の一室で、一晩かけて相談し、それぞれがなすべき仕事を割り振った。それはあの日、仕事が終わる直前の出来事から始まった。フィネガンは秘書ナンシーに香港のダイスマン・アジア地区総本部に電報を打たせた――至急、会計検査団を派遣せよ。遅くとも今月の九日以前に台北に到着し、十日早朝には台湾の暉煌社に赴き、抜き打ち検査をするように、と――このように指示したのだ。そこで、蔡景暉と趙爾平は迅速かつ周到に、何としてでも九日以前には「証拠」を完全に隠滅しなければならないとの結論を下し、暉煌社に残って徹夜で命令を待っているフランク張《ジャン》に電話を入れ、関係書類と帳簿をその夜のうちに整理して焼却、改めて作り直すよう指示を与えた。

「君のお父上のことを思うと、本当に辛いよ。エディ（爾平）」翌日、フィネガンは定例会議の後、趙爾平にこう言った。「君はさぞかし疲れていることだろう……」

フィネガンの灰色の、梟のような眼が趙爾平を見つめた。かつては深く信頼していたものの、今では裏切りと汚職の嫌疑のある華人エディ趙の、眼差しの奥に隠された欺瞞と狡猾さを鋭く読み取ろうとしていた。

「ありがとうございます」

趙爾平は静かに答え、微笑みを浮かべた。彼は年齢的には自分とさして変わらない、常に下顎を冬キャベツのように青く剃りあげたドイツ人アドルフ・M・フィネガンを平然と見つめた。

フィネガンは立ち上がり、二杯分のコーヒーを持ってきたナンシーをちらりと見やり、何気ない風を装って、爾平に「今朝の会議はよかった。そうだろう。君はよくやっているよ、エディ……」と言った。

「ありがとうございます……」

趙爾平は机の上のファイルを片付けながら、ナンシーにちらりと向けられたフィネガンの、全てお見通しだと言いたげないたずらっぽい微笑み――それを、まるで見なかったように振舞い続けた。

「父の入院先に、毎日、見舞いに行かせてくださり、感謝しています……」趙爾平は述べた。

「大丈夫。できるだけ行ってあげなさい。特にこの二日間、会社の方は大した仕事はないから」フィネガンは気前よく、「ナンシー、君はもちろん病室の電話番号を知っているね」と確認した。

「はい、ボス」

ナンシーもまた何ごともないかのように答えた。

「あの……」趙爾平は突然、「実のところ、父はすでに危篤状態でして。もしよろしければ、この二日間、年休を取って病院に詰めていたいのですが。どうでしょう」と尋ねた。

フィネガンはせわしなく、こんな消息を耳にして悲しいと言い、できるだけ休んでもよい、「年休を使う必要はないよ。少し多めに休んで」と言った。

「ナンシー!」とフィネガン。

「Yes」

「エディは二日間、病院にいなければならない、分かったね」フィネガンは興奮を抑えきれない口調で、「休暇の手続きを取って……」とナンシーに命じた。

趙爾平はフィネガンの広々とした執務室を出て、自分のオフィスに戻った。ほんの一瞬ではあったが、自分に対し、そして眼前の全てに対し、極度の嫌悪を感じた。一度溜息をつくと、ふと別の計略を思いついた。彼が不在となるこの二日間のことである。メモを書いて、営業部と業務部が何をすべきか、何でもよいから指示を「出しておく」ことにした。特に下半期の会計年度が始まる前に、総代理店暉煌社の管理運営方法にかかわる「アドバイス」を。オリジナルはフレッド楊に、コピーはアドルフ・M・フィネガンに宛てた……

病院に見舞いに行けなかった二日あまり、彼は蔡景暉と共に、蔡とナンシーの邸宅を作戦指揮本部として、昼夜を分かたず戦った。ナンシーが途切れなくダイスマン社の攻撃計画を密告してくれたこともあり、趙爾平はここで初めて、壮年の得意然としたドイツ人、フィネガンが、自分と蔡景暉が手を結んだ陰謀に対し、意外な脆さを露呈したと感じた。香港ダイスマン極東本部の検査団は、十日の午後やっと台湾に到着した。ダイスマン社が特約しているアスター・ホテルにチェック・インした後、フィネガンに引率された検査団が暉煌社に向かった。景暉は既に、フランク張が率いる会計部門の人員を全て立ち退かせていた。

「経理・財務部門は全て立ち退かせました。フィネガンさん、これは一切の嫌疑を避けるためです。フランクだけをあなた方の諮問に立ち合わせます」蔡景暉は不愉快そうに、なめらかな英語で言った。「ただし、私のため、いや、暉煌社の名誉のため、あなたが全責任を負ってください！」

このように言って、蔡景暉は「怒り」を露わにして立ち去った。

十一日午前、検査団は、暉煌社には汚職や私利を計った証拠は何もない、という結論を出した。加えて、財政業務を改善するよう、若干のアドバイスを与えただけだった。

十一日午後四時頃、ナンシーは密かにオフィスを抜け出し、蔡景暉の邸宅に電話をよこした。フィネガンは既に命令を下し、密告者であった業務部台北ブランチ主任のフレッド楊、並びに関係者五名を即刻解雇したという。さらにフィネガンの署名入りの、蔡景暉への詫び状をタイプした、とも。「たった今、やつらの解雇通知をタイプしてきたところよ」とナンシーは電話口で言った。

蔡景暉は電話を切るとカウンターの前まで行き、新しいシーバス・リーガルを開け、趙爾平と向き合って黙々と飲んだ。

「ざまーみろ！　俺たちは勝ったんだ」

蔡景暉は溜息混じりに言った。

「そうだ」

趙爾平はそう言うと、浴室に髭を剃りに行った。鏡には煙でいぶしたような、脂が浮き疲れきった四角い顔が映っている。小さなテーブルに戻ると、彼は新しい乾いたタオルで髭を剃ったばかりの下顎を拭いた。蔡景暉は冷蔵庫からカナダ産のポーク缶を二つ取り出した。

「この缶詰を開けておいてくれ。僕はシャワーを浴びてくる」と蔡景暉。「ざまーみろ！」

趙爾平は満々と注いだシーバス・リーガルを啜ったが、頭の中は空っぽだった。次はどうすればいい？　彼は注意深く考えた。次はそうだな……会社が彼を信用していなかったことに対し、「抗議」しなければならない。いや、やはり「辞表」を出すべきだ！　フィネガンはどうしても彼を引き止めざるを得なくなる。さもなければ香港総本部にも説明がつかない。香港総本部のあのアメリカ人、マーストンが自分に好感を持っていることを、フィネガンは知らないわけではないのだから……

バスルームから出てきた時、蔡景暉はただ淡い青色に白の花柄のスイス製バスタオルを巻きつけているだけだった。全体に色白ででっぷりしており、背中に拳大の暗紅色の痣がある。彼は冷蔵庫からボール一杯の氷を取り出すと、自分と趙爾平のコップに放り込んだ。

彼らは黙って互いにグラスを挙げると、カナダ産のポーク缶を口に運び、タバコを吸った。ゆっくりと酒を飲んでいると、玄関のブザーが怯えたように二、三度鳴った。

蔡景暉がドアを開けに行く。ナンシーが帰ってきたのだ。ドアを閉めた後、彼女はバッグを居間のソファーに放り投げ、蔡景暉はナンシーを抱きしめる。

「ああ怖かった。私がどんなに怖かったか、あなた、分からないでしょ……」

彼らはキスを始めた。バスタオルが絨毯の上にほどけ落ち、趙爾平は蔡景暉のむっくりと勃起した男根を見た。彼は上着をつかむと、黙ったまま二人を避けるようにドアを開け、その場を立ち去った。

こうして彼は荒廃した三日間を過ごした後、車を走らせて病院に戻ってきたのだ。

そして、ベッドの上の、最期に近い風前の灯火を見つめ続けた。父趙慶雲は、依然として計り知れないほど深い命の混濁に沈みこんでいる。吐き出す息の方が吸い込む息よりも多く感じられる。しかして、吸い込むのは全て酸素マスクからの純粋な酸素である。このようにして、趙爾平は自身を慰めるのだった。

その時、邱玉梅がドアを開けて入ってきた。そして、経理が作った二、三枚の色違いの領収書を黙って差し出した。

趙爾平はふと、何のわけもなく、裸のKen蔡の胸に抱かれたナンシーのことを思い出した。

「僕は今夜、泊まりますから」彼は突然言った。「あなたは帰っていいですよ」

「はい」

邱玉梅は返事をすると、静かに病室の収納から組み立て式のベッドを取り出し、上に敷布団を敷き、淡い紫の小花柄のついた白いシーツを広げ、清潔な枕と毛布をベッドの上に置いた。

「ありがとう」

邱玉梅は微笑みながら「趙さん、さようなら」と別れを告げ、病室を出て行った。趙爾平はきちんと干された清潔な組み立て式ベッドを眺めているうちに、突然、三日間も風呂に入っていない汗臭い自分に気づいた。

この様子では、父の最期はおそらくここ数日内だろう。ベッドの上の父を見つめ、そう思った。そしてまた弟、南棟のことを……。

「あいつを探してくれ、会いたいんだ」

二週間ほど前のある晩、邱玉梅がちょうど病室内の洗面所で果物を洗っている時のことだった。父は病院の夕食を食べ終え、溜息混じりにこう爾平に言ったのである。

六歳だったあの年、彼は初めて弟を見た。それは冬も深まったある午後のことだった。林夫婦が、警備総本部の軍事監獄に彼を連れていってくれたのだ。「弟を連れて帰るんだよ」。家を出る前、おばさんが気遣うように言ってくれた。大きな扉の両側に二人の監視兵が立っていたのを彼は覚えている。林夫婦が身分証を取り出すと、監視兵が手動の電話で内部と連絡をとった。自分たちはこうして面会室に案内されたのだ。林おばさんは震える両手で弟を抱き取ると、胸に抱きかかえて静かに揺すった。ボロボロだが清潔なタオルに包まれた小さな弟は、今思うに、おそらく泣き疲れてやっと眠ったばかりだったのだろう。両頰に涙の跡がまだ残っていた。

彼が小学校四年生になった頃、弟は四歳だった。おそらくその頃から、弟のきわだった美しさが台北大稲埕の界隈で人々に注目されるようになっていた。大きく澄んだ瞳。微笑むと赤く小さな唇からつぶらな歯並びがのぞく。髪の毛は黒く、柔らかい……。彼は弟が不思議なくらいにおとなしく、しかも単に恥ずかしがりやでもないことを思い出した。あの頃は弟をとても可愛がり、大稲埕の林栄診療所の前の古いアーケード街でよく遊んだものだった。近所のお姉さんやおばさんたちが弟のことを、器量良しだと褒めるのを聞き、彼は内心得意だった。「本当に女の子みたい!」彼女たちはよくこんな風に言って、弟に飴を与えた。おかげで自分もご相伴にあずかれたのだ。

弟はすっかり自分になついていた。幼い頃から彼は、弟は自分を頼りにしなければ生きていけないだろうと感じていた。また、いつ頃からそう思うようになったのか、はっきりしないのだが、少年時代の趙爾平にはとても強い願望があった。早く自立し、一家を成し、仕事に成功し、弟の成長を見守ること……。

小学校に入学して以来、弟は日に日に美しく成長し、しかもT小学校ではいつも飽きることなく騒動を引き起こしていた。しかし、彼は遥か遠くの小島にいる父には弟の写真を同封した手紙を書き、弟が「幸せに成長」できるよう、まじめに誓うのであった。中学校を卒業した年、弟の身長は突然すらりと伸び、相変わらず柔らかい黒髪も長く伸びていた。二本の濃く、太い眉は少し女性的で、その下には蚕を横に置いたような二つの瞳が並び、少しも心の曇りを感じさせない、純粋さと優しさを湛えている。唇の赤さと歯の白さは、小さい頃から少しも変わっていなかった。

「父さん！」

趙爾平は孤独で寂しい、クーラーと酸素マスクがあてられた病人の辛く重苦しい呼吸のみが聞こえる病室で、突然、昏睡状態の病人を起こそうと呼びかけた。身をかがめ、重い掛け布団の下で冷たく骨ばった父親の手を掴んだ。

「父さん！」急に喉が塞がったように感じた。

彼は掛け布団の下で、その冷たい手をさすりながら、一九七五年の夏の日の朝をふと思い出した。あの朝、地区の派出所からの通知書を受け取ったが、そこには、父が特赦を受けて減刑となったので、家族は翌日の午後五時半に警察局に身柄を引き取りにくるように、とあった。

警察局の三階にある清潔で広々とした一間の応接室で、別の家族とともに二時間あまり待った。突然、二人の警備員が、服装も履物も顔色も、現在の社会とはまったく繋がりのない男たちを連れてきた。彼はすぐに、髪が真っ白になった自分の父親を認めた。そして足早に父の前に進んだ。

「父さん」

趙爾平は自分と背丈が同じくらいの父を胸に引き寄せた。「父さん」彼は茫々と涙を流し、咽ぶように呼んだ。「父さん……」

彼はようやく父を放して、父の大きな骨ばった両手を見た。一つの手には古めかしく大きすぎる旅行鞄を、もう一つの手には頑丈そうで趣のある盆栽を携えていた。後から知ったのだが、それはあの小島特産の榕樹の盆栽であった。父はまさにそんな風に立っていた。苦い涙が旧式の眼鏡の縁から、硬く骨ばった頬に流れている。

そして、赤くなった鼻から勝手に溢れてくる鼻水が、震える唇を濡らしていた。

趙爾平は慌ててズボンのポケットからハンカチを取り出し、父の顔を拭った。

「父さん……」

そして、父の右手の旅行鞄を引き取り、親切な女性事務員たちが控えているところまで行って、保釈表に記入した……

早くから趙爾平は父の身の上に起こった出来事を知っており、自分が置かれた特殊な境遇についても理解していた。彼には父がいても、生きているうちには永遠に戻ってこられないだろう、と。だからこそ、彼は少年期や青年期も、美しく優しい弟のため、懸命に生き抜こうと考えたのであった。

二十歳になった年、趙爾平は師範学校を卒業し、夏休みが終わってすぐ、羅東《ルオトン》の田舎にある小学校に派遣され、古い木造の日式宿舎に住むことになった。まさにあの年、弟は十四歳であったが、身長は一メートル七五センチの自分に迫る勢いであった。無口で優しい弟とともに、テレビドラマの影響であろうか、二人揃って林夫婦の前に跪き、さめざめと涙を流し、深く感謝の礼を告げたのであった。その翌日、兄弟は簡単に荷物をこしらえ、羅東へと赴いた……

その深夜、趙爾平は遥か小さい島に居る父に手紙を書いた。「僕はついにここまできました。十五年前に離散した趙家を、一から再興するのです……」彼は続けて書いた。「これは始まりに過ぎません、父さん……」

一家を成して、仕事でも成功すること。彼は同世代のどんな少年たちより、それを渇望していた。中学校に入学してから公費で賄える師範学校に進むまで、彼は猛然と英語学習に励んだ。毎日、一つ二つのラジオ英語講座を聞き続けた。師範学校時代、彼の英語は全校でも群を抜くほどになっていた。あの頃、趙爾平は小学校教育に一生を捧げようとは思っていなかった。英語をものにすることは、いつ頃からか彼にとって「師範学校から小学校教師へ」といったお決まりのコースから離れるための、唯一の手段となった。

一九六九年、ドイツ系企業ダイスマン薬品工業の業務代表の採用試験に合格した。そして、大学受験に受からなかった弟を補習班〔予備校〕に入れ、二人で当時の台北市基隆路にアパートを借りた。趙爾平には薬学に関する知識はなかったが、英語で書かれた文献と書類は誰よりもうまく読めたので、当然、社内の成績は上々だった。二年後、ダイスマン社は台湾で、ある計画を立ち上げた。全く新しいタイプで、持続効果が長くて安全性も高いものの、まだアメリカのF.D.A（食品薬品局）の認可を受けていない鎮痛消炎剤の販売である。その時、香港から、当時は国際営業部門の責任者であったマーストンがわざわざ派遣されてきた。販促集中トレーニングを行うためであった。

四日間の短期集中トレーニングの間、灰白色の髪のこのアメリカ人の男は、最初から最後まで、全て英語で押し通した。普段、英語など全く使うことのない全省二十四人の業務代表は唖然とするばかりだった。趙爾平はこの時に頭角を現したのだ。セールストークの模擬演習など、彼の一人舞台となった。

翌朝、趙爾平は社長室に呼ばれた。マーストンと当時の社長、オルブライトが彼を待っていた。

「テッド〔社長〕と話し合った結果、君を業務部長にすることにしたよ」マーストンが告げた。

「私など、任に堪えないのではないでしょうか」。趙爾平はどもりながら顔を紅潮させた。

マーストンと社長は笑い飛ばした。

「どうだろう、エディ〔趙〕」とマーストンは言った。「きみは、最初からすぐ私にこの仕事ができたと思っているのかね？」

「……」

「私の専門は元々何か知っているか？　法律だったんだよ。はは！」マーストンは言った。

またオルブライトも趙爾平に、何も心配することはないと言った。「辞令が下りて、もしかしたら反対する人間が出てくるかもしれない。ただどこも同じだ、こういうことを快く思わないのは」と付け加えた。来月初旬、ちょうど東京で極東地区の販売責任者の会議がある。それまでに「早めに手続きをしておくように」と言いながら、マーストンは毛深く分厚い手を伸ばし、「おめでとう！」と述べた。

日が暮れて、趙爾平は空腹を感じはじめ、戸棚を開けた。中には見舞い客からの様々な品、ブランド牛乳やココアなどが並んでいた。既に開封済みのアファディン製ココアの缶を見つけた時、彼はそのとなりに、明らかに父が持ってきて読んでいたと思われる数冊の古い書籍に気づいた。そのうちの一冊に、かつて父に頼まれて購入し、あの遠い小島に送った『台湾福建語の語音構造と発音法』があった。彼は大きなカップに、濃い目のココアを入れた。

ベッドの脇にある椅子に座り、熱くなったカップをベッドの上方にある小さな棚に置き、電気スタンドを点け、テキストをパラパラと眺め始めた。

かつて福建省の幾つかの場所に住んだことがある父は、細かく線を引いたり、余白に何か書き込んだり、練習問題を解いたりしていた。すると、不意にめくったあるページに、一枚の写真が挟んであった。それはかつて小さい島の父に送った、弟南棟のカラー写真だった。どこで撮ったものなのか、まだ五年制専科学校に通っていた頃の弟で、チェックのシャツと濃紺のジーンズを身に着け、上品に髪を伸ばし、カメラに向かって口をすぼめ笑っている。

——親愛なる父さん、お誕生日おめでとうございます。息子の南棟より、一九七一・六・七

写真の裏に、弟は小学校低学年のような稚拙な字でこう書いていた。

趙爾平は置いてあったココアをゆっくりと飲み干し、そして少し大きめの溜息をついた。

一九七一年だった。ちょうどその年、二十七歳となった彼は正式に業務部長に昇進し、結婚し、家を買った。台湾東部の山間に移動した監獄に居る父に向け、途切れることなく手紙を書き、仕事も生活も順調だと知らせた。ただし、弟の趙南棟については、既に数年の間ウソを書いてきた。弟に関する報告は次第に簡単なものとなり、「すべて順調、心配しないで」と、繰り返すだけだった。

当時、既に二十一歳になっていた弟は、依然として幾つかの専門学校の間を彷徨っていた。復学、退学、落第、転校……、いつも趙爾平が表に出て解決しなければならなかった。父からの手紙には決まって、「青年は民族と国家の進むべき方向から、個人の進路を思考する認識をもたなければならない」といった類のことだけが書かれてあった。

ああ、趙南棟。実際、弟の南棟は信じられないほどの美青年となった。背が高く、ほっそりとして、しかも逞しかった。彼に夢中になるのは少女だけではなかった。街角でもバスでも、弟がいると、どんな年齢の女性でも目を奪われた。彼に纏わり着く女の子の容姿、家柄、年齢、出身はいつもバラバラだった。かかってくる電話は十中八九、女の子からのものだった。郵便受けにもほぼ毎日、香水の匂いのする何通かの手紙が入っていた。彼は美味しいものを食べ、着飾り、五感を満足させてくれるものが好きだった。ただ、本当の悪事には手を染めなかった。傷つけたり、人を陥れたり、揺すったり、盗んだりするようなことはしなかった。一番肝心な

ことは、ああ、誰が信じるだろう、弟はむしろ限りなく「善良」だということだった。

長い睫、澄み切ってうっとりする瞳は、いつも情熱的に彼の欲するモノと女性に注がれた。一旦彼にじっと見入れられると、モノも女性も、まるで魔法にかけられたように、最後には彼の手に落ちてしまう。彼の小遣いは決して多くなかった。が、驚くほど散らかった彼の部屋には、テレビゲーム、ラジカセ、ステレオ、イタリア製のギターなど、また様々なブランドの輸入衣料、さらにシルクの男性用下着や高級腕時計、その他、様々な珍しい小物や装飾品などが散乱していた。それらは女の子たちが倹約し、彼の好きなものなら何でも贈って、御機嫌を取ろうとした証だ。

ただし大抵、一度手に入れてしまうや、人であれ、モノであれ、彼はなぜかすぐに冷めてしまう。かくて貴重で精巧なそれらの品々は、彼の部屋に雑然と積み上ったままだった。高級衣服は身につけた後、洗濯をしたのかしないのか、ベッドの脚下に投げ出され、黴が生え黒く色が変わるまで放置されていた。精緻に拵えられた二、三枚の陶製灰皿には古いタバコの吸殻が山積みになり、金銀のネックレスも絨毯の上に転がったままに。女の子からの手紙も、開封したのかしないのか、あちこちに散らばって……

いつの頃からか、弟はほぼ毎晩、家を空けるようになっていた。帰ってくる時は、いつも違う女の子と一緒だった。翌朝、趙爾平夫婦が揃って出勤する時、リビングにはスナック類、ビールの空き缶、タバコの吸殻、接着剤のチューブなどが散乱していた。弟は女の子と奥の寝室で眠りほうけているのだった。

ある日のこと、趙爾平は風邪で熱が出たため、早退し、昼に帰宅したことがあった。リビングに一歩入ると、接着剤の強烈で鼻につく匂いが充満していた。彼は眉をしかめ、弟の寝室の半開きのドアから中を覗き、愕然として立ち尽くした。目を凝らすと、真っ暗な寝室の弟のベッドには、死体のように熟睡した二人の裸の男が横たわっていた。弟の首にかかった重々しい金のネックレスが、暗闇の中で鈍い光を放っている。

趙爾平は動悸と怒りと羞恥による眩暈を覚えた。彼が荒々しく蛍光灯のスイッチを入れると、部屋は一挙に何もかも曝け出した。弟はぼんやりとして、驚愕しているものの美しい目を半開きにして慌てふためき、毛布で体を隠そうとした。

「クソッ！　こん畜生！　出ていけ！」趙爾平は狂ったように怒鳴った。「頼むから出ていってくれ！」

趙爾平は荒々しくドアを閉め、ふらふらと上の階へ上っていった。そして着替えもしないまま、自分のベッドに横たわり、数日間退かない熱に苦しんだ。

南棟は知らないうちに趙爾平の家を出て行った。それから今日に至るまで、趙爾平は弟がなぜ、どのような状況で家を出たのか、妻の秀蕙《ショウホエイ》も含め誰にも話していない。一ヶ月、二ヶ月、四ヶ月……半年が過ぎた。弟は高雄から、ミミズのような字で、音楽教室でギターを教えていることなど、素直に書いた手紙を寄越してきた。弟は金銭の頼み事をしてきたわけではなかったが、手紙の住所にいくらかは送った。二週間後、爾平はついに自分を説得し、その住所を訪ねた。すると、何と風俗嬢のアパートだった。

しかし、その嫚麗《マリー》という子は趙爾平に、南棟はたった二日前、新たに知り合った女と出て行ってしまった、と告げた。

「分かっているの、彼は騙したわけじゃない」嫚麗《マリー》はまるでテレビドラマの中でしかお目にかかれないような、華美なダブルベッドに腰かけ、泣き出すのをどうにか堪えながら言った。「あたし、今まであの人みたいに、心から人に親切にする人、見たことがなかった」

「……」

「彼は寄り添って、目を真っ赤にしていたわ。嫚麗《マリー》、僕は他の人を好きになった。どうしていいかわからない、って……」彼女はうつむいて手の甲で涙を拭った。「わざとじゃないんだ、そう言って彼は行った」

その部屋の一つだけのソファーに腰を下ろし、趙爾平は溜め息をついた。嫚麗《マリー》はベッドテーブルからタバコを取り出し、火をつけた。

「タバコは?」彼女ははにかんで尋ねた。

「いや。どうぞお構いなく」趙爾平は頭を振った。実のところ、彼もタバコを吸う。しかし、この気分では吸いたくなかった。林栄おじさんの診療所で心底から助け合い、ともに成長した弟、南坊〔南棟〕のことを思うと、彼はこれまで味わったことのない寂しさを感じた。

「どうしてだか、分からない。あたしみたいな商売女が、まさか本気になるなんて」彼女は恥ずかしそうに、うきうきした様子で言った。

「あたしが好きになっちゃったんだから……あたしも、あたしよりちょっと運のいい他の女たちと同類なのよね。結局は出てっちゃった……」

彼女は精一杯自制し、厚ぼったい唇を軽く咬み、泣き出しそうになるのを抑えていた。

深くうなだれて露わになった彼女の驚くほど白い首を、趙爾平は黙って見つめた。

「……出て行っちゃって。でも、彼がいつも話していたお兄さんを見ていると……あの、笑わないで下さい、何だか身内の人みたいで……」彼女はやっと顔を挙げ、申し訳なさそうに微笑んで言った。「こんなところ見せちゃって。本当にすみません」

「謝るのは私のほうだ」こう言うと、彼はしばらく黙り込んだ。「あいつは私のことをどんな風に?」

南棟はいつも兄のことを話題にしていたとい

う。彼女によれば、幼い頃、両親とも亡くなり、お兄さんと助け合いながら生きてきたこと、兄に面倒を見てもらって大きくなったことなど。「言ってたわ、お兄さんは優しくて、愛情を惜しげもなく注いでくれたって」嫚麗《マリー》は続けて、「お兄さんは苦学して、仕事もうまくいって、自分みたいな甲斐性なしとは違うって。そんな風に……」

「そうですか。もしまたあいつに会ったら、帰ってくるように話してください」

二人は電話番号を交換し、爾平はそろそろお暇しなければ、と言った。その自称嫚麗《マリー》という女は、お兄さんをお引き止めして、夕飯をごいっしょしたいと思うけれど……無理は言いません、と言った。

「女ってバカなんです。ずっと、彼がいつかまた私のところに戻ってくる、って祈ってるんです」彼女は寂しそうに続けた。「ほら見て、彼のギターも洋服も、みんなまだ私のところにあるんだもの」

趙爾平は立ち上がり、別れを告げた。部屋の片隅には、黒いケースに入ったエレキギターと、一対の最新式のスピーカーが並べてあった。

趙爾平は立ち上がり、病院内のレストランに電話を入れた。

「生野菜のサラダと田舎風のスープ、それとパンをお願いします」彼はベッドの右側にある、まもなく無くなりそうな点滴のビンを眺めながら、そう告げた。そして、受話器を置き、ナースコールを押すと洗面所に行き、鏡に映る自分の疲れきったむくんだ顔を点検した。

「何かご用ですか?」

一人の若い、おそらくそのためにさぞ悩んだであろう、顔一面に天然痘痕が残る看護師がやってきた。

「点滴がもうすぐ終わるんですが」

「はい」

彼女は出て行くと、すぐに戻ってきて、新しい点滴液と取り換え、静かに父の脈拍と血圧を測った。そして体温計を病人の腋下に挟んだ。趙爾平はこの時ようやく、そしてはっきりと、かすかな息がまだ残っていることを除き、父は全くの意識不明状態であることに気づいた。このかすかな呼吸こそ唯一、彼と父との間を繋ぐ、人と人との、父と息子との間を繋ぐ細い糸なのだ。彼は目を凝らして、弱々しく重苦しい呼吸をしている父を見つめた。父は一息一息、憂いに満ちた溜め息を吐き出しているようにも見えた。

弟、南棟の真相を初めて明かした時、父は失意のため長いこと黙り込み、最後に、今と同じような憂いに満ちた溜め息をついたのだった。

父がまだ戻っていなかった一九七二年の頃。父から突然の手紙を受け取った。彼らは台東山中の泰源からまた火焼島へと移された、とのことだった。「台東にいた時、南坊に会えなかったのが特に残念だ」と父は書いていた。続けて、まだ身体は元気だし、二人とも心配する必要はない、とも。また「正直で、力強く、民族のために大いに役立つ人」になりなさい、と励ました。また、この離島は遥か遠くにあるので、二人とも苦労してわざわざ会いにくることはない、とも綴られていた。

あれは南棟が家を出て行った翌年のことだっただろうか。趙爾平は意に反して、父が遠くに送られたことで、ほっとした。台東の山奥に幽閉されている父に会いに行くたび、父は特に意に介さない様子で、「南坊は元気かい？」と尋ねてくるのであった。

最初、弟の学校は休みがないからと答えた。二度目は、弟は今、工場で実習をしているので来られない、と。しかし三度目以降、どう答えていいか分からなくなった。

父が帰ってきたあの年、新聞紙上で立法院が減刑特赦法を起草しているとの報道が始まると、爾平は早速、あの島に手紙を書かずにいられなかった。父に特赦に合う条件はないか、尋ねるために。しかし「あったとしても、ここから出られるなんて……、いくら考えたって無駄だ」父はこのような手紙を返してきた。趙爾平は方々に出かけ、弟の行方を聞いて回った。嫚麗《マリー》というあの女の子を思い出して電話をしてみると、持ち主はもうとっくに変わったという。手がかりが全くつかめなくなった頃、父が急に帰ってきてしまったのだ。

「残念です。あいつは一ヶ月の教育召集を受けることになって、行ってしまったんです」

父が戻って団欒を計画したあの日、爾平はレストランに一席設け、豪華な海鮮料理でもてなした。おそらくあの日が三度目だっただろう、彼はすらすらと、本心からではないウソをついた。一、二週間以内に弟はきっと見つかるでしょう、と父にお酌しながら話した。

「一週間か二週間すれば、きっと一度は帰ってきますよ。必ず電話してきますから」爾平はまた続けて、「あいつは部隊にいるので、お父さんが帰ってきたと手紙を出すと、政治的立場がまずくなるんじゃないか、と心配しているんです……」

この時、父はしきりに頷いていたが、爾平はむしろ強い悲哀を感じていた。

これより一年前の春のことだった。オルブライトが韓国へと転勤になり、趙爾平はおかげで営業部長に昇進できた。一方、香港のマーストンはダイスマン極東地区営業部から、極東地区全体の責任者へと昇格した。桃園の空港まで、台湾へと赴任してきたフィネガンを迎えに行った時、趙爾平はすでに車を替え、オフィスも新しくなり、住まいも台北東区の高級住宅に移っていた。ダイスマン社の総代理店暉煌社の若社長Ken蔡が彼に接近してきたのも、ちょうどこの頃であった。蔡景暉のやり方は直裁で、タブーも恥の意識もなかった。「西洋人、ずい分見てきたよ。全てが実力次第で、感情なんてないのさ」蔡景暉は続けて、「実力さえあれば、表でも儲けられるし、裏でも。君は確かに頭がいい。しっかり勉強すれば、君は残忍になれるよ。正直言って、俺も同じ穴のムジナなのさ。俺たち、絶妙のペアだろ！」

こうして趙爾平は一歩一歩、彼らの陣営に近づいて行った。そして裕福で、貪婪で、腐敗した世界に落ちたのだ。金銭、住まい、調度、服装、各種の財貨に対する彼の欲望は、一つの生き物のように彼の内部に寄生し、絶えず肥大していった。男が一旦、自由になる金銭を手にしてしまうと、最も簡単に満たす欲望は女ということになる。趙爾平は突然、そのことに気づいた。そして女遊びを始めた。歓楽の場に足を踏み入れたばかりの頃は、ただ興奮し、恥ずかしくもあったから、水商売の女たちにも遠慮深く、理性的に振舞っていた。しかし間もなく、彼は遊び人たちと同様、女たちを人間とは見なくなった。彼にとってその手の女は、生きた玩具か付属品か、お高くとまった骨董品、あるいは男を満足させる我がままで傲慢で放縦な道具にすぎなかった。しばらくすると、彼は情婦を囲い始めた。ただし、彼は本当の遊び人のように贅沢でも粋でもなかったので、女は決まってすぐに彼から離れてしまうのだった。趙爾平の堕落と不貞は、毒素のように夫婦関係を蝕んだ。妻の秀蕙は公務員試験を受けるのに、元々義父の政治的影響を心配していたのだが、趙爾平はその理由を利用して、離婚してしまった。

極貧のうちに過ごした師範学校時代、牢獄にいる父が激励の言葉を送ってよこした時、少年の彼はいつも悲哀を抱えていたが、この時はむしろ志を大きく立て、人格や人品を磨こうとしていた。彼は宿舎の机に、顔体（唐代の顔真卿流の書体）で書いた「立業済世、答恩報徳」（事業を起こし、世人を救済し、恩に応え、徳に報いる）

という言葉を貼り付け、当時は、ニキビ顔を紅潮させ得意になって女について論じている同輩たちを、彼は軽蔑していた。

現在でも彼は、学生時代に抱いた「ただ異性を追いかけることにだけ熱中している者は、精神の完成が不十分である」という考えを否定してはいない、と自負している。しかしこの一点を除いて、徳を修め学問に励む生き方に対する少年時代の憧れは、今や彼が力で成り上がろうとする中で崩壊してしまった。

一九七三年の冬のことだった。林栄一家はついに、台湾での数十年にわたる診療業務をたたみ、家族ぐるみで米国に移民することになった。趙爾平は台北に新しく建ったヨーロッパ式ホテルのVIPルームを予約し、旅立ちの前日、林栄おじさん一家を招待、翌日は自ら車を運転して松山空港まで送ることにした。

ホテルで宴席を設けたあの晩、趙爾平は杯を挙げ、台湾語で告げた。「おじさん、おばさん、育ての恩は天より大きいとも言います……僕と南坊は両親の代わりに、乾杯を捧げます……」

嗚咽が込み上げた。林おばさんは目の周りを赤くしていた。一方、林栄おじさんは黙々と杯を飲み干した。

「君のお父さんに手紙を書いておくれ。私はアメリカで無事に戻る日を待っていると」林栄おじさんは言った。

肌の黒ずみで、よけいに髪が白く見える林栄おじさんの顔を見つめ、彼は自分が既におじさんの心の中にいる、誠実で努力家の子どもではないことに暗然とした。実際のところ、南棟が教育召集のために来られないと、初めてウソをついたのはこの晩のことだった。

趙爾平は、何事もなかったように、尊敬する人々の面前で、かくも平然とウソをつく自分に嫌悪を感じた。自分の魂が腐ったのは、実のところ「出世街道」に入り、貪婪で腐敗した生活のためだ。性格さえ変わってしまったのだ、と漠然と思った。

その時突然、静かにドアをノックする音がした。病院のレストランから夕食が届いたのだ。趙爾平はウエイトレスに、ソファー傍の小テーブルに置くように頼み、代金を払った。ウエイトレスがそっとドアを閉めると、彼はテレビをつけ、音量を小さく調整した。ブラウン管にはショートヘアの可愛らしい若い女性が映っている。彼女は一般常識のクイズに答え、九千元あまりの賞金をもらい、感激と喜びの表情を表していた。その目はとても嬉しそうで、涙が光っていた。

趙爾平は勝手にチャンネルを変え、夕飯を食べ始めた。今度はアメリカの番組だ。一人の大柄で頭のきれそうな男が、真っ黒なタキシードと真っ白なワイシャツを着て、深紅の蝶ネクタイをしている……

彼は弟のことを思い出した。

父が帰ってきてから一週間目のことである。オフィスで二、三人の同僚と残業していると、弟から電話がかかってきた。

「兄さん。僕だけど……」

「おお」彼は身体をまっすぐに座りなおし、迫るように言った。「お前、今どこなんだ?」

「台北」

「父さん、帰ってきたよ」彼は急くように言った。

「……」

「父さんが帰ってきたんだよ」彼は繰り返した。受話器を握る手がわずかに震えていた。

「父さんが?」

「ああ」

弟は受話器の向こうで茫然とした様子で、何度も「ほんとうに?」と聞き直した。趙爾平は回転椅子を回して壁際に向け、声を潜め、父が特赦減刑を受け帰ってきた旨を告げた。弟にとって、こんなビッグニュース、寝耳に水だったらしい。反対に今度は、彼から弟に近況を尋ねた。クラブでマネージャーをしている、という。電話番号と住所を控えた。

「すぐに訪ねていくよ」爾平はそう言って、電話を切った。

クラブは台北で最も大きいホテルの十二階にあった。エレベーターから出ると、弟が待ち受けていた。

「兄さん」

微笑を湛えた暖かい瞳には、肉親ならではの最も深い愛情が波打っている。弟は少し痩せたようだ。長く伸ばした髪は清潔でふんわりとし、黒いタキシードの下には、真っ白なシルクのシャツにブルーの大ぶりの蝶ネクタイが覗いていた。いかにもスマートで垢抜けしている。腰辺りもかちっとしていて、胸もぴんと張られている。

クラブの広間のドーム型の高い天井からは、水晶の豪華なシャンデリアが四つも吊り下げられていた。三方の壁に囲まれた中央には、数卓のヨーロピアンスタイルのテーブルがあり、それぞれ一メートルくらいの洋生花が飾られている。それらの花々は、壁に取り付けられた照明の下、華やぎにあふれ輝いていた。南坊は彼を快適な広間の片隅に案内し、一つしかないヨーロピアンスタイルのマホガニー製のソファーに腰を落ち着けた。

会わなくなって四年にもなる南坊は、聞くところによると、ある「友だち」に「手伝い」を頼まれ、ここに来たという。受付カウンターのマネージャーになり、既に四ヶ月になる。

「どうしても電話する勇気が出なくて……」弟は静かに目を伏せ、またこう言った。「でも、時々、本当に家が恋しくなるんだ……」

南坊がわずかに口紅を塗ったような赤い唇を開いて微笑むと、真っ白な歯が見えた。

一方、趙爾平はここ三、四年の間に、少年の頃の家族の没落の悲劇から這い上がり、意志と品格を備えた青年になろうとしたが、そこから一変、企業の利益を誤魔化し、私利私欲をはかる人間になってしまった。必ずしも惑溺し、ただ彷徨っていたというわけではないが、次から次へと女を取り替える、そんな胡乱な生活を送っていることも自覚していた。今、奇妙なほど美しい弟を目の前にして、不意にあの年のことが思い出された。そして、腹立ち紛れに弟を家から追い出した彼の倫理が、今とっくに風化し、崩壊していることを感じた。

「ここ二、三日のうちに、とにかく一度は帰れよ」

彼は冷やしたシャンパンを飲みながら、親しみを込めて誘った。

「うん」

「今度もお前が出て来なかったら、お父さんに何て言ったらいいか……」趙爾平は少し溜め息をついて、「これも忘れないでくれ、お前はまだ補充兵役に召集されている身なんだからな」

「うん」弟は手にした脚の長く大きなグラスにシャンペンを慣れた様子で注いだ。細やかな泡が勢いよく立ち昇ったが、決して溢れることはなかった。

「帰る時は、洋服はもうちょっとカジュアルなのを着てこいよ」趙爾平は言った。彼は三年前から沸いていた弟に対する怒りが、とっくに消えていることが自分で分かった。「それでやっぱり、ガールフレンドはたくさんいるの？」

弟は何も言わず、ただ眉間にちょっと皺を寄せて笑っただけだった。

「女運がいいやつがいるって世間では言うけど、僕は信じなかった」彼はシャンペンを傾けながら、クラブを見渡した。「でも、お前ってやつは、確かに女運がいいと思う」

「兄さん」

「真面目に働けよ……」趙爾平は言った。

「父さんはいつも何してるの？」

「毎日、朝刊を二部、夕刊を一部、読んでるよ。お父さんみたいに、あんなにじっくり新聞を読む人間は見たことがない」

「そう」

父は省内の重大ニュース、国際ニュース、それに経済版などを読んでいた。たまには親子二人で息子の仕事について話すこともあり、中国の製薬工業まで話が及ぶこともあった。そんな時、趙爾平は、父の言う「中国」という言葉には、大陸と台湾の両方が含まれていることに気づいた。最初は不思議に思ったが、やがて理論的には大陸と台湾は決して分離していないのだと納得した。ただし、人々が「中国」というとき、多くの場合、無意識のうちにただ台湾のことだけを指しているように思える。[1] 中国大陸は、一体いつから消えてしまったのだろう？「やはり英語の方がはっきりしている」彼は社内で大量に生み出される英文書類を思い出し、独り言をつぶやいた。「台湾ダイスマン（Taiwan daissmann）・ラボ株式会社（lab limited）、はっきりしている……」

彼がこんなことを話している時、弟はただ一心に聞いている様子だった。しかし、自分の知識の範囲を超えてしまった話題に関しては、礼儀正しく耳を傾けているだけのようだった。そうしている間に、クラブの入り口に、流行の服装に身を固めた男女が現れた。

「兄さん、座っててね、僕、ちょっと挨拶してくるから」と弟は言った。「本当に坐ってて

1　八〇年代までの台湾では、中国の正統性を争う政治習慣から、一般的な習慣として国民党政権が実効支配する台湾を「中国」と認識していた。大陸中国を「中国」とし、台湾を「台湾」と認識するようになったのは、台湾大の投票母体による国政選挙が全面化する九〇年代以降のことである。

「あなたのために、わざわざ持ってきたのよ」

一人の豊艶な、全身白いシルクで身を包んだ女性が、血の滴るような一輪の薔薇を弟のタキシードの胸に挿した。彼女は色白の背中全体が露わにしてあり、ブラジャーを着けていない豊かな胸が白いシルクの中で熟睡しているように見えた。

「ありがとうございます」弟は媚びるわけでもなく微笑むと、わずかに身を反らせ礼を返した。

今、趙爾平は空になった食器類を病室の外に運び、そっとドアの左側の床に置き、レストランの従業員に取りにきてもらうようにした。突然、軽いうめき声が聞こえたようだった。急いでテレビのスイッチを切り、ベッドの傍で精神を集中し、一心に聞き取ろうとした。しかしどんなに必死で見つめ、聞き取ろうとしても、クーラーの送風口から吹いてくる冷風の音、酸素

よね」

弟が客を迎えにいく。しかし決して卑屈にではなく、むしろ上半身を反らして挨拶している。

「ハイ、ハンサムボーイ、元気?」

太ってはいるが、頑丈な体つきの一人の紳士が、南坊に向かって大声で呼びかけた。紳士の傍らにいた艶やかな美女が弟に近づき、銀色のハイヒールを爪先立て、背伸びして彼の首を引き寄せると、その頬に自分の頬をぴたりとくっつけた。頑丈な男はハハと笑いながら、個室へと女を連れていった。弟が目立つ高い背丈をわずかに低くし、来客の話に優しく耳を傾け、分をわきまえた微笑みを浮かべながら、テキパキと紳士淑女のタバコに火をつけ、客人たちを専属の特殊内装の部屋に案内したりしているのを、兄はずっと眺め続けた。紳士たちが次第に増えてくると、いつからか上質なタンゴの曲が軽やかに響き始めた。趙爾平は立ち上がって、弟のそばの方に移動してみた。

ボンベの頑なに忠実な送気音だけ、それと、嗚呼、父の憂いに満ち、溜め息に似た寂しい呼吸音のみであった。

……ああ、ずっと南坊を待っているんだろう……

趙爾平は不意に、覚醒したようにこう思った。彼はこれまでずっと神や鬼など信じたことなどなかったが、突然、父の苦しい末期は、もしかして本当に最期にもう一目だけ、弟に会いたいためのことかもしれないと思い始めた。明日、既に四年余りも連絡のない弟をまた探しにいこうと決めた。

あの時クラブで約束した通り、南坊は家を訪ねてきた。

「父さん」

「ああ」

ソファーに坐っていた父は頭を低く垂れ、はらはらと涙を流した。趙爾平の眼差しに促され、弟はためらいがちに前に進み出て、父の傍らの重々しい栗色のソファーに腰掛けた。そして、父によく似て骨ばった大きな両手をおずおずと差し出し、緊張のあまりソファーの取っ手を掴んで放そうとしない、老いて深い皺を刻んだ父の手の上に置いた。

「楽にして」

父はようやく声を出した。眼鏡をはずし、注意深く拭くと、弟をしげしげと見つめた。

「お前たちを孤児のようにして、本当にすまなかった」父は落ち着いて続けた。「政治のことで、お前たちには不便な思いをたくさんさせて……」

「父さん」趙爾平は言った。「僕は今、うまくいってるんだから」

南坊は父の正面に坐り直した。子どもの頃、小学校や中学校で国語の時間に父や母についての作文を書かされるたびに、弟は必ず学校からこっそり逃げ出したものだった。趙爾平は父に、南坊はまだ正式に召集されていないので、髪を長く伸ばしてもいいのだと付け加えた。そして弟は今、いい仕事についているとも。……だが南坊は始終、神妙に口を閉ざしたままだった。南坊は、見知らぬ父親の前にいる気詰まりを隠しつつ、父のあれこれ込み入った抗日の話を、静かに坐って聞いていた。さらに父は、危なく災難を逃れた事跡や、子どもたちの母親が学生時代に上海租界の抗日デモに参加したことも……

翌日、趙爾平は弟のクラブに電話して、何故、昨晩食事をしている間ずっと黙っていたのか尋ねてみた。

「分からないよ」弟は元気なく答えた。「落ち着かないんだ。お父さんみたいな人が僕のことを知ったら、きっと怒るよ」

「……」

「子どもの頃から、大人になってからも、兄さんにだけは何でも話せる……」弟はぶっきら棒に言った。「それと、林栄おじさんだけ」

「なに、馬鹿なことを」彼は別に怒ったわけではないが、こう言った。

だが、それから二ヵ月後であった。南坊は突然、麻薬所持販売及び不法占拠の咎で告発され、四年六カ月の懲役に服さねばならなくなった。莫葳《モーウェイ》という、ある外国の航空会社の添乗員をしている女性が趙爾平を喫茶店に呼び出し、驚くべきニュースを伝えたのである。南坊はある日、クラブ経営者の愛人、曹秀英《ツァオショウイン》を車で桃園《タオユエン》空港まで送っていった。その時、空港の喫茶店でこの莫葳を見かけ、止めることのできない熱愛に陥ってしまったのだ。曹秀英は嫉妬のあまり、南棟が麻薬を販売し横領していることを密告した。それから明らかな証拠が見つかり、刑が確定し、結局入獄することになった。

「あいつは本当に薬をやっていたんですか?」趙爾平は絶望しながら尋ねた。

「彼が出てきたら、言って止めさせます」莫葳は言った。彼女は見たところ三十歳くらいで、黄褐色の柔らかい髪を頭の上に高く巻きつけている。ああ、父さんにどう説明したらいいんだろう？　彼は父のことを思い、肩を落とした。

「今は亀山《グゥイシャン》監獄にいます。私にお世話させてください。どちらにしろ、空港から近いので。ご心配なく」

莫葳は彼が見たこともない長方形の鰐皮のバックを手に取ると、カツカツとハイヒールの音をさせて去っていった。彼女は豊満で快活な美女であった。効率的に物事を進める、多忙で決断力のある人間のように見えた。

あの晩、彼は父に、弟がはめられた「真相」について語ったが、全ての事情は話せなかった。弟の生き方に関しては、三十年近くを牢獄で送った父はもちろんのこと、彼自身にもよく理解できなかった。ただ弟は世渡りが下手で人にはめられ、こんな目にあったのだと言うしかなかった。

彼はまだ覚えている。あの時、テーブルにもたれ、父は趙爾平をじっと見つめ、がっくりと黙り込み、憂いに満ちた溜め息をついたのを。

趙爾平は、病室内の浴室でお湯を張り始めた。念入りに身体を洗いたかったからだ。病室のクローゼットから清潔なタオルとパジャマを取り出しておき、石鹸で頭から脚まで三回も洗い流した。次にバスタブの湯に浸かりながら、何の糸口も掴めない出所した後の南坊の行方を思った。どこで、どんな女に養われているのだろうか。あるいはもしかしたら……ああ、弟は既に嫉妬深い夫に、それとも心変わりを許せない女に殺され、死体さえ出てこないのかもしれない。根拠がないとは言え、こんな自分の想像に驚き、彼は浴室に充満する湯気に向かって一人、苦笑した。

南坊が収監されていた時期、ダイスマン社は政府のG.M.P政策（医薬品の製造管理及び品質管理規則）と薬品輸入上の新たな規制に合わせ、台湾で土地を探し工場を建て、現地生産を始める決定をした。新工場建設計画のため、趙爾平はフィネガンと共に忙しくニューヨークとボンの間を往復した。最初の頃は、獄中で頭を丸められた弟に面会に行ったが、徐々に足も遠のき、一年また一年と月日は過ぎ、適当にお金や食品、日用品などを送るだけとなっていた。まもなく三年目に入ろうとする六月の頃だったろう、趙爾平は桃園空港までダイスマン極東地区医学部長、英国籍のカーバン博士を見送りに行った後、数人の添乗員とともに小さなカートを引いて目の前を過ぎようとする、あの莫葳にばったり出くわしたのだ。

二人は空港二階のレストランに腰を下ろした。莫葳は実際、趙爾平が空港で慌しく飛行機に乗るのを、偶然だが何度か見たことがあった。

「どうして私たちK社のチケットを買ってくださらないの？」と、彼女は怒ったふりをして言った。

「ごめんなさい。チケットを買うのは会社の財務部だから……」彼は急に気づいたように返事をした。

二人はしばらく黙り込んでいたが、趙爾平からタバコを取り出し、ダンヒルを一本、彼女に渡した。彼女のタバコに火をつけると、爪に塗った薄紫のマニキュアがライターの火で淡く輝いた。南坊の近況を聞いてみたかった。だが自分でもよく分からない無責任の重さから、口に出すのが憚られた。けれども、最後にはやはり尋ねてみた。

「出所したかどうか、知ってますか？」

莫葳は淡いコーヒー色のアイシャドーを塗った目を大きく見開き、煙を長々と吐きながら、慄きつつこう言った。

「趙南棟のような人間」には、監獄の日々はまるで地獄であった、と。

「頭を丸めてから、彼は自分がとても醜く思えて、いっそのこと死んでしまいたい、って言ってました。あの頭のためだけに、彼は頭を壁にぶつけて自殺しようとしたんですよ。本当にぶつけたんです……」莫葳は頭を横に揺すりながら笑った。「傷口に包帯を巻いて、僕はあまりにも醜いって頑なに言い張り、私に会おうともしなかった。私は食べ物と日用品を幾つか持って、亀山に会いに行き、何時間も並んで待っていたんです。そしたら、警官が出てきて、莫さん、彼はあなたに会いたくないそうです、申し訳ありません、って……」

「ふしだらなやつだ」

莫葳は妹の莫莉《モーリー》に頼み、面会に代わりに行ってもらうしかなかった。「茉莉花《モーリーホオア》（ジャスミン）の莉《リー》って書くの」彼女は言った。莫葳は彼が監獄で何年も過ごすのに耐えられず、莫大な費用を投じて、弁護士を雇い、あらゆる手管を尽くして特別上告に訴えた。「半年以上請願し減刑してもらい、結局二年半になりました」

「はあ」

「私はしかしフライトであちこちに行っています。だからあいつ、二十歳そこそこの私の妹莫莉と面会している時、ガラスを挟んで、電話で恋愛するようになったんです」莫葳は笑いながら続けた。「取り巻き連中の中で、私だけが蚊帳の外でした。仮釈放になって、妹はなんと、私に隠して彼の身柄を引き取りにいったんです。その後、二人がどこに身を隠して生活しているのか……」

趙爾平はまた、身に迫るような羞恥を感じた。彼はかつての日々を思い出した。南坊の学校から父兄として呼び出され、教務課や訓導課から彼の素行や成績に対して文句を聞かされたこと。呼び出されるたび、彼は離れ小島にいる父に対して申し訳なく思い、悲しくなった。今も、彼は莫葳のような、奇妙にも繰り返し弟のことを見放さないでいてくれる女たちに、格別申し訳なく思うのだった。

「申し訳ない……」趙爾平は頭を垂れ、既に冷たくなったコーヒーに気づき、やっとミルクを入れた。

莫葳はまた溜め息をついた。ラウンジにはまもなく離陸するフライト状況について、中国語、英語、日本語のアナウンスが伝わってきた。趙爾平は莫葳を盗み見た。そして、鳥の卵にも似て、艶めかしいくらいにきれいな顔立ちに、なぜ捨てられた女の暗さが微塵もないのか、訝った。

「そんな風に謝らないで。先ほど、あなたは彼のこと、ふしだらなやつだ、って言いましたね」。なめらかだが少し色黒の掌に包まれた、細長いグラスに入っているレモンジュースを飲みながら、彼女はひっそりと言った。「私、思うんです、ふしだらなのは趙南棟一人だけじゃないって。例えば、そう、ちょうどこのレストランでした。私が趙南棟に初めて出会ったのは。それから……私も、ふしだらなやつ、なんじゃないでしょうか？」

「……」

「もし、私がふしだらでなく真っ当な人間なら、あの時、気づかないわけがないわ。趙南棟の性格は、あまりに私の父に似ていて……」莫葳はそう言って、カウンターからやってきた、よく知っているウエイトレスにストロベリー・ケーキを一つ注文した。「あなたは何に？」。彼女は「機内で昼食を取らなかったんです」と言い訳した。

爾平もストロベリー・ケーキを注文しながら、機内のものは長年食べていると飽きるでしょう、と尋ねた。

「いいえ」莫葳は丹精に作られた、ふんわりと柔らかいケーキをスプーンで掬いながら、笑い出した。「私、ダイエット中なの」

「いずれにしても、私はやはりあなたに対して申し訳ないと思います」しばらく沈黙した後、趙爾平が小声で言った。

彼はよくよく考え、これまでどんな友だち(例えばKen蔡とか)にも話したことがなかった家族の物語を、莫葳にざっと語り始めた。思うに、これはただ莫葳が二十分も一緒にいれば男たちに、美しくかつ頼れると思わせる女だったからではない。やはりここから始めなければ、弟のために何度も遺憾の気持ちを表す自身の真意を分かってもらえないと思ったからだ。彼は声を低く、しかし滑らかに、彼と弟南坊との憂鬱な幼年時代を語り始めた。そして父と母のこと、林栄一家の愛情についても……。弟とともに家を出、十五、六年間離散した趙一家を立て直すために自立し始めたあの年のことに話が及ぶと、彼は気が高ぶり、思わず嗚咽してしまった。莫葳は黙って一心に耳を傾けていた。「ああ」と彼女はこらえきれず、悲しげな溜め息をもらした。

「以前はこう思ってたんです。自分の身の上を除いて、普通の人が生きてきた物語は、たいてい大同小異だと」しばらく黙って、莫葳はこう言った。「でも、本当に信じられません、あなたたちがそんな風に生きてきたなんて……」

莫葳も自分の家族のことを話し始めた。彼女の母は八堵の近くにある旧炭鉱主の一人娘で、今は台北の著名なアパレル企業の社長をしている。「父は上海人です。台湾が光復を迎え、福建省政府で役人をしていた親戚と一緒に台湾にきた時、まだ十何歳かでした。母は父のことを、話も仕事も人となりも、すべて空っぽだと言います」莫葳は続けた。「それにまた、父は大勢の人前で見栄を張って、すぐには見破られないような大げさな話を平気でする、って言うんです。時にはその場で見破られることもあるけど、父は空咳をして何でもないようなそぶりができる、って」

莫葳の父は仲間といっしょに何度か商売に手

を出したこともあったが、一度としてうまくいかず、元手を失くした上に、莫大な借金も露見することになり、莫葳の母に尻拭いさせたのである。四十五を過ぎると、父は人がすっかり変わってしまい、若い女ばかり追いかけるようになった。

「母はとても怒って、父の財布も行動もしっかり管理しようとしました。でも父は当時、九歳の妹の莫莉を隠れ蓑にして、ホテルで女と会っていたんです」

莫葳の話によると、幼い莫莉は大人たちがセックスしていることにも次第に驚かなくなり、一人でホテルの絨毯に寝転んでは子ども用の本を読み、家に帰っても少しも秘密を漏らさなかったという。「莫莉は大きくなって、やっと私にそのことを話してくれました。Poor Girl ね」

「えっ」彼は驚いて言った。

「幼い頃から、莫莉は何に対しても心を動かさず、投げやりでした。You know. 私と母は父のことをとても恨んでいたけれど、なぜか莫莉だけは父の味方でした。お父さんは可愛そう。手当たりしだい女を見つける以外に、男であることをどう証明できるの？　莫莉はよくこう言ってました」莫葳は「もう一杯、デュボネを頼んでもいい？」と言った。

「もちろん」趙爾平はカウンターにいるウエイトレスに手を振った。「僕は……シーバス・リーガル。あります？」彼はやってきたウエイトレスに聞いた。

長い髪のウエイトレスは頷き、伝票に書き加えた。今、この空港レストランには六、七人の客しかいない。二杯の酒を持ってきた。例のウエイトレスは大きく迂回し、莫葳はその深紅色の甘いアルコールを啜り、笑いながら言った。「デュボネは人を楽しくさせるでしょう、you know」

「Sure」

「でも、莫莉は私より勉強ができたんです。

F大学の外国語科を卒業してから、あちこち転職を繰り返した末、彼女は女性月刊誌の編集をやり始めました」莫葳は続けた。「まだお給料ももらっていなかったのに、家を出て行きたいって母と喧嘩しちゃったんです。一ヶ月、多くても一万元ちょっとのお給料だったと思うんですが、彼女はワンルームを借り、雑誌社のほかに、出版社とレコード会社からも企画案をもらったりしていました。そして、小さな部屋に生活用品を一つ一つ揃えるようになって……」

莫葳によると、莫莉は気ままに生活して、どんな拘束も受けなかったという。ただ、莫莉の最大の欠陥は人を愛せないことだった。「父のせいです。莫莉は男女の間にセックス以外、他に何もないと思ってるんです。彼女は男と寝ても、愛することを拒絶していました」時々、莫莉は母の立派なオフィスにくることがあった。「お母さん、四万元ある？」どんな理由にせよ、母はいつでも足りるだけの金額を与えた。

「母は知ってました、そのお金の大部分は、むしろ父が必要としているんだってこと。でも、母はそのことに触れませんでした。こういう結婚って、何でしょうね？」

莫葳によると、莫莉は南棟を彼女の借りている部屋に連れてきたのだが、月一万元の収入では次第に生活できなくなったという。

「ある日、莫莉は趙南棟に言ったんです。私たち別れよう、って。化粧台の引き出しに五千元あるから、しばらくこれで何とかして。私は会社に行くから。……妹はこう言ったんです」

莫葳は二杯目のデュボネを飲みながら続けて、「あの日、仕事を終えると、莫莉は一人の女の子を連れて、家に帰りました。そこで……あれ、あなた、どうしてまだ出て行かないの？　と尋ねました。趙南棟は笑いながら黙ってテレビを見続けたので、妹は彼の荷物をまとめて、門の外に置きました。ねえ、出て行って、って。これは後で莫莉から聞いたことです」

莫葳によると、その時、趙南棟の顔色は真っ青で、黙って莫莉のところを出ていったという。趙爾平はそれを聞いて呆然とした。弟はいつから女に追い出されるような人間に？

「その時外は大雨でした。三十分も経って、妹は化粧台の引き出しの五千元がそのままなのに気づいたんです。急いでお金を握り、マンションを下りていくと、趙南棟は通路にぼんやり佇んでいたそうよ」莫葳は続けた。「莫莉はお金を彼のズボンに突っ込むと、タクシーを呼んだんです。運転手さんにどこに行くか言って、と妹は趙南棟に告げ、タクシーのドアを閉めました。妹は、車がためらいがちに走り出し、大雨の降りしきる台北市内に向かうのを見送りました。……これ、全て莫莉の話したことです」

四杯目の甘口のデュボネが、莫葳の両頬と下まぶたに、いつの間にかほんのりとした紅い輝きを添えている。彼女は両手で頬杖をついた。顔全体がなまめかしく春めいて、艶っぽかった。「I'm on, you see. Dubonnet makes you high and happy……」彼女は笑いながら、「私、ますますいい気分になっちゃった。ほら、デュボネって、人を楽しくさせるのよ」彼女は五杯目を欲しがった。「あなたを引き止めちゃったみたい」媚びた微笑みを湛えた瞳を瞬かせながら、彼女は言った。

「大丈夫。むしろあなたが、もう行く番じゃないですか。これからフライト、と言うんじゃないかと思ってましたが」

「いいえ、さっき飛行機から降りたばかり」彼女は笑いながら言った。「もう言いましたよね。ちゃんと人の話、聞いていないんだから」

「すみません、忘れてました」と彼は言った。

「あなたなぜ、私に聞かないんですか。莫莉が自分の男を奪ったのに、どうして恨んでないのか、って？」

「じゃあ、改めて聞きましょう。恨んでないんですか？」

「すごく恨んでいましたよ、最初は。代わりの男を探して、忘れようとしたんです。一般的にはそれが効果的でしょう。まして、私は朝、ソウルにいたかと思うと、午後はオーストラリアなんですから……」

「僕の弟は、いつも他人を捨てる側だったんです……ところで莫莉は今、彼の居所を知ってるんでしょうか？」

「莫莉はね……バイセクシュアルなんです。わかりますよね？　莫莉は普通の女の子と違うんです……」

「ええ？」

「どうでもいいことなんですけど。莫莉と趙南棟は同類なのよ。彼らは自分たちの感覚のままに生きています」莫葳は続けた。「うまく言えませんが、どっちにしろ、どう言ったらいいかしら？　彼らは本能のままなんです。食べたければ、食べる。着たければ、着る。喜びたい、楽しみたい、嫌なことがあれば何か面白いことを求めて、振り返らない……make love 必要なら and they make love……」

「ああ、〝痴れ者〟なんですね？　僕が何を言ってるか、分かるでしょう？　彼らは何か欲求があれば、ちっとも、そう、恥も外聞もなく欲を表現します。眼差しや、気持ちや行動によって、とてもはっきりと。少しも恥ずかしいなんて思わず、私は欲しい、僕は欲しい！って……」趙爾平は弟のことを思いながら、言った。

「そういうことですよね？」

「ええ」莫葳は頷いた。「あのですね。妹の莫莉はとても早いうちから、三十歳になったら必ず自殺するって騒いでいました。なぜと聞くと、もうたくさんよ、三十歳になってまだ生きているなんて、退屈なの！って。でも、最近では考えを変えて、またきっぱりと言うんです。四十歳になったらきっと自殺する、もう絶対延期しない、って。悲しそうなそぶりは全く見せません」

「彼らは快楽や満足や青春の美しさ、心地よいこと……だけを求めているんだ。まるで原野の山羊が緑の草地や流れる水を追いかけるように……」三杯のシーバス・リーガルのせいか、声が大きくなっているようで、自分で嫌な気がした。莫葳のような女性とは、内緒話のようにひそひそと話す方がいい。「でも実のところ、自分は違う、そうじゃないって言えるでしょうか？　私たちもみな、同類じゃないかと。時々、思うんです。時代全体、社会全体すべて魂を失っていて、人間はただ過度に発達した感覚のままに生きているだけじゃないかって。うむ……」趙爾平は続けて、「ただ僕の弟みたいなやつは、少しもそれを隠さないだけなんです。少しもそれを恥ずかしいと思わず、あけすけに表現するわけです——欲しい、欲しい！　って。まさにそういうことなんです……」

「ええ」莫葳はもう一本タバコに火をつけ、溜め息をついた。

「……まさにそういうことなんです。分かりますよね？」彼もだいぶ酔ってきた。

「趙南棟。二、三年前だったと思います。ちょうどここで彼と出会いました。彼はあの二つの瞳で、Oh, Christ、私のことをじっと見つめたんです。分かるでしょう？　優しくて、大胆で、我がままで、欲望に満ちていて」莫葳は言った。「私はアメリカや韓国、日本、台湾の間を飛び回っているでしょう。機内とか空港で、一夜を楽しむ「ゆきずりの愛」をたくさん見てきました。でも、彼こそ私のことを狂わせたんです。あの時」

「……」

「彼は特別でした。彼は例えば、あなたのことを見つめるとします。率直で貪欲で単刀直入な眼差しで、あなたに言うわ。ハイ、僕は君が欲しいって」莫葳は続けた。「彼はまるで夢の中で何度も会ったことのある、あるいは会いたいと思っていた男なんです。大胆で、わがままで、優しくて、それに野卑で。人は彼のことを少しも退屈だとか、好色だとかは思わないでしょう。彼は魅力的です。分かるでしょう」

「莫莉は？」

「莫莉ね。趙南棟ほど……純粋じゃないわ。彼女は仕事をしたり、遊んだり、今のところは自殺しちゃいけない、って思ってる。それに、バイセクシュアルなんだけど、人を愛せないんです。感覚が麻痺していて、何人か女性を探して試したりしています。彼女はバイなんです。わかるでしょう。彼女たちのグループで、彼女に熱を上げている女の子も大勢います……」

「そうそう。何でしたっけ。She's……She'sa……What?」

「どうでもいいことよ」莫葳はまた、溜息をついて笑いながら言った。「彼女はしょっちゅうroom-mateを取り替えたり、ワンルームマンションに閉じこもったりしてるんです。ある女の子と数ヶ月暮らしたかと思えば、別の女の子と数ヶ月って感じで……」

趙爾平は少し分かったように思えてきた。そして、不意にあの年のことを思い出した。寝室で弟がもう一人の男と、死んだように裸のまま真っ暗なベッドの上で熟睡していたのを見たことを。

「ああ」彼は少し吐きたい気分だった。これ以上飲めない。

二人は黙ってしまった。空港のレストランには再び人が多くなってきた。見送りにきた人が、首に花輪を掛けた出発する人のために写真を撮っている。青白いフラッシュがしきりに瞬いていた。

「そろそろ帰らないと……」趙爾平が溜め息をつくように言った。

「ええ。この秋、私仕事を辞めるんです」莫葳は愛想よく笑った。

「えっ？」

「結婚するんです」彼女はハンドバックを探

って、一枚の男性の写真が挟んである紙入れを取り出し、彼に渡した。

彼はそれをしげしげと眺めた。一人の東洋人の、かしこまった上半身の写真である。

「Hey, Who's the lucky man ?」彼は大げさに言った。「このラッキーな人は誰？」

「日本人。ビジネスマンなんです」

「そう」

「Fukamizu って言うんです。漢字で書くと、〝深水〟。深い浅いの〝深〟に、水とか火の〝水〟。こんな奇妙な名前があるんですね……」

莫葳は笑い出したが、少し酔っていて可愛かった。


趙爾平は、バスタブに浸かったため少し火照った、少し太り気味の身体を拭き、きれいなパジャマに着替えて、バスタブのお湯を抜いた。そして、間もなく逝くであろう父の傍にやってきた。彼は父の顔色がさらに灰黄色になってきたのを見て、ひそかにうろたえた。

「父さん」彼は声に出さないで言った。「あと数日、頑張ってください。南坊を見つけてくるから」

……

3　趙《ジャオ》慶雲《チンユイン》

一九八四年　九月十二日、午前九時

午前六時三十分の記録

血圧１００／70ｍｍＨｇ、心拍毎分78、投入量１７２０cc：排出量１３４０cc。ドーパミンの投与を減らす。理学検査の所見によると、肺の雑音に改善の兆し。

**　呼びかけへの反応が強くなり、動脈血中の酸素及び炭酸ガスの分圧には正常化の傾向。**

**　七時二十分、病人の顔色が白変、微量の血色分泌物が目尻と口元に見受けられる……**

　趙慶雲が目を開けると、室内のぼんやりと温かい光が見えた。そこに妻の宋蓉萱が……。彼女はベッドの向いのイスに座り、熱心に本を読んでいる。二人ともまだ上海の学生だった、初めて知り合った頃のように見えた。短めで、清潔感のある黒髪、花びらのような少女の顔立ちに淡い花柄のチャイナブラウス、ロングスカート、そして白い靴下に黒布の靴を履いていた。日本の侵略とそれに抵抗する抗戦が日々硝煙を上げている中、やせっぽちの若い宋蓉萱は、上海南京路の抗日デモの隊列に加わって逮捕され、控訴されていたが、ある愛国的な裁判官の裁定があって、釈放されて出てきていた。自分は、あんな若い時期の蓉萱と既に結婚していたのか？　趙慶雲はいまさらながら驚いていた。彼女が熱心に精神を傾けて読んでいるとすれば、それはおそらく歴史の本だろう。あれは、そう、台北のある中学で教え始めた頃だった。蓉萱は、中国への復帰の後の台湾で、中国に関する歴史教材が少ないのをひしひしと感じていた。趙慶雲は、開明書店の何冊かの有名な中学歴史参考書を台湾の学生のために編集し直せばよいのではないか、とアドバイスした。

「そうかな。私たちは台湾史から書き始めたほうがよいのではないかしら」あの時、宋蓉萱はそう言った。「中国を知るには、まず台湾と中国の歴史関係から……」

「結局、あの時の君の考え方はやはり正しかった」

趙慶雲は独り言のように彼女に話しかけたが、彼女はずっと、紺色の表紙の古い冊子を夢中になって読んでいるようだ。宋蓉萱は読み耽りつつ、物思いに耽っているようでもあった。

「今、あなたが福建の三元《サンユエン》監獄で書いていた日記を読んでいるところ……」

「ええっ、まさか。あの日記は、台湾にくる前に喧嘩して焼いちゃったはずじゃないか」趙慶雲は笑いながら言った。

「太陽が出てきたって書いてある。獄舎の人たちは、運動の時間を利用して、虱や南京虫をつぶしたり、服を干したり、って」

「そうだ。それから疥癬虫も。あれは捕まえにくくてね。痒かった……」趙慶雲は続けて、「獄吏から、君は女子獄舎でみなを助け、そこでもやる気満々だった、と聞いたよ」と言った。

「一番面白かったエピソードは、建甌《ジェンオウ》からはるばる男を追ってやってきた女が、男が死んでしまうと大泣きして、あなたの憐憫を買った件よ」宋蓉萱は顔を上げて、「翌日の日記にはこうあるわ。その男が晩に生き返ってしまうと、その女は悲しみを忘れて豹変し、瀕死の男に土地、財産全て引き渡せと迫った、と」

「君はあの時、あんなにも若かった。だのに、どうして僕なんかといっしょになったの？」彼は愛おしそうに宋蓉萱を眺めた。

「あなたはこんなことも書き留めている。道中一緒に護送されてきた無一文の人。一枚の着物だけで厳冬の獄舎で震えている人。眼に涙を浮かべ互いにくどくど言い合っている人……」宋蓉萱は手に持った日記を読んだ。「新たに一人の獄友が、足かせをはめられてきた。鉄の鎖のぶつかり合う音がして、何度も僕の気持ちをかき乱した……」

「ところで蓉萱、君はあることをどうしても僕に話そうとしなかったね」趙慶雲は眉間に皺を寄せた。「君は党の関係者を見つけ、入党したのかい？　そうでなければ、どうしてあんなに重い……」

「またこうも書いてあるわよ。獄中に変化があるたび、僕は数日、気持ちが落ちつかなくなる」宋蓉萱は静かに続けた。「苦難の中国。……またこう書いているわ。昨夜、ある人が虐殺された。死ぬ前の悲惨な叫び声が寒い夜を凍らせる」

「入党してなければ、どうして君に死刑の判決が下るのか！」趙慶雲は興奮気味に尋ねた。「僕は一人、生き残ったけれど、子どもたちの面倒は見られなかった」

「子どもたち。ああ、芭楽ちゃんは？」彼女はそう言って、悲しそうに明るい窓外を眺めた。「三元監獄に十日以上続けて雨が降ったわ。だのに、昨日からは洗ったような青空に。私、福州の実家にとっても帰りたい、ねえ慶雲……」

「君はきっと話してくれないだろうし、聞いても無駄だろう。それが君たちの決まりなんだろう？」趙慶雲は溜め息をついた。「福建の三元監獄で、僕はある中学校の音楽教師から作曲を習った。でも、どうしてもものにならなかった。台北の青島東路監獄でも張錫命《ジャンシーミン》から学んだ。彼は日本に留学して音楽を勉強した学生で、大阪音楽専門学校の逸材だった……」

今度は、張錫命が見えた。病室のドアの方を向いて指揮している。あの頃、監房の人たちは日本語なまりの英語で張のことを「コンダクター」と呼んでいた。コンダクターは痩せて背が高く、白い旧式の香港シャツを着ていた。眼を閉じて指揮棒を振り回す様子は、まるでオーケストラを眼の前にしているよう。彼はきっと、ドミトリー・D・ショスタコーヴィッチの「第三交響曲変ホ長調メーデー」を指揮している……。というのは、張錫命はみんなの落ち着いた気分を乱したくなくて、温和な指揮の動き方をしているのだが、その様子から、川のせせらぎに似たクラリネットの独奏が始まる、朝日が田園に満ちてくるあの交響曲『メーデー』導入部が聞こえてきたからだ。

趙慶雲にとって、張錫命は最もがまん強い音楽教師であった。彼はかつて趙慶雲が福建三元監獄の虱だらけの獄舎で書いた一編の小詩「獄の雀」に曲をつけてくれたことがあった。それはいらずらっぽく、からかうような小曲だった。獄舎の軒下にいる雀が麗しい春の日に、逆に「鳥かご」の中で窮屈にしている人間を見て、驚き騒いでいる様子を描いたものだ。趙慶雲はコンダクターと同房だった二ヶ月の間に、台南佳里《タイナンジャーリー》の地主の家に生まれた張錫命が、元々はただ音楽の勉強で日本に行ったのに、はからずも抗日革命青年となったことを知った。ある時期、張は広漠とした満州を目指し、抗日戦争の最中、祖国の音楽を探し求めた。また杭州《ハンジョウ》の音楽専門学校では、新生ロシアの天才ショスタコーヴィッチの音楽を知り、次第に深入りし抜け出せなくなったそうだ。

「そうして、クラリネット二重奏がだんだん静かになる。ここで曲の全体が変化するんだ」張錫命は目を閉じ、竹箸を指揮棒に見立てて指揮しながら、ぶつぶつと説明する。「今度は、弦楽器が甦ったように嬉しそうに呼びかけ、徐々に大きく鳴り響く……」

趙慶雲にも、トランペットの意志の強そうな演奏が聞こえてきた。あたかも空いっぱいに揺れる赤旗の下、労働者が気持ちよさそうに歌い、列を作って行進しているかのようだ。彼は、音楽という極めて精細であると同時に遠大な芸術形式が、直接人々の魂に入り込み、深い戦慄を引き起こすのを感じた。

「コンダクター、君はいつか『三千里祖国』という交響曲を書きたいって言ってたね」趙慶雲は言った。「自分の民族アイデンティティを求める過程で、目覚め、戦い、探し求め、幻滅し、また再び立ち上がり、勝利の歴史の足音を聞く前に、死に赴くというような……」

「聞いて！　聞いてここを！」張錫命が独り言のように言った。「この英雄的なレシタティーボを……」

彼は我を忘れて親指と人差し指に挟んだ指揮棒を振った。興奮にかられ、情熱的でしかも孤独に見えた。趙慶雲はまだはっきりと覚えている。あの頃、張錫命は毎朝早くから衣服をきちんと身に着け、ひっそりと房内で命が縮まるあの点呼を待っていた。出てくるように言われる者がいると、彼らの手を無言のまま両手で慎ましく握って別れの挨拶をし、そして自分のベッドに戻り、黙々と目を閉じたままぼんやりと坐っていた。昼食の後、彼はようやくショスタコーヴィッチの交響曲に関する断片をノートに黙々と記し、それから立ったり、座ったりしながら指揮を始めるのだった……

「コンダクター」趙慶雲は呼びかけた。

張錫命は何も答えず、無我の境地で一心に指揮棒を振り続けている。暴風の場面、津波の場面、高山が崩壊する場面、万騎が殺しあう戦場の場面……それらの場面が、時には乱暴な、時には激怒するような指揮の身振りの中に轟然と立ち現れる。監房全体が英雄的な怒涛のようなシンフォニーの中に粛々と浸っていくようだった。

あの頃、朝早くから衣服を着替えて「死の点呼」を待ち、午後になると再びショスタコーヴィッチに没頭する張錫命を毎日眺めつつ、自分もどうなるのか分からない宙づりの運命に苦しんでいた趙慶雲は、ある日、彼に尋ねた。

「こんな風にくる日もくる日も死の手前で生きていることが、どうして君には苦しくないの？」

コンダクターは黙ってしまった。「僕の罪状じゃ、きっと死ぬ。僕が待っているのは、ただ死の瞬間だ。君が待っているのは、他人が君の死生を決める瞬間だ。当然僕よりも焦るのさ」。コンダクターは趙慶雲よりずっと若々しい手つきで、趙の肩を軽く叩いた。「焦っているのを恥ずかしいと思うことはないよ」。コンダクターは穏やかに言った。趙慶雲は涙を流した。二日後の朝、張錫命は房を出るように命じられた。張は無言で、まだ開けていない練乳の缶詰を二つ、少し恥ずかしそうに趙慶雲の眼前に押しやった。衣服は早々と着替えていたので、他の人よりも張錫命が先に監房を出て行った。

「オ大事ニ……」彼は日本語で同房の友に別れを告げた。

趙慶雲にはまた突然、林添福《リンティエンフー》と蔡宗義《ツァイゾンイー》という三十数年も顔を見てなかった二人の獄友が見えてきた。二人は病室の床で黙々と将棋を指している。この蔡宗義に、趙慶雲は尊敬と感謝の念を抱いていた。まさか三十四年後、再び蔡さんに会えるなんて。趙慶雲は喜び勇んで呼びかけた。

「蔡さんですね？　お久しぶりです」

蔡宗義は何の返事もしなかったようにも見えたし、かつてと同様、喜んで気安く返事をしてくれたようにも見えた。ただ彼は床に坐り、じっと考え込んだまま林添福と将棋を指していて、彫刻か石像のような姿勢のままであった。あの年の六月、朝鮮戦争が勃発した。ニュースが監房に伝わると、ほとんどどの房でも激変しつつある歴史と時局について、議論が始まった。その時、趙慶雲はこのような意見を述べた——アメリカが台湾海峡に介入し、台湾軍事に介入するのは、台湾の民心を安定させ、アメリカ自身を「民主を尊ぶ国家」に見せたいからだ。そこでおそらく、政治犯に対する厳罰を減らすか、あるいは停止させるかもしれない、と。張錫命と林添福は異なる理由からではあろうが、おそらく基本的には趙慶雲の考えを支持してくれたようだった。しかし、蔡宗義はこの問題に関して、同房になって以来、初めてといっていいほど悲観的な見解も示した。

「第七艦隊が海峡で本当にパトロールを始めたということなら、歴史は既にここで軌道を変更したってことだろう」蔡宗義は憂鬱そうに言った。

あの時、青島東路軍事監獄の暗い監房でも、蔡宗義と林添福はやはり床に座って対局していた。二局ほど指し終え、また半局ほど対戦している途中で、紙の将棋盤に駒を残したまま、二人は時局について議論し始めた。

「戦後、日本の革新指導層はアメリカ占領の反革命的性格を見抜けず、留保をつけず日本の民主解放者に祭り上げてしまったんだ」蔡宗義は穏やかな口調で続けた。「つまり、日本の左翼は戦後の民主化と平和化を推し進める動力を、すべてアメリカの占領当局に依存してしまったんだ、日本の勤労民衆に解放するのではなくて……」

その時、監房にいた人々はみな精神を集中して話を聞いていた。十数日ほど前から、蔡は益々鬱々とした思考に陥っていたようで、同房の獄友が語った朝鮮戦争の情勢についても、結局、決まった意見は述べずじまいだった。「もう一度、考えさせてくれ」。彼はこの間の憂鬱な様子で、しかし穏やかにこう言った。

「結局のところ、昨年からだろう」蔡は続けて、「マッカーサーのＧＨＱは日本の各方面に情け容赦のない粛清を展開し、日本の労働組合と社共双方はひどい打撃を受けたんだ……」

当時、趙慶雲はこの観方に同意してなかった。戦後の重慶と福州で数人の米軍関係者と知り合ったが、そこでは、米国は中国の改革に同情的であるとの印象だった……

「蔡さん、あの時僕は何も言わなかった。でもその時、その点についてはあなたが間違っていると思っていました」趙慶雲は病床に横たわったまま、石像のように将棋盤に向かう蔡宗義に向かい、声には出さずに言った。「でも、あなたの哲学的な考え方は、僕のような外省人の知識人にとっても驚くものだった。またその知識の広さからも、あの頃、あなたの朝鮮戦争の分析には疑いを持たなかった」

　蔡宗義と林添福は依然としても山のように動かず、同じ姿勢のまま床に広げた将棋盤を見下ろしている。ああ、まさか。四十年近くもこの一局をやっているんじゃないでしょうね？　趙慶雲は恍惚として奇妙な想念に取りつかれた。この二人は当時、監房で一番頭がいいと誰からも認められていたのだが、軍事監獄に入ってからずっと、歴史を相手に四十年も将棋を指していたのか。

　目を凝らして見ると、突然、趙慶雲には、将棋盤上の駒が勝手に殺し合いをしているようにも見えた。

「ああ、あなた方は意志の力で、将棋を指しているんですね」趙慶雲は感心して言った。「名手には先を見通す力があります。蔡さん、あなたの考えは結局、正しかったんです。私は十年も経ってやっと分かりました。あれらすべての虐殺と監禁は、戦後四十年の間、自由と民主の美名を享受し尽くしたアメリカと深い関係があるってことを……」

　この時不意に、悪ふざけの後のような、林添福の豪放な高笑いが聞こえてきた。冗談好きで楽天的な林、きっと対局中にうまい手を考えついたのだろう。趙慶雲は林添福が麻豆《マードウ》出身の若い医師であることを覚えていた。林添福は他の監房に分散している外省人ばかりの張伯哲《ジャンボージャー》事件[1]の関係者たちと同様、拷問中も不屈であったこと、獄中の優れた生活態度、あるいは死に赴く時の尊厳と勇気によって、監房の中で苦悶し懐疑し葛藤し続けていた台湾籍の若い仲間たちを慰め、勇気づけていた。一度、何日も長々と話し続けた後、台中からきたある若者が涙にかすんだ目で林添福にこう言った。

「ありがとうございます」そして「真の中国を見つけられたら、死んでも悔いはありません」と。

「バカ！」林添福は怒ったふりをして、日本語で言った。「君ハ僕ヲ神父ダト思ッテイルノカ？」

監房の人々はみな、笑った。趙慶雲は溜め息をついた。そうだ、林添福はたとえ死と恐怖が日常になった環境にあっても、必ず誰かを一日に一度は笑わせなければ収まらない人だった。冗談や悪戯を好んでいたからこそ、日本留学のこの医者は「おっかない先生」ではなく、麻豆地方の庶民からしたわれる指導者となったのだ。獄中で林添福は次から次へと冗談を思いついた。

趙慶雲が最も覚えているのは、監房の中で林が首切り役人を、もう一人が死刑囚を演じた一幕だ。林添福は刑場に立ち、真剣に銃の照準を合わせる演技をし、そしてカメラマンのように言った。

「ちょっと左に、もうちょっと……いや、もうちょっと右にお願い……」彼は真面目くさって続けた、「いいね、すごくいい。はい、肩の力を抜いて。頭を少し上げて。いいね……はい、笑って、そう、笑って、英雄っぽく……ダーン！」

嗚呼！　林添福はまさにこんな人だった。たとえ命の終わりがカウントダウンされる日々にあっても、彼はずっとあの不思議な朗らかさを生き生きと保っていた。一九五〇年十二月のある日の冷たく湿った早朝、林添福と蔡宗義は出

1　張伯哲は広東省出身。一九四七年一月、台中の工作委員会の書記として派遣された中共党員。一九五〇年の四月に逮捕され、同年十二月、台北郊外の馬場町にて銃殺される。享年三十一歳。

るように命令された。趙慶雲は、二人の信じられないほどあっさりした様子を、忘れようにも忘れられない。

「君モカ！　オシイナ」林添福は衣服を整えると、日本語でひどく惜しむように蔡宗義に言った。

蔡宗義は親しげに笑いながら彼の肩を叩き、また始まったよ、君の冗談が、とでも言っているようだった……

房を出た林添福は、歯を見せて微笑みながら、各房の囚人が木の柵の間からじっと見つめ、別れの挨拶をするのに向けて、晴れやかな声で叫んだ。

「オーイ、行ッテクルゾ！」[2]

呼び出された二人は、残された人々のスローガンの叫び声の中を連行されていった。そしてまた不意に、林添福の限りない喜びを彷彿とさせる叫び声が聞こえてきた。

「オーイ、月ガ出テイルゾ！」

数十年来、幸いにも生き延びた人々は、死刑を控えた人間が月を見てあんなに喜べるなんて、馬鹿かそれとも「大智は愚かなるが如し」ってやつかと、時折、房内でうわさしたものだった。趙慶雲は目の前の林添福にそのことを報告した。

こうした経緯は、後になってから日本語のわかる同房の獄友が、目のふちを真っ赤にして趙慶雲に説明し、やっと分かったことだ。しかし趙にとっても大きなショックだった。このように潔く死に赴いた世代は、冷ややかな永遠の歴史の中にあって、ごくささやかな波瀾に過ぎないのだろうか？

「間違っている！」あの頃、趙慶雲は物思いにふけりながら、よくこう怒鳴った。

「王手！」蔡宗義の声がした。

「おっと！」林添福が誰かにひどく殴られたように呻いた。「ああ……そうか！　チェッ、チェッ！」

「待ったをしてやろうか？」蔡の笑いを含ん

だ、挑発するような声がした。

「いいや!」

「棋譜はただの規則に過ぎない。ただ実際、指し始めると、状況は恐ろしく変化し、分からなくなるんだ」蔡宗義は不意に言った。「歴史も同じだろう」

「頭がいいと自惚れるなよ」林添福が言った。

「さあ! 君からだ!」

「……」

「うーん」林添福はまた深く考え込んだ。

「王手」蔡宗義はまた落ち着いて言った。

「うむ!」林添福は苦し気に、悔しそうなうめき声をもらした。

「三十数年前、僕は今の台湾を予想するだけの能力がなかった」蔡宗義は急に、しかしゆっくりと語った。「歴史的な時間と個人が生きる時間には距離があるってこと、趙よ、君はまさに実感しているだろう」

「民族内部の相互敵視と国家分断は、四十年になる」林添福が明るく言った。「恥ずかしいことだ……」

「毎回、出て行かされる人がいると、僕は房の中でこんな風に歌ったものだ。……安らかに、親愛なる同士、もう祖国のために悩むな……僕たちが出て行く時、趙よ、君たちもまたこう歌っただろう」蔡宗義は遠く思いを馳せるように言った。「もう四十年だ。まとまった一つの世代に属する僕たちは、中国のために生き、中国

2　この発話（また次の発話「オーイ、月ガ出テイルゾ!」も含めて）は、一八七七年三月二七日に旧福岡藩で起きた「福岡の変」で処刑された首謀者たちの伝説を色濃く連想させる。「福岡の変」は福岡藩の士族たちによって企てられたもので、西南戦争の薩摩士族の反乱に呼応したところの、明治政府に反旗を翻す決起事件であったが、すぐに鎮圧され、首謀者たちは処刑されている。彼らが刑場に登っていく時の記憶は、そこで生き延びた後の玄洋社創設のメンバーによって深く受け止められている。

のために死んだのに、まだこんなにも悩んでいる……」

病室は突然、沈黙に包まれた。趙慶雲は四十年の歴史の霧が病室中を旋回しているのを感じた。まるで高山の雲海や、北方の砂漠にびゅうびゅうと吹きつける突風のように……

「恐怖や怒りや恨みを超えて、人々の解放や幸せな希望の夢を歌いながら、最も残忍な拷問を受け、死に追いやられた僕たち世代の人間の原点」蔡宗義は独り言のように言うと、憤激し、慄きながら大声で叫び始めた。「燃え上がれ、台湾で、中国で、世界中で、高らかに燃え上がれ！」

「シーッ!!」張錫命が言った。彼は全身汗まみれ、髪の毛もシャツもびっしょりだった。「静かに！　交響曲『メーデー』の最終合唱パートがまもなく始まる！」

趙慶雲には管弦楽器のパートが打楽器の大音響を背景に、高く、情感をかきたてる斉唱の中に溶け込んでいくのが聴こえた。続いて、モデラートの合唱パートが展開する。ソプラノ、メゾ・ソプラノ、テノール、バスの力強く豊かな合唱——地平線から天空の果てから大いなる賛歌や宣託、大いなる希望と悦楽がもたらされた。宇宙の混沌から、広野と森林から、高山と平原から、黄金の収穫から、天空を覆う旗から、ミツバチが群れとなり、鷹が飛び立ち、虎が躍り出てくるようだった。張錫命の顔は汗だくで、涙も溢れている。趙慶雲はベッドの上で嗚咽を漏らしたが、声にならなかった。宋蓉萱、蔡宗義や林添福がみな、病室の来客用ソファーに固まって坐っている。忘我自失し、震えながら、蔡宗義は指揮棒から次々に繰り出される波のような合唱パートに聞き入っていた。三十数年を経た彼らの冷たい頬に、熱い涙が流れ続けた。

恍惚としていると、趙慶雲は誰かが涙を拭いてくれるのを感じた。看護師の邱玉梅が台湾の先住サオ人の際立って美しい眼差しで、自分のことをじっと見つめている。趙慶雲は感情の高ぶった後の平安を感じた。そして窓の外の、深い青に染まり、どこまでも洗ったように透き通った空を見た。

「何て爽やかな空なんだろう！」

趙慶雲は邱玉梅に言った。彼は疲れを感じた。邱玉梅が必死に自分に向かって叫んでいるのが聞こえる。「趙さん、趙さん！」今日はあまりにも多くのことを話しすぎてしまったようだ。しかし、入院以来、彼にはおそらくこんなに気持ちのいい日はなかった……

趙慶雲はまた眠った。

朝七時二十分、邱玉梅が点滴薬を交換にきた時のこと。趙慶雲の眼球がきつく閉じられ、目蓋の裏で、初めは緩やかに、しかし次第に早く動き始めたのに気づいた。顔面も時折ひきつけを起こす。邱玉梅はすぐさま医師局に報告した。湯主任医師はまだ出勤しておらず、当直の劉先生と看護師長が急いで病室へ向かった。趙慶雲の脈を取り、血圧を測った……彼らの表情はわずかに緊張し、興奮していた。医者と看護師は慌しく注射を打ち、出て行く前に病人の状態によく注意しているよう、邱玉梅に何度も繰り返した。ちょうど八時を過ぎた頃、趙慶雲の表情にかすかな赤みがさし始める。きつく閉じられた目蓋の下で、眼球がさらに激しく動き出した。

八時十分、邱玉梅は、趙慶雲の目から一筋の細い涙が流れるのを認めた。顔色はやや赤みを帯び、鼻の先も充血のため赤くなっている。邱玉梅がティッシュペーパーで涙を拭うと、趙さんは大きく目を見開いた！

「ああ、主よ！」邱玉梅にはなぜ目が開いたのか信じられず、心臓はドキドキと高鳴った。彼女は祈るようにつぶやいた。「親愛なる主よ！　彼が目を覚ましました！」

彼女にはまるで趙慶雲の瞳が自分に向かって微笑んでいるように見えた。視線は大雨の降る暗い空に向けられ、瞳は柔らかく輝いている。彼女には眼前のすべてが幻想のように思え、もう一度神経を集中させて趙を見つめた。チューブが挿入された口は穏やかに律動し、まるで彼女に何か話しかけているようだった。

「趙さん、趙さん！」眠いのを我慢できない子どものように、目蓋がどうしようもなく閉じられようとした時、邱玉梅は大声で呼びかけた。

「趙さん！」

邱玉梅はナースコールを押し、湯先生と劉先生、そして看護師長を趙慶雲の病室に急がせた。彼らが慌しく処置している間、趙慶雲の顔色は瞬く間に蝋のように変わり、呼吸がだんだん弱まるのを見、邱玉梅は眩暈を感じた。「親愛なる主よ……」彼女は声に出さずに祈った。

「すぐICUに運んで！」湯先生は無表情に告げ、看護師長は集中治療室に電話した。

「家族に知らせて！」看護師長が邱玉梅に命じた。

「家族——趙さんの息子さんは、今朝早く私の家に電話してきて、南部まである人を探しに、とおっしゃっていました」

「息子さんはその南部の電話番号を残していかなかったの？」

「いいえ」

邱玉梅は葉春美が何度も言っていたことを思い出した。「万一のことがあったら……、すぐ私に電話して」と。

4　趙南棟《ジャオナンドン》

一九八四年九月十二日　午後六時五十分

午前七時二十分、病人の顔色が突然、蒼白に。目と口に血色の分泌が見られる。血圧が急速に低下し、血圧測定は困難。心拍は緩慢かつ不規則に。

応急処置を施し、集中治療室に運ぶ。

強心剤の投与を加え、人工呼吸器を使用、並びに頸静脈をカテーテルで確保。

午後六時十分、病人の心拍が突如停止。当直医が心肺蘇生措置を行い、コルチゾン心臓注射と同時に電気ショックを与える。二十分後、病人は依然として蘇生の兆しなし。六時四十五分死亡確認。

死因：心筋梗塞による数度の発作。

台北市では猪屠口《ジュートゥーコウ》と呼ばれている、薄暗く荒れた界隈の一軒家。まるで蘇ったばかりの、それまで硬直した死体のようだった趙南棟は焦燥と不安にかられていた。ようやく立ち上がると、よれよれになった冬用の背広をひっかけ、ひきこもっていた暗く暑苦しい住処を出て、燃えるような埃だらけの台北の街に出た。バス停まで歩き、バスへ……汗が彼の不潔なシャツの袖口やわきの下、そして背中に滲んで広がっていく。バスを降り、また歩き、再び乗るべきバスの停留所を探す。ようやくJ病院に到着すると、受付で趙慶雲の病室を尋ねた。

昨日の午後だった。兄の会社に電話をすると、同僚から兄は既に不在でJ病院に向かったと告げられた……

エレベーターに乗り、西棟の十階にたどり着く。

ドアが開けっ放しになった一〇〇二号室に入っていくと、誰もいない。南棟はしばらくぽつんと立ち尽くしていた。そして病室を出て、ナースセンターを探した。

「趙慶雲さんなら、集中治療室に運ばれましたよ」

あばた顔の看護師が事務的な口調で場所を告げた。趙南棟は彷徨う亡霊のようにまたエレベーターを乗り継ぎ、二本の長々とした院内の廊下を歩いていった。廊下の窓から整然と植わっている蘇鉄が見えた。彼はさらにエレベーターを上ったり降りたりした後、最後にまた右に曲がった。

看護師たちは彼が誰であるか尋ね、訝しく思いながら消毒の済んだ白衣を着せた。

集中治療室に入っていくと、三つ目のベッドに父趙慶雲が見えた。

二人の医師はもう趙慶雲のベッドから離れ、ぼんやりと突っ立っている趙南棟の脇を通り過ぎ、集中治療室から出て行った。二人の看護師はテキパキと病人の体に着装されていた酸素吸入器や誘導管や点滴管の類を抜き取っている。さらにシーツを広げ、病人の右脇腹から血液でいっぱいになったチューブを引っこ抜いた。

趙南棟は痩せこけ灰褐色になった、チューブからこぼれた血液まみれの父の死体を見た。両目を固くつぶり、おそらくずっとチューブを噛んでいただろう唇はなおも開かれたままで、暗い口腔から白い舌先がほんの少し覗いていた。その唇は青灰色で、細かくざらざらとした無精ひげが唇のまわりと下顎に残っている。頭髪は白く汚れ、からからになっていた。大柄だが痩せた青白い四肢には少しも精気が残っておらず、血が染み付いた白いシーツに無造作にくるまれていた。趙南棟は生まれて初めて、誘導管を着けていたために炎症を起こした性器を見た。それはあたかも、もじゃもじゃした体毛の中で静かに息絶えた生物のようにも見えた……

看護師が新品の白いシーツで趙慶雲の死体を覆う。若いのに髪の薄くなった医師が、厚いカルテの最後のページにすらすらとペンを走らせていると、灰色の制服を着た衛生員がベッドを集中治療室から運び出そうとした。

趙南棟は夢遊病者のようにベッドの後に付いていった。一人の背の低い看護師が追ってきて、白衣を脱ぐように言った。彼はまた急いで死体を運ぶベッドに追いつき、彼らと一緒にエレベーターに乗り込んだ。

彼らはどこまでも長く続く下り坂になった廊下を進み、ビルの裏口から出て広々とした裏の広場に出た。その広場には一台の古びた死体運搬車が止まっている。彼らは狭いコンクリートの通用路を進み、ぽつんと建っている灰色のコンクリートの建物に入って行った。古めかしい木の看板に色あせたペンキで、「太平間（安置室）」と三つの文字が顔真卿流で書かれていた。

彼らは白いシーツに包まれた死体を冷蔵室に移し、ステンレス製の重厚なドアに鍵をかけた。

看護師と衛生員は慌しく太平間を去っていった。太平間の年老いた管理人がきつい河南省なまりで、「おたくは……親戚？」と尋ねた。

趙南棟は黙って、頑丈に鍵をかけた白く冷たいステンレス製のドアを見つめた。そして、後ろを振り返り振り返り、太平間を離れた。

少し歩いて趙南棟はまた立ち止まった。焼け付くような太陽の下、上下とも厚めの冬着を着ているのに、冷たい汗が背中やみぞおちを流れていく。肌着もシャツも透き通るほど濡れていた。彼は上着の袖口で顔の汗をぬぐい、太平間の右側にある榕樹のところまで歩いていくと、転ぶように坐り込んだ。

趙南棟はとうとう涙を流さなかった。彼は木陰に坐ると、頭を上げたり下げたりしたが、そのうち眩暈を感じ、手が震え始めた。息切れがし、顔色はみるみる青くなった。雀が老榕樹の梢の間でやかましく囀っている。その時、太平間の方で、一陣の熱風が灰色の砂塵を舞い上げた。

彼は上着のポケットを探ると、二本の開封していない接着剤を取り出した。急くように黄色の箱を破り、チューブを取り出す。ズボンのポケットから一枚のビニール袋を取り出すと、二本のチューブに入った黄色の接着剤をビニール袋にひねり出した。

彼は震える両手でビニール袋を揉みながら、鼻先を袋の中に差し入れ、暗く空っぽな瞳——今でも美しくはある瞳を大きく見開いて、貪るように吸い込んだ。

「ああ……」彼は軽く呻いた。

まるで呼吸困難の病人が酸素を吸うように、一口、一口、刺激性のある気体を狂ったように肺へと流し込む。瞳はますます大きく見開かれ、黄褐色の病院のビルをじっと見つめた。病院の塀の外からは、自動車やバイクのせわしない音が伝わってくる……

一時間ほど経った頃だろうか、葉春美が病院のビルの裏口の方から、慌しく早足でやってきた。恐れと苦しみの表情で、太平間に通じる狭いコンクリートの通路を歩いてくる。太平間の入り口に近づくと、彼女は立ち止まり、息を整えねばならなかった。すると、榕樹の周りをふらふらしながら、ぼんやりした眼差しでじっと前方を眺めている趙南棟が目に入った。

葉春美は心の中で狂喜したように叫んだ。

「宋姉さん、ああ、宋姉さん、これがあなたの息子！　私は芭楽ちゃんにはずっと会ってなかった！　でも、一目ですぐわかったわ、宋姉さん……」

彼女はゆっくりと歩いて行った。趙南棟の傍に立ち止まり、彼のうす汚れた長髪と青白くやつれた顔を見つめた。彼女の目からは温かな光が溢れ、まるで母親が自分の子どもを見つめているかのようだった。彼の力のない手を引っ張ると、ゆるい袖口からタバコを腕に押し当てた火傷の跡がぽつぽつと目に入った。

「芭楽ちゃん、私の子」彼女は独り言のように言った。「ああ、宋姉さん、趙さん、やっとこの子を見つけたわ」

弱々しく汗臭く、精神状態も定かではない趙南棟を必死に支えながら、葉春美は病院の裏門に向かって歩きだした。

彼女は嬉しかった。ああ、宋姉さん。姉さんは私に芭楽ちゃんの世話をして欲しかったのよね？　とうとう、姉さんのおかげで見つけられた……

葉春美は病院の裏門の外で一台のタクシーを止め、趙南棟を後部座席に落ち着かせた後、自分も腰を下ろすと力いっぱいドアを閉め、告げた。

「石碇仔まで」

初出：一九八七年六月、人間出版社

忠孝公園

（一）

馬正涛《マージュンタオ》は、台所の流し台に立ち、小さなブリキ鍋のトロ火で煮られている肉に目をやった。

馬は、「番茄梅花排骨（トマトと豚のアバラ骨の煮込み）」が好きで、二、三日に一回は作っている。適度の塩気と酸味が美味しい肉汁を白飯が浸るほどかけ、軟らかく煮こまれた肉を一緒にかきこむのである。扇風機がブンブンと音をたてる。彼は時折、清潔な布巾で、コンロ周りのステンレスの流し台を丹念に拭くことがある。馬正涛はきれい好きであった。東北人は風呂好きでないといわれているが、この東北出身の老人は、ことさら入浴を好んだ。

民国六十八年（一九七九年）、彼は糖尿病のため早めに機関から引退することになった。関係筋を頼って銀行から決して多くはない融資を受け、和鎮の古い通りにある一軒の旧式平屋を購入した。当時でもう築二十年になろうという、強化煉瓦作りの古びた質素な旧屋であった。馬正涛は、それが一戸建てで両隣と繋がりがなく、一人で気ままに過ごせるのが気に入っている。古びた家屋であったため、馬は人を呼んで施した清掃と壁の塗り替え以外は、基本的には何もしなかったが、しかし浴室だけは取り壊して大きく改修し、輸入物の浴槽と設備を入れた。

馬正涛の風貌は、いかにも北方人のそれであった。幾年かで八十に届こうという年齢だが、老齢であることは直ちに衰えには結びつかない。

台湾にきた後、数十年の月日が流れ、一人で食事することには慣れてしまった。馬は四角くて古い桃木作りの食卓を持っていたが、肉の入った鍋をその食卓の真中に置き、ひとり黙々と食べた。大きな体で食卓の一角を占めるが、残り三方は当然空席であった。食卓の上に暖かな電燈が垂れ下がるのみであったが、しかし空漠とした寂しさもさほど気にはならなかった。

馬正涛は食べることには拘りがあった。時々溜息をつくことがあったが、それは来台後かつて東北地方にいた時のようには食べ物に凝ることができなくなってしまったからである。洗い終わった食器を片付けながら、漠然と日本が敗れたあの年を思い出す。あの時、もちろん東北全土で、巨万の民衆が喜びに沸いたが、まだ人々の人生の苦しみ哀しみがいたるところにあった。一握りの商人と満州国時代の官僚・特務が、四川の中央政府からきた地方司令官に取り入るため、連日の宴会で動き回っていた。子豚の丸焼き、サクッとした桜色の伊勢海老、蒸した鵞鳥の脚など、戦争期の東北では日本人でさえ見たことのなかった豪華な美味……あの手の官僚や商人たちは、あたかも演出を書き換えるように、働きかけを始めた。馬正涛は、回想しながら笑ったが、また無言のまま呪うのであった。日本人が全中国を席巻していた頃、殆ど後方のそのまた後方に退いていた将軍や委員、監察官たちがいち早く勢ぞろいし、豪華奢侈で、享楽的な日々を過ごしていた。

「へっ、畜生……」

馬正涛は、軽く頭を振りながら、口を開き、自分に対して笑い、呟いた。馬は、元々笑っているような顔をしていた。話す時も笑みを浮べていたし、人の話を聴く時もそうだった。人と言い争う時でさえ、四角くてあまり表情の動かない顔に陰気な笑みを認めることができる。道を歩いている時、独りで家にいる時、何を思い描いても、たとえ嫌なことであっても、やはり口を開けてニヤニヤしているのだ。東北にいる時、彼についた渾名は、「笑い虎」(やさしそうな顔をして実は恐ろしい人)であった。

実際、今しがた馬正涛は、食事をしている最中に「老いぼれ林」のことを思い出し、軟骨をしゃぶりながら、黙って笑みを浮かべていたのであった。そして彼は今、応接間の籐椅子の上で蒲のうちわを揺らしながら、今朝、老いぼれ林を見かけた様子を思い出していた。

馬正涛が勝手に「老いぼれ林」と渾名を付けた林標《リンピャオ》老人と知り合ったのは、馬が住む区域の近所の小公園であった。忠孝路にあるので「忠孝公園」と命名されたこの公園は、実は決して小さくはなく、十六本の楠の老樹と六本のパンヤノキが植えられている。楠の幹は曲がっていて、樹皮のひび割れや瘤はちょっと見たところでは青松のようだが、枝葉のくねり具合や色彩は春の新芽の時期、夏の青々とした時期はとても美しく見えた。パンヤノキが夏に花開くのは、亜熱帯の台湾では木々が燃え盛る頃で、葉っぱはきれいに落ちるのだが、剥き出しのまま茂る枝に咲く紅色の大輪の花は、まるで人が偽物の木の上に挿した、紙で作った花のようであった。馬正涛は、毎年五、六月の間、露わになる小枝の綿花を見ると、いたるところ雪で閉ざされた東北の村のこと、枯れて葉がなくなり、吹雪まじりの北風に枝が震えている、真っ直ぐに伸びた白樺並木のことを思い出す。忠孝公園では、早起きした老人たちが太極拳や体操をする光景が見られた。しかし、ここ五、六年、公園の脇に停められたマイカーが多くなって、ついにそれらによって小さな公園が取り囲まれ、出入り口さえ塞がれる始末であった。そのため公園にきて手足を動かす老年、中年たちは少なくなり、二年前から残っているのは、腕をぐるぐる回す馬正涛と、柔軟体操一式をいちいち正確にこなして帰る老いぼれ林と、小さな太極拳グループだけになっていた。十人にも満たないので、毎日顔を合わせていると、自然と面識を得るようになった。

今朝のことであった。馬正涛は、一時間近く手をぐるぐる回して熱くなり、体中から汗が噴き出してきた。公園を出て、いつもと同じように小さい路地を歩いていた時、道路の向こう側のバス停に立っている、日本海軍の戦闘服を着て戦闘帽を被っている老いぼれ林を見かけた。白白の戦闘帽には、紺色の帯が施されている。白の半袖シャツ、白の半ズボン。痩せて黄色くなった脛には、白のソックスが埃だらけの靴の上に几帳面に折り畳まれている。

馬正涛は、街路樹（茄冬樹：ツツジ科の植物）の後ろから、目を見張って、道路の向こう側で右に向き、バスがくるのを待っている老いぼれ林を見詰めた。馬正涛は、日本海軍の戦闘服を着た老いぼれ林を初めて見たところを思い出した。もう十数年前のことである。馬正涛は、高雄での用事を済ますために出かけていたのだが、ふと気付くと、高雄市の東区にある大きな道路で、老いぼれ林と数人の日本海軍の戦闘服を着た老人たちが横断歩道を渡っていた。馬正涛は、呆然とそれを見つめていた。こりゃ一体なんだ？　馬は自分に問い掛けた。満州国が倒れた後、満州国軍の服装で瀋陽あたりをうろうろしてみろ、袋叩きに遭って命を落とすところだ……。

今朝、馬正涛は、茄冬樹の後ろからバスがくるのを見てまた歩き出したが、老いぼれ林は、そのままバス停に立って、きょろきょろしていた。しかし下車してくる人々は、ほとんど老いぼれ林の出で立ちに注意を向けはしなかった。十五年前、高雄の市街で見かけた時からは、老いぼれ林はかなり老けこんだ。あの時の老いぼれ林は、これほど腰も曲がっていなかったし、脛も細ってはいなかった。馬正涛は、日本人によって支配されていた東北でのあの数年、戦争末期になって徴兵対象も底をつきかけたあげく、多くの年老いた日本人農民を連れてきて関東軍に編制していたころですら、老いぼれ林のような年老いた滑稽な日本兵は東北のどこにも見たことがなかった。間もなく、立て続けに別系統のバス三台が入ってきた。その三台が行ってしまった時には、バス停の老いぼれ林は消えていた。おそらくまた、あの時と同じように高雄市に行くのだろう、と馬は考えた。

今、馬正涛は自宅の小さい客間で腰をかけている。外は暗くなってきた。客間、食堂、台所まで灯りをつけた。馬は灯りで明るくするのを好む。寝る時にも、一つ小さい灯りを点けておくのであった。

彼は思い出していた。十年前、高雄市東区で日本兵のかっこをした老いぼれ林を見た後、彼に抱いた大いなる好奇心と、居心地の悪さを。

その翌日、また翌々日も、馬は早朝の忠孝公園で何事も無かったかのように柔軟体操をする老いぼれ林を見た。その時突然、思い出した。旧満州時代いつも見ていた、日本人が組織した「協和青年団」の東北青年が冷え冷えとした雪の降りそうな運動場で、このようにきびきびと正確に体操しているのを。

三日目になって馬正涛はとうとう、抑えられない好奇心から、早朝の忠孝公園であの笑みを湛えながら、腰を曲げる運動をしている林じいの前に立ちはだかり、不意に日本語で話しかけてみた。

「おはよう」

老いぼれ林は感電したように動作を止め、目を丸くして口を開け、馬正涛を見つめた。

「あんた……どうして？　日本語分かるか？」

老いぼれ林は日本語で応えながら、その顔には素直な喜びが浮かんでいた。「外省人が、どうして日本語を……」

老いぼれ林の顔色は、まるでランプが灯ったように、馬正涛の日本語で明るくなった。馬正涛は、「旧満州」で育ったこと、日本の書籍で勉強したことなどを話した。

「ほぉ、旧満州」老いぼれ林は快活に話す。

「そう。旧満州」馬正涛も微笑みながら返した。

「わたくしは林標と申します。標は標準の標です」老いぼれ林は日本語を使い、情熱をこめて馬正涛に握手を求めた。馬がまだ気持ちを整える間もなく、老いぼれ林は突然厳粛な表情になり、古文体の口調で唸り始めた。

「……天照大神のご加護、天皇陛下の庇護によりて……あまたの国、ただその神ながらの道にて統べられ、国の大綱、忠孝の教えにて広まり……」

馬正涛は、顔には笑みこそ浮かべていたが、心の底では訝っていた。あれから四十年、なんとこの台湾のしがない公園で、突然、旧満州国皇帝溥儀が昭和十五年――民国二十九年に東の「兄弟日本」へ渡り、開闢「紀元二千六百年」を記念し、帰満後配布した「国本奠定御詔書」の一節を聴かされようとは！

「まだ覚えているのですか？」

老いぼれ林は日本語で得意げに「もちろん覚えているさ」と言った。

「ああ、覚えているんですね」

馬正涛は溜息をつくように言った。あの年、彼は日本人が満州でエリート養成のために設立した「建国大学」の法律学部を卒業した。溥儀の「国本奠定御詔書」は、寒々と広がる東北の各機関、学校で遍く暗誦され、吟読された。馬正涛は覚えている――赤、黄、緑、白、黒五色の満州国旗の下、溥儀の肖像が掛けられた礼拝堂、千人近くもの教師学生が声を合わせてとうとうと誦じる声を。馬正涛は、今でもはっきりと溥儀のあり様を覚えている。いかにも文人らしい顔に金縁の眼鏡。すらりとした身の上には、数多の勲章が掛けられていた。胸に掛けられた綬帯は、皇帝に寄り添う栄華を訴えかける。左手は、腰に在って剣に添えられていた。襟、肩、袖口、すべてが豪華で複雑な金刺繍を施され、双肩の肩章が燦然と輝いていた。

林標老人は、馬に「旧満州」で何をしていたか、と訊ねた。「ちょっとした商いですよ」馬正涛は、流暢な日本語で答えた。微笑んではいたが、老いぼれ林の止め処ない中途半端な植民地日本語にだんだんと腹が立ってきた。そして「大豆の商売ですよ」と小声で付け加えた。

馬正涛の脳裏には、瞬時に日本人が仕切っていた「興農組合」のことが蘇った。「旧満州」では、一切の農産物は日本の大企業によって独占された「興農組合」の直轄下で取り引きされていた。農民は、橙色に膨らんだ大豆を引き車や驢馬車、天秤棒を使って、日本人や親日的な東北商人が取り仕切る取引所に群れをなして運び込む。早春の寒さも冷めやらぬ頃、土レンガで囲まれた大きな「入荷場」の中には、到るところ筵や麻袋で囲んだ、家屋のように高く積まれた大豆の山が現れる。広場の澄んだ空気の中には、農民の体臭や驢馬の糞、大豆を積み下ろすときに巻き上げられる塵埃の匂いが立ち込めていた。馬正涛の父、馬碩傑《マーシュオジエ》――馬三爺《マーサンイエ》と呼ばれている――は、この取引所の副所長であった。つぎはぎだらけの綿の上着とズボンを着た農民が持ってきた車一台の大豆は、まず取引所で計量を誤魔化され、さらに安値で買い叩かれた。そして馬三爺や他の親日商人達に雇われた人夫によって精選され、日本の商社経由で日本本土へ輸出されるのだ。馬正涛はその頃、放蕩好きで素行の悪い十八歳のチンピラであった。東北で財をなした親の脛をかじりながら、一人、北京の鹿鳴ホテルでとぐろを巻き、ドラ息子同士のグループと交わり、荒淫無恥な生活をおくっていた。

その翌年の夏、日本軍が突然戦闘を開始し、北京近郊の蘆溝橋を占領する事態となった。事件から一か月も経たない朝、鹿鳴ホテル二階の馬正涛の部屋のドアが、突然押し開かれた。そこには薄絹の中国式の長衣を身につけ、頭にはフェルト帽を被った馬三爺が立っていた。馬碩傑の視界に入ってきたものは、真っ裸で寝ている女、阿片の煙管二本、床に転がった酒瓶と賭博道具……。馬正涛は、その瞬間を想い出しながら嘆息した。

老いぼれ林と馬正涛は、忠孝公園をぐるぐる歩いた。老いぼれ林は、べらべらと日本語をしゃべっている。それを聴く馬には、老いぼれ林の日本語はかなり怪しかった。間違いやすい助詞はすべて間違っているし、間違えようのない助詞でさえ出鱈目だ。馬正涛は聴きながら苛々してしまった。「何日か前に、私見たんですよ、あなたが日本の軍服を着ているのを……」馬は微笑みながら言った。

馬正涛は手っ取り早く普通話（標準中国語）で話し始めた。すると老いぼれ林は、そこで初めて、戦時中日本人によって南洋に動員されたことを語り始めた。幾多の年月を経て、当時の台湾人日本兵は、日本人に賠償を求め始めていた。「高雄に行って、戦友会を作って、補償の交渉を……」老いぼれ林は語った。

窓の外は、いつの間にか暗くなっていた。馬正涛は口が肥えている。ノルウェー産の蟹缶を開けて、冷やしたドイツ製ビールを飲みながら口に運んだ。そして、糞ったれの老いぼれ林のことを想った。馬正涛は、彼が日本海軍の戦闘服を着て賠償の申請に行ったのを知ってから、彼と接するのが億劫になった。あの時の老いぼれ林は話が長かった。少年時代に聞いた満州国の「王道礼教、民族協和」を話すのだが、馬はただ笑って聴いているだけで、すぐに話題を変えた。老いぼれ林……あの糞ったれ、心の中で呟いた。彼は自分でビールを注ぎながら、鹿鳴ホテルのことを思い出していた。あの時、ほとんど真っ裸の少年、馬正涛は、馬碩傑の面前で、立つこともままならないほどぶるぶると震え、顔からは血の気が失せていた。「この、ろくでもない畜生が」馬碩傑は、急きもせず間延びもせず言った。馬三爺は怒らずとも威厳がある人物である。馬正涛は、父親の陰険で残忍な性格をよく知っていた。翌日、彼は賭博のツケを清算し、煙管を叩き壊し、女を放り出して宿泊費を払い、大人しく東北へ帰った。

家に帰った馬三爺は、北京の鹿鳴ホテルでやらかした乱痴気騒ぎについても、湯水のように金を使い果たしたことについても、一言も問わなかった。中秋が過ぎ、馬碩傑は息子を面前に呼んだ。

「風向きが変わったぞ」馬碩傑は思うところあり気に語った。「上海が日本人の手に落ちたんだ」

馬正涛は映画館で上映されていた宣伝ニュースフィルムのことを思い出した。日本兵が日本の国旗を立て、馬に乗って上海に入城していた。道端の中国人はみな、日本の旗を振らされ、こわばった顔で日本軍の勇壮な行進を眺めていた。

「日本人は中国で天下を奪い、さらに中国人の助けを得ようとしている」馬碩傑は続けて、「溥儀が『執政』に就任したあの年、中国式の長衣と短い上着、黒眼鏡をつけ、髯をのばした幾人かの東北大商人たちが片方に控え、もう片方には全て軍装の日本人が寄り添うように立っていた」

「……」

「儲けるなら、日本人の下について商売をしているだけではだめだ」

そう言うと馬碩傑はしばらく沈黙したが、ふと目を上げ、眼前で両腕を垂れ直立している馬正涛を真っ直ぐに見つめた。

「日本の機関に入って、日本の官僚になるのだ」そう告げた。

幾日もせず、馬碩傑は一人の無表情な丸顔の医者を連れてきた。馬正涛の身体を調べただけでなく、屋敷に住み込み、馬正涛に鍼や灸を施し、薬を煎じて与え、阿片の解毒を図った。馬碩傑はまた、馬三爺に会う度に深深と腰を曲げて挨拶をする朝陽大学卒の中学教師を呼んで馬正涛に補習をさせ、また日本人の商人の息子を呼んで日本語を教えさせた。それから二年の後、馬碩傑は幾人かの日本人関係者を動員して、幾ばくかの金をばら撒き、ごり押しして馬正涛を建国大学法律学部に潜り込ませることに成功した。

馬正涛が大学を卒業したその年、共産党指導下でゲリラ武装した東北抗日同盟軍の第一軍の軍長、楊靖宇《ヤンジンユー》が長白山での戦闘で戦死した。新聞には人目を引く写真があった。黒々とした髯だらけの顔、膨れ上がった綿の上着、身の丈の大きい楊軍長の側には、軍人コートを着て腰に長々とした日本刀を下げた日本の軍官が数人ほど立ち並んでいる。馬正涛は逞しく育ち、元より口達者だったので、建大での数年で特に日本語は流暢になった。それに加えて、馬碩傑が有名な親日名士だったので、馬正涛が卒業した後、秋を待たずに、日本憲兵の武藤少佐が彼を呼び出し、翌日には憲兵隊捜査課が担当する調査と通訳の係りに抜擢されることになった。そこから馬正涛は数々の現場を経験し、数年も経たずに、拷問、誘拐、逮捕、そして殺害といった仕事のコツを掴んでいった。

「あの糞ったれ老いぼれ林……」馬正涛は、口をゆがめ、空漠とした客間に向けて呪いの言葉を吐いた。あの糞ったれの老いぼれ林。馬正涛は、声を押し殺したまま冷たく笑った。あいつは、ただの日本「軍夫」、正規の日本の兵隊ではない。関東軍の尻にくっ付いていた台湾人軍夫、軍属たち、東北でもよく見たものだ。馬正涛は独りごちた。あの老いぼれ林は、真昼間だってのに、日本海軍の戦闘服を着て、あちこちに見せびらかしている。おまけに、べらべら出鱈目な日本語をしゃべりやがる。まったく何様のつもりだ。馬正涛は考え込んだ。そして、自分が日本の憲兵にいた頃のことを思い出した。日本人の兵隊でさえ自分に向かって姿勢を正し、敬礼しなければならなかった。東北軍閥の雑兵を混ぜ込んだ満州国国軍と警察であれば、なおさらだった。ところが今、一人の日本の軍夫が、なんと日本憲兵よりも「得意」になっている。えぇい、あの糞ったれめ。馬正涛は独り黙って笑った。

東北時代、馬正涛が「得意」でなかったわけがない。日本憲兵が銃剣装備の歩兵銃を携えた歩哨を城内に配し、往来する中国人を検査している時、彼はいつも傍に立っていたが、無気味に固定された彼の笑い顔は、格別に陰険であった。歩哨の日本憲兵と「協和治警」は、往来する中国の市民、農民の通行証を確認し、時に身体検査をし、荷物を開けさせた。馬正涛はじっと、笑顔の奥の凶暴な眼差しで、一人一人怯えながら往来する人間を見つめていた。「こいつ」馬正涛が日本語で呟くと、十中八九、その人間の体から何かが出てきて、憲兵は直ちにそいつをばかでかい警備車輛に押し込み、舞い上がる黄色い土埃と街路を覆う重苦しい恐怖を残して、走り去るのであった。

民国三十一、二年（一九四二、四三年）、憲兵隊の大型トラックは、全東北を疾駆し、いつのころからか不断に湧き出る抗日反満分子を逮捕していった。馬正涛は、終日取調室におり、彼の指揮下で、熱湯で火傷を負わせたり、また激しく責め打った。そのため床には血だまりができた。ある者は赦しを乞い、供述に応じたので、直ちに供述に沿って逮捕に向かった。激しく打ち続ける音、泣き叫ぶ大声、血肉飛び散る惨状……しかし、往々にして根拠自体が半信半疑の供述であった。死ぬまで供述を拒んだり、厳刑の執行中に死んだりした者も出たが、特に抗日英雄であったりしたわけでなく、破産した農民がうっかり捕まっただけだったりした。馬正涛は、静まり返った広大な大地の到るところに、徐々に「不吉」な意志がゆらゆらと立ち上がり、彼を押しつぶしにくるように感じた。

現在に至るまで、馬正涛が自ら封じ込めた記憶の門を少しでも開けようとするなら、長年抑圧していた光景が、直ちに暗黒の記憶の洞窟から死臭を帯びて漂ってきた。夜寝ている時、馬は、防共のため農民を強制移動させた「無人地区」で、取り残された老人が廃屋で凍死している夢や、身寄りのない孤児たちが襤褸のまま駅近くの鉄道の側をうろつき、軍用列車から日本人が投げた残飯を拾って飢えを凌いでいる――そんな夢を見る。

このような悪夢は、ここ五年の間に明らかに、八十歳になろうとする馬正涛を蝕み始めていた。熱のこもった部屋で、黄色く発色した蒲の団扇を揺らしながらつくねんと座っている時、記憶が不意に蘇り、走馬灯のように眼前を流れていく。日本軍と憲兵隊によって連れて来られた百を超える東北農民。彼らの驢馬、押し車、天秤棒が、日本軍の食料、弾薬を運搬するために徴収されたのだ。そして厳しい寒さに凍りつく、岩のように硬い栗色の大地を這い蹲《つくば》るように進んでいく。その時、隊を率いていた馬正涛は、隊列の末端が騒がしくなり、一発の銃声が鳴り響くのを聴いた。日本兵が、労役に耐えられず必死に逃げようとした農民を撃ち殺したのである。馬正涛はそこに出向いて確認した。頭に手ぬぐいを巻いた農民、顔色は鉄灰色で仰向けに横たわっている。両目を剥き出し、口も大きく開いたまま、黄色い歯が露出していた。正視できない異様。えび茶色の血が、頭の二つの穴から油で汚れた綿の服に染み込み、ぽたぽたと流れ出ていた。

ちょうどそのころだった。毛皮の軍人コートを着て、右腕に「憲兵」の白布を巻いた馬正涛が武装軍警とともに、抗日分子一群を銃殺する刑場へと連行したのは。刑場は、遠くまで人影のない荒涼とした原野だった。一人一人の死刑囚はみな、両手を後ろ手に縛られ、首には各自のプレート――「反日 趙善璽《ジャオシャンシー》」、「重慶分子 周啓《ジョウチー》」、「抵抗憲兵 楊樹徳《ヤンシュウダー》」、「共産分子 劉驥馳《リョウシジーシー》」――が掛けられていた。彼らは、日本製の軍用トラックに乗せられている。両側のボディーには、白の横断幕が垂れており、「銃殺」と稚拙な二文字が大きく書かれている。車は大通りを颯爽と駆け抜けていく。両端の通行人は脚を止めざるを得ず、心に秘めた恨みと悲哀の茫漠とした表情で、囚人車を見送った。馬正涛は、囚人車の上から通行人を観察していた。何回か往復する際、無数の凍りついた東北農民の眼差しが、じっと死刑囚とそのプレートに注がれていた。車上の軍服や簡易服を着た憲兵、警官に対しては、見ているようで全く見ていなかった。

　刑場の遮るもののないガランとした空間は、気温をさらに低くさせた。尖った刃物のような北風が吹き付ける。日本の憲兵たちは、戦闘帽の毛の耳当てをしっかりと下ろしていたが、後ろ手に縛られた死刑囚は、破れたフェルト帽に北風がびゅうびゅう吹き付けるがままだった。小隊長は、十八人の髯だらけの死刑囚に煙草を勧めて回ると、そのうち三人だけが、大胆にも首を伸ばして煙草に吸い付いた。憲兵が彼らのために火をつけてやると、無表情のまま煙草を吸い、吐き出した。何人かは、吹きすさぶ寒風に震えている。ある者は、じっとうな垂れていた。またある者は、意味もなくどんよりとした灰暗色の空を見つめていた。

　一本分の喫煙時間の後、彼らはやや低い平地に連れて行かれた。刀を下げ、馬靴を履いた幾人かの日本の軍官が遠くから立って眺めている。北風の吹き付ける中、その軍刀が長い毛織の軍人コートといっしょに時折ゆらゆらと揺れる。
処刑を待つ反満抗日の囚人達が、一列に座らされた。一人一人の後二歩ほど下がったところに満州国憲兵が立ち、ピストルの照準を後頭部に向ける。そして号令の下、揃わない銃声とともに、後ろ手にされた人間は、跳ねる蛙のように前方に飛び出し、不恰好なまま、厳寒の野に這い蹲らされた。

続いて、満州憲兵が日本憲兵の班長の下、一つ一つの死体を仰向けに裏返し、一列に並べ、執行官河合少尉の「検証」を受けた。馬正涛も河合少尉の背後から死体を検視した。大部分は目を閉じ安らかなようであったが、いく人かは目を剥き口を開けており、ある者は目を半開きにして今にも目を覚ますかのように見えた。彼らの鼻や口、ぐちゃぐちゃの顎から血がどくどくと流れ出ている。雪の時期でもあり、馬正涛ははっきりと、その血が白い雪の上で固まり、どす黒く変わっていったのを覚えている。

馬正涛は、こういった記憶が忌まわしかった。少しも良いところがない。もし彼が老いていなければ、記憶を封じた栓は微動だにしなかっただろう。あのどす黒く、血生臭い、死臭の纏わりついた記憶が、馬正涛の不意をつき、勝手に立ち上ってくる。

しかし、後方地で関東軍幹部について炊事や開墾、改築工事、あるいは車や船を動かす運搬業務を行っていた軍事労務者と同じ、あの単なる一日本「軍夫」の老いぼれ林が、どういうわけで今朝、あの海軍戦闘服を着て高雄に行ったのだろう？　馬正涛は黙って思いをめぐらせた。記憶を横切るのは、東北全土にいた、毛織の軍装、きつくベルトをしめ、肩帯を斜めに掛け、皮の長靴を履き、白手袋をつけた手で右腰の日本刀を掴んでいる日本軍官のイメージである。それが思いがけなく、あの年老いてガリガリの、悲しくも滑稽でさえある、朝の老いぼれ林のイメージと重なって見えてきたのだ。馬正涛は、まばたきもせず「殺人」を見詰めていた過去について、数十年来、瓶の口を封じたようにしていた。しかしあの糞ったれの老いぼれ林に……馬正涛は嘲笑するように呪った。そしてノルウェー産の蟹肉といっしょに二本目のビールを流し込んだ。

（二）

林標老人は高雄から戻り、忠孝公園に寄り道して家に着いた時にはもう午後も五時に近かった。彼は丸一日分の汗でびっしょりで、体力が以前のようでなくなったことをはっきりと感じた。日本海軍の戦闘服を脱ぎ、戦闘帽を寝室の壁に掛けた。浴室でシャワーを浴びながら自らの老いて痩せ細った体を眺めつつ、陳炎雷《チェンイエンレイ》委員が音頭を取っている、未払いの給金や郵政貯金の日本政府への賠償請求がもし却下されてしまったら、二十年近く渇望してきた日本円を得る機会がなくなるのでは、と恐れた。

彼は清潔な衣服に着替えて客間の合皮のソファーに座ったところで、ようやく郵便配達員がドアの隙間に突っ込んでいった手紙に気が付いた。表の字を見ただけですぐに孫娘、林月枝《リンユエジー》の手紙であることが分かった。「お祖父様、ご無沙汰しております。いつもお祖父様のご健康をお祈りしております。……」月枝は来週に帰省するとあり、「友達を一人一緒に連れて帰るかもしれません」ともあった。

十数年前、それまでずっと優しく、孝順であった孫娘が、よそ者の理髪師と突然駆け落ちをした時には、林標老人はまるで体の一部を削ぎ取られたように苦しんだ。

あの頃、林標は丸三日もの間、まるで狂ったかのように、南洋の戦地から生還した近所の幾人かの元日本兵台湾人とともに高雄に通っていた。南洋の戦地の宮崎小隊長が、五十年も後に突然台北に現れ、台北に住んでいる曾金海《ヅンジンハイ》を通して連絡を取り、台湾各地に分散し、お互い何十年も音沙汰無しだった元日本兵の台湾人の間に一騒動を巻き起こしていた。曾金海は民国六〇年代（一九七〇年代）初に、屋敷を売り払った金を元手に一財産を成していた。彼は民国六八年（一九七九年）頃日本に旅行したが、そこで、当時同じように日本軍に徴用されて大陸東北で軍伕となり、日本が負けた後、ソ連軍に拘留されてシベリアで強制労働に従事し、五十年代に日本に帰って以来ずっと台湾に戻ってなかった小学校の同窓生を偶然見つけていた。その彼と、当時南洋の戦場を駆けめぐっていた旧軍人で組織した「戦友会」を通して、意外にも旧連隊長だった宮崎小隊長を探し出すことになったのである。経済的に余裕のある曾金海は、年老いてうらぶれた宮崎小隊長を気前よく台湾に招待した。

台北のある有名な日本料理店の大きな畳の間で、曾金海が各地から呼び寄せた六～七人の当時同じ連隊（しかし異なる小隊に属していた）の元日本兵台湾人の老人たちが、宮崎小隊長の目の前で整列した。曾金海は列が整うのを見届けると一声「気を付け」と号令し、老人たちは粛然とした表情で胸を張った。曾金海は力強く一歩を踏みだし、スーツを着てキチンと黄色い星のついた戦闘帽を戴いた宮崎老人に、大声で怒鳴るように、日本語で腹の底から声を出した。

「〇〇連隊第三小隊、曾金海、報告します！……」

宮崎翁の目は真っ赤に潤んできて、返礼の手の震えも止まらなかった。皆が日本式に畳の上に座り料理に手を付け始めた時には、宮崎の涙は止めどなく流れていた。

「戦時中、南方では、本当に皆に苦労をさせた……」

宮崎は座ったままみんなに向かって深々と頭を下げた。曾金海は比較的流暢な日本語で遮った。

「みんな南方での日々を懐かしがっているんですよ」

幾人かの老人が慌ててそれに相槌を打つ。

「あの時、皆には厳しくし過ぎたかも知れん」

宮崎は幾分慚愧の色を示しながら、またみなに向かって頭を下げた。その時、林標老人は運転手だった自分のことを思い出していた。ある時任務で出かけたのだが、帰隊が遅れてしまった。夕食の時間はとっくに過ぎてしまっており、仕方なく厨房で残り物を探して食べていたところを、運悪く宮崎小隊長に見つかったのである。宮崎小隊長は軍靴を脱ぎ、かかとの部分で林標を殴りつけ、林は歯を二本折ってしまった。顔も口も四、五日腫れ上がり、米粒を口にすることさえできなかった。

しかし、台北の日本料理店では懐かしさと楽しい再会の雰囲気に溢れ、宮崎翁と元日本兵台湾人たちは林標の二本の歯のことなどすっかり忘れているようだった。杯はもう何度も巡り、みなアルコールによる興奮も手伝って、ほとんど忘れてしまったに等しい日本語であったが、物怖じせず喋り始め、小さな部屋をめちゃくちゃな台湾訛りの日本語でがやがやと満たした。しかし宮崎の耳にはこのめちゃくちゃな、正確でない日本語は、なんとも惹きつけられる、植民地台湾の母国日本に対する深い思慕をよく表しているものと感じられた。宮崎は感動した。しばしの時間、宮崎はもはや戦後に国の「恩給」で食いつないでいるうらぶれた老人ではなくなった。当時の帝国陸軍小隊長として戻ってきたのである。宮崎はだんだんと最初の矜持を失い、酒を勢いに任せてあおり始めた。シワのある、鼻の下に髭を蓄えた顔は真っ赤になり、まばらな頭髪と髭の白さもさらに際立つのであった。

「おい、曾君!」

宮崎翁は、すでにやや口がもつれ始めている。

「はい!」

曾金海は居住まいを正し答える。

「君らに言おう……日本は……絶対に忘れないぞ、台湾における日本の忠実な臣民のことをな!」

宮崎は軍人調の日本語で言った。彼の赤い顔は灯りの下、汗でテラテラと光っていた。

「この宮崎が台湾にきた目的がそうでないは

ずがなかろう……」

「はい」

曾金海は答えた。

曾金海は鄭重に比較的流暢な日本語で、ある経緯を紹介し始めた。戦争が終わって三十年になろうとする「昭和四十九年」、フィリピンのモロタイ島の山奥から、かつて台湾高砂義勇隊であった、日本名を中村輝夫というアミ人元日本兵が現れたことを。そして翌年、日本の「有志の者」が「台湾人元日本兵の補償問題を考える会」を組織したことに……。

曾金海は続けて、日本政府は迫られたあげく、とうとう態度を示さざるを得なくなった、と言った。「『日本の戦死傷者に対する補償を定めた「援護法」「恩給法」は、日本国籍を有する者にのみに適用される』これが日本政府の立場だ……」。

ウェイトレスが玩具のような木製の船を持ってきた。上には色とりどりの美味そうな刺身がのっている。隣の部屋からは突然台湾式の酒飲みジャンケンの掛け声が聞こえてきた。曾金海は語気を正して日本語で言った。

「諸君！　南方の戦場では我々誰もが、一人として日本人、忠実な帝国兵士でなかったことなどない。そうやって戦っていたんだよな？」

座はにわかにざわめきだした。

「そうだ、そうだ！」

老人たちは焼酎の酔いを帯びながら興奮してつぶやく。

「諸君、我々『比島派遣軍戦友会』は今まさに台湾人兵士を日本人であるとし、台湾の戦友のために正当な補償を勝ち取ろうという運動を起こしているところだ」

宮崎はそう言った。

「あの戦場で、ともに血にまみれて戦った戦友こそ台湾の戦友であり、かつて陛下のために忠誠を誓った、まがう事なき日本皇軍の一員である」

曾金海はこう言ったが、さらにその口調は激しさを増していく。

「小隊長がこられた目的は、我々に戦友会分会を一日でも早く組織させ、台湾の帝国兵士のために正当な補償を勝ち取るためなんだ」

曾金海によれば、補償を勝ち取るという意味は、金銭の問題ではないという。

「補償運動は、我らがかつて日本人であった、天皇陛下の赤子であったことを勝ち取るための運動なんだ……」

この時幾人かの老人が、夢から覚めたかのように考え始めた。……彼らはまもなく日本国家の想像も出来ないような額の「恩給」を受け取って、安らかに余生を送ることが出来るのだ。なぜなら彼らは、三十数年前出征するまさにその時、日本人にそう言われていた、まがうことなき日本皇軍の一員だったのだから！

守ルモ攻メルモクロガネノ
浮カベル城ゾタノミナル
浮カベルソノ城日ノ本ノ
皇国（ミクニ）ノ四方（ヨモ）ヲ守ルベシ
真鉄（マガネ）ノソノ艦（フネ）日ノ本ニ
仇ナス国ヲ攻メヨカシ

誰から始めたのだろうか、老人たちは日本語で「軍艦行進曲」を歌い出した。ウェイトレス達は嬌声を上げながら、障子を開けて燗をした日本酒を持ってきた。老人たちは手で拍子を取りながら歌っている。

この日以来、多額の日本円「恩給」金が、老人たちの頭の中であやしい輝きを放った。曾金海の音頭の下、老人たちは台湾戦友会の中心となり、全島各地にいる、かつて南洋で日本の為に軍夫、軍属となった「戦友」達に連絡を取り始めた。林標は日本海軍戦闘服を着て日々、高雄、台南、嘉義、はたまた台北まで足を延ばし、幾日も帰ってこないことがしばしばであった。

丁度この頃、孫の月枝がひっそりと他所からきた理髪師と駆け落ちし、行方が分らなくなっていたのだ。

台湾の「戦友会」を組織し、日本政府が日本軍人に発給している「恩給」と「年金」を勝ち取るという目的は、熱病の如く、孫娘を失った憤りと羞恥と綯い交ぜになって林標を苦しめたが、ついには感覚が麻痺してしまった。今合皮ソファの上に座っている老人林標は、孫娘の手紙をテレビ台の上に放り出し、月枝の父親、つまり息子の林欣木のことを考えていた。十九才のあの日、林標と、春に嫁いできたばかりの新婦の阿女は、灼けつくような太陽の下できつい農作業に精を出していた。家に戻ると全身汗びっしょりである。ふと林標は、小作農の年老いた父親、林火炎が薄暗い草葺きの土煉瓦の家の中でぼんやりしているのに気付いた。「おやじ……」林標は呼びかけた時に初めて、老人の手に赤紙が握られていることに気が付いた。子どもを身ごもったばかりの阿女は泣き出してしまった。

春が終わると間もなく、火炎翁の息子林標は配給された「国防服」を着て戦闘帽を被り、ゲートルを巻き、泣き腫らした目をしている阿女に伴われて二里離れた村役場にやってきた。「祝林標君出征」幟には白地に黒で彼の名が書かれ、他の名前の幟とともに村役場の広場で風に翻っていた。林標は役場の屋根の黒い日本瓦の上を飛んでいるたくさんのトンボをぼんやりと眺めていたが、心の中では身ごもった妻とどうやって別れを告げようか、悩み苦しんでいた。

「諸君の家族については、国がきっと面倒を見てくれるから、後顧の憂いは全くない」

黒い警官服を着てサーベルを下げた日本人の上官は、祝詞でも読み上げるような口調で訓話した。

「諸君は忠実な日本国民となり、大日本皇軍の一員として天皇陛下の強く神聖な盾となり……」

通訳は閩南語に翻訳している。林標と村の七、八人の青年はこのように「志願」して、とあるキャンプ地で短期訓練を受けたあと、焦熱の南洋戦線へ送られたのであった。

思い出してみると、十数年前の宮崎小隊長の言うことには一理あった。「……お前達は、大日本帝国皇軍の、正真正銘の一員なんだ」林標は再び宮崎の酔いの回った軍人口調の日本語を思い出した。台湾人軍属と軍夫は、確かに米軍とフィリピン人ゲリラ部隊に、彼らの憎む日本人として爆弾で四肢を吹き飛ばされ、弾丸で頭を撃ち抜かれていた。台湾人日本兵が街を歩くと、華僑のやっている店舗では表面上お世辞笑いをしてくれるが、その眼光の奥底には、台湾人日本兵もやはり日本人だとする恐怖、憎悪、嫌悪が垣間見えた。林標は思い出していた。日本敗戦後、捕虜となって送還される前、米軍の列車で、ある集中営に送られた夏の日を。日本人と台湾人日本兵はぼろぼろの衣服、ひげ面で、憔悴しきって屋根のないぼろ貨車に座らされていた。その時、列車は熱帯の山岳の麓を、喘ぐように猛スピードで走っていた。林標は鉄道の両脇に折り重なるように生えている椰子と、ビンロウ樹と、高く鬱蒼とした熱帯の樹木を覚えている。疾駆する列車は強風を巻き起こし、車両の中でよだれを垂らしながら眠りこけている日本軍捕虜達を、ガタゴトと絶え間なく揺り動かしていた。

突然、山の上からたくさんの石礫が大きな音を立てながら降ってきた。また、線路沿いから突然一群のフィリピン人農民が現れ、怒りのこもった呪詛を浴びせながら車両に向かって投石を始めた。しばらくの間、各車両はガラガラと鋭い響きを立て、その間から悲鳴とうめき声が漏れ聞こえた。護送の米兵はピーピーと笛を鳴らしながら空に向かって威嚇射撃を行い、「蛮人」の襲撃を阻止した。後で数えてみると、石で打ち殺されてしまった者九人、重軽傷者合わせて四十九人にも上った。あの憤怒の投石は、日本人台湾人を分け隔て無く襲ったのだ。林標はいつも考えていた……「蛮人」は台湾兵をも、すべて日本人であると見なしていたのだ。石は林標の腕を傷つけ、右腕全部が鮮血に染まった。

しかし実際には、台湾兵が南洋で日本のために命がけになって戦っていた頃、日本人は度々台湾人が本物の日本人ではないことを思い出させてくれた。宮崎小隊長に革靴で殴られ歯を二本折った時、林標は宮崎がかっとなって「チャンコロ」と罵ったことを覚えている。また、日本で中学を卒業した客家人が、軍属となってフィリピンに配属されてきたことがあった。彼は眉目秀麗で、なおかつ心の中は掛け値なしの「日本精神」で満ちあふれていた。「僕は正式に申請した志願兵なんだ」ある時、文書を数里離れた本部へ届けるために林標の車に乗った彼は、小声でこう言った。彼は梅村という日本名を持っているのに、軍は彼が台湾人であることを知っていたという。そして彼に「光栄な皇軍兵士」になることを許さず、大隊の非機密性文書を扱う第一種軍属の方へ回したというのであった。「僕は絶対努力して、優秀な日本人であることを証明してみせる」梅村はそう言いながら車を降り、団部へ入っていこうとする際、林標は彼に少し女っぽいところがあるのに気が付いた。それからまもなく、林標は梅村が酔った日本兵に強姦された後、殴られ、「このチャンコロめ、畜生が」などと罵られたと聞いた。台湾人梅村はベルトで首を吊って死んでしまった。彼の屍は横向きに曲がった古い椰子の木に静かにぶら下がったまま、熱帯雨林の中で丸二日間野ざらしとなり、その臭気でやっと発見されたのだった。

フィリピンの戦場での二年目、家族が人に頼んで日本語で書かせた手紙を、軍事郵便が林標に届けてきた。手紙には彼の妻阿女が男の子を産んだとあり、「家内は一切が安泰です。あなたが一心にお国のために奉公することを願っています」と書かれてあった。その翌年一月、戦局は一転し、米軍はフィリピン各島に攻め上ってきた。米軍の爆弾、砲弾と弾丸は、暴風雨の如く、空から艦上から日本軍の頭上に降り注いだ。林標の所属する部隊も潰滅した。二つの連隊が一緒になって山奥へ逃げ込み、一群の日本人移民の婦女子達も隊と一緒にジャングルの中を彷徨うことになった。

ジャングルでの行軍、みな心の中でこれは絶望的な、死の行軍であることにだんだんと気が付いてきた。森の奥深くでは、月日の計算さえままならなくなっていく。その際、戦地で農耕に従事していた台湾人軍夫が重要な役割を果たした。彼は山中で山芋、野生の豆を集め、罠を作って野生動物を捕らえた。茫漠としたジャングルの中で、国家機構の権威や軍の指令系統などの秩序はだんだんと自然崩壊していった。またいつ頃からだろうか、上官に対する種々の規律もすっかり無くなってしまった。隊は次第にばらばらになり、各々が安全だと思う方向へ何人かとうち連れて去っていった。山奥に逃げ込んだ数千人の日本兵達は、その日一日を生き延びるため、飢えた腹を抱え林間を彷徨い歩く野生動物と化していた。

逃げ惑う中、林標は台湾にいるまだ見ぬ息子のことをいつも考えていた。自分の血肉を分けた息子に対する不可思議な愛は、彼の内心で強烈な生への意志となって燃え上がり、彼の足取りを力強く、また注意深いものにした。林標の数えるところで息子が二歳になった年の雨季は、ひどい大雨だった。ジャングル全体が、大粒の雨が熱帯の樹木の葉を打つ、耳をつんざくような轟音に包まれていた。雨水はさすらう兵隊達の衣服、銃、ぼさぼさの頭髪に沁み込んでいく。

大雨のジャングルの中で、険しい行路をよろよろと進む隊伍の足が、その歩みを止めた。彼らは深山の荒廃した日本軍の防衛拠点にたどり着いたのだ。既に塹壕のどの入り口にも、米軍の火炎放射器による黒い焼け跡が残っている。そして塹壕の中には、至る所に焼け焦げた日本軍の軍服を着た骸骨が大雨に打たれるままになっていた。ヘルメットをかぶったままの頭骨。散乱した小銃。錆び始めた日本刀が遺骸の傍に落ちていた。

百人のぼろぼろの兵たちは黙って塹壕を囲って立ちつくし、豪雨の中で乱雑に並んでいる戦死した遺骸を静かに見つめていた。眼窩が落ちくぼみ、黙って一言もしゃべらなかった小泉大隊長は、全滅した部隊の番号を識別するために傍らの林標に命じ、遺骸の衣服のポケットを探させた。二百の眼が台湾人軍夫の林標の上に注がれる。林標は遺骸のポケットやリュックの中を調べてから、泥濘の中、小泉大隊長に向かって敬礼した。

「もうよい」

小泉大隊長は憂鬱そうに小さな声でそう言うと、手を伸ばして林標から探し出した書類を受け取った。

雨は轟々と降り注いでいる。小泉大隊長は雨の中、無言で書類を調べていた。見終わったものは地面に放り捨てていたが、何枚か色付きのビラだけには長い間目を落としていた。

雨音はすでに獣の咆哮のようになっていたが、百人の兵隊は死んでしまったかのように静かであった。どれくらい経っただろうか。小泉は静かに言った。

「我が日本はとっくに負けていたようだ」

小泉大隊長の言葉を誰もすぐには理解できなかった。ただ林標だけは自分が生きて息子と妻に会うことができることに思い至った。

「大隊長！　何をおっしゃってるんですか⁉」

誰かがこう叫んだ。

「日本はとっくに負けていたんだ」しばらく黙っていた小泉は、震える声でそう言った。「宣伝ビラにはそう書いてある」彼は手にした白やピンクや黄色の、米軍が撒いた宣伝ビラを掲げて、雨の中で振ってみせた。

「うそだ！」絶望的な叫びが上がった。「デマに決まっている！」

小泉はうなだれた。雨水が彼の髭からしたたり落ちていた。

「お前は、天皇陛下の御詔書や、大本営の命令をみなデマだと言うのか……」彼は静かに言った。「ビラに全部書いてある」

大隊長小泉は一人でジャングルの大雨の中で立っていた。腰の日本刀は静かに垂れ下がっていた。兵士たちの間からは早くもすすり泣く声が聞こえてきた。身近にある遺骸のポケットのビラを探り始めた者もいる。それは全く確かなことだった。林標は手にしたビラを前に考えていた。無条件降伏の御詔書、国防省が各戦地区に通達した命令。中でも林標にとって最も衝撃だったのは、戦後処置についての決定であった。

「朝鮮は日本から離脱して独立する。台湾、澎湖諸島は中国に返還される」

日本は負けた。林標を含む台湾人日本兵で、それを喜ぶ者はほとんどいなかった。「なぜ負けたんだ？　くそ！」ある台湾人軍属は日本人とともにすすり泣いていた。しかしビラを見た後、台湾人兵の心情は乱れ始めた。小泉大隊長はこの放棄された拠点で休息を取り、遺骸を整理し、連隊司令部だったこの大きな洞窟を臨時キャンプにすることを命じた。その時、小泉は二十数名いた台湾人の軍属と軍夫を呼び集め、衣服を乾かしているたき火の前で、穏やかにこう話した。

「これから、君等は中国人になったわけだ」

林標を含む十数人の台湾人兵は押し黙っていた。小泉はこれ以後、台湾人兵と日本人は別々に生活し、日本人に対する軍事的な規律を台湾人兵には一切解除することを告げた。「君等は戦勝国の国民だ。下山しなさい」小泉はそう言った。「これは投降ではない。君等戦勝国の、同盟軍に対する到着報告だ」

二日目、雨が止んだ。大きな熱帯樹木の葉に残った雨水が水滴となってポタポタとしたたり落ちている。ある国の人間が、どうやったら一夜にして別の人間になることができよう。林標はこの答えのない問題について考えていた。日本人の士官たちで、壕の裏にある林の中で自害するものも出始めた。刀を腹に突き刺すと、流れ出した鮮血があたりの落ち葉を固めた。軍とともにさまよっていた日本人たちも家族揃って「全員自決」していた。茫然、悲しみ、痛みに染まった台湾人兵は初め離隊しようとしなかったが、いったん「戦勝国国民」の名で日本人と別れてしまうと、林標は日本人と一緒に敗戦に慟哭する立場を失ったような気がした。何の前触れもなく空から降ってきた「戦勝国国民」という身分は、「勝利」という喜びや誇りを少しももたらさないのであった。

四日目、連日一言も発せず押し黙ったままだった小泉大隊長が自害した。鋭利な日本刀が彼ののどを貫いていた。そして、ジャングルの中はだんだんと蒸し暑くなってきた。林標と仲間たちは相談して、うち連れてそっと密林を抜け出した。小泉大隊長亡き今、誰に別れを告げていいものか、とうとう黙って隊を離れてしまったが、心の中は苦悩と不安で一杯であった。

下山後の林標とその他の台湾人日本兵たちは、米軍とフィリピン人ゲリラ部隊が銃を抱えて監視している捕虜収容所に収監され、日本人捕虜とともに灼熱の太陽の下、軍用飛行場を整備する重労働に従事した。そして二ヶ月後、ようやく台湾人兵士は米軍によって選別され、別の小さなキャンプ地へ送られることになった。キャンプの五十メートル外に、小さな教会を改造して作った収容所があり、入り口にはだぶだぶの米軍戦闘服を着てライフルと水筒を下げた、黒い背の低いフィリピン軍人が二人立っていた。

林標はまもなく、収容所内に日本軍に拘束された米軍捕虜を虐待して戦犯となった台湾人日本兵が収監されている、と聞いた。日本兵捕虜の中から抜き出された台湾人の送還される日時がまだはっきりしていなかったある夕方、教会の入り口の扉が開けられた。日本軍服のまま手錠をかけられた二十数名の台湾人兵が、米軍憲兵隊の警備の下、大型トラックに乗せられた。林標はある晩、教会から聞こえてきた日本軍歌のことを思い出した。

天ニ代リテ不義ヲ討ツ　忠勇無双ノ我ガ兵ハ

……

「おいこの野郎、何をうなってやがるんだ！」

教会の中から台湾語で罵る声が聞こえた。

歓呼ノ声ニ送ラレテ……

その軍歌は独り言のように、熱帯の宵闇の中をか細く漂う。歌声には、村役場の広場の入隊式の時歌われた勇壮さは既になかった。

「歌うなって言ってるんだよ！」

歌声は止まり、台湾語の返事があった。

「日本人は、台湾人を日本人だと言って、一緒にアメリカ人と戦わせた」

「……」

「アメリカ人も俺たちをまだ日本人だといって断罪し、タマの標的にするんじゃないか」

林標は米軍から支給された煙草を静かに吸いながら、闇の中から聞こえてくる会話に耳を傾けていた。そして思い出していた。運転手になって、幾度となく米軍捕虜収容所からアメリカ人の遺体を運び出していた頃を。遺体は収容所を監視している台湾人兵により一体ずつ並べられていた。フィリピンの灼熱の太陽は、遺体を急速に膨張させ、変色させ、強烈な臭気が発していた。落ちくぼんだ眼窩の中のまつ毛と色付きの瞳は、ある者はしっかりと閉じられ、ある者は見開いたまま……極度に痩せているので、彼らの肘や膝は特に大きく見える。これらのアメリカ人やカナダ人捕虜たちは、監視の日本人と台湾人によって棍棒や銃床で殴打され、ついには射殺された。林標は遺体をジャングルの中に掘った大穴へ運び、別の捕虜収容所から運び込まれた白人の遺体の山と一緒に、腐敗の進んだ真っ黒な腐葉土に埋めていった。日本人のライフル兵に護衛され遺体の処理に携っている、短パンを穿いて戦闘帽を被った軍夫達は、各捕虜収容所で働く台湾人に他ならなかった。

リュックを背負い大小の包みを下げた日本人敗残兵たちは、長い長い列を作り、優先的に米軍の軍艦で日本に送還された。その後なんと数ヶ月も経ってから、ようやく台湾兵を乗せるオンボロのタンカーがやってきた。林標とその他幸いにも生き残った同胞達が高雄の埠頭に着いた時には、何の歓迎も慰問もなく、通知を受けていなかったために家族の出迎えすらないあり様だった。「昭和二十二年」の民国三十七年秋、林標は家に辿り着いたが、妻の阿女が貧しさと病気のために他界していたことを知った。四歳になる息子の欣木《シンムー》は、顔をくしゃくしゃにして涙を湛えた林標の伯父の陰に隠れて父を出迎えたのだった。

林標はその後、あちこち走り回ってどうにか遠縁の親戚にあたる年長の地主の元へ、二羽の鶏を手みやげにして小作地を返してもらった。その土地は戦前日本人に無理矢理ヒマ畑に植え替えさせられた一甲ちょっとの土地で、彼は幼い息子を連れ、死にものぐるいでヒマ畑を水田に耕しなおした。欣木が九歳の時、つまり農地改革が林標を小自作農に変えたあの年、林標は嬉しくて嬉しくて、家の裏に二株の龍眼の苗を植えた。朝晩、林標はぼろのアルミ皿で苗に水遣りの世話をした。龍眼は成長が遅いものの、絶え間なく黄色い芽を吹き、緑色の葉となって上へ上へと伸びていった。龍眼が軒先を越えた頃、青々とした葉はすでに屋根の如く、毎年夏には西日を遮るとまではいかなくとも、涼しげな木陰を作り出していた。その一株が突然黄色い花をつけたあの夏に、二十歳を過ぎていた欣木が滴寮から嫁をもらってきた。翌年、二度目の龍眼を食べる頃だった、孫娘の月枝を授かったのである。

思い出にふけっていた林標は大きく溜息をつくと、立ち上がって冷蔵庫から肉入りスープを取り出し、温めてからどんぶり飯にかけ、テレビを見ながらかき込んだ。七十過ぎの林標の食欲は依然として旺盛であった。ぼんやりテレビを眺めていると、突然画面に映った映像に肝を潰された。

それは午前中、屏東市で挙行された「南洋戦没台湾兵慰霊碑」落成記念の除幕式の光景であった。

帆布で覆われた特別席には、年かさ六十、七十の正装の男女で埋め尽くされている。

特別席の前にはまた、きれいに糊づけされた日本海軍のセーラー服を着、戦闘帽を被った老人たちが三列に並んでいる。

最前列一番右の、痩せて背の高い老兵は、胸の前で日本海軍の軍旗を掲げていた。

その時いたずらな風が大きな軍旗を翻した。血のように赤い、四方八方に光を投げかけている旭日旗が翻った時、痩せた老人の体もふらふらと揺れるのであった。

老いぼれて、幾人かは骨まで露わになっている三列の元日本兵台湾人たちは、クローズアップされたカメラの前で顔をこわばらせていた。陽光が日本海軍戦闘帽の下の顔を照りつけている。林標は見つけた、流れるように動くフレームの中に、まぶたが突き出た、口を堅く引き結んで厳粛な表情だが、むしろ卒倒しそうになっているあの「顔」を。

しばしの間、村の葬式行列で演奏する人間を寄せ集めた楽団が、日本の「軍艦行進曲」を演奏した。同じく海軍戦闘服、白手袋に身を固めた曾金海が、スーツ姿の陳炎雷議員とともに式場に入場した。
たちまち痩せて背の高い老人がサッと日本海軍旗を前に下げて敬礼する。老人たちは高ぶった敬礼の号令で、軍隊式の敬礼のポーズをとったが、動作は揃わなかった。

近景：陳炎雷議員の講話。
クローズアップ：特設スタンドの紳士淑女が慰霊碑に向かい敬礼をしている。表情には誇りと光栄。
中景：日本海軍旗が翻り、旗の真っ赤な旭日が目を奪う。
クローズアップ：慰霊記念碑上の楷書「南洋戦没台湾兵慰霊碑」

林標は息を潜めて食い入るようにテレビを見た。彼はまずこう思った。せいぜい一、二分のテレビ報道で、ほとんど引きつらんばかりの顔をしていた「彼」を、自分以外に気付くものがいるはずがないだろう、と。林標は老いぼれ、草臥《くたび》れきった自分の容貌を、カメラを通して初めて見、さすがに愕然とした。だんだんと、自分や、あの仲間たちが耐えられない嘲笑と愚弄を浴びているように感じられた。今日朝早く電車に乗って屏東市へ向かう途中、林標は三、四ヶ月前から突然日本に賠償を請求する熱意を回復した曾金海のことを思い出していた。月枝が駆け落ちしてから、彼女が二十五、六になろうかというあの年だった。東京の地方裁判所は二度目の補償要求を棄却した。理由は、そもそも彼ら老人たちが「すでに日本国民としての身分を失っている」からであった。「日本人は血も涙もない」東京へ裁判の傍聴に出かけた曾金海は、戻ってくるとそう言った。彼を含む、補償請求をしている各団体の代表は、直接日本国民に訴えるべく、東京で臨時にビラを作成し、彼らがかつて「忠実な日本国民として華南や南洋を転戦」したことを説明した、とも言った。彼らは、ビラを手にした日本人がきっと情熱的な握手を求めてきて、厚い慰めと、感謝と支持で報いてくれるだろうと考えていた。しかし巨大な首都東京の、ひっきりなしに人が行き交う東京駅口では、老若を問わず一人としてビラを受け取ろうとする者はいなかったという。それどころか、冷たい、面倒そうな顔をして、老人たちが彼らの鼻先に差し出したビラを拒絶するのだった。「くそったれ！　日本人は本当に血も涙もないんだ」彼はそう言った。

その曾金海はこの半年、急にまた元気に活動を始めていたのだ。「前に台湾人が日本に補償を求めていた時、国民党は顔も出さなかった」曾金海は言う。「陳議員は言うんだ、俺たちは日本人と一緒に中国人をやっつけていたんだ、この政府が君の代わりに代表になってくれるなんて望みが持てるかい？」曾金海の言うところでは、もし今「台湾人自身の政府に転換する」機会があって、政府が代わったなら、台湾人が日本政府に補償を求める時には代表者になってくれる。曾金海は堂々と陳議員を引き連れ、あちこちで元日本兵台湾人を探し出し「政府を転換する」ための票集めに余念がなかった。

翌年三月、果して新しい政権が誕生し、陳炎雷の地位は更に高いものとなった。しかして、陳議員が慰霊碑の建立を言い出したのである。「何とかして日本の参議院議員と自衛隊の将校を慰霊碑落成式に参列させ、日本の政界軍界とコネを作るんだ」。それで曾金海が林標のところにやってきて、彼に軍服を着せて落成式に参加させたのだった。

林標がいざ落成式会場に着いてみると、旧知の元日本兵台湾人達、また見知らぬ元日本兵台湾人達が大勢いた。慰霊碑落成式場の、来賓たちと老兵たちの間には、流暢な日本語とたどたどしい日本語が飛び交っていた。落成式が終わると、曾金海は白手袋を脱ぎ、憂鬱そうに林標に言った。「陳議員は何人かの日本人にお願いしたというのに……どうして一人もこないのか……」

　落成式場の傍に停まっている数台の黒い乗用車は、ぴかぴかに磨き上げられたガラスに辺りの樹木を映していた。乗用車は一台一台、日本語の話せない紳士淑女達を乗せて去っていった。林標は広場の車が走り去るのを見ていた。二台だけがまだ車の傍で持ち主がおしゃべりをしているため、留まっていた。林標は傍で曾金海がしゃべっているのを聞いていた。「俺たちは年々年老いていく。次に集まれるかどうかさえ、分かったもんじゃない」彼はまた、新政権が将来台湾兵のために代表者になってくれることを願う、とも言った。「見てみろ、この年寄りたちは、自分の足で帰らなきゃいけないんだ。陳議員は、弁当の一つさえ手配してくれなかった」曾金海はそう恨み言をつぶやいた。

　屏東市から和鎮へと戻る電車の中で、林標は息子欣木のことを考えていた。欣木は勤勉な奴だった。田んぼにいる時は、まったく疲れを知らずに働いた。林標は彼を見ながら、自分がまだ貧しい小作農だった頃の意気と様子を思いだし、心の中で喜んでいた。だが、欣木は自分と違うところもあった。彼はずっと農家をやめて一旗揚げることを考えていたのだった。林標は度々息子に向かって、往時の農民が如何に苦しみ、貧しかったかを説いた。「人は足るを知り、本分を守らなけりゃいけないんだ」

　嫁の宝貴《バオグゥイ》が枕元で常々何か勧めていたことも、あるいは関係があるのだろう。林標は列車の中でそう思った。欣木が二十四歳の年、米の収入が肥料代や農薬、日用品の出費に遠く及ばなくなり、若い者はだんだん都市へ出稼ぎに行くようになった。しかし欣木はちょっと違った。「父さん、僕は外に出て、知り合いと鉄工所を始めるつもりです」欣木はそう言った。彼の友達坤源が台北三重のステンレス加工工場で工員になって何年かになるという。「貿易会社と取引して、輸出するんです。お金が早く儲かる」聞きながら、林標は沈んだ面持ちで黙っていた。そしてとうとう米の収入だけでは生活することさえできなくなった頃、林標は人づてに、台北からきた「李社長」に土地を売り、家を建てた。欣木は土地代の三分の一を手に、妻と三歳になる月枝を連れ、遠く台北郊外の三重に移って行った……

（三）

二日目の朝、馬正涛は少し早く目を覚ました。忠孝公園に着くと二本の楠の間でスクワットをした後、目を閉じて一しきり腕をぐるぐる振り回した。この日の朝、馬正涛は台北に出かけることになっていて、運動を終えると手荷物を抱えて公園を出た。彼は道路で古い軍用車が通り過ぎるのを待って、左右を見てから気を付けて道路を横切り、バス停の標識に沿って歩いていた。とその時、鋭いブレーキ音が聞こえた。馬正涛が見回してみると、ドライバーの兵士が大声で怒鳴りつけている。「ばかやろう、死にてぇのか！」老眼が進んでいる馬正涛の視線が、車のところでドライバーと罵り合っている老人をぼんやりと捉えた。軍用車が走り去って、事故ではなかったことだけを確認すると、馬正涛は角を曲がり、ある豆乳店に入った。

馬正涛は台湾人が経営するこの豆乳店が好きだった。この店が焼いた焼餅は、他の店のような、ぱさぱさして一口食べるとテーブルに食べかすが散らばるようなものとは全然違った。歯ごたえがしっかりあり、一口噛み締めると、小麦粉の皮に加え油条（中国式の細長い揚げパン）の香ばしさが口に広がるのであった。馬正涛はそれと卵を落とした熱い豆乳を注文した。その時、となりのテーブルの外省人老兵らしき数人が、昨日のテレビ報道を議論しているらしい会話が聞こえてきた。

「みんな日本兵の服装をしている」青いチェ

ックのシャツを着た痩せた老人がそう言った。「手には日本海軍の軍旗も持ってるんだぜ、へっ」

「漢奸の群れだよ」四川訛りのある男が憤慨して言った。馬正涛は彼を知っている。彼はもう一人の痩せた外省老人とよく一緒に公園で大極拳をやっているが、いつも最後までやりきれず、眼をつぶったまま止めてしまうのだった。

「俺はあの海軍旗を見ると、胸が締めつけられるような気がするんだ」青シャツの痩せた老人が続けて、「あの年だよ、日本海軍の陸戦隊があの軍旗を掲げて上海にやってきたんだ。俺はこの目で見たさ」日の丸を翻しつつ、日本人が上海と全中国を蹂躙したと言った。「忘れるもんか！」痩せた老人もそう言った。

「漢奸どもの群れさ」そして四川の年寄りは、自分が年を取ってしまった、と言った。もし十年二十年前の彼がその場に居合せたならば、連中を皆殺しにして、その後出るところへ出てやったはずだ、とも。

「見たくもねぇ」青シャツの年寄りは言った。「あの血みたいな日の丸には、何人の中国人の血が染み込んでいることか……」

「そうとも、くそったれの漢奸どもが。どこから湧いて出てきたか知らねぇが、漢奸に違いねぇ」四川人はそう言った。

馬正涛は黙々と朝食をとり、バスに乗って駅に着いてから、特急列車で北上した。「漢奸の群れだよ」四川人の呪詛は、車内のざわめきの中でも彼の耳にまとわりついて離れなかった。彼は窓の外を見た。一台の灰色の乗用車が、田んぼの中の小道を走っている。馬正涛は南満州鉄道のことを思い出した。

日本が降伏宣言をする一週間前、李漢笙《リーハンシュン》が憲兵隊に電話をかけてきた。すぐに瀋陽に彼に会いにこいと言う。「急用だ、ちょっときてくれ」李漢笙は簡単にそれだけ言った。馬正涛はあの時、広大な東北の平原を疾駆する列車に乗った。反帝国主義抗日遊撃隊「抗聯」が待ち伏せ攻撃できないようにするため、鉄道の両脇にびっしりと植えてあった高粱畑を、日本人はまるでバリカンで頭を刈るように十五歩の幅で刈り取り、灰黄色の地面がむき出しになっていた。日本軍はすでに、広大な華北、華南と広漠な南洋で、底なしの泥沼にはまっていた。太平洋戦争は、米英の厖大な戦力に対して、窮迫してなす術のなくなった日本との戦力差を、明白に露呈させていた。一時おとなしくなったかに見えた抗聯遊撃隊の破壊活動も、ここにきて目立ってくるようになった。つい三ヶ月前、李漢笙は黒い乗用車で憲兵隊に乗り付け、会議を開いた。車は大庭のところで停止すると、日本の憲兵が門を開けた。灰色のナイロン帽を被り、一重の長い着物、子羊の毛で作ったシャツを身につけ、黒いサングラスをかけた李漢笙に向かい敬礼した。午前中の会議が終了し、部隊内の将校用食堂で昼食をとってから、李漢笙は彼を呼んで話をした。「抗聯の活動は、押さえきれないばかりか、どんどん勢力を増してきています」馬正涛は声をひそめてそう言った。李漢笙は無言であった。彼の黒いサングラスは、馬正涛を不安にさせた。馬正涛は言った、憲兵隊は少しでも「容疑」のある市民、農民や、抗日・反満州国的傾向のある青年学生を、捕まえられるものは捕まえ、始末すべきものは始末している。「こんなに長い間、こんなにたくさんの人間を捕まえ、始末しているのに、かえって奴らはどんどん機敏に、狡猾になってきています」と馬正涛は報告した。李漢笙は相変わらず黙って煙草を吹かしている。「僕は君を特捜部から外すように彼らに言っておいた」彼は言った。「総務部へ行きなさい。部や局には、山ほど物資がある。君が行って管理してくれ」李漢笙は窓の外を見ながらそう言った。外の二本の銀杏の木が冬の陽光を受けてきらめいていた。

李漢笙は日本留学組で、昔は馬正涛の父親馬碩傑の大豆売買を手伝って、日本の商人や軍、東北の親日的な豪商の仲介をしていた。彼は熟練した日本語と仕事の手際の良さで、日本の軍部、特務機関、特権商人達の間で評判がよかった。狡猾な馬碩傑は、機に乗じて李漢笙を日本人に推薦したところ、十年も経たないうちに満州の日本当局の信頼を受け、満州国警察「嘱託」となり、満州国特務機関では最も地位の高い中国人の一人となっていた。

瀋陽に向かう馬正涛の乗った列車の一等車。その扉を開けて、車掌と憲兵、満州国警察官が検札と身分証確認のために入ってきた。ゲリラ部隊の抗日活動が激しくなるにつれて、旅客に対する保安検査も厳重になっていた。馬正涛は最近の治安報告書の中に、「抗日不祥活動」が戦局の不安に伴い拡大していること、そして「打撃漢奸」のスローガンが掲げられているなど書かれていたのを思い出した。親日派の官僚、文化人や豪商が暗殺される事件はまだそれほど多くはなかったけれども、よく耳にするようになっていた。列車の窓の外は、一面、見渡す限りの高粱畑であった。日本人が中国に君臨するのが、こんなにも短いとは……。

李漢笙はドイツ商人が残していった、大きな花畑のある洋館に住んでいた。壁の内外に、制服と私服の警備員が立って警戒している。馬正涛が大きな鉄門の傍にある通用口を押し開けて李漢笙邸の庭に入ると、鉄条網で作った囲いの中にいる三頭の大型犬が後ろ足で立ち上がり、囲いの向こうから獰猛な牙を剥き出し、吠えかかってきた。ピストルを提げた門衛は激しく吠え立てる犬どもを叱りつける真似をした後、馬正涛を暖炉の火がテラテラと燃えている客間に案内した。

そして李漢笙が客間に入ってきた時、馬正涛は彼の表情に、満州国の上から下までみな焦慮し、右往左往している時局にはあり得ない生気を見て取った。李漢笙は馬正涛に総務部での仕事の様子を仔細に聞いた。さらに、憲兵隊の金庫、資産、武器、建物、土地等など、細かいところまで質問した。

「重慶から連絡がきた」李漢笙は小声で言った。馬正涛は驚き、唖然として座っていた。

「重慶は東北から遠く離れている。彼らには、戦争終結後、ソ連軍と八路軍が満州を手中にしようとしても、それを阻止する力はない」李漢笙は憮然として言った。「我々を必要としているのだ」

馬正涛は依然として目を見開き唖然としたままだった。戦争が終わる……。「もうそこまできているのだろうか?」漠然と考えた。

「日本憲兵隊の、一切の財産と資源をすぐに押さえなければならない」李漢笙は命令するかのように言った。「とっくに手は打ってある。前もってお前を殺人専門の特捜部から移してあるのだし」

馬正涛はこの時すべてを理解した。日本が正式に投降して間もなく、重慶から人が遣ってきて、中央の関防（辺境防衛）の印がある正式な任命状を李漢笙の手に渡した。日本が負け、万民が喜びに沸き返り、李漢笙は重慶が東北に潜伏させた地下工作員という身分から一転、正式に「華北宣撫使署」首長となったと発表された。交換条件は満州国政府が東北に持つ一切の財産、武装、情報特務及び警察体系を確保し、それらを資源の目録、治安関連書類及び引き続き獄中にある共産党系反満抗日分子のリストとともに、後日国民党政府に移譲することであった。「附日附逆」の文人や官憲が「漢奸」のレッテルを貼られて衆人の罵倒を受け、新権力によって逮捕され、裁判や、果ては投獄処刑されるようになった頃、馬正涛は李漢笙との関係を頼って心機一転、東北の敵区に長期潜伏していた「愛国」地下工作員になり、「軍統局東北辦」の仕事に携わることになった。その後、李漢笙は、国民党の先遣人員をまとめて賄賂で懐柔し、素早く立ち回って監獄の大物親日士紳を新たに発掘、証明書を発行して彼らに東北潜入国民党特別工作員の身分を与え、囚人の身分から上客に引っ張り上げた。「中国の趨勢について言えば、数十年来、反共が一貫して最重要課題であった」李漢笙はあるとき旧満州国のものを留用した新しい特別情報部の宴席でこう言った。「我々が……つまり満州国時代にやってきたことと言えば、主に反共防共であった。今日、党と国家が反共防共をなそうとしている時、君たち無名の英雄の力を借りなければいけないのだ」と。末席に座を占めていた馬正涛はまだ覚えている。宴の会場いっぱいに灯りが煌めき、卓上は豪華な料理と美酒で溢れんばかりであった。壁に掲げてあった大きな溥儀《プーイー》の肖像はとっくに蔣介石《ジャンジエシー》委員長の肖像に掛け替えられている。肖像の二人の顔立ちは無論異なる。しかし勲章肩章に飾られた首から下は、ほとんど同じだとも言えた。馬正涛はそう見做していた。

李漢笙を通じて、重慶は迅速に日本関東軍が所有していたシステムに血を通わせた。数百万の関東軍と憲兵隊は命令を受け、国民党政府を唯一の頭領として投降し、中央の軍政機関が着く前に守りを固めて、「二毛子」（ソ連に雇われた中国人）の占領軍や八路軍に銃一丁、弾薬一発さえ渡さないようにした。また国民党政府の先遣人員の指揮の下、旅順・大連の米国軍と協力し、ソ連軍が南下して東北を全面占領しようとするのを牽制した。李漢笙は馬正涛に、重慶の最高当局は戦略の主眼を将来米ソが衝突して引き起こす第三次世界大戦のレベルに置いている、と言った。また「委員長は米中両国が連合してソ連・共産勢力に対抗するという、来るべき大局に眼を置いている。高遠なところに目を付ける、とはまさにこのことだ。敵を友に変えなければならないのだ」とも述べた。彼によると、国民党政府はすでに彼を通じて日本関東軍のトップレベルに話をつけてあるという。「日本は戦後東北の反共防共の工作において我々と協力して事に当たる。我々はまず第一に岡村寧次以下の何人かの戦犯の保護を保証する。第二に二百数十万の関東軍と日本人を安全に送還することを保証する」デスクの上のスタンドが彼の顔の左側を照らし出す中で、陰になった右目が薄闇の中で炯々とした光を放っていた。「岡村寧次さえ使えるんだ、我々が何を恐れることがあるものか……」李漢笙はせせら笑うかのように言った。

台湾北部へと向かう特急列車の中で、馬正涛はやはり冷たい微笑みを湛えていた。窓の外の田んぼの稲は開花の時期を迎えている。疾駆する列車の窓から見ると、花の開いた稲はまるで薄絹の霧に覆われているようだ。「漢奸の群れだよ」彼は朝の豆乳店での議論を思い出した。あれから数十年にもなろうか、「漢奸」という言葉で人を罵るのを耳にしたのは。馬正涛は考えた。天下のことが、あいつ等のような粗忽な連中の考えるようなものだったら、何と簡単なことだろう。あの年の八月、日本が戦争に負け、満州国は崩壊した。十月初め、米国の支援の下で重慶の高官と少数の軍隊警察が、空から陸から海から、広大な東北部にやってきた。李漢笙は実に手慣れた様子で、馬正涛と腹心数人を連れ、中央高官のために立派な事務室を手配、親日的だった高官や豪商士紳たちを利用して連日連夜、大宴会を催し、重慶からきた新しい主人たちに取り入った。「山海の珍味、美人に名酒、尽きることとなしだ」李漢笙はそう言った。彼は瞬く間に中央先遣隊の高官の厚い信頼を得た。それは有能な馬正涛が、日本人が残した厖大な「敵偽財産」の中から、接収人員の官職の高低に見合った邸宅や自動車を見繕い、世話した賜物であった。旧満州時代に敵と通じて富を築いた士紳豪商たちも忙しく立ち回った。彼らは金銀緞子の包囲網で、馬正涛の書いた筋書き通りに阿片密輸で儲けた巨額の富を分配、黄金や美女を送りつけ、宣撫使署や先遣軍司令部の某専門委員とか参謀秘書などの肩書きを手に入れ、一夜のうちに愛国紳士に変身した。彼らは戦後の疲弊した華北の大地に、「閉じられた城塞を経営し、黄金に酔いしれ、酒池肉林で戯れている」と、大胆な新聞雑誌はこのように批評し始めた。

その城塞は堅牢安穏で、あの年の春、南京から、大物政治家、戴笠が事故死したというニュースが伝わってきた時も、その強固な城壁は揺るぐことがなかった。李漢笙は東北各省市に「戴先生」のために告別式を執り行うことを通達した。政界軍界は、その深意は問わず、みな弔辞を送り、式に参加した。夏、軍統局がその看板を下ろした時には、李漢笙は例によってうまく立ち回り、接収軍当局中央保密局下の長春督察支局局長となった。

一ヶ月が過ぎ、国民党軍は突然全国の幾つかの中共の拠点を攻撃し始めた。督察局の幹部会議の席上、李漢笙は分厚いファイルに手を置いて言った。上海、南京の学生、労働者、野心家が一斉に騒ぎ始めたが、唯一東北のみは静かだ。「お上はとても喜んでいる」と彼は言った。「これは自然の成り行きで、決して偶然の出来事ではない」彼は立ち上がり、壁に掛けた地図の東北三省を掌で覆った。「東北は内地から遠く離れている。内地の風雨は東北までは届かない」続けて、「再び言おう。日本の満州時代、我々は何人の奸匪を捕らえ、始末してきたか？　今日の東北の安寧は、満州時代の我々の仕事のお蔭なのだ！」

しかし李漢笙の判断は結局のところ、的確ではなかった、と回想にふける馬正涛はそう考えた。冬、大雪が長春市すべてを覆い尽くす頃、東北南部の北平（北京）では、北京大学が発火点となった「沈崇事件」が燃え広がり、米軍を中国から追い出せという声も上がり始めた。[1]督察局は神経を尖らせ、北平に何度も電話をかけて問い合わせた結果、沈崇事件の衝撃が、興安嶺山脈の大森林に起こった野火のように、熱風と天を衝くような炎を巻き起こしながら全中国に広がっていることにようやく気が付いたのであった。

督察局は連日会議を開き、部屋の灯りが消えることがないようなあり様だった。早朝から深夜まで、日本人が残していった鈍重な軍用車と米国製新型ジープが督察局の大庭を慌ただしく出入りし、一組また一組と、「奸匪容疑」者と民盟分子を捕まえてきた。多くの日本人が残していった邸宅には、「静園」「雨園」「怡園」といった石碑が飾られていたが、それらもみな鉄の門に閉ざされて、厳重に警備される秘密留置所、偵察所に変わった。馬正涛も昼夜の区別なく秘密逮捕、おとり捜査、拷問や訊問の指揮に当たっていた。ある時彼は、満州時代に政府「公報所」でともに仕事をしていた見知った顔に出会い驚いた。たまに半分官製の『満州公論』と『大同報』副刊「夜哨」に親日的な文章を書いたり、日本人が主宰した「大東亜文学会議」に出席したこともある評論家周恕《ジョウルー》が逮捕されて連れてこられたのであった。「どういうことだ、なんて聞いてくれるな。お前だって日本の憲兵隊から軍統局の人間になっているじゃないか」周は腫れ上がって饅頭のような裂けた唇を動かし、尋問室で馬正涛に言った。周恕には少しも英雄風なところがなかったが、全身あざと生傷だらけであった。彼は苦しそうに呻き、恐怖に戦いていたが、水責めしようが吊して殴打しようが、その裂けて血まみれになった唇からはとうとう一人の名前、一つの住所、一つの組織名も出てこなかった。馬正涛の「プロ」の眼が、周恕がショック死の危機にあることを突然見て取り、近寄って覗き込んだ。まさにその時、周恕は馬正涛に向かって血を吐きかけると、こと切れた。馬正涛が風呂好きになったのは、この事件からである。

馬正涛は心の底で、拭い去れないぼんやりとした不安と憂慮を徐々に感じ始めていた。満州時代のそれに勝るとも劣らない特別警察の緻密な拷問尋問の技術は、日に日に強引に、残酷になっていった。長期戦に疲労困憊している民族は、平和と安寧の日々を渇望していたが、どうやら感情はすでに憤怒の段階まできていたようである。秋以後、内戦反対、平和建国と民主改革を要求する叫びは、東北の局面が逆転するに伴い、全国でサボタージュ、ストライキの風潮を巻き起こし、中国の大地を揺るがしていった。

二年目の夏、中央保密局が指揮した全国的な初めての電撃逮捕命令の下、長春督察局は昼夜を問わず大勢の教師、大学生、編集者、労働組合員、民主活動家を捕まえ、東北すべての秘密監獄、留置場と尋問室が溢れかえることになった。東北の形勢は厳しかった。無数の人間が立ち上がり、ピストルと革の鞭に徒手空拳で立ち向かってくる。馬正涛は初めて理解した。これまでずっと人々を震え上がらせてきた特務権力が、太陽に照らされた氷のように、溶けて蒸発しようとしているのを。拘留所と審問室にいる数千もの新しく捕まえられてきた「匪嫌」たちへの尋問が終わらないうちに、樹木の葉は日に日に少なくなり、郊外の秋風も日に日に寂しく冷たくなっていく八月末、国共の大兵団が激突する決戦が、広大な東北の大地である遼寧瀋陽と、徐州、北京天津の三地区で起こった。そして九月、長春は共産党軍に包囲されたが、李漢笙は一日早く専用車で脱出していた。馬正涛も

1　一九四九年十二月二十四日、北京大学の女学生が米国軍人によって強姦され、反米運動が巻き起こった。

変装して包囲をくぐり抜けようとしたが、途中で解放軍と民兵に妨げられ、国民党官警等と一緒に吉林へと移送されることになった。

列車は既に台中を過ぎていた。台北はもう目と鼻の先である。今日は李漢笙の命日であった。李漢笙は彼より一年近く早く台湾にきていた。来台以後、保密局はまだ存在しており、全中国各省各市直系の保密局幹部たちが台湾へ押し寄せていた。「粥は少ないのに僧侶は多い」状態で、李漢笙のような「偽満」から転身してきた特務の置かれた状況も推して知るべし、であった。李漢笙は時機を悟り早々と引退、何年も経ってから名誉市民病院の特等病室で天寿を全うした。毎年この時期に馬正涛は台北へきて、草山にある李漢笙の墓に焼香する。「陸軍少将李漢笙之墓」。馬正涛はもう一方にあるひっそりとした墓碑を思い出した。墓碑の字は毛局長自らの手によるものである。李漢笙は馬正涛の半生にとって、その相互依存、影響、導きはとても大きかった……馬正涛の回想は、吉林公安部が国民党の軍・政・警・特務方面の人間を集めた「解放団」の壁の中へ戻っていった。

解放団は吉林市郊外にある、長年放置されて荒廃した古い尼寺に設置され、その正殿の観音像には厚くほこりが積もっていた。しかしこの玄妙な寺院の占領地は、菜園だけでも一畝ちょっとの大きさがある。寺院の中には禅房、僧坊、厨房などが揃っていた。寺院の土壁はそれほど高くなく、新たに鉄条網が設置されたが、それも緊密ではなかった。解放団の管理は緩やかで、個人の金銭や貴重品も没収せず、所持品検査も行われなかった。馬正涛は心中訝しく思い、これはきっと何かあるに違いないと不安でならなかった。幸運だったのは、寺院に集められた者の大多数が、捕虜となった国民党軍士官――ぴしっと糊づけされた新しいアメリカ式のラシャ軍服を着てうろうろしている者も多かった――であったが、馬正涛を知っている者は少なかったことだ。

十月のある朝、馬正涛が洗面台で顔を洗っている傍で、小太りで前髪の薄くなった男がうつむいて歯を磨いていた。「馬さん、馬站長、あなたもきていたんですか」彼は顔を上げずに話しかけてきた。馬正涛は彼が長春市警察局保安隊の小隊長だったことを思い出した。馬正涛はそこの臨時特訓班で教鞭を執っていたことがあるのだ。「站長なんて呼ぶなよ」馬正涛は笑いながら、タオルで顔を拭った。「俺は今、劉安と名乗っているんだ。第五軍の後方勤務連隊の少尉だ」彼は小声で言った。「ここにくる前は、我々はお互い見知らぬ関係だったということに」

「分かってますよ」小隊長は景気よく口をすすいでから、洗面台に吐き出した。そして「おはようございます！」今度は声を大きくして馬正涛に挨拶し、笑った。

「寒くなりましたね」馬正涛はタオルを絞りながら答えた。

「そうですね……そういえば錦州も「解放」されるらしいですよ」

「ああ……」馬正涛は言った。「また今度お話を」彼は小隊長に向かって遠慮気味な、にこやかな笑みを作りながら、目配せをしつつ離れた。

錦州がこんなにも早く落ちるとは、馬正涛は驚いていた。錦州が落ちたら、瀋陽の国民党軍はいわば「瓶の中のスッポン」である。彼は思った、長春がもう一度「解放」されたら、共産党軍は長春の解放軍を再び瀋陽へ差し向けるだろう……馬正涛の焦りは焼け付くようであった。「今後吉林の解放団に居たことは黙っておこう。ただ共産党が俺をすぐに釈放してくれても、逃げるよりも戦争の形勢が崩れるのが先になるかもしれん」馬正涛は一人呟いていた。「俺は逃げられないいんじゃないか？」

三日目の朝、寺院の中の連中は三々五々集まって壁の内側をぐるぐる歩いていた。馬正涛は、昔自分が捕まえた収容所の政治犯達も、同じように塀の中の泥濘の上をうろつき回っていたのに気づいた。寺院にはポプラが一列植えてあったが、葉はすでに落ちて無くなっていた。馬正涛は一人でやや速めに歩いていたが、ふと趙《ジャオ》大剛《ダーガン》(という名だったのを思い出した)小隊長がいるのに気が付いた。馬正涛は遠くから趙大剛に向かって手を挙げた。「おはよう」馬正涛は言った。趙大剛も彼に向かって手を振った。あたかも初めて出会ったかのような二人である。趙大剛は歩みを遅め、馬正涛がそれに追いついた。

「昨日申請書をもらったが」馬正涛は聞いた。「どうやって書けばいい?」

「これが面倒くさいんです」趙は言った。

趙の話では、心に何も疚しいところのない者と、かっちりしたアメリカ式軍服を着て辛気くさい顔でうろうろしている国民党軍将校以外、大多数の人間は真偽を取り混ぜ、綿密に計算された経歴を作り、頭にたたき込まなければいけないのだという。「これからは何かの書類や、経歴を書く時にも……その通りに書くんです」彼はそう言った。

「矛盾がないように、だな」馬正涛は言った。

「実際たまに矛盾したりするんですが、彼らがそれを追及しないわけがない」趙大剛は溜息をつき、こう言った。「彼らはまるで網を張り巡らせてあるかのようなんです。私たちはどうあっても逃げられないかも」

馬正涛は黙った。思い出したのは、「素直にしておいた方がいいぞ。お前のことはちゃんと分かってるんだ」彼がかつて取調室で、焦りと恐怖に震える大学生を何度となく脅した文句であった。「君が言ったようにやってみよう。試しに先にちょっと書いてみるよ」彼は趙大剛に向かってそう言った。

「そうやって身を護るんです」趙大剛は続け

て、「これから、別の書類も書かなきゃいけません、経歴やら何やら」

「ああ」

「書類を出しても、政治保衛幹事がしょっちゅうきて話を聞くでしょう」

馬正涛は眉間にしわを寄せた。「それじゃあ原稿を覚えておかなきゃいけないのか？」

「そんなに厳しくはありませんが」趙大剛は寒風の中、白い息を吐きながら言った。「でも、私たちみたいな身分の人間は、用心に用心を重ねなきゃいけません。備えあればなんとやら、ですから」

その夜、馬正涛はランプを灯して原稿を書いた。仮名を用い、変装し、身分を偽ってニセモノの経歴を作り上げれば、彼が日本の憲兵隊と軍統に身を置いていた人間であるとは分らないはずだ。しかし書いても書いても、心はかえって落ち着きを失っていくばかりであった。馬正涛はかつて彼の手中に落ちた青年たちのことを思い出していた。彼らが腫れ上がった手で苦労して書いた供述書が、馬正涛に破綻を見つけられ罵声とともに引き裂かれる。その時の彼らの蒼白で恐怖と絶望に満ちた顔色が、今またありありとランプの明かりの中に浮かび上がってくる。彼には分かっていた。一人の人間がどんなに頭を絞って書き上げても、複数の人間による緻密な検査からは逃れようがない。馬正涛は書いては破り、破ってはまた書き、心は千々に乱れてゆくばかりで、どうしてよいか分らなくなってしまった。

馬正涛はこの時、ふとまた李漢笙のことを思い出した。解放軍の重装備兵団が街を包囲する前夜のことである。一両の乗用車が深夜の李漢笙邸の庭に灯りを消して待機していた。李漢笙は自らの手で重要書類を焼却し終えると、車で脱走の準備にかかっていた。彼ら二人だけがいる広い客間で、李漢笙は馬正涛に向かってふと言った。

「国民党の手中に落ちた人間は、素直に自白したとしても、まあ大抵助からない」

「共産党の手中に落ちた人間は、本心から自白すれば、たぶん死刑だけは免れるだろう、と言われている」

馬正涛はライトを消しエンジンのかかった車に李漢笙を乗せた。邸宅の大門が静かに開けられると、すぐに車のライトが付き、庭の中の剪定した柏の木と、数人の私服警備員を照らし出した。車は静かに向きを変えるとするりと大門をくぐり抜け、一面霜の降りた大地を踏みしめ、闇の中へ消えていった。

馬正涛は急に何かを悟ったかのように自首投降を決意した。彼はこれまで「解放団」に入れられる時に全員に配られていた「寛大政策」説明文書に気を止めたことは無かったが、瀋陽が危機に面し、東北が陥落した今、華北全体が落ちるのも時間の問題だろう。彼は李漢笙の言葉を思い出し、理由は無いが自首投降が唯一の活路であると確信した……。

自首の意を説明すると、解放団は専用車で直ちに馬正涛を吉林の公安処へ移送した。古びた解放軍軍装を着たごま塩のひげ面の劉処長が、馬正涛に対する決定を伝えた。「我々は君を知っている」彼は言った。「自首してきたのは、君にとって良いことだし、もっと大事なのは人民にとって大きな意義があるということだ」馬正涛は李漢笙が自分を日本の憲兵隊から軍統局へ連れてきたことを思い出した。もし李漢笙が八路軍の手に落ちたなら、彼はどうするだろうか？　馬正涛は思った。彼は劉に自白を始めた。彼は建国大学や日本憲兵隊時代のことから話し始めた。「これらについては、以後ゆっくりと文字にしてもらってかまわない」劉処長は煙草を勧め、自分も一本吸い始めた。

「では僕が長春督察局にいたころ、瀋陽で行っていた活動について話します」馬正涛は彼の指揮の下、合わせて百七、八十人を殺害したことを伝えた。「その中にはあなた方の地下工作員も多数含まれているでしょう」馬正涛は頭を下げた。「大罪です」

「それもゆっくり話してくれたまえ」しばらく黙っていた劉処長は言った。「君は私たちがどんな情報を急いで必要としているか知っているはずだ。憚らずに思い切って全て話してくれないか」

その日の午後いっぱい、馬正涛は保密局が瀋陽で配置した潜伏班、地下に埋めてある電報機器類、瀋陽から長春までの路線上にいる、まだ引き上げていない経済界文化界の旧軍統分子などについて、大小余すところなく話した。さらには、埋めて隠してある兵器類についても自白したのであった。

二週間が過ぎた頃、劉処長が彼のところにやってきた。「君の自白には少しの欺瞞もなかったな」劉処長は穏やかに続けて、「捕らえるべきものはすべて捕らえた」と。それは十一月初めの朝であった。「ついでに話しておこう、瀋陽が解放された。吉林に流入する難民が増えるだろう。君の知っている人間に出会うかもしれんな」

馬正涛はすぐに気が付いた。「この混乱の時機、俺が捕まって投降したと知っている人間は何人もいないだろう。俺をエサにするつもりだな」。彼は軍統時代のテクニックを思い出した。もう後に戻れないことははっきりしていた……。

馬正涛は吉林市のにぎやかな場所にやってきた。三人の公安の人間が、前後の少し離れた場所を通行人に成りすまして歩いている。間もなく馬正涛は長春警察署督察長に出会った。

「馬站長、瀋陽で捕まったと聞きましたが」

督察長は声を低めてそう言った。

「デマさ。君はいつここを出る?」

「数日中には」彼は言った。「今住んでいる所がちょっと訳ありで、もう少しすっきりした所へ行こうと思ってます」

「俺のところは安全だ。でも一日二日くらいだな、長く居るとまずいんだが」

馬正涛はそう言って、住所を教えた。その夜、その男は荷物を持ってやってきたところで、まんまと捕らえられた。馬正涛は街で人に会っては住所を教え、連絡先を聞き出した。数日で十数人もの人間が捕らえられた。馬正涛は洗いざらい暴露することを決意し、その結果、公安局の絶大な信頼を手に入れた。

「瀋陽が解放された。今度またちょっと君にやってもらいたい仕事があるんだ」ある日、馬正涛と一緒に質素な夕食をともにしていた時、劉処長がこう言った。馬正涛は、瀋陽はよく知っている、長春のことはさらに詳しい、と言った。「では明日発ちます」彼はこう答えた。

翌日、若い無口な幹部が彼とともに瀋陽へ行くことになった。吉林駅に向かう途中、馬正涛は古びた灰色の解放軍軍装のこの青年に何度となく話しかけたが、壁のような沈黙があるだけだった。駅の喧噪の中で、少し遅れている列車を待っている間、馬正涛はふと保密局取調室の中の、沈黙の中に憎悪を秘めた共産党工作員を思い出した。「俺はやっぱり奴らの言う、階級の敵だったというわけだ」彼は突然悟ったようにそう考えた。

「ちょっと手洗いへ」青年は躊躇いがちにそう言った。

「一緒に行こう」馬正涛はすぐに言った。「入り口の所で待ってるから」

青年はほっとしたようであった。手洗いは混んでおり、皆列を作って溝を跨いでいた。並んでいる青年幹部は何度も入り口の馬正涛の方に目をやった。馬正涛が彼に笑ってやると、青年も恥ずかしそうな笑顔を返した。青年が頭を下げて用を足し始めた時、馬正涛はほとんど本能のようにするりと抜けだし、ごった返す難民の波の中に紛れ込んだ。

（四）

昨日の深夜、林標は電話のベルにたたき起こされた。彼が「表叔公（祖父の姉妹の子）」と呼んでいる親戚が、高雄の鹽埕地区から掛けてきたものであった。電話によると、彼は林標の息子林欣木を見つけたという。「私が彼に気づいてから、何日も経つんです。顔中髭ぼうぼうだが、あの眼は阿木おじさんですよ」欣木の眼は小さな頃からちょっと突き出ていて、見開くとくっきりとした大きな二重の眼で落ち着きがあり、しかし憂鬱そうな眼であった。この電話があって、もうすぐ七十四歳になる林標は早めに忠孝公園で柔軟体操をすませ、バスターミナルで高雄行きを待っていた。

途中、林標はあの晩の親戚の話のことを考えていた。痩せ衰え、髭だらけの欣木は、二日おきにマレーシア料理店の厨房の排水溝掃除で日銭を得、そのついでに残り物の食べ物をもらっているという。「おじさんはあんまり喋らないんです。着てる服も他のホームレスみたいに汚れているわけじゃない」「手足だって他の連中みたいに汚くはない」林標は少しの間無言でこう言った、「何年探したと思っているんだ。あの親不孝者」。あの晩その親戚が言うには、最近ようやく彼の寝泊まりしている所を探し当てたという。「高雄師範専門学校のとなりの路地の、高圧線鉄塔の下です。おじさんきてください、私も一緒に行きますから」

林標は苦悶した。彼は欣木夫妻が家を出て北上する前の晩、息子の嫁が作ってくれたご馳走を覚えている。「私たち林家のこの土地は、『三七五』（一九四九年からの農地改革「三七五減租」。小作料削減や小作農への土地の払下げが行われた）で手に入れたものだが、私とお父さんが何年もの間、一緒に苦労し、汗水を流してきたんだ」欣木はそういいながら、わずかに震える両手で、一杯の酒杯を林標に向かって恭しく捧げた。「土地を売るのは、自分の体の一部を売るようなものです」。林標は無言であった。彼は、普段酒を飲まない欣木が、突き出た眼を酔いで真っ赤にして、その大きな目に決意を表しているのを見て取った。「商売がうまくいかず、この土地の代金を取り戻せず儲けられなければ、故郷に戻ってくるつもりはありません」と言った。

林標はやはり無言で、杯の中の紹興酒を一気に飲み干した。彼はあの「李社長」に土地を売る気は毛頭無かった。しかし自分のところの欣木だけでなく、村の若い労働力が、まるで穴の開いた畦が水を湛えた水田をからからにするように、外部へ流れ出していた。「俺はこれまで一度だってお前の邪魔をしたことはない。土地を売らなければ土地が残り、売ったらその代金が残る。それもすべてお前の将来のためのものだ。それと、戻ってきてもいいってことを忘れるんじゃないぞ」林標は心の中で欣木にそう言った。今林標は、あの時この思いをはっきり欣木に伝えなかったことを心底後悔していた。そうでなければ、責任感が強く勤勉なこの青年がここまで落ちぶれることはなかったろう。

翌日、林欣木は父が彼に手渡した現金の包みを新聞紙でくるみ、古いシーツを細く裂いて自分の腰にしっかり巻き付けた。その上に服を着て、朝早く妻と子どもを連れて赤い眼で旅立った。三重市は、小型の地下工場がひしめき、空気も淀んでいた。しかしこの街には、成功して一旗揚げようという強烈な欲望が沸き立っていた。林欣木と、相棒の劉坤源《リョウクンユエン》は薄汚れた路地の中で工場の場所を探し、あちこち訪ね回って廃工場から流れてきた中古の機械を購入し、ステンレス製の厨房機器、フォークやナイフ、耳鼻科で診察に使うヘラやスプーンのプレス製造を始めた。三人は顔や手、衣服を真っ黒にして昼夜を問わず働き続けた。欣木は、地下工場地区があたかも真っ暗で窒息しそうで不潔な金鉱のようで、無数の人間がこの鉱区の中で手探りで砂金を掬っているのだと想像した。しかし、ほとんどの人間は金を手にすることが出来なかった。せいぜい数人が何斤もの金の固まりを手に入れるだけだ。少額の資金を使い果たした人間は、失意のうちに黒い水の流れる金鉱を去っていった。小資本を携え田舎から出てきたばかりの更に多くの人間がまた、一切を顧みず黒い泥沼の中へドブンドブンと飛び込んでいた。彼らは互いに押しのけ合って、冷血な貿易会社に無情に搾取されるがままであった。彼らは強い酒、女、果ては賭博によって、力を尽くした競争と過労がもたらす疲労と緊張を紛らわせた。この死にものぐるいに生を求める修羅地獄の中で、欣木等三人は、生産、営業、経理をすべてこなし、長時間の重労働にも耐えて何とか持ちこたえていたのであった。

布袋戯（大衆人形劇）の舞台でよく耳にする「天には予測できない急変がある」という台詞がある。あの年、石油ショックの衝撃で、林欣木はこの台詞の意味を愕然と理解した。まるで農作物の疫病が突然広大な農地を蹂躙するかのように、人々が慌てふためく間に稲穂は枯れ、黒くなり、農薬を撒いても病害はもう止められない、そんな段階に達していた。貿易会社が受注を失い、上流の田んぼが水を失って下流の田んぼを涸らしてしまうかのように、地下工場にも注文がこなくなり、土砂崩れのように一挙に潰れていった。林欣木等もついに倒産の憂き目を逃れることは出来なかった。

当時、農村を離れて上京してきた青年達は、失業によって、まるで鱒が生まれた河を溯るように故郷の農村へ帰っていった。林標も毎日欣木一家が帰ってくるのを首を長くして待っていたが、半年経っても音沙汰無しであった。林標は突然、欣木が別れの晩にした話を思い出した……「商売がうまくいかず、この土地の代金を取り戻せず儲けられなければ、故郷に戻ってくるつもりはありません」。林標は薄い眉を顰《しか》め、焦って居ても立ってもいられなくなった。そして、自分がどうしてあの時、心の底で思っていた大事なことを伝えなかったのかと後悔した。「将来もしものことがあったら、戻ってきてもいいんだぞ！」

ちょうどその時、大きなトラックが鋭い急ブレーキの音を立てて彼のすぐそばで停止した。「バカやろう、そんなに死にてぇのか！」運転席の軍服を着た運転兵が、怒りを込めて台湾語で怒鳴った。

「目が見えねぇなら人に手を引いてもらえ」ドライバーは怒鳴り散らしている。「赤信号じゃねえか、このやろう、一遍死んでみるか」

林標はまだぼんやりしていて、ただ「スマン、悪かった」を繰り返していた。しかし、動転しているドライバーが罵り続けているので、林標も腹が立ってきた。

「俺が車を運転してた頃は、お前はまだ生まれてもいなかったんだぞ」林標は言った。「何様のつもりだ、くそったれ」

軍用トラックは黒い排気ガスを吐き出して去った。荷物はみな野菜や肉などの食料品で、林標は荷台にいる二人の兵士が自分を笑っているのを見た。麓にある野営地の買い出しの車両だったのだろう。

林標は高雄へ行くバスに乗っていた。バスは忠孝公園の外の道路を通って和鎮を出た。秋も大分深くなっていたが、太陽はまだ高く明るく照りつけている。二年前白内障の手術を受けてから、林標の眼は明るい光に対して弱くなっていた。窓の外のぎらぎらとまぶしい陽光が彼の目に突き刺さる。車内のクーラーは頭上の吹き出し口から彼の白い、薄くなった頭髪に直接吹き付けている。「そうとも、俺がフィリピンで日本軍の車を運転してた時には、あいつはこの世にいなかったんだ」林標は軍用車のドライバーのことを思って、せせら笑った。彼が「出征」してフィリピンに行った時、日本軍は米軍を破って意気揚々とマニラ市に入ってきて間もない頃であった。日本軍はこれに乗じてバタン半島に上陸、米・比軍への追撃は破竹の勢いで、捕虜として捕えた両国兵は約七万人にも達していた。日本軍は限りのある軍用陸上運送用車両をすべて前線の火器運送に充てていた。林標はマニラに着くとすぐにバタンの輸送隊に転属され、日夜長大な隊列について、ほこりまみれでうだるような暑さの黄色い道路を行きつ戻りつした。日本軍には軍用輸送車の余裕がなかったため、七万人の米比捕虜はバタン半島の燃えさかるような太陽の下、百キロも離れたセントフエルナンド集中キャンプまで徒歩で移動することを強要された。輸送隊の林標はこの時運転席の上から、この数万人の行列が酷暑の中、蹌踉《よろ》めきながら行進しているのを見た。道端では行き倒れたり、列から遅れたり、脱走を企てたことにより護衛の日本兵に撲殺・射殺・刺殺された捕虜の死体が、糸の切れた操り人形のように汚い血にまみれて野晒しになっていた。

彼の息子欣木が、現代社会から脱落し、茫漠とした都市をさすらう「街友」(ホームレス)に甘んじていることを知った時、林標の頭にはあのバタン半島の半死半生の捕虜達のことが思い出された。白人捕虜たちのほとんどがまだ布製の頭巾をかぶっており、まるでコメディ映画の白人探検隊のようであったが、しかし体は痩せ衰え、顔中髭だらけで、息も絶え絶えであった。フィリピン人捕虜は服装も揃っておらず、数人が笠をかぶっているばかりで、その他の連中は手ぬぐいやぼろ頭巾で頭を被い、強烈な日差しの下をふらふらと歩いていた。炎天は腹を下している捕虜がズボンに漏らした汚物をからからに乾かし、窒息せんばかりの臭気を漂わせる。林標はかつて台北大稲埕、台北大橋の下の「街友」が寝泊まりする場所を逐一探し回ってみたことがある。

「知るわけないだろ」ある太ったホームレス

はどこか違う方向を見ながら答えた。「ここで生活している人間は、誰もが他の連中の過去を知らないのさ」

林標は灰色の頭の、痩せて背の高い男に聞いた。その男は少しも寒くない秋の日にセーター、ラシャのシャツとぼろ背広を身につけ、垢まみれの細い首を露出させていた。彼は胡座をかいて座り、体を常にもそもそ動かしていた。彼の前には飲み干した米酒の瓶が置かれていて、汗まみれで酔った赤い顔をしていた。愉快そうであった。

「お前さん、どれくらい探しているんだい?」

灰色頭は目を閉じて聞いた。

林標は溜息をついた。「もうかれこれ十……十二年だ。」

灰色頭はこの時突然目を見開いて言った。

「十年経って、まだ探しにくる者がいるとは」

彼はさも珍しげに続けて、「普通、家族は最初の一、二年は探しにくるが、三年経つともう来なくなるもんだ」

林標は憂鬱であった。彼はゆっくりと、この首都の完全に放棄された暗い一角を歩いてみた。段ボールをベッドにして、体を縮めて熟睡している人々を見た。これは、あの行き倒れの捕虜たちに全くそっくりだ。林標のトラックは死骸の傍を行き来していたのである。みな靴を剥ぎ取られていた。フィリピン人の足は黒く腫れていたが、白人のそれは青白かった。いずれも、長い行軍で破れた傷口から血を滲ませていた。フィリピン人の髭は山羊の髭のようであったが、白人の髭はまるでツタのように、彫りが深く鼻が尖った顔にびっしりと生えていた。そして熱帯の青蝿が、ぶんぶんとその上を飛び回っていた。

バスは高速道路を疾駆していた。林標はつい居眠りしてしまった。どのくらい経っただろうか、左前方の座席から単音節が連結した外国語の笑い声が聞こえてきた。林標は目が覚め、座り直して前を見てみると、車に乗った時はまだ眠っていた男女が起きていた。見ると皮膚が栗色で、すぐにフィリピンからの労働者であることが分かった。彼らはカバンから大小のおやつを取り出し、コカコーラを飲みながら楽しげに笑っている。林標はその言葉を聞き取れなかったが、その短い単音節のタガログ語には馴染みがあった。彼の記憶の中のタガログ語は、死の恐怖、絶望、命乞いの凄惨な哀願の声であった。

日本人はマニラを攻略して間もなく、ホセ・ラウレルを担ぎ上げて傀儡政権を組織し、日本軍部とも連係してファシズム軍事統治を行った。普段は穏やかでのんびりしているフィリピン人も、とうとうファシズム軍事統治の下で決起した。林標は「フク団」（フクバラハップ）と呼ばれた抗日人民軍が、フィリピンに数多くある小島で活躍し始めたのを覚えている。コレヒドール島でも、ゲリラ部隊が日本軍を待ち伏せ襲撃した事件が発生した。鉄橋が爆破され、車両も五十台が破壊された。日本人は怒り狂い、林標の車に十四人の武装した憲兵隊を乗せて現地に派遣した。彼らは周囲の草葺きの家ばかりの集落三つから男性二百人ばかりを連れ出し、鬱蒼とした竹林のなかで集団虐殺を実行した。その後ライフル兵二人がまだ生きている者を銃剣で刺し殺していった。村の熱帯種の竹林は、台湾の山奥の竹よりも高く茂り、南洋の熱風にばさばさと音を立てて揺れていた。そして竹林の下には、真っ赤な血だまりができた。村の青壮年男子が連れ出され、地上に跪かされて処刑を待っている間、傍らの老人婦女が大声で泣き始めた。あの短い音節の言葉が、林標がそれまで聞いたことのない、最大限の驚き、絶望、恐怖を表していた。

しかし、その短くて早い単音節の言葉は、怒りと勇気をも表していた。フィリピンゲリラ部隊の抗日蜂起事件は、強い力で叩くと大きな音で返ってくる銅鑼の音の如く、日本軍政が追いつめられた獣のように凶暴さを増す毎に、抑えようもなくフィリピン各島で燃え上がった。林標の軍用トラックは数人また数人と、後ろ手に縛られたフィリピン人ゲリラ隊を運び、日本憲兵隊は彼らを郊外の川辺まで連行した。男たちは大よそ黙ってトラックから降ろされ、ぼんやりとあらかじめ掘ってあった大穴の縁に並んだ。いつも数人ほど、あの単音節のタガログ語で、興奮した、憤怒を込めた、しっかりとした語気でスローガンを叫んだが、しかし言い切らないうちに、背後からの憲兵隊の銃弾によって、大穴の中へ落とされていくのであった。川辺の闇の中に響くその単音節の連なりが、林標の耳にこびりついて離れなかった。

　左前の二人のフィリピン人はまだおやつを食べていて、春風のような笑い声を立てている。二人とも薄い青色のジーンズとジャケットを着て、とても睦まじい様子だ。林標は窓の外の飛んでいく風景を見ながら、米軍が反撃を始めてマニラ市に攻め入った時、日本の歩兵第十七連隊が市街戦の最中にマニラ市民に対して行った無差別虐殺のことを思い出していた。数十年の後、あの凶刃を潜り抜けて生き延びた民族は、今生き生きと世界各地で労働に従事している。隔世の感があった。あの頃、日本軍は戦場においてさえ、林標等台湾人軍夫に何の武器も与えなかった。武器を帯びていなかったからこそ、林標とその他の台湾人軍夫達は殺戮の傍観者であり得たのである。しかしながら、天皇の軍隊の中にある台湾人の両手は、日本軍の蛮行の返り血に染まっていないとは絶対に言えない。大陸の広州湾、雷州半島からバタン半島に転属されてきた台湾人軍夫は、大陸にいる少数の台湾人志願兵たちが、日本人と同じように中国人市民に対して虐殺行為を行っていたことを伝えた。「お前は見たことがないから、知らないんだ」広州からフィリピンに転属されてきた、頭に疥癬のある台湾人ドライバーは林標にこう言った。「みんな台湾人だと知ってるから、あいつら台湾人志願兵に台湾語で話しかけてみたのさ。するとそいつはお前の鼻っ面に鉄拳をお見舞いするってわけだ。バカヤロウ！　そいつは日本語で怒鳴りやがる。へっ、畜生め」

その疥癬頭によると、彼らは「志願した」から、自分のことを日本人だと思っている。「ある兵糧係の台湾人軍曹は、広州市の街頭で真っ昼間に女を犯して、おまけにナイフであそこを切り裂いたのさ」彼は頭をボリボリと掻きながら言った。「台湾人が他人の武器を手に入れて、畜生に成り下がったというわけさ。くそったれ」

その時、林標は黙って日本軍の配給煙草をふかしていた。彼はマニラ市郊外にあった、陰気で汚い小さな雑貨店のことを思い出していた。雑貨店の主人は葉という泉州人華僑だった。林標が初めてこの雑貨店で地酒を買った時、主人は満面の愛想笑いをした。林標は彼をフィリピン人だと思っていたので、彼に手真似で酒が欲しいという仕草をすると、その葉という泉州人は探るような感じの口調の閩南語で話しかけてきた。

「焼酎が欲しいんですか？」

林標は驚いた。「台湾語が分かるのか？」彼は喜んで聞いた。「私たちはあなた方台湾人と同じで、福建語を話すんですよ」泉州人はそういうと、笑みで顔をくしゃくしゃにした。その後、林標は彼に聞いてみた。なぜ自分が日本人ではないと分かったのか？「台湾人の日本兵は銃を持ってないからです。ナイフさえ持っていないでしょう」泉州人は言った。

それからというもの、「福建語」は地獄のような戦地で唯一の安らぎとなった。日用品を買うという口実で林標を惹きつけ、貧しい雑貨店の売り上げを潤すことになった。ある日のこと、雑貨店の門口に置いてあるベンチで、林標と主人は互いに煙草を勧めながら世間話をしていた。

ふと林標が顔を上げると、雑貨店の薄暗い部屋の奥に、十五、六歳になろうかという少女の姿がちらりと見えた。彼女の目はぱっちりと大きく、少し開いた唇には少女特有のあでやかさがあった。「娘です」泉州人は慌ててそう言って、愛想笑いを浮かべた。林標はすぐに泉州人のこの笑みの中に、恐れと猜疑、憎悪の心を読みとった。陵辱と略奪が日常茶飯事となった時代、まさに花開こうとする蕾のような少女を家の奥に隠しているこの泉州人は、その絶望的な卑屈さと表面的な諂《へつら》いで、精一杯彼女を守ろうとしているのだった。日本軍軍服を着た林標が少女を垣間見たことによって、泉州人の笑みは絶望と許しを求めている。林標は、日本の軍服を着た自分が泉州人の敵であり仇であることをはっきりと理解した。林標は黙ったまま一本煙草を吸い終えた。「帰ります」彼は小さな声でおろおろしている泉州人にそう言って、軍用トラックに乗り、熱い土煙を残して去った。このことがあってから、林標は孤独を感じ、苦悶した。それから何度もあの寂れた雑貨店に顔を出そうと思ったが、あの主人の驚き慌て、警戒した卑屈な笑顔を思い出すと、林標は軍隊司令室の屋上で一人煙草をふかすしかなかった。

戦争が終わる一年前になると、ドライバー軍夫である林標にさえ戦局が厳しい状況にあることが感じられた。日本のフィリピンにおける海空の支援はすでに絶望的であった。フィリピンの抗日人民軍は更に活発となり、抗日活動も至るところで連日繰り返されていた。表面上は君子危うきに近寄らずを実行しているフィリピン華僑たちも、裏ではフィリピン共産軍に通じてこっそりゲリラ隊に糧食を提供していた。彼らの大陸中国の抗日活動に対する資金援助もだんだん明らかになってきたので、日本憲兵隊は秘密裏に「敵性華僑粛正」の命令を出し、マニラ市中心部で華僑商人を逮捕殺害し始めた。これは瞬く間に華人に対するほとんど無差別とも言える逮捕や拷問、殺戮にまで進んでいった。ある日、林標は部隊内での夕食時に、翌日早朝憲兵隊が郊外へ「粛正」のために準備をしていることを耳に挟んだ。林標は食事を放り出し、理由をでっち上げてトラックに飛び乗り、マニラ市郊外のあの雑貨店に飛んでいった。泉州人の菓主人と、美しい少女の大きくて澄んだ瞳が、驚きと絶望を湛えて林標の脳裏でちらついていた。林標が車を雑貨店の前に停め、疑惑のこもった笑顔の主人の所へ歩み寄ろうとした丁度その時、一人の憲兵にライフル兵二人が付いた巡邏隊が椰子の木の向こうに現われたのに気づいた。林標は慄然としたが、すぐに、傍をうろうろしていた泉州人の泥まみれの痩せた野豚を革靴で蹴り上げた。豚は鋭い鳴き声をあげた。林標はもの凄い形相で、怒ったような口調で、その哀れな泉州人に大声で「福建語」でまくし立てた。

「夜中に日本人が襲ってくるぞ！　お前たちは急いで荷物をまとめなきゃ駄目だ！　みな逃げるんだ！」林標は拳を振り回して、怒鳴り続けた。「急ぐんだ、分かったか！」

泉州人は死んだ魚のような眼を見開いてぽかんとしていたが、すぐに何度も頭を下げた。「はい、分かりました」泉州人はそう答えた。林標は日本兵が近寄ってくるのを見るや、逆に勢いよく踏み出して、力一杯に泉州人にビンタを喰らわした。泉州人はよろめいて地面に倒れた。

「家族全員逃げるんだ、急いで逃げるんだ！」林標は閩南語で怒鳴ってから、日本語に変えて罵った。「バカヤロウ！」それから彼は近寄ってきた日本兵に向かって挙手敬礼をした。

「何事だ？」憲兵が聞いてきた。「こいつが釣り銭をごまかそうとしたのであります」林標はたどたどしい日本語で答えて、振り返って泉州人に悪口を浴びせた。「バカヤロウ！」三人の日本軍人は笑って林標の軍用車に乗り、土埃をあげて走り去っていった。「バカヤロウ！」林標は荒々しく言った。彼は雑貨店の前で車を切り返す時、また閩南語で罵るような口調で言った。「日が落ちたらすぐに逃げるんだぞ!」
泉州人一家はその夜、山林に逃げ込み、一命を取り留めたのであるが、林標はその後彼らがどうなったか、知る由もなかった。

高速バスは高雄市のインターチェンジへ入っていたが、空はすでに深い暮色を帯びていた。バスが停留所に着くと、林標は途中ずっと悩んでいた難題に頭を抱えた。この七十あまりの老人が、どうやって十年以上放浪していた五十過ぎの息子に対すればいいのか?「阿木よ、帰ろう。何も言わなくていいから」林標は欣木にそう言おうと考えていた。しかしもしかすると、欣木はそう思わないかも知れない、今更合わせる顔が無いと言うのじゃないか、林標は不安になった。ではこう言ってみたらどうか。「阿木よ、月枝も三十過ぎだ。あいつはずっと父親を捜して何年苦労してきたか、分かってるのか?」。バスは高雄市の中央ターミナルに着いた。林標は心の中で息子欣木に呼びかけていた。「人はいつか死ぬ。俺のような年寄りは今日明日のことかも知れない。誰かが俺を棺桶に入れて、送ってくれなきゃならないんだ……」林標は心の中でそう呼びかけ、思わず涙がこぼれた。彼はハンカチで拭いながらバスを降りた。彼はネオンサインの煌めく、喧噪に溢れた夜の都市を目の前にして、茫然と立ちつくした。

(五)

馬正涛は台北駅を出ると、祝大貴《ジューダーグウイ》の息子の祝景《ジュージン》に電話を掛け、彼がもう駅に着いたことを告げてから、郊外の公共墓地へ向かうバスに乗った。バスの中で中学生くらいの男の子が席を譲ってくれた。「ありがとよ」馬正涛は言った。彼は座席に座って、遠出の疲労を感じ始めていた。やはり八十になろうかという老人である。李漢笙がこの世を去った時、十数人の私服の将校が告別式に現われた。しかし葬儀が終わってしまうと、清明祭や命日、冥誕の法事に顔を出す者は数人ばかりになってしまった。そしてあっという間に、馬正涛と李漢笙の側近であった祝大貴、上級秘書の趙松岩を残すのみとなった。また十数年前には祝大貴が胃癌を患い、三年の後に死んだ。翌年、趙松岩は突然老人性痴呆症を患い、しっかり見ていないと家から抜け出して徘徊し、戻って来られなくなるあり様だった。それから十年来を思い起こしてみると、台北に来るとこの公共墓地にある李漢笙の墓まで立ち寄ってから帰るものは馬正涛一人だけとなった。馬正涛は昨年来られなかったので、墓には草が生い茂り、ほとんど墓石を覆い尽くさんばかりであった。体力の衰えは一年一年速くなっていく。祝大貴の息子祝景が毎回、馬正涛に付き合ってくれていたのは幸運であった。そうでなければ、馬正涛一人ではこの荒れた墓をどうすることもできない。

馬正涛は墓の傍にある石に腰を下ろした。墓地は閑散として人の姿が見えない。ただ遠くに、花柄の手ぬぐいで頭を被って日差しを防いでいるパートの女性が西側の新しい地区にある裕福な連中の墓を掃除したり、花に水をやっているのが見えるばかりである。馬正涛は保定清河の傍にあった無縁墓地を思い出していた。

あの年、彼は吉林駅のトイレから逃げ出してから、暖房入りの出発待ちとなった瀋陽行き列車が停まっている、人でごった返したホームを滑り抜け、早足で南方へ脱出しようとする人の流れに紛れ込んだ。数日歩き通して、戦々恐々の保定市に辿り着いた。

「馬処長、やはりあなたですか」

馬正涛が慌てて振り向くと、荷物を抱えた農民風の男がいる。よくよく見てみると、長春保密局科長だった劉立徳《リョウリーダー》ではないか。馬正涛はすばやく周囲に一瞥をやった。自分が吉林公安局で「餌」として働いていたことが脳裏をよぎった。

「路上で共産党の奴らがあなたの行方を捜しているのに出くわしてなかったら、あなたが幹部服を着ているのを見て、遠巻きにしているところでしたよ」劉立徳は笑いながら言った。

「一緒に行こう」馬正涛は言った。「人の流れに身を任せて歩いているだけでは落ち着かない」

劉立徳はこの道に沿って明日の昼頃まで歩けば、清河に着くだろうと言った。「あそこならきっと我々の仲間を探せるでしょう」彼の言葉に馬正涛は驚いた。「腹が減っているんだ」と返した。

「馬処長、私のことを疑わないで下さいよ」劉立徳は笑いながらそう言った。「実は私もあなたのことを信用してなかったんです。前に共産党に捕まったらしいと聞いていたので。でも一緒に半日歩いてみて、あなたが憔悴して黄色い顔をしているのを見て確信しましたよ。共産党の手先になって難民に紛れ込んでいる人間が、餓えているはずがありませんもの」

劉立徳は包みの中から半分になったパンを取り出して馬正涛に手渡した。「水がないので、少しずつ噛み切って、ゆっくり噛んでから飲み込んで下さい。かぶりついてはいけませんよ」と言った。馬正涛は硬くなったパンを受け取る自分の手が震えているのに気が付いた。

「お前の言うとおりだな、この幹部服は目立ちすぎる」馬正涛はパンを齧りながら言った。劉立徳が余分な衣服を持っていないか聞きたかったが、言い出せなかった。「幹部服は不便ですが、役に立つこともありますよ」劉立徳は言う。「場合によりけりですよ、そうでしょう? 清河の辺りに着いたら、何とかして古着を探しましょう」

「清河の辺り」には、どんな連中がいるというのだろう？　馬正涛はふとそう思って、災いがにじり寄ってくるような恐怖を感じた。「一緒にきて正解だったな」馬正涛は機嫌を取るように笑顔を作った。劉立徳は数年前に保密局の内規に違反してしまった時、馬正涛が彼のために一肌脱いでくれたことに触れた。「もう忘れた」馬正涛はそう言ったが、そのことはまだよく覚えていた。劉立徳は捕えた政治犯の妻に手を出して、総局へ突き出されたのだ。馬正涛は、半分の硬くなったパンで、歩みに力を取り戻した。

暗くなってから、二人は干上がった河にかかった壊れた橋を見つけ、その下で宿を取った。夜が更けてから吹く風は、だんだんと冷たさを増してくる。馬正涛は暗闇の中で目を開けたまま、風の音を聞いていた。劉立徳が眠りに落ちるのを待ってから、馬正涛はゆっくり体を起こした。そして天秤棒を振り上げると、力一杯劉立徳の頭に振り下ろした。劉立徳は軽く呻いたが、しばらくするとまた辺りは静寂に包まれた。馬正涛は手を伸ばして二つの包みをたぐり寄せた。一つは硬くて、もう一つは柔らかい。馬正涛は柔らかい方の包みを掴んで、後ろを振り返らずに大通りのある丘の方へ走り去った。

暗闇の中をどれくらいの時間走り続けただろうか。空は雲が切れて月が顔を出し、清涼な輝きを放っていた。馬正涛は自分が枯れ草に覆われた無縁仏の墓地に足を踏み入れていることに気づいた。彼は荒い息を吐きながら、包みを開いた。月明かりに頼って、彼は包みの中から日に日にその価値を落としている額面の大きな紙幣と、五、六本のロープ、わずかな装飾品と非常食を手に入れた。このほかには、きちんと畳まれた何枚かの農民服が入っているだけであった。「殺さなくても良かったかもしれない」馬正涛はぼんやりとそう思った。彼は墓石の一つに腰掛けた。丘の上から見ると、宵闇の中で辛うじて見渡せる辺りに月の光を照り返している水面があるようだ。あれが清河に違いない。彼は、清河が東に向かって流れて渤海に注ぐことを知っていた。渤海に出れば、もう自由の身である。しかし、彼はまだ困難な逃避行の流れに拘束されたままであった。「劉立徳は殺さなくても良かったかもしれない」明けてゆく空を眺めながらじっと座り、唇を固く結んで、とりとめもなく考え続けた。舞台を照らすスポットライトがだんだん明るくなるように、夜明けの光が、山の麓の人煙の無い村や道を急ぐ難民の群れや柔らかい光を照り返す清河を浮かび上がらせた。

清河の近くにあった無縁墓地から見下ろした、あの打ち捨てられ人気のない村に比べると、今郊外の公共墓地のある山から見下ろす台北市は全く違って、高層ビルが林立する大都市である。「馬おじさん」馬正涛が声の方を振り返ると、祝大貴の息子祝景がきていた。彼は大柄な男で、やけに小さなサングラスをかけていた。

「また太ったみたいだな」馬正涛は笑いながらそう言った。

「水飲んでも太るんです」祝景は溜息をつきながらそう言った。「考え事でも?」

祝景は長袖の黒いシャツを着ていた。手袋をはめ、右手には白い菊の花を持ち、左手のビニール袋には二本の使い古した鎌が入っている。

「休んでいたのさ、息が切れたんでね」馬正涛は言って、溜息をついた。それから彼は、あの時保定から夜を徹して逃げ続け北平に辿り着き、天津を経由して上海、上海から雲南へぬけた顛末を話した。四川が間もなく「解放」されることを知り、方法を講じて国境を越え、泰北遊撃隊で一年近く過ごし、「君のお父上と李漢笙さんのコネで、やっと台湾へ来れた。お父上は一年早く李漢笙さんと台湾に渡っていたんだ」。馬正涛は言った。「お父上が亡くなってもう何年になるかな」

「十二年です」祝景は言った。彼はビニール袋から錆びた鎌とミネラルウォーターの瓶を取り出し、瓶の方を馬正涛に渡した。

「お父上は台湾にきて大分経ってから結婚したんだ。四十で結婚したのさ」馬正涛はそう言ってからミネラルウォーターの瓶を開け、がぶりと一口飲んだ。祝景は腕まくりして草を刈り始めた。祝大貴の結婚は、眷村[2]の小さな家でわずか二卓の祝宴が設けられ、李漢笙が取り仕切った。その時の李漢笙は、馬正涛が民国四一年（一九五二年）の春に台湾に来て彼と再会した時よりも、やや衰えたように見えた。台湾に来てから、馬正涛は士林保密局の小さな宿舎で李漢笙を捜し当てた。李漢笙は彼の為に部屋を閉め切り、吉林で投降してから「敵に利する」行為を行った、すべての経緯を洗いざらい話させた。李漢笙は長いこと押し黙っていた。「私が台湾にくる時考えました。大陸に残っても望みはない、台湾に行ったたって同じだ。それならばむしろ国民党の下で死のう、と」馬正涛は李漢笙に言った。「今後どうするかは、すべて局長に任せます」

「お前によって捕まえられた連中は、共産党に殺されるだろう、つまり口封じだ。生きて拘束されているのも、十年二十年経っても出てこれない」李漢笙は考えながらそう言った。一月後、李漢笙の推薦で、馬正涛は当時台湾全島で吹き荒れていた「粛防」工作を担当する保密局に入った。軍統局から保密局に至る長年の経験を持つ馬正涛は、もはや全島から捕まえられてくる「アカ」を直接取り調べたり拷問を担当したりすることはなかった。背後で山のような供述書を審査し、破綻を見つけ出し、尋問の方向を提示する役目であった。数千に上る台湾人と

2　眷村とは、外省人の官僚、軍人などが住む集住地区。多く、かつて日本統治時代の官舎が使われた。

外省人青年が台北馬場町の処刑場に送られ、長期徒刑に処された。

祝景は墓の周囲の雑草をあらかた刈り終えた。馬正涛は彼が息を乱して、袖で顔の汗を拭っているのを見た。「少し休もう」馬正涛は笑ってそう言った。祝景はシャツのボタンを外し、山の風を通しながら、煙草に火をつけた。

「お父上と母上の結婚は、李漢笙さんが取り持ったんだ」馬正涛は言った。

「そう聞いています」

「君の名前も、李さんがつけたものだよ」

祝景は頭を上げた。「そりゃ初耳ですね。いつも思ってたんですよ、父がこの景の字に、何の意味を込めていたのかって」彼はそう言った。

「景は、広大という意味だ」

馬正涛は言った、古の人曰く、「景行行止」。「景行は、大きな道を往く、堂々として大きな道を、だ」また続けて、「景行行止は、正しくて大きな道を、とことんまで休むことなく歩き続けるということだ。これが李漢笙が君に込めた期待だよ」

「へぇ」

あれは民国五二年（一九六三年）であった。祝大貴が息子の満月酒（誕生一ヶ月を記念する祝宴）を開いた時、李さん自らがその場で名付けたのであった。そして宴が終わった。「正涛、俺を送ってくれ」李漢笙は言った。馬正涛はタクシーを呼んだ。李漢笙は車の中から外を見ていた。「植物園に行ってみようか」彼はそう言った。

馬正涛は明らかに衰えた李漢笙を助けながら、植物園に入った。李漢笙は歩くのが非常にゆっくりであった。「お疲れでしょう」馬正涛は不安そうにそう言った。李漢笙は無言で、茂みの傍にあるベンチに腰を下ろして、わずかに息を乱していた。傍らに腰を下ろした馬正涛は、その顔色が暗く、生気がないのに気付いた。

「資料を見た」しばらく無言で座ったままだ

った李漢笙が口を開いた。「共産党が数人の戦犯に特赦を出した」

共産党は民国四八年（一九五九年）末、最初の「戦犯」グループに特赦を出した。「全員、我々国民党の政・軍・特高の人員だ」李漢笙は言った。「天津警備指令の陳長捷、君も覚えているだろう」

「覚えています」

「彼が第一陣で出てきたんだ」李漢笙は言った。「昨年、大量に特赦が出された。軍統の少将沈酔も出てきた……今年もまた、というわけだ」

植物園は蝉の鳴き声がけたたましく響いている。馬正涛は重い石がのしかかってくるような感覚に襲われた。

「思うに、現在までに釈放されたのはみな国民党の中でもトップクラスの人間だけだ」李漢笙はわずかに喘ぎながら言った。「軍統では戴さんと同じくらい有名な康澤《カンザー》も今年釈放だ」

馬正涛は、万が一これらの人間が、彼がかつて敵に降り、共産党の手先となっていたことを暴露したら、自分一人で責任を負うつもりだ、と言った。「あなたのことを聞かれても、私は何も言いませんし、あなたも何も知りません」馬正涛は下を向いてそう言った。

李漢笙はそっと溜息を漏らした。さほど離れていない所で、何人かの学生がイーゼルを立てて写生をしている。「あの年お前が共産党に手を貸して引っ張ってきたのは、みんな小石みたいなのばかりだ。どうせ出てきやしない」彼は言った。「この病気の体じゃ、棺桶に半分足を突っ込んでいるようなものだ。奴らが俺にちょっかいを出す前に、先におさらばしているかも知れんな」彼は笑った。そして「逆だよ。お前はすべて俺に押しつけておけばいい」と。

「李局長！」馬正涛は眼を真っ赤にしていた。「そんなわけにはいきません」。あの年の後半のこと、馬正涛は李漢笙の手はず通りに、警備部を退いた後は自動的に地方の県役場に異動になり、保密安全担当の公務員になった。その生まれついての笑顔で、中央から遠く離れた小さな田舎町で悠々と定年までの時を過ごしたのである。民国六四年（一九七五年）には共産党はすべての「内戦戦犯」を釈放した。馬正涛が田舎にいて、この機密資料のことを知ったのは既に三年が過ぎた後だったが、別に何事も無かった。彼はまた、釈放された旧国民党特務の数人が来台を申請したが、香港まで来たところで台湾側の強硬な制止にあってとうとう実現しなかったことも知った。彼は人知れず胸をなで下ろしたのであった。

祝景は雑草をきれいに刈り終えたが、全身汗だくであった。李漢笙の墓は髪を切ったばかりの人のように、さっぱりした。祝景は刈り取った雑草を集め、ライターで火を付けた。

「火を付ける古新聞を忘れてきたんですよ」

何度も失敗しながら、祝景は笑ってそう言った。馬正涛はポケットをまさぐり、二枚のレシートと鼻紙を取り出した。祝景は気を付けて火種を移した。青白い煙が立ち上った。祝景はじっと火種を見守っている。「来月蘇州に行こうと思ってます」そう言った。祝大貴は蘇州人だった。馬正涛は何も言わなかった。湿った雑草は完全には燃えきらず、濃い白煙がもうもうと立ち上がっていた。白頭翁（シロガシラ）の鳴き声が遠くで聞こえた。祝景は、彼の父の病がもはや手遅れになった時初めて、蘇州の故郷に戻りたいと自分が思っているのを知ったのだ。「いつもそのことを話す時、涙を流していました」祝景は遠く煙る台北市の方に目をやりつつ、煙草をふかしていた。

馬正涛はもちろん、この同僚の息子の話を理解した。とどのつまり、馬正涛は帰りたいと思ったことはないか、ということなのだ。馬正涛は、彼と共産党の間の因縁は深すぎると考えていた。李漢笙が東北から脱出する前、馬正涛の指揮の下で捕まえ、殺したスパイ容疑者は、少なく見積もっても二百人は下らない。今彼よりも多く手を血に染めてきた連中が釈放されているのだ。駄目だ。彼が大陸で作った仇は多すぎる。もし大陸に行ったとして、どの面下げて吉林で俺が売り渡した同志たちに会えるだろう？馬正涛は無言で自問自答を繰り返し、自分と言い争っていた。

雑草の湿り気はひどく、火種はとうとう一陣の白煙を上げただけですぐに消えた。祝景は突然、白い菊の花を包んできた新聞紙のことを思い出して喜々とした。今度の火種は勢いがあった。祝景が鎌で草の山をほぐして空気の通りをよくしてやると、たちまち橙色の炎をあげて燃え始めた。炎はパチパチと音を立てて、祝景は白い煙にたまらず涙を流した。

「馬おじさん、僕は長いこと考えていたんです」祝景は言った。「今台湾人はみんな僕たちのことを除け者にしています。どんなにとぼけたって、所詮はよそ者なんです」。彼が言うには、外省人が自分のことを大陸の外人であると認識すれば、両方とも静かになるんだ、と。「僕の父は台湾で人生の半分を過ごして、生を閉じました」祝景は言った。「でも僕らの世代は、あとどれくらいここで過ごせばいいのか……」

馬正涛は立ち上がって風で流れてきた煙をよけた。彼は何も言わなかった。祝景も馬正涛が何も言わないだろうというのは分かっていた。彼らはこの問題について、かつて言い争ったことがあるのだ。馬正涛は言った。多くの外省人は共産党と因縁がある。「国民党が台湾を家とするなら、俺も一緒に国民党と運命をともにするだけだ。他に道はない」馬正涛はそう言ったものだ。「でも今国民党はどうなっているんですか？　他人を総統にしたあの日から、国民党は終わったんですよ」祝景は顔を真っ赤にして言った。「じゃあこう言っちゃいけないか。政治・

権力・経済・治安システム、それに軍隊――これは忘れちゃいけない――これらは、まだ我々国民党の手中にあるんだ。青天白日旗はまだこの空に翻っているんだ……」馬正涛は笑っているような、いないような調子でそう言った。

「どっちにしろ、まず蘇州に戻ってみますよ」祝景は言った。「よさそうなら、次に父の遺骨を持っていきます……それが父の願いでしたから」

「そうだな」馬正涛は呟いた。李漢笙、祝大貴と彼は、永遠に故郷に帰れないよう定められているのだ。向こうの友人に手紙すら書けない、自らを育んだあの山河に背いて生きるべく運命づけられてしまったのだ……馬正涛は少しもの悲しくなった。

刈り取った雑草はあらかた燃え尽き、燃えかすだけとなった。馬正涛は白い菊の花束を墓前の石台に供え、立ち上がった。彼は右手で祝景の左手をとり、三回続けて礼をした。

「漢笙さんは俺と君の父上にとって親のようなものだ」馬正涛は墓碑を見つめて、何か考えているかのようにそう言った。

暮色の中、二人は墓地を離れた。祝景は馬正涛を坂に停めてあった中古のシビックに乗せた。車は山道を降りていった。馬正涛は財布から千元札を三枚取り出した。

「馬おじさん、これ何……?」

「君にやるんじゃない」馬正涛は言った。「いつも君には漢笙さんのことで世話になってる。俺はあと何回来られるか分かったもんじゃないから……」

「馬おじさん……」

「漢笙さんも君の孝心を知ったらどんなに喜ぶか」

馬正涛は窓の外を眺めながら唇を噛んでいた。

「馬おじさん、言ってくれればいつでも飛んでいきますから」祝景は紙幣を受け取り、バックミラーを見ながら答えた。

「おお、来てくれるか」馬正涛は嬉しそうに言った。

「でも、馬おじさんの住んでいる所はちょっと分かりにくいんですよね」

「忠孝路にある忠孝公園まできたら、すぐそこさ」馬正涛は言った。「忠孝公園入り口の右手にある路地だ」

「ああ。分かりました」祝景は言った。

（六）

林標は思った、「論輩不論歳」（歳ではなく、業績だ）とよく言われる。林標を大おじさんと呼ぶあの周明火は、欣木より四～五歳下で、今年五十である。林標は南洋から戻ってきてから、ヒマ畑を稲に植え替え、歯を食いしばって何とかやってきて、「三七五」の農地改革で土地が自分のものになったあの年には、欣木はやっと九歳を過ぎたばかりだった。あの頃欣木は四歳くらいの阿火を連れ、田んぼでドジョウを捕ったり、トノサマガエルを捕ったりしていた。明火の父親は貧しい雇われ百姓だったので、「三七五」改革も彼を落ち着いた自作農に変えることはなかった。欣木はよく鼻を垂らした阿火を連れ帰ってきて、一緒に夕食を食べた。林標は二人の子どものために大きなどんぶり飯を盛ってやり、その上にラードで香りを付けたヘチマの汁をかけた。二人の子供は門口の敷居に腰掛けて、ぱくぱくとゴハンをかき込むのだった。欣木より四歳ほど下の阿火は、食べる速さも量も欣木と同じくらいだった。貧乏人は貧乏人を憐れむ。周明火はずっとあの頃のことを覚えていて、今日に至るまで田舎のしきたりに従って林標を「表叔公」（大おじさん）と呼び、林標に欣木のことを話す時には、阿木と呼ばずやはり旧慣に従い「表叔」（おじさん）と呼ぶのであった。

周明火は林標を出迎え、日も暮れようとしていたのでともに食事を済ませてから、高雄師範専門学校の隣にある高く聳える高圧線の鉄塔の下へ林標を連れてきた。鉄塔の台座は大きなコンクリートの固まりで作られており、四本の脚があって、その内側には人一人寝起きできるような隙間があるようだ。

「表叔はここで寝泊まりしているんです」

周明火は四本の脚で支えられた、四方に壁もなく天井だけがある「家」を指さしながら言った。林標と周明火は欣木の「家」に入ってみた。年老いた林標の胸は締め付けられた。コンクリートの床の上にはどこから吹き込んできたのか、数枚の枯れ葉が散らばっている。脚の内側には、空き缶や空き瓶が並んでおり、昨日付の夕刊が飛ばないように押さえつけられている。林標は辺りを見回した。「布団はないのか?」林標は眉を顰めて呟いた。「ここに段ボールがありますね」阿火は別の一方の脚に立て掛けてある、土色の段ボールを指さして言った。林標は台北橋大稲埕で見たことがあった。彼の脳裏に、段ボールで風除けとベッドを作って眠るホームレスの姿が浮かび、目頭が熱くなった。「はっきりと見たんです。あれは欣木表叔に間違いありません」周明火は言った。「家に戻るよう強く勧めた方がいいです」林標は立ち並ぶ空き缶空き瓶をぼんやりと見つめていた。「この不孝者。親不孝者……」彼はぶつぶつと呟いた。この路地は民家の裏庭に面していた。裏には黄色い花を咲かせているヘチマや、水が遣られずに花が萎んでしまっている植木鉢が置いてあった。空はもう日が落ちてしまって、互いの顔もはっきり見えないほどになっていた。周明火は手を挙げ、近くの民家の台所から漏れてくる光にかざして時計を見た。八時十五分。「九時くらいに表叔は戻ってくると思いますが」周明火は言った。蚊が彼らに向かってブンブンと攻撃を始めていた。こんなに蚊が多くて、欣木はどうやって寝ているんだ? 林標は腕を掻きながら黙って考えていた。

　二人は九時四十五分まで待ってみたが、路地に人が入ってくる気配すらなかった。暗闇の中に家々の黒い影が浮かび、その窓からは暖かな黄色い光が漏れていた。

「表叔公、欣木表叔はきっと寝に戻ってきます。何日も見張ってたんですから」周明火はしみじみと言った。「でも私は十時には夜勤に出なきゃいけないんです」阿火は電話で話したことがあるが、プラスチック成型工場の生産ラインを担当していた。「君は行きなさい、行っておいで」林標は言った。「表叔が見つかったら、駅から電話してください」周明火は言った。「ひょっとしたら私も抜け出して駅まで会いに行けるかも知れません。小さい頃よく私の面倒を見てくれたので……」。林標はきっとそうする、と答えた。阿火は慌ただしく去っていった。しかし、林標は心の中で思っていた。もし本当に欣木が見つかり、欣木が帰ることを望んだら、タクシーを拾って遠いけれども直接和鎮へ帰ろうと。

　間もなく、誰かが路地に入り込んできた。林標は立ち上がって見やったが、周明火が蚊取り線香とコンビニのお茶と食べ物を持ってきたのであった。「もし会えても、絶対に深刻な話はしないでくださいよ」阿火は言った。「過去のことは、水に流しましょう。何が何でも家に帰らせるのです」

「じゃあ仕事に行きます」「ああ、行っておいで」周明火は言い終わると、また慌ただしく去っていった。

　十時半になったが、依然として人影は見えない。林標は立っているのに疲れたので、鉄塔の下の「家」の中に座り込んだ。彼は蚊取り線香に火を付けた。数種の薬品の香りが混ざった青い煙が、小さな赤い火から立ち上ってくる。林標は眼を見開いて、暗闇の中に浮かび上がる路地の唯一の入り口をじっと見つめていた。彼は心の中で欣木に語り始めた。

欣木よ、聞きなさい。もしここの主が本当にお前なら、そしてお前が父さんと一緒に帰ろうと思うのなら、我々一家は円満なんだ。お前の娘月枝は、自分で数えてみたら分かるだろう、もう三十を過ぎているんだ。あいつは丁度、来週友達を連れて遊びにくると言っている。お前が本当に戻ってきてくれたら、俺たち三人は円満でいられる。戦争もない、天災があったわけでもない、俺たち一家はどうしてこんなに散り散りになってしまったんだ？　運命だと言われても、俺は信じない。あの時土地を売って余った金は、まだ残っているし、お前が帰る家がないわけでもないのに、どうして乞食みたいに彷徨っているんだ？

あの年お前たち一家が出て行った時、月枝は二〜三歳くらいだったろう。月枝を帰してきた時は十二歳になっていた。お前が彼女を連れて和鎮に戻ってきた時、お前は家の敷居をまたごうとしなかった。バス停で降りて、地図を一枚描いて住所を書き込んでやって、阿枝一人に帰ってこさせた。どうしてお前の心はそんなにすさんでしまったんだ？

でも阿枝、あの子は特別だった。二歳でお前たちに連れられて家を出て、十二歳で戻ってきたのに、二、三日ちょっと出かけていたように振る舞うんだ。あいつが戻ってきた日のことは、まだ覚えているよ。お祖父さん、月枝です。俺は腰を抜かしたね。俺は言ったよ、本当に俺の孫の月枝なのか？　あいつは笑って言ったさ、はい、そうです、だと。阿木よ、お前の娘は育ちがいいってだけじゃなく、生まれつきお利口さんなんだよ。帰ってくるなり家族関係を見分けて、ころころと鈴のような声でおじいちゃんと言ったんだ。その時初めて聞いたんだが、お前が工場を閉じた時、あいつは小学校五年生だったんだってな。次の年には、お前と連れ合いの宝貴は台北大橋頭や萬華龍山寺で日雇いの仕事を探すようになった。阿枝が、お前たちが貧乏人の住む水門下の小さな家を借りていたのを教えてくれたよ。辛かったろう。阿枝が六年生に上がった頃、連れ合いが家を出てしまったんだってな。あいつに理由を聞いたんだが、笑って言うんだ、生活が大変だったから、お母さんはやっていけなくなったんだろうって。俺は聞いたんだ、お前は辛くないのか。そしたら、あたしが辛いって言ったら、お父さんは誰が面倒を見るの？　だと。阿木よ、聞いたか、十歳ちょっとの女の子の台詞だぜ。

お前の妻宝貴が家庭を捨てて逃げ出したってのを聞いた時、俺は頭にきたし、悔しかった。宝貴はお前の婆ちゃんの故郷湳寮あたりの親戚だ。あの人たちはうちが貧乏なのを気にしなかったし、親戚でもあるからよかった。うちに嫁にきてから、あんまり喋らないってのはあったが、よくできた嫁だったな。月枝は母親が辛さに耐えられなくて逃げ出したって言うが、俺には信じられない。湳寮の人間が野良仕事する時、根を詰めて働くってのは有名なんだ。男も女もどんな苦境からでも立ち上がる。うちに嫁にきてから、宝貴とお前二人は朝早く出かけて日が落ちてからようやく帰ってきた。あいつは喜んで働いてたじゃないか。宝貴が出ていったというのは、きっと訳があるに違いない。お前、俺にちゃんと話してくれ。お前には妹もいないし、宝貴は俺の娘みたいな気もしてたんだ。あいつが辛いのに我慢が出来ずに出ていったと言っても、欣木、俺は信じないぞ。

うちの月枝はよ、十二歳でもう立派になってよ、飯炊きから掃除洗濯までなんでもできる。俺の豚小屋みたいな家が、何日もしないうちに綺麗になったんだぜ。お前達は昼間働いているから、どうやら家のことは何から何までこの子が切り盛りしていたみたいだな。月枝が俺のところにきて中学に上がったが、成績もまずまずだった。こんなに利口な孫が、十七にもなってないあの年、商業高校に入ろうとしていた時だ、あいつは外地からきた理髪師と駆け落ちしやがったんだ。

阿木、お前は知らないんだろう、知ってるはずがないな。お前はあちこち流れ流れて、羅漢脚（台湾語で「ものもらい」）になってしまって、俺と孫娘にどんなことがあったかも知らないだろう……ああ、腹が立つ！ あの床屋の野郎が目の前にいたら、あの野郎に会わせてくれたら、叩き殺してやるのに。俺は駅まで行ったり、バスターミナルまで行ったりして探したよ。でも今時こんなに交通が便利になったのに、逆にどうやったら探し出せるのか？ 明月理髪室の主人は、髪を切りにきた客一人一人にこぼしてたよ。あの野郎は調髪の道具まで持ち出したんだそうだ。明月理髪室には三つ椅子があって、二つは女の髪を洗ったり切ったりするやつで、一つは男専用なんだ。後で知ったんだが、月枝はしょっちゅう女の頭を洗ったり切ったりするところを見に行ってたらしい。明月に勉強しにいくんだとか、冗談みたいに言ってたようだが、でも阿枝とその理髪師が話をしているところを見た奴は一人もいないって言うんだ。畜生、阿木よ、家に問題は無いのに、お前が戻ってこないからこんなことになったんだぞ。

でもな、本当のところな、俺にこそ責任があるんだ。あの頃、俺はあっちこっちにいる南洋で日本兵をやってた奴と一緒に狂ってたんだよ。俺たちに戦後出すべき恩給を日本政府に請求しようと躍起になってたんだよ。もし俺が、あの時あんなに狂ったように、取り憑かれたようにお金のことさえ考えなければ――あちこち走り回って二、三日戻ってこないことだってしばしばだった――月枝に駆け落ちなんかさせなかったかもしれないんだ。
十六、七の女の子が、どこの馬の骨かも分からん床屋の野郎と逃げちまった。おまけに日本の東京地方裁判所は、あの年俺たちの請求を棄却したんだ。阿木よ、奴らが言うには、俺たちはもう日本国籍を失ってるから、日本国家の「恩給」を受ける資格は無いんだと。あの時、日本は赤紙を送ってよこして俺たちを連れて行ったんだ、誰が断れるかってんだ。日本人は制服を配って俺たちに着せて、日本の天皇はこんなにも多くの恩典を与えてくれる、台湾人を日本人にしてくれるって言った。「内台一如」さ。俺が日本語を喋ってもお前は分からないだろうな。内地の日本人と俺たち台湾人は平等で、みんな天皇の良い子どもっていう意味だ。俺たちに自ら進んで、日本国のため、天皇陛下のために命を賭けさせようってのさ。でも今じゃあ奴らは日本の復員軍人に年金は与えてるが、俺たちには知らんぷりさ。

たった一人の可愛い孫がいなくなる。日本人はお金をくれない。阿木、お前はどこに消えたのか、生きているか死んでいるかも分からない。だが、欣木、お前たち父娘が、死んでいようが生きていようが、俺に一目会わせてくれなければ、死んでも死にきれねぇ。そうやって七、八年経ってたんだ、そしたらある晩、誰かが家にきて戸を叩いた。開けてみたら、若い女の子が跪いてるのさ。その娘が言うには、お祖父様、月枝です、だ。阿木よ、お前の娘がまた帰ってきたんだよ。俺は起こして家に入れてやったが、月枝は食卓のところでいつまでも泣き止まないんだ。俺は心が痛んだよ。この八年の間、十六歳の少女が世間で揉みくちゃにされたんだ。騙されたり苛められたり、辛い目に遭わなかったはずがない。あの時、俺は水を飲ませてやった。家に戻ったから、あいつは泣けたんだろう。外じゃあ泣きたくても泣けるもんじゃない。

でも俺は知らなかったんだ。阿木、始めから終わりまで、あいつが泣いてたのは父親のお前のためなんだよ。

あいつが言うには、十三歳のあの年、お前はあいつを連れて和鎮のバス停にきて、あいつ一人だけ帰ってこさせた。欣木、お前はあいつに向かって、バスの中でも、バス停に着いた時も、何度も誓って、月枝が中学を卒業する年にはきっと迎えにきて、台北の高校に通わせるって言ったそうだな。しかも俺にはそのことを絶対に黙っておけ、と。これは良く覚えているんだが、月枝が中学を卒業する年、どうしても高校受験をしようとしなかったんだ。欣木、お前は月枝が二年もお前のことを待っていたのに、とうとう連絡もよこさなかった。十六歳になったあの年、月枝は誰かと家を出てしまった訳は、あの理髪師があいつを台北に連れて行って一緒にお前を捜してくれると言ったからだそうだ。月枝がそう言ったのさ。

お前の娘と明發、あの理髪師のことだ、あいつ等は台北に着くと、ある機関の福利局の理髪部に厄介になり、それから二人は街角で小さな理髪店を開いたそうだ。台北に着いてから最初の何ヶ月かは、お前の娘は少しでも時間があると明發と一緒に台北大橋頭、萬華龍山寺入り口で、お前の行方を聞き回っていたが、どうしても手がかりが見つからなかった。月枝が言うには、あそこ辺りで仕事の声がかかるのを待っている人間は、三、四年も経つとそっくり入れ替わってしまうから、お前のことを覚えている人もいなかったんだそうだ。俺はあいつに聞いたんだ、どうしてこんなに長い間、このおじいちゃんに一つも連絡をよこさなかったんだ、って。そうしたら言うのさ、最初明發と一緒に台北に出た時は、きっと俺が怒って許してくれないだろうと思っていた。お前を捜し出して家に連れて帰れば、きっと許してくれるはずだって。お前たち父娘がこんなに似ているとは思いもしなかったよ。

大雨が降った日があったそうだ。もう真夜中で、雨は天が割れたように降ってたそうだ。月枝は傘を持ってたが、服もスカートもびしょぬれだった。あいつは小走りで閉まっている銀行の軒先に入って、雨やどりしていたらしい。その時な、傍に布団を抱えて地面に座り込んで、撥ねてくる雨を避けながら道路を眺めているホームレスがいたそうだ。

真っ暗な雨の夜だったが、月枝は街灯の明かりでほとんど一目でそれが変わり果てたお前だと気づいた。月枝は、お父さん、私です、娘の月枝ですって呼びかけて、お前たちは再会したんだってな。雨の夜の軒先で、お前達は泣いたり話し合ったりしたそうだな。お前はあいつに、日雇いの仕事がうまくいかないことを話した。年も食っているし、誰も自分を雇ってくれない。いつも最後に残った、仕事がきつくて賃金の安い仕事にしかありつけない。引っ越しの手伝いとか、工場の油タンクの掃除とか、そうでなければ長距離運送トラックの荷積み員だとか。しまいには誰もお前を雇ってくれなくなった。月枝は聞いた、どうしてこんなに長い間、おじいちゃんのところに戻ろうとしなかったの、って。でもお前は何も答えなかった。月枝はお前の辛い暮らしのことを考えて、ずっと泣いてたそうだよ。お前は黙って雨脚が弱まってきた道路を見つめていた。そして突然、お前は月枝に言った、阿枝、俺を父さんのところへ連れて帰ってくれ。月枝は泣き崩れた。お前はあいつにこう言った。空もだんだん明るくなってきた。月枝、お前は先に戻って準備してくれ。俺はお前が戻ってきて身繕いを手伝ってくれるのを待ってるから、と。だがはっきり言うぞ、欣木、お前はどうしてそんなひどい奴になってしまったんだ。月枝がタクシーに乗って飛んで帰って、お金を持って明發と一緒に戻ってきたら、一時間も経っていないのに、軒先にはお前の布団と紙袋に入った汚れた衣服だけしか見あたらなかったそうだ。

欣木、もう夜が明けてきたよ。この一晩、路地には酔っぱらいが入ってきてヘドを吐き、小便をたれていっただけで、とうとうお前は現れなかった。正直に言うと、阿火が俺をここに連れてきた時、一目見ただけでここはスッカラカンで、お前の寝床も見当たらなかったから、俺はすぐにお前がまたどこかへ行ってしまったんだと気づいたよ。ずっと向こうに家があるっていうのに、お前はそうやって意地でも流離《さすら》っている。お前の娘はお前が見つからなくて、何日も黙りこくったままだったそうだ。これはあいつの男が後で教えてくれた話だ。あいつは突然男に別れ話を持ち出した。阿發、ごめんなさい。あいつは男に、もう美容室で働いていけないって言ったんだ。どうしてもお父さんを捜さなけりゃいけないって。あいつは明發と別れ、北部、中部、南部で保険勧誘員や健康食品のセールスや美容師やウェイトレス、色々やって……どこに行ってもそこのホームレスたちにお前の行方を聞き回った。

ぶらぶらしている「街友」達は、食べるだけで生きる努力をしようとしない怠け者だとよく言われる。他の奴のことは俺は知らん。だが俺の欣木は絶対そうじゃない。お前は嫁の宝貴をもらった時、朝から晩まで一生懸命働いていた。お前の田んぼでの働きっぷりに、村の連中の誰が文句を付けた? あの頃、お前が一生懸命、前向きに働いているのを見て、俺は南洋のジャングルで軍事郵便の手紙を受け取り、お前の母さんが男の子を産んだことを知った頃のことを思い出していたよ。欣木、お前は知らないだろう。一人で地獄のような戦地で、そりゃ最前線じゃない軍属軍夫だったが、一分一秒を数えながら生き延びる毎日だったよ。次の一分、次の一秒に生きていられるかどうか、誰も分かったもんじゃない。だから、お前やお前の家族、故郷……全部連絡が途絶えた。生きて戻り家族や故郷を再び目にすることが出来るかどうか分からないから、お前とも縁が切れたと言ってもよかった。しかしあの軍事郵便が、一瞬で赤ん坊のお前とお前の母さんとお前のおじいちゃんと、一本の太くて強靱な繋がりを思い出させてくれたんだ。生きて帰る、これが突然とても重要な意味に変わったんだ。しかも俺はきっと生きて帰れる、だって俺には家族がいるんだ、っていう根拠のない自信も生まれた。俺はあの手紙をポケットに入れて、しょっちゅう読み返していた。阿木、ぼろぼろになるまで読んだよ。あっちこっち不明瞭だったり消えたりしている字もあったが、全部はっきりと覚えている。ジャングルの中に逃げ込んで米兵に見つかった頃、数日続いていた大雨で、ポケットの中のあの手紙はとうとう一塊りの紙屑になっちまったがな。またこんなこともあった。深い山奥で、日本が負けたことを知ったんだ。日本人は泣き、そして自決していった。幾人か台湾人が一緒に泣いて、途方に暮れていた。でも奇妙なことに、日本が負けて俺だって喜びはしなかったが、内心は非常に落ち着いていた。俺はついに生きて帰って息子に会えるんだって思った。他の奴が肩を落として消沈している時に、俺はしきりにお前の年を数えて、どれくらいの背丈になっているか想像していたものさ。

フィリピンから石炭運搬船に乗って台湾に戻り、高雄港に降りた時、辺りを見渡し、母さんがお前を抱いて迎えにきているのが見つからなくて、心臓がどきどきし始めた。係の外省人一人と台湾人一人が俺たちを出迎えて、わずかばかりの交通費を手渡して自分で家に戻れって言うんだ。俺が家に着いたあの日、隣近所の人と貧乏な親戚数人が家にきてくれた。お前の婆ちゃんが言うには、母さんは一年前に死んじまったんだと。貧しくて病気も治せない、婆ちゃんは大声で泣きながらそう言ったよ。阿標が戻ってきたんだ、これは喜ぶべきことだ、泣くんじゃない。近所の人がそう言ってくれた。その時、俺は伯父の後に隠れている男の子に気が付いた。ずいぶん大きくなった、俺の子だよ！

お前は大きくてぱっちりとした目をしていた。一目で俺の息子だと分かったさ。お前の目は俺には似てなかったが、母さんにそっくりだった。生き写しだ。顔中しわくちゃで涙にまみれている伯父が、お前を前に突き出した。「お父さんって呼んでみなさい」伯母がそう言ったよ。お前はびっくりして泣き出したが、俺の泣き声の方が大きかったんだぞ……

欣木、家に戻ってこい。どんな辛いことがお前をそうやって彷徨わせているんだ、全部話してくれ。俺は年をとっちまった。そのうちベッドから起き上がれなくなって、前の日脱いだ靴を二度と履くこともできなくなるんだ。そこで、誰かが俺の体を清めて、服を着せ、棺桶に入れて、山の上に送ってくれなきゃいけないんだ。ああ、もう明るくなってきた。どこかで卵焼きを焼いている匂いがしているよ。以前は月枝がお前を逃がしてしまった。今度はこの父親がまたお前に会うことができなかった。生きていようが死んでいようが、どっちにしろ俺はお前に一目会わなきゃ死にきれねぇ。帰ってきておくれよ。

林標は甥の阿火が買ってきたビニール袋入りのおやつをぶら下げ、疲れた体を伸ばしてから路地を出た。路地の外はだんだんと人と車の往来が激しくなってきた大通りである。欣木、この馬鹿息子、親不孝者。林標はゆっくりと目を覚ましつつある都市に向かい、目に涙を溜めながら、声に出さずにそう呟いた。

林標は和鎮に向かうバスの中で眠った。彼は髭だらけの息子欣木が、なぜか忠孝公園の片隅にあるあばら屋に寝泊まりしている夢を見ていた……

（七）

馬正涛は台北の李漢笙の墓参りから戻って間もなく健康を崩し、原因不明の体調不良に陥った。今では忠孝公園に手を振り回しに行くこともほとんどなくなった。新暦の正月が過ぎてからである。元々ほとんど寒くなることのない南台湾の和鎮であったが、突然モンゴルの草原からやってきた大寒波に襲われた。だが大選挙の熱は全島各地で日に日に激しさを増していた。何年も音沙汰の無かった老同志たちが各地から電話をよこし、台独派を罵った。「馬さんよ、本当に奴らを当選させてしまったら、俺たち外省人は、死んでも埋めてもらう場所すらなくなるぞ」ある山西籍の、もう退職した曹庁長はこう言うのだった。「そんなこともなかろう」馬正涛は答えた。「国民党は選挙を舐めている。攻めが足りない。政権を守るのに余裕が有りすぎだ。あの年俺たちが選挙の手伝いをした時、どうやって組織動員したか、覚えているだろう」曹庁長は馬正涛が田舎に十数年も籠もっていたので、形勢が大きく変わったのを知らないんだ、と言った。曹庁長は馬正涛に「宋氏[3]」を選ぶよう、しつこく言った。祝景も同じく電話を掛けてきた。「俺は俺の国民党に入れる」馬正涛はそう言った。「もし君の父さんが生きていたら、きっと俺と同じようにするさ。国民党がなければ馬正涛もいなかったし、祝大貴もいないんだ」祝景は北部から電話をかけてきて、大胆にも国民党総統を痛罵した。「国民党はもうなくなったんだ、馬おじさん、あいつ[4]に壊されたんだ」祝景は懇願するかのようだった。続けて、今外省人の生活は、表面上は落ち着いているように見えるが、心の底では戦々恐々としている。台湾人の目の前では、絶対腹を割って話さないし、一方では台湾語を習ったりしてる。「馬おじさん……あなたは年を取りすぎた。僕と妻や子どもはアメリカやカナダに移住する余裕がないんです。でも毎日毎日びくびくしながら過ごすわ

3　大物政治家、宋楚瑜のこと。当時、国民党から離党し、この時は親民党を率いて、総統選に立候補していた。

4　ここでの「あいつ」は、李登輝のことと推察される。

けにもいかない」と言った。馬正涛はしばらく黙っていたが、口を開いた。「国民党を離れて、宋氏は自分一人の身すら保てまい、誰を守ることができるっていうんだ?」馬正涛は祝景が怒り出すとは思ってもいなかった。「分かりました。馬おじさん、あなたは夢を見続けて下さい」祝景は冷ややかな声でそう言った。「その時がきたら、あなたはどんな死に方をしてるんでしょうね」

馬正涛は驚き、力一杯受話器を叩きつけた。「このガキ、勝手にしやがれ」馬正涛は一人ぶつぶつ呟いた。

選挙の蓋を開けてみると、国民党は天下を失った。馬正涛は一人家の中で数日ぼんやり過ごしていたが、彼は天変地異のようなこの大変化を理解できなかった。半月後、彼はテレビで青天白日旗を振り回す千人にも上る外省人老人が台北総督府前の広場に集まっているのを見た。馬正涛はかつて大陸で、「奸匪」に利用されている学生、新聞記者、教授、民主活動家が数千数万もの民衆を煽り、国民党を打倒しようとデモ行進をしているのを見たことがある。しかし今、あろうことか彼と同じように国民党を我が家とし、家族とし、陰から支えてきた数千数万が、博愛特区の国民党五十年の権力の象徴――総統府の前で騒ぎ立て、政権を失ったことに対する絶望、憤怒、恐怖と悲しみを訴えている。馬正涛は、画面に写った吶喊、涙と怒りから、祝景が電話口で漏らした深い動揺、不安と恐怖を初めて理解した。

すると、馬正涛は彼の半生の記録がみな白紙になってしまったかのような感覚に襲われた。彼の戸籍簿の一切の記録が消え、預金口座がゼロになり、身分証の記載も見えなくなった。彼の党証、退役官兵証の記載もすべて色褪せ、判読できなくなった。彼の旧満州憲兵隊、軍統局、保密局そして警備総部に至るこの半生の中での捕縛、逮捕、拷問、審判、処刑は、みな揺るぎない国民党の存在があったからこそ、それを当然だと思い意気盛んにこなし、夢にも自分に咎があるとは思っていなかった。これから先、各地の機関に内密に保管されている、彼の直筆の署名入り殺人文書が、白日の下に曝されないという保証があろうか。無限の暗闇の中に落ちていく。もはや未来はなく、安住の地もない。何か大きな罠にはめられて、底なしの、永遠の虚空、暗闇の中に落ちていくようだ……。

馬正涛は痩せ衰え、外にも出なくなった。戸棚や引き出しを整理して、書類などを集め始めた。そして、箱の中から一つの銅製の手錠を取り出した。この銅と鉄の合金でできた手錠は、旧満州時代から彼の半生をともに過ごしてきた。この数日間、毎日夜になると馬正涛は灯りの下で精神を集中して、磨き油を使い、長い間に錆び付き暗褐色に変わった手錠を丹念に時間をかけて磨いた。磨けば磨くほど、手錠は黄金のような輝きを取り戻してくる。馬正涛は手錠に油を差した。ぽんと軽く叩いてみると、ギザギザの付いた手錠は滑るように、もう片方の枷の方に食い込む。東北にいた頃、彼は何人もの青年の手首に十分に油の差された手錠を押し当ててきた。手錠は素早く軽やかに、青年の手首に食いつく。もがけばもがくほど、きつく食い込む。馬正涛は愉快だった。

人々が馬正涛の家の辺りで異臭に気が付いたのは、それから一ヶ月ほどしてからである。馬正涛の死体はベッドの上で、黄金色の手錠で後ろ手に拘束された状態で見つかった。床には何かの書類を燃やした跡があり、同じように金色に光る手錠の鍵は、遠く寝室のドアの方に落ちていた。馬正涛のあの笑っているような唇と、半開きになった目に、汲み尽くせない深い悲しみの表情が刻まれていた。

「部屋の中には争った形跡は全くないが、警察当局は他殺の可能性もなお完全には拭い去れないとの見解を示した。事件に関しては目下調査中」

翌日の新聞の地方版社会欄の片隅に、こんな目立たないニュースが掲載された。

（八）

林標が高雄市から戻ると、ポストに月枝からの新しい手紙が届いていた。年度末の決算で仕事が忙しいので、友人を連れて帰るのは旧暦の正月が過ぎてからになるかも知れない、とあった。この時選挙の状況はどんどん盛り上がっており、各地の老若男女の関心を惹きつけていた。毎朝、忠孝公園の早起き連中は選挙について論じないことはなく、とりわけ曾金海が熱心だった。彼は前回の陳炎雷議員のあの「閲兵」には満足していると言った。彼は日本兵にはなりそこなったものの、父親は南洋の台湾人日本兵として死んでいる。曾金海はあの日、風に翻る旭日旗を見た時、「涙がこぼれてきたよ」と言った。

曾金海は車で、飛行機で、全島北部中部南部を駆け回り、南洋と華南にいた「戦友」たちを動員した。曾金海は、今は復員軍人の恩給には触れない、と言った。「あいつら日本人が、俺たちを日本人だと認めないなら、それはそれでいい。俺たちは今、日本人が敗戦から今日に至るまでずっと支払っていない、未給付の軍の給料と、軍事郵便貯金のことを考えるんだ……」曾金海はそう言った。

「日本精神、その意味は信義だ」林標は言った。「金はちゃんと返す、これこそ信義だ」と述べた。

曾金海が言うには、どうやら日本人はお金を支払うようだ。ただ五十年前の日本円を今まで借りっぱなしにしていて、どうやって精算するのか？　票を取りまとめるために、曾金海は台南市で、周辺に住む十数人の元日本兵台湾人を集め、日本料理を振る舞った。

「最初に、日本人は百二十倍の計算で補償を計画していると言った」曾金海は続けて、「我々は認めなかった。最後には二百倍と言ったが、これ以上はダメだと言うのだ。我々も返事をしていない」

日本料理店の老人たちは不平そうに議論を始めた。当時数千円の預金を、百二十倍で計算してみると、数十万円にしかならない。「台湾人の命は、こんなに安いのかよ?」頭髪をきっちり黒色に染めた一人の老人が言った。「俺たちは五十年前の物価に従って計算しろって言ってるだけなんだ。俺たちは調子に乗ってうまい汁を吸おうとしているわけじゃない。借りた金は返す、日本人だって道理を通さなきゃいかん」

「馬鹿ゲテイル」誰かが日本語でそう言った。

曾金海によると、彼と陳炎雷議員は各種の数値に基づいて、この五十年分の利息、物価指数を盛り込んで計算したところ、千七百倍になるという。座は喜びを内に含んだ沈黙に包まれた。「将来我々が自分たちの政府を手に入れたら、陳議員は日本の政界軍界と強い人脈があるので、台湾人のために交渉をしてくれるはずだ」曾金海は言った。「実ノトコロ、日本人ダッテ台湾人ヲ痛惜シテイルンダ」最後のこの言葉は、日本語だった。

「選挙ノ勝利ヲ願ッテ、戦友諸君、万歳斉唱ダ!」頭を黒く染めた老人が立ち上がって日本語で叫んだ。老人たちは全員で日本風の万歳三唱をした。

三月、政府は変わった。「台湾人の天下だ」曾金海は興奮して電話でそう言った。

二ヶ月後、林標はあの日本語をしゃべる、旧満州からきた馬さんが一人暮らしの家で突然死んだことを耳にした。救急車がサイレンを鳴らしながら忠孝公園を回って馬正涛の家に到着、白い布を被せられた遺骸が運ばれていった。

五月、陳炎雷議員は国策顧問になった。しかし日本交流協会は既に数度、各新聞に広告を打ち、各種の補償要求団体――陳炎雷の「戦友会」――を飛び越えて、元日本兵台湾人やその遺族達に直接、日本へきて二百倍の保証金を受け取るよう決定した、と伝えていた。

「これはつまり、お前等は二百倍で受け取るのか受け取らないのかって言ってるんだ」黒く頭を染めた年寄りは電話口で罵り続けた。「日本人は俺たちがみんな死んでしまえば、この問題が帳消しになると分かってるんだ。くそったれが！」

陳炎雷顧問は各地の戦友からの電話に耐えきれず、曾金海に逐一電話でみなに説明させた。

「新政府は我々、自分たちのものだ。我々の政府は特に外交的支持を必要としている。日本の支持を必要とするなら、日本を困らせちゃ駄目なんだ。一文惜しみの百失いだ。これは陳顧問のお言葉だ」曾金海は電話で林標に誠意を込めて説明した。「みんなには、自分たちの政府のために我慢してもらうしかない。二百倍は二百倍だ」

曾金海は日本語で「オ国ノタメニ」を強調して言った。

「日本人はあの時「お国のために」、「天皇陛下のために」と言って騙して、何人が南洋で死んで戻ってこなかったと思う……」林標は声を荒らげ電話口で怒鳴った。

玄関の呼び鈴が鳴って、入ってきたのは何度も帰省の日時を延ばしてきた月枝と、ごま塩頭の男であった。

「曾金海お前は誰の指図で動いてるんだ、そうやって年寄りたちを見殺しにするのか？」林標は怒声を挙げている。「俺たちはアメリカの爆弾で死ななかったんだ、曾金海貴様などに騙されて死ぬなんてまっぴらご免だ！」

林標は荒々しく電話を切った。月枝は目を見開いて何が何だか分からないように林標を見つめている。「お祖父さま」月枝は言った。林標は怒って食堂へ行って水を一杯飲んだ。月枝が後からついてきた。「お祖父さま、何を怒ってるんですか？」彼女は言った。「客間のあの人が阪本さんです」。「日本人なのか？」林標はそう言って、食堂から、両手に荷物を抱えている初対面の中年の男を見た。「お前また嫁に行きたいって言い出すんだろう」林標はぷりぷりしてそう言った。

「お祖父さま！」月枝は言った。

林標は客間に入った。彼は思った。月枝ももう三十過ぎだ、でもなぜ日本人なんだ？

月枝もついてきた。

「こちらが祖父です」月枝は普通話（標準中国語）で言った。「林さん、こんにちは」阪本は日本人的な癖のある普通話で挨拶した。月枝は阪本の土産を受け取り奥へ行った。

「中国語がお上手ですね、阪本さん」林標は日本語で言った。

「台湾で商売をしていて、十年あまり住んでいます」阪本はまた癖のある普通話で続けて、「上手じゃありません、中国語は難しいです」

「日本語で話しましょう」林標は笑って言った。

「ああ、そうですか？」阪本はほっとしたように笑って日本語で答えた。「林さんの日本語とても上手ですよ」

林標は愉快になって笑った。彼は自分でもよく考え込むのだが、なぜか知らないが、日本人に会うと自然と親愛の情が湧きだしてきて、愉快な気持ちになる。日本語を聞くと、自然と舌が回り、どもりながらではあるが一生懸命日本語を話したくなる。日本の補償問題に対する無慈悲な処置によって引き起こされた怒りは、どこかに飛んでいってしまった。

5　日本交流協会は、日本と中華民国の一九七二年の断交後、大使館に代わる機関として発足した組織である。

月枝は厨房で忙しくつまみを準備しながら、祖父はさっき南洋の戦場のことを話していたんだろうとか、入ってきた時の祖父の怒りは今はもうどこかへ行ってしまったみたいだとか、考えていた。彼女は一つ目のつまみと二本の冷えたビールを持っていくと、厨房へ戻ってまたつまみ作りにとりかかった。

阪本はビールで顔を真っ赤にしていたが、林標はしかし、飲めば飲むほど青白くなっていった。

「私ハ昔一人ノ日本人トシテ、日本ノタメニ、戦争ニ出カケタンデス」林標は話し始めた。

「敗戦当時、私は五歳でした。日本人はほとんど無一文の乞食になったんです」阪本は言った。「戦争は恐ろしいですよね」

「ソリァ、恐ロシイ」林標の舌はややもつれだした。「シカシ、アノ頃、日本人ハ私ニ言イマシタ。オ国ノタメニ、天皇陛下ノタメニ、一人ノ真ノ日本人トシテ玉砕シロ、ト」

阪本は不安げに、赤い顔で笑顔を作った。「しかし現在の日本人は、国家だとか天皇だとか言うのはもう少ないですよ」

「ソレデハ、私タチハ騙サレテイタトイウワケデスネ」林標の顔は笑っていたが、目はじっと不安そうな阪本を見つめていた。月枝は祖父が少し興奮してきたことを見て取った。

「お祖父さま、あまりお飲みになってはいけませんよ」月枝は日本語による会話はさっぱり分からなかったが、気を使って閩南語を用い、穏やかに話しかけた。

「大丈夫だ、もう一杯くれ」閩南語で叱るような調子で言った。青い顔には汗が滲んでいた。

「アノ頃、日本人ハ我々ヲ、立派ナ日本ノ戦士ダト言ッテ、死ナセタンデスヨ」林標の舌はさらに鈍くなってきた。「デモ、補償問題トナルト、日本人ハ他人ゴトノヨウニ、何ノコトダ、ト言イヤガッタ。オ前タチ、日本人ジャナイダロ！」

「あ、すいません、何の賠償なんですか？」

阪本はおずおずと笑顔を作って聞いた。

「ハッ！　日本人ハ台湾兵ノ補償問題モ知ラナイノカ」林標は得意げに笑って言ったが、しかし目には憎悪の念が表れていた。

「本当にすいません」阪本はかしこまって言った。どうしていいか分からないのである。

「戦争ノ時ニハ、オ前タチ、俺タチヲ「天皇ノ赤子」ダト言ッテ死ナセタ……」

阪本は顔を更に真っ赤にして、不安げに傍らの月枝に目をやった。

「お祖父さま、お客さまなんだから、そんなに大声出さないで」わけの分からない月枝は心配そうに微笑んで言った。

「本当に申し訳ありません」阪本は汗びっしょりで、おずおずと頭を下げた。

「今オ前タチハマタ言ウンダ、俺タチハモウ日本人ジャナイカラ、オ金ヲ払ワナイト！　コレハ……謝ッテ済ム問題ジャナイ」林標は目を見開いて言った。「教エテクレ、俺ハ、一体誰ダ、何ナンダ！」

林標は吠えた。そしてすすり泣きを始めた。

「林さん……」阪本はびっくりしている。

「俺ヲ騙シタンダ」林標は泣きながら言った。

「俺タチガ早イトコクタバルノヲ願ッテイルンダ、俺タチノ給料ト貯金ヲ食ッテシマオウトシテルンダ」

「お祖父さま、どうしたの？」月枝は眉を顰めて聞いた。

「今度ハ、俺タチノ仲間ガ言ウンダ、国ノタメニ……イイカヨク聞ケ、日本人。バカヤロウ。何遍モ騙シヤガッテ。コノ可哀相ナ年寄リヲ殺スノカ……」

月枝の表情に怒りが表れた。

「お祖父さま、日本人のこと、知っているはずじゃないの？」月枝は閩南語で言った。声がわずかに震えている。「どうしてそうやって酒を飲んで怒鳴って、私の顔を潰すの！」
彼女は立ち上がって、バッグを掴み家を飛び出した。
「俺ハ誰ナンダヨー」林標は日本語でわめいていた。「一体誰ダ、誰ナンダー」
「林さん、林さん……」阪本は為す術もなくそうやって声をかけるばかりであった。

忠孝公園は既に真っ暗で、黒い樹木の影が揺れているのが見えるばかりである。月枝は忠孝公園を歩き回っていた。お父さん、帰ってきて下さい。お祖父さまは呆けておかしくなってしまいました。お父さん、きっと帰ってきてください。彼女は忠孝公園の向かいの交差点までくると、タクシーを呼び止めどこかへ行ってしまった。

（二〇〇一年六月六日書き終える、六月十九日完稿）

二〇〇一年七月『聯合文学』二〇一期

Ⅱ 散文

鞭と灯

書くことを学び始めた時は、多くのペンネームを使っていて、だいたい一つ文章を書くたびにペンネームを変えていた。いつの頃からかは忘れたが、小説は陳映真の名で固定し、論説やエッセイを書く時には許南村となった。

私には、姿かたち、精神的傾向も似た双子の兄がいた。私たちはかつて共に幻想の中を駆け回っていた。学校に行く途中、いっしょに畦道に座り込んで朝咲く野花について語り合ったり、田んぼを跳ね回る緑色のイナゴを追っかけたりして、いつも遅れて二限目に、あのおんぼろの鶯歌国民小学にたどり着くのだった。私たちは壁や地面に絵を描いて、お互いに批評したり、死んだ昆虫や鳥を拾ってきて、家の門の脇の菜園に埋葬したりした。その時には竹の枝や葉っぱ、石ころを使ってお墓をこしらえ、毎日野花を供えたりも……。

幼いながらも深く覚えていることがあった。姿がそっくりなため、親戚や年上の者たちは、熱心に遊んでいる我々を見かけると、面白がってこう聞いたものだ。

「どっちが真ちゃんで、どっちが善ちゃん?」

私たちは遊びを中断して面倒くさそうに、どうのこうのと説明しなければならなかった。幼かった時、自分が何なのか、いつもきちんと説明しなければならず、そのため、名前とその名前の指す実物との間の微妙な関係について、大いに執着するところとなった。おそらく、これが以前、何故かペンネームをころころ変えていたこと、ストーリーの人物に名を与える時、いつもワクワクしていたことの要因であったかもしれない。

私の兄は、しかし九歳の時、亡くなった。

その前の二歳くらいの頃だったろう、私は父方の三番目の叔父の元へ継子となって預けられていた。台湾が光復（中国への復帰）となる一年前のことであった。生家と養家は鶯歌に疎開していた。我々双子兄弟は、いつも一緒に遊び学び、町の国民小学校でも、好奇心の的となり、話題となっていた。

ある朝、私は生家に赴き、兄を誘って登校しようとした。路に自分より早起きして私を出迎えにきていた兄がいたが、顔面蒼白で建物の間に蹲っていた。

「お腹痛い」

兄がかぼそい声で唸った。人はこない。遠くで揚げパン屋の弱々しい声だけが、小さい街のひんやりとした朝の空気に震えていた。私は多分、彼を連れて生家に戻り、そのまま登校したのだろう。

その後、私はずっと一人だけで登下校し、黙って一人で遊んでいた。記憶の中では、何度か生家の兄に会いに行ったが、兄は畳の上で寝ていた。そしてある時、畳の上からいなくなった。台北の病院に入院したとのことだった。

どのくらい経ったか忘れてしまったが、ある日、生家を臨む駅に続く道路から眺めていると、遠くから父が白いお骨箱を抱え、こちらに近づいてくるのが見えた。そして遠ざかって行った。何人かが佇み、ひそひそ話をし、小さくため息をついていた。

兄が死んだのだ。

私はさめざめと涙を流していたが、ついに声を張り上げて泣いた。この時、誰かがこう言ったのを覚えている。

「ああ、可哀想に、悲しいことが分かっているのか」と。

これが人生で初めて人を失うことの苦しみとなった。これ以後、私は少しずつ成長していった。しかし十数年来、時々、彼の死がもう一人の己の喪失であるように思えることがあるのだった。姿も心もそっくりであったからか、一切が失われたあの兄が亡くなった時間、そこに私自身が重なり合うように感じられてしまうのだ。ただこれは、おそらく全く根拠のない幻想であろう。

さて私は、半分は思い出に耽りたいのか、半分は青年期特有の悪ふざけからか、何度か亡くなった親戚の名前をペンネームにしたことがある。ある時、私は兄の名を使ってみたところ、思いもよらず満足と安心感が得られ、ずっとこれを使うことに決めた。

「なんでまた真兄の名をペンネームにしたのか?」父に訊かれたことがある。

「分かんないよ……なんだか、いっしょに生きている感じがするんだ」

父は笑って、そのまま何も言わなかった。

本当に分からないのだが、兄が生きていたとしたら、どんな人間になっていたろう。少し前のこと、家族といっしょにいて、私が一時娑婆に出られなくなっていた時のことを話していた時、父が重々しく、こう言った。

「もし真兄が生きていたら、お前と同じようになっていたのではないか」

私は何も言えなかった。

もし兄が私と全く同じような人間であったとして、では私はどのような人間に？

連合国軍の空襲を避けるため、養家と生家とも鶯歌に疎開していた。子どもにとって集落の生活は、戦時といえ、喜びに満ちていた。ある日、私は見たこともない光景を見た。天を轟かす銅鑼の音、鮮やかな獅子舞の隊列、提灯が灯され、ご先祖へのお香が焚かれた。「日本が負けたぞ。台湾は光復となった！」

近くに駐屯していた二人の日本兵が近所の人々と雑談していた。そのうちの一人は、横に座っていた子どもの頭を撫でていた。

「帰りてぇーな……家を出る時、おれの娘っ子もかなり大きかった」

「帰れるんだから、うれしいだろ」とある人が問いかけた。

二人の日本兵は黙った。そしてもう一人が、自分に言い聞かせるように、こう言った。

「ニッポンはもうめちゃくちゃだ。帰ってもどうなることか」またフフンと笑って、「軍の奴ら、もっと早くからもう駄目だと言っとけば……」

以前は何をやっていたかと問うと、

「おれは小作だ、こいつは木こり」

「もしできるんなら、台湾で畑でも耕してぇ、工場でも……どうだろう？」帰りたい、子どもの顔を見たいと言っていたが、こういうことも兵士は語っていた。

もう一人は何も言わなかった。そして二人とも静かに居なくなった。

動乱

兄が亡くなってから数年後、家の裏に陸という姓の外省人一家が住むようになった。陸家の娘は、今から思うと二十歳前後であったろう。短くした女学生らしい頭髪で、いつも藍一色のインダンスレン染のチャイナワンピースを着ていた。ふくよかな顔立ちに、いつも笑みを湛え、澄んだ眼が印象的だった。彼女は台湾語を解せず、養家の姉は国語（標準中国語）を解しなかったが、身振り手振りと筆談で疎通し、ごく親しい仲になった。

彼女は私を連れてほぼ毎日、私が植えた緑豆に水をやってくれた。そして宿題を手伝い、大陸の童謡を教えてくれた……。いつしか彼女は私の生活の中心となっていた。下校して家に戻ると、鞄を下ろし、裏の陸姉さんのところへ駆けていき、一日の出来事を何でも話した。

ある冷え冷えとした朝のこと。私はおそらく熱でも出したのだろう、早退して帰ってきた。熱でふらふらしていたが、鞄を下ろし、いつものように裏まで駆けていった。

陸おばさんが乳飲み子を抱え、すすり泣いていた。陸姉さんは傍らで、切々と静かにおばさんをなぐさめていたようだ。彼女と、知らない二人の押し黙った男が部屋のドアから出てきた。ドアを過ぎようとした時、彼女は私を見た。彼女のふくよかな顔は青ざめていた。しかし、私を見ると彼女は笑顔になって、右手で私の頭をポンと触り、暗い廊下を通り、行ってしまった。

私は陸姉さんに会えなくなった。陸おばさんも引っ越してしまった。

それからの日々、私は黙って緑豆の畔に座り、一人で緑豆の蔓が竹棒を伝って伸びていくのを眺めることになった。兄が亡くなってから、これが二度目の深く染みてくる訳の分からない寂しさとなった。

おそらく六年生に進級した年のことであろうか、どこから出てきたのか、ある小説集と出会った。その中の一篇は、滑稽な田舎のおっさんのドタバタ劇であった。人に辮髪を引っ張られ、壁に打ちあてられて、相手が遠ざかると、真顔で「俺をいじめた奴は息子なんだ、子が親に逆らう時代になったとは！」と嘆息し、自身の屈辱感を晴らすのであった。

その時は、意味が分かるような分からないような状態だった。ただ何故かそのストーリーは気に入った。当然、今から思うと、当時はあの滑稽さの背後に流れている、熱い涙を含んだ愛情と苦みと悲哀を理解していなかった。年を取るにつれ、ぼろぼろになったその小説集は、終に私にとって最も身近で深遠な教師となった。中国の貧しさ、愚かさ、停滞を知ると同時に、その中国こそ私の中国なのだと悟った。私は、全身全霊でこの中国、苦難の母を愛さねばならない。中国の息子や娘となる者はみな、立ち上がって中国の自由と新生のために身を捧げ、無限の希望と光に満ちた前途が開けると思った。

何十年も、私は時折、民族性を見失った中国人を見てきたし、中国の苦難と停滞に対して無知からの軽蔑と羞恥を抱える中国人も見てきた。さらには他国の臣民となって「民主的で満ち足りた生活」を夢見る中国人も見てきた。痛苦と憐憫を味わいながら、感謝したい――少年時代に読んだあの小説集、あれがあって私は信頼と理解を通じて、一人の控え目な愛国者となれたのだ。

またある時私は、黒々とした、ぼろぼろで貧しく、憂鬱と怒りに燃え、罪人や虐げられた人々とともにある、あの友愛のイエスと出会った。そしてまた、命への敬意と世界の不幸に対する苦痛と同情をあわせ持ち、未開発のアフリカにランバレネ病院を建てたシュバイツァーとも出会った。彼らは青年期の私のアイドルとなっていた。その後、私が読み耽った本、出会った友人、一冊一冊一人一人が緊密に結びついて、今の私になった。それぞれの命運が一本の鎖となり、私をその連鎖に結び付けている。

私は時折、深く恐縮しつつ、このようなかつての出来事が私の中で燃えつづけていること、そこでひっそりと燃え続けている人や書物、事跡と経験を思い出すのである。陳映真による幾つかの小説、許南村による幾つかの評論とは、微々たる私の成長の過程がそこに記されたものである。

一年ほど娑婆に出られなかった時期のある日、父が初めて面会にきた。おそらく十分くらいの会話であったろう、そこで父はこう言った。

「息子よ、よく覚えておいてほしい。
まずお前は、神の息子であること。
その次に、中国の息子であること。
ああ、そして我が息子であること。
このことを「旅」の行李に入れ、人として生き、仕事に携わる時の……」

涙を溜めてこの話を聞いたことを覚えている。たとえ「神」を「真理」や「愛」と言い換えたとしても、この三つの基準を守ることは生易しいことではない。しかし生易しいものではないにしても、この話は私の一生を励ますものとなった。

郷里に戻った時、深く懐かしさを、そして経験したことのない感覚を、さらに遠く離れてしまったような感覚を覚えたが、ずっと会えなかった友人の温かい友情と心遣いと激励は、私を感動させ、恥ずかしさと畏れを抱かせた。私を見捨てないでくれる人々に、私は言葉では表せられない、心からの感謝を示したい。知ってほしいのは、私は本当に平凡で、多くの矛盾と欠点を抱えた人間であるということ。しかし、彼らの私に対する心遣い、私の身の丈に合わないほどの期待は、厳しい鞭であり、道を照らす灯となっている。だから、もっと勉強しなければならないし、もっと謙虚に、もっと誠実に、もっと勇敢であらねば、と思うのだ。

一九七六年十二月『知識人の固執』(遠行出版社)

祖先の祠堂

既に亡くなっているのだが、父がたいへん尊敬していた伯父がいた。祖父が早くに亡くなり、家は傾きがちであったが、長男であったその伯父は、祖母に孝行し、兄弟を慈しんだ。学校には行かず、出稼ぎに出て家計を助け、弟を学校に行かせた。

私が小さかったころ、その伯父が私に奇妙な地所を暗記させた。それは……

大清国、福建省、泉州府、安渓縣、石盤頭、樓仔厝……

その時は老人に褒めてもらおうと、その地所を諳んじてみせた。

後に、物事が分かり始めた頃、大清は既にないものと分かった。この地所は遠いところにあるわけではなかったが、行くことができなかった。両岸の絶対的な対峙の下、生きている間に行ける地所ではないだろうと思っていた。

家系が台湾でその基盤を築いてから、私で八代目だった。ただし、伯父も、私の祖父、曽祖父にしても、帰っていなかったわけではない。父の家は貧しく、地主ではなかったが、かつて二年に一度か毎年、あの地所に帰郷し墓参りをしていた。あの奇妙な住所は、一代また一代と、あまり字が読めないか文盲であった父方の家系の中で口伝えに記憶されていたのである。

一九九〇年三月、私は「中国統一聯盟」の代表団を伴い、人生において初めて祖国の大地を踏んだ。北京での過密な訪問活動の後、代表団が黄帝陵を見学しに行く数日を利用し、一人抜けて福建に赴き、父系のかつての故郷を訪ねた。祖地に立ち、子どものころに諳んじていた土地がどんなところか分かった。「大清国」は既に人民共和国となっていたが、その他は依然として一文字も変っていなかった。

数十年来、ずっと幻想の中にあった、手の届かない童話か小説の虚構のような祖地、それが祖国の土地を踏んだ瞬間、ついに現実のものとなった。それは万古以来ずっと確かな中華と同様に、確かな場所であった。

私は忘れもしない、神々しいその祖地に対した時、そこに戻る手がかりを遺してくれた伯父、祖父、曽祖父を即座に思い出し、激しく心が揺れ、無限に感情が高まったことを。

私の祖家は、静かで美しく、素朴な地方にあった。ただ樓仔厝はとっくに廃墟を遺すのみとなっていた。祠堂もまた朽ち果てていた。道々の赤い土、相思樹と竹林は安渓人が台湾で集住した三峡、鶯歌、柑園、坪林、新店一帯に酷似していて、思わずあっと声が出てくるほどだった。そこで私はこう確信した――海を渡って台湾に移住してきた私の父方の先祖が新たな住処を定めた時、心の中で恋い焦がれていた故郷の山水木に照らして、その住処を探し当てたのだろう、と。

一九八六年、台湾でまだ親戚訪問が許されていなかった時、私の父と母は米国経由で、安渓の祖地を訪ねていた。父が話したところでは、彼は若い時、一日でも祖国北京を訪れ、「北京の空に舞う砂風の落日」を一目見たいと憧れていたという。そしてまた長年、父は心血を注いで祖譜（家系図）を修復したがっていた。ある世代が欠けていて、うまく繋がらないのであった。すぐにも自ら故郷の祖地を訪ね、系譜のその個所を埋めようという心づもりでいたが、もちろん大陸行きはリスクが大きかった。国民党のブラックリストに息子の「無実の罪」が記されていたため、遅々として訪問は実現できなかった。一九八六年、日ごろの慢心から体が衰えていた父だったが、ついに北米にいた妹とその夫に付き添われ、旅を敢行した。しかし故郷が近づくにつれ、心労が激しくなり、急病に倒れてしまった。同行者たちは父の容体の重大さに鑑み、目と鼻の先まできていたが、村には入らせないことにした。私が訪ねた時、かつて父を迎えたことのある長老が「老人が祖村を目前にして、熱い涙を溜めていたよ」と言った。そしてまた「我々の方で整った祖譜があるから持ってきて広げてやった。老人の探している個所はすぐに分かったし、繋がることになった。その時とても喜んでいた。我々も傍で見ていたが、みな感動して泣いたな」と語ってくれた。

二百年前、我々の家系は三人の兄弟（聞くところでは一人は農夫、一人はコック、一人は代書屋）で老母を連れて台湾にやってきた。私の父親の代までは帰っていたが、それ以降は誰も帰れないでいた。祖郷の先輩が「誰が帰ってきていたか、それはいつのことか、また誰と一緒に帰り、そして何をしたか——全て祖譜の上に記載されている」と言い、さらに「祖譜を開くとすべて分かる。二百年余りの間、八代みな帰ってきていたよ」と語った。

貧困と異民族統治、内戦が長期化した二百年余り後の一時期、帰れなくなっていたのだ。二百年余り、代々が心に刻んだ地所……大清国、福建省、泉州府、安渓縣、石盤頭、樓仔厝……これを口伝えしていたのだ。

父が提案したことから、祖郷の人々はかつて祠堂があったところに新たな祠堂を建て始めた。

その時、福建省の責任者の王兆国氏が私に、安渓は福建省の「重点貧困区」で、毎年政府の各種の補助を受けている、と語った。しかし祖郷の人々は、少しずつお金を集め、金のないものは働き手として、花崗岩を割り、丁寧に整地し、石を担いだ。今年再び帰ってみると、石壁はすでに四～五段の高さまで完成していた。実は我々の家からも三度ほど募金したのだが、悔しいかな、台湾では金のない方で、「焼け石に水」、心意気だけでさほど助けにもならなかったが。

形を為して祖祠がついに建った。静かな「石盤頭」から台湾へ渡った子孫、その中で私が知っている人は多い。一方、形を為さない祖祠、すなわちあの二百年余り、代々口伝えで心に刻まれ続けてきた「祖祠」もすっくと建ったことになる。さて、中華民族の千秋萬世とは、まさに千百年来の億万の素朴な中国の民の心の中で朽ちなかった祖祠――これらが凝集した何かなのではないか……。

――一九九二年一月二十五日『中時晩報』

裏道——陳映真の創作歴程

（一）

陳映真は一九三七年に台湾竹南に生まれ、後に台北県の鶯歌鎮に籍をおくことになる。十歳の時、一九四七年に、二・二八事件が起きている。彼の双子の兄はその前年に亡くなっており、残された彼はどうしようもなく一人で遊ぶしかなくなった。五〜六人のぼろぼろの皇軍の服を着た元日本兵復員台湾人が軍歌を歌いながら、戸が閉め切られてひっそりとした街路を歩いていた、彼にはそんな記憶もある。一方また、鶯鎮の駅前で、長衣と黒布靴の外省の商人が殴られて蹲り、血だらけになっていたのを見た記憶もある。さらには、大人たちが国民党（二十一師団）による台北での掃蕩活動について、恐怖と憂愁を湛えた目つきでひそひそ話をしていた記憶も。

一九五〇年の夏、彼は小学六年生になっていた。担任の先生が進学クラスの授業で、『中央日報』を使って朝鮮戦争のニュースを話してくれた。その年の秋、南洋そして中国戦線を回って復員してきた肺病のため顔色の悪かった教師——彼はクラスのある小作の息子にビンタもされた——呉先生は、夜更けに軍用ジープに乗せられ連れて行かれた。一人残された陶器焼きの母親は、暗い家の中でひっそりと泣き暮らした。そして冬、彼の家の裏に住んでいた外省人の陸姉さんとその兄と妹が、それぞれ鶯鎮と台南の製糖工場から連れ去られ……白色テロと粛清の寒々とした空気があちこちに瀰漫していた。

一九五一年、彼は台北で中学生となった。毎朝台北駅の改札を出る時、軍用トラックが停まっているのを目にした。二人の憲兵が下りてきて、駅の掲示板に大きい公示を貼り出すのであった。その公示には名前のリストが挙がっており、その名前の上に朱墨で人を打ち砕くように大きく「✓」が一律に記されていた。まざまざと覚えているのは、「……毛沢東・朱徳一味に加わり……疑いなくこの者たちである。憲兵第四団、法に則る処置」と書かれた正文である。

人々は、震えながら黙ってその告示を取り巻いた。ある時、彼は、農民らしき人が知り合いの名を認めたからであろう、突然人ごみの中で失神し倒れるのを見た。

彼は、中学校の生活の中で、白く荒涼とした月日を過ごした。冬休みと夏休みは、鶯鎮の養家から隣駅の生家の家に行って過ごすことになっていた。ある日彼は、書棚から、焼いてしまうのが忍びなく隠していた魯迅の『吶喊』を発見した。彼は黙ってそれを取り出した。この時から、この槐色の表紙の本は、青少年期を彼とともに過ごすことになった。

ところで、通っていた成功中学の隣であったが、台湾省警備総司令部の看守所が青島東路にあった。登下校の時、彼は、いつもどこからきたのかはっきりしないが、農村からの老婦人が恭しく衣類や食物を抱え、時に幼児を連れて、守衛所で呼び出しを待っている様子を見かけた。重大政治犯として拘置されている、夫か娘か叔父か兄弟に接見するのであろう。看守所の高い壁の傍を歩く時、彼は我慢できず、五分の三ほど木の柵で覆われていて薄暗くなっているその窓枠を眺め、どんな人がそこにいるのだろう、どんな風に年月を過ごしているのだろうか、と想像した。

中学を卒業する年、彼は留年してしまった。学校の公示でそれを確認した後、暑い天候の最中、済南路から今日では中崙と呼ばれる一帯まで歩いて行って、大好きな養父の元を訪ね、留年のことを話した。

「大丈夫だ。先に帰っていなさい」

言葉数の少ない養父はそう言った。それで彼は駅に向かい、列車に乗って鶯鎮に戻った。養家の姉は裁縫に忙しく、留年の事実を告げたものの、何も叱責せず、そのままであった。

その夏、彼はじっくりと『吶喊』を読み始めた。大漢渓に行って泳いだり、釣りをしたり、そのうち留年は然したる大きな出来事でない気もしてきた。

一年経って、彼は同じ学校の高等部に合格し、何の拘りもなく、分かったかどうか怪しいが、ロシアの小説を読み始めた。ツルゲーネフ、チェーホフ、ゴンチャロフ、そしてトルストイまで……だからといって『吶喊』の中の世界のようには、深く食い込んでくるものはなかった。

五六年の春の日、養父は突然彼に、当時借りていた家を買うことにするがどうか、と告げた。が、彼には特段の考えもなかった。同じ年の高二の息子にも同じことを相談していたことで、急に自分を大人として扱い始めたのだと感じた。その年の夏、養父は病に倒れ、ついに彼らが大人にならないまま亡くなった。元よりさほど豊かではなかった家であり、ますます傾いて行った。翌年の五月、純粋な血気から、抗議プラカードを拵え、「五・二四」反米活動に参加した。数か月もせず、彼は警総隊に呼び出され、調書を取られたが、無事釈放された。

（二）

一九五八年、貧しい家庭であったが、高い学費を出してもらい、淡水にあった淡江文理学院の英文科に入った。ただ、心は憂鬱であった。生きていく中で、全く新しい段階が彼を待ち受けている感覚だった。

街で過ごしていた時、彼は突然、知識に対する、文学に対する熱狂に近い飢餓を覚えるようになった。教師たちが設定する進度を全く超えようとした。彼は英語の辞書を引きながら、イギリス文学史を読むことに満足できず、身近な父の書棚にあった厨川白村の『苦悶の象徴』や、誰の著作か忘れたが『西洋文学十二講』など、興味深く吸収し、一冊一冊ノートを取った。

彼は食べ物を節約した金を持って台北の牯嶺街の古本屋街へと出かけ、魯迅、巴金、老舎、茅盾などの本を日夜耽読した。ただ、それら政治的には禁止されていた中国三〇年代の文学作品の資源は、自然に尽きることになってしまった。しかし、不思議な運命のめぐりあわせで、自覚せずに彼の知的欲求の対象は、社会科学へと移って行った。艾思奇の『大衆哲学』は、この文学青年の生命の深部で激しい炎を滾らせることとなった。そこからまた、『ソ連共産党史』、『政治経済学』、E・スノー『中国の紅い星』などの日本語版、モスクワ外語出版の『マルクス・レーニン選集』第一巻の英語版、そして抗日期に出版された紙質の悪い毛沢東のパンフレット類などを読み、少しずつ彼は改造され変わっていった。彼は日々、自分が生まれ変わっていることを実感したが、何に向けてなのかは分からなかった。自分でも把握できていないこの激変を、両親や友人たちに察知されるのではないかと深く恐れた。

一九五九年、友人の尉天驄が編集していた文学同人誌『筆匯』が彼に何か書かせようとした。それまで小説を書いたことがなかった彼は、当時大学二年生の宿題で書いた英文作品を加筆修正して、郵便で送った。しばらくして、短編「麵屋台」が不思議なことに活字になって『筆匯』に載った。

一九六〇年、二十三歳。彼はこの一年で、『筆匯』誌上に、「私の弟康雄」、「家」、「村の教師」、「故郷」、「死者」、そして「祖父と傘」を一気呵成に発表した。

こういった機会に感謝せずにいられないのは、創作によって彼が大いに解放されたからである。反共の密告制度と恐怖の網が張られている中、思想と知識と感情のレベルでますます急進化していた彼は、若い心の中で憤怒と焦りと孤独を感じていた。創作によって彼は充ち溢れんばかりの創造と審美の捌け口を与えられた。彼は創作において、少しずつ潜在意識の深層に閉ざされていたものが押し開かれていくのであった。眩くばかりの想像によって、神秘的かつ精妙なる上演衣装を探し出し、彼の生々しい青春の夢想と憤怒、激しい孤独と焦りに彩りを与え、一篇一篇書き進めていく中、豊潤な脚色を書き込むことで、愚かな妄想を去り、数々の煩悩を取り去ることができた。

彼は夢想の中で出会った紅旗と、現実の恐怖と絶望の巨大な矛盾から、曖昧な理想を抱きつつも、ついには挫折を繰り返し、自ら破滅する人物を造形した。そのことによって、自らの最深部に巣食う暗い絶望と自己破壊を逃れようとした。彼は幾ばくか明るくなったし、自我を閉じこめた殻は取り除かれた。彼は思想上の秘密を隠すことができるようになったが、同時に『筆匯』を通じて広がっていた友情とネットワークに喜びを感じるようにもなっていた。文芸創作は、豊かに降り注ぐ雨水であり、イデオロギーによって身を焦がされ、ひび割れていた心がそれで潤うのであった。そうして彼は、歴史唯物主義の基本知識と原理の信徒たることを保持し、人類の心理という最も微妙で複雑な領域、またそこから出てくる創造と審美のエネルギーに対して、敬意と驚嘆と喜びを保持することができたのである。

一九六一年、制度改正された淡江文理学院を卒業したその年、彼は、「雌猫たちの祖母」、「かくも衰えた涙」、「裏切り者ユダの物語」、そして「林檎の木」を書いた。彼は曖昧模糊としたマルクス主義を封印し、その上で貧しく荒れた生活の記憶、少年時代のキリスト教信仰の神秘と疑惑、青年期の恋愛への目覚め等々を創作パレットの上で混ぜ合わせ、一気にカンバスに叩きつけたが、それは彼自身の迷いの身振りそのものだった。

六二年、彼は軍務に服役した。軍隊での下層外省人老兵の奇妙で悲哀に充ちた運命に彼は心を動かされ、感覚的ではあったが、内戦と民族分裂の歴史が大陸農民出身の彼らを残酷に弄んでいるあり様を深く理解した。一九六三年の「文書」と六四年の「将軍族」、後の一九七九年に発表した「累累」、これらはそういった理解を直接間接的に示したものであった。

一九六三年、自分のため、そして恩義のある養母のため、彼は退役してからすぐに、台北のある私立中学の英語の教師となった。翌年、彼はある日本の若い知識人と出会った。この異国の友人の真面目で無私の協力により、彼は知識が禁圧されていた台北において、中国と世界の新鮮でラディカルな知識を得ることができ、十数年前の古本から啓発と情報の来源を求めるやり方を拡大するようになった。この記念すべき友情によって、彼は初めて真に平和で進歩的な世界の疑いなき人々とともに、真面目で真摯で情熱的な、国境を超えた団結が可能になることを知った。[1]

1　当時、台北の大使館に勤めていた浅井基文氏のことである。後に同氏は広島大学で教鞭を取るなど、戦後平和学の屋台骨を背負っていくことになる。

一九六四年、彼の思想は、あたかも昔の主人が好んで働かない召使に対するように、彼に実践を要求した。運命とは不思議なもので、どこにでも密告者が存在する殺伐とした時代において、プチブルの軟弱で欠点の多い青年たちが、偶然にも別々の道筋であったが同じような夢を抱いていっしょに歩もうとしていた。その年は「将軍族」以外に、「凄惨な無言の口」と「緑色の渡り鳥」を書いた。一九六五年、彼は『共産党宣言』と大正末期の有名な社会主義者が書いた入門書『現代社会の不安』を翻訳し、彼の読書サークルの補助資料とした。しかし、実践上の前進は、文学における彼の表現に楽観と勝利の展望を与えたわけではなかった。打ち破ることのできない白色の、反動的な、変革と展望の糸口さえ見えない絶望と悲観の色彩を基調として、濃厚な鬱積が表された六五年の「まだ輝いている太陽」、「狩人の死」、そして一九六六年の「最後の夏」が書かれた。

六六年、彼は「最後の夏」（また同年に「おお、スザンナ！」を発表したが、それは兵役中に書かれたものであった）を書き、六七年に「唐倩の喜劇」と「初めの公務」を、そして六八年の逮捕の直前には「六月のバラ」を発表し、明らかに個人のセンチメンタリズムと悲観主義的な色彩を脱却したが、それとの対比で、嘲りと風刺と批判の調子が増した。その要因として、彼が激動の文革の影響を受けたことは確かだった。まさに六六年の末から六七年の初め、彼と親友たちは、思想への渇望から出た実践への想いによって、未熟なあり様ではあるが組織化への一歩を踏み出したのだ。

（三）

一九六八年の五月、彼と親友たちは、文教関係の記者として配置されていた密偵によって売られ、一網打尽にされた。同年十二月三十一日、彼は懲役十年の刑を下された。そして七〇年の春、彼は台東の泰源監獄に移送される。そこで彼は、一九五〇年の朝鮮戦争勃発前後の徹底的な政治粛清の時代に投獄され、幸いにも虐殺の恐怖を逃れ、二十年前後に渡って獄中に繋がれていた百数十名の政治犯と出会うことになった。

周囲を山々で囲まれ、見上げるような赤煉瓦で封鎖された監獄であった。彼はついに残酷な暴力によって埋もれたままで、しかもそのまま生き延びている歴史と遭遇したのだ。彼は、幼い時に、大人たちが怖々とひそひそ話をしていた時代を覚えていた。青年時代、ぼろぼろの禁書をこっそりと読んでいた時、本の頁にはメモ書き、そして持ち主の名前、購入した日付、その人が端正に押した落款などを目にしていた。獄舎、風が鳴る昼夜……彼は言葉にできない激動と嘆息を抱えつつ、暴力と強権と途方もない嘘によって抹殺された、歪曲され蔑まれた歴史の霧の中の声を倦むことなく聞き続けた。時の煙幕を越えて、彼は熱い涙の向うに、ある一つの世代の激越な青春を想像し、魂の戦慄を覚えながら、過ぎ去ったあの時代の風火雷電の音を聞いたのだった。獄中でよく眠れない夜、彼は何度も想いふけった——避け得ない生と死の選別、つまり毎朝絶命の点呼があるかもしれないその時、生に対する最も強い執着を抱えつつ義のために死ぬ、雄々しく堅強な勇気の世代のことを。五〇年代、心の中に赤旗をはためかせつつ、暗黒の台湾を走り回った本省外省の、真っ直ぐに青春を走り抜け、新中国を作り出す火とならんとしたあの世代——彼にとって彼らは、恐ろしげで神秘的なひそひそ話でも、空虚で捻じ曲げられた流言でもなく、生き生きとした血の通う青春そのものとなった。既に故郷では腐敗した経済がテイクオフしつつある中、彼は完全に忘れ去られた世代を見出していたのだ。このような荒涼として孤独な島で生き延びてきた人々を通じて、そして二十年の間に刑場の露と消えた人々の生死を通じて、彼は暴力と流言飛語が覆い隠そうとしてきた歴史に出会ったのだ。

（四）

一九七〇年、彼は台東山区の泰源監獄に居たが、『中央日報』を通じて、「保衛釣魚台運動」の風が島内を激しく揺らした事実を知った。彼はさらに獄中にて、懐かしい友が創刊した『文季』（季刊）から、あるいは『中外文学』から、全く新しく進歩的な気脈が獄外の文学圏において醸成されつつあることを知り——抑えられない激越を抱えつつ——驚いた。ある時代を築いた衒学的なモダニズム詩が、島内外の新たに沸いて出てきた評論家たちによって激しく批判されたのだ。文学の民族形式と民族スタイルの問題、文学言語が幅広い大衆に遍く理解されるべきだという問題——さらに文学とは何か、何のため、誰のためにあるのか——これら文学観の基本問題が提出されたのだ。彼は、歌えるのに怯えて歌えなかった歌を今聞いたような感動を覚えた。彼はそれらの論争の中に、多くの友と知人を見出したが、進歩側であれ反動側であれ、その立場をはっきりさせていた。彼は壁の外の故郷で、どこからか吹き始めた風が燎原を焦がす火の粉となり始めたのだと感じた。

（五）

一九七五年、彼は蔣介石の死去百日忌の特赦による減刑で、三年早く出られることになった。

台湾社会は、彼を七年、娑婆から遠ざけている間に「独裁下の経済発展」のピークを経験していた。故郷に帰り、彼は世の移り変わりにショックを受けた。そして、台湾の思潮が既に一九五〇年代以降の冷戦と内戦の思考を覆し始めたことにさらに驚いた。彼は保釣運動の左翼的な思想と文化の影響を知ることになった。大学と専科学校において、社会意識の萌芽的発展が見受けられるようになった。高信疆が担当していた新聞の副刊「人間」は、大衆的な目線で次々に新たな知識と文化のさざ波を引き起こしていた。朱銘と洪通の芸術活動によって、人々は民間に蔵された力強い審美に讃嘆することになった。また舞踏グループ「雲門」が結成され、創造的な舞踏言語が深く人々の心の奥底を揺さぶるようになっていた。

一九七六年、彼は雑誌『夏潮』の編集にかかわり、いくつか雑文を書く義務を請け負った。同年、彼の小説が遠景出版から二巻本で出され、そのうちの一巻は、しばらくして発禁扱いとなった。七八年、彼は出獄してからの初めての小説として「賀兄さん」、「夜行貨物列車」、そして「サラリーマンの一日」を発表した。

同年、余光中が「狼がきた！」を書き、彭歌が名指しで「人でなし、何の文学か？」を発表した後、郷土文学論争が反共ファシズムの恐怖下において始まった。郷土文学系の同人作家は、恐怖を抱える中でも、力の限り抵抗した。国民党も勢力を傾けて学者、文筆特務、党団の刊行物で郷土文学に包囲攻撃をかけ、国軍文芸大会がその一つのピークとなった。今日、台湾独立派の論壇で大活躍している作家、理論家たちは、当時において風見鶏のようにだんまりを決め込んでいた。国民党の白色鎮圧を経験している彼は、敏感に状況の剣呑たることを感じていたのだ。

ちょうどこの時、胡秋原、徐復観と鄭学稼が郷土文学を支持する文章を公開し、形勢が逆転し、郷土文学は護られることになった。

一九七九年十月三日の早朝、彼は突然、調査局によって、「叛乱の謀議の疑いで、逃亡を阻止する」という名目で拘束された。三十六時間後、彼は奇跡的に保釈される。身元引受人となった妻と帰ってみると、書斎は任意捜査の際にめちゃくちゃにされていたが、その片隅に彼が書いた『夏潮』でのインタビューノートが落ちていた。ノートには鎮圧の憂き目に遭ったある労働運動のことが書かれていた。危険は常にある。数年前のノートを読みつつ、涙が抑えられなかった。そこで突然悟った。彼の生活は常に逮捕の危機にあるのだから、書くことだけが唯一の抵抗と自衛なのだ、と。彼はそのノートを元にして、八〇年に小説「雲」を発表した。

一九八二年、彼は「万商の帝君」を発表した。八三年、彼は一九六八年にアイオワ大学国際ライティングワークショップの招請を受けていたが、それを正式に受け入れて初めて出国、米国に赴くことになった。同年、彼は五〇年代の反共粛清の歴史を題材にした二篇の短編小説「鈴璫花」と「山道」を発表した。後者はその年の新聞推奨小説賞を獲った。

（六）

一九八五年、彼はいっしょに仕事をしていた数人の若い友人たちと、一年余りの計画期間を経て、報道写真とルポルタージュと密着取材を結合させた月刊雑誌『人間』を創刊した。「社会的弱者の立場から台湾の人、生活、労働、環境、社会と歴史を眼差し、それらを記録し、証人となり、報告し批判する」といった主旨を掲げた。彼は、生活と労働の現場はなんと深く人を導く教師であることよ、と驚いた。しかして、元より生活の浅いところしか知らなかった若造が瞬く間に成長を遂げることになった。文学においても写真報道においても、括目させられるほどの進歩が見受けられ、今に至るまで多くの読者に忘れられない作品を遺した。『人間』は一九八九年の秋、財務上の損失をどうにも埋めがたく休刊した。しかし今に至るまで、読者からの不動の評価を得ることとなった。彼はこれらは全て、その時に苦楽を共にした青年たちの驚くべき創意と、多くの困難な仕事と研究の賜物だと思っている。

八七年、彼は『趙南棟』を発表した。

（七）

政治的な意味における大陸と台湾の分裂について、彼は、日帝下の帝国主義的侵略と朝鮮戦争による米帝国主義の干渉の結果である、と認識している。台湾の左翼は帝国主義の干渉による民族分断を克服し、民族の自主の下で平和的な統一を実現することが主要な念願とならねばならない。大陸の改革開放後の官僚主義、腐敗現象と階級の再分化に対して、彼は益々深い不満を抱えるようになった。しかし彼は、これは民族内部、人民内部の矛盾であり、これまでずっと外力の干渉に反対してきたのであり、民族の団結と統一を実現すること自体に矛盾が生じるわけではない、と考えている。

文学に関して、彼はこう認識している。台湾社会の歴史における植民地半封建社会段階（一八九五～一九四五）であろうと、半封建半植民地段階（一九四五～五〇）であろうと、新植民地半封建段階（一九五〇～六三）であろうと、また一九六三年以降の新植民地周辺資本主義段階であろうと、外力の干渉に反対し、封建主義に反対し、民族の分断を克服すること——これらが台湾文学の主流である、と。二〇年代から三〇年代初めの第一次郷土文学論争、三〇年代台湾のプロレタリア文化運動と文学運動は、帝国主義が中国からむしり取った台湾において、帝国主義とそれによって温存された封建主義に対する、文学領域における闘争であった。一九四七年から一九四九年の「台湾新現実主義文学運動」は、実質的には、台湾の新民主主義文学を如何に展開するかにかかわる論争であった。一九五〇年代、反共親欧米のモダニズムが一時期、台湾の文壇を支配した。しかし七〇年代を通じて為された現代詩論争と郷土文学論争は、明らかに欧米の影響を批判するものであり、強く中国を志向する文学論争であった。一九八〇年代以降、反民族、反共、親欧米の台独文学論が発展した。が、二〇年代以降に台湾の植民地、また新植民地という条件に対応し、民族の外力干渉による分断を克服しようとしてきた文学伝統――これに拮抗する力があるわけではなかった。八〇年代から彼は、台湾の政治経済と心理の対外従属性を反省し克服する「ワシントンビルディング」シリーズから、五〇年代台湾地下党の人々の生活、愛と死を主題とした「鈴璫花」シリーズに転じたが、それは現代台湾人が民族の内戦を克服し、民族の分裂の歴史を克服すること、つまり台湾地下党の歴史を文学化する試みであった。

(八)

二十代から文字を書くことを始めて今まで、彼の思想と創作は、ずっと禁止され、差別され、抑圧される位置にあった。一九七九年十月彼が一時拘束された時、集中して彼の作品と言論を思想分析し、まとめて報告する専門的な思想探偵が存在することを知った。八〇年代の中ごろ、台独反民族学術の勢力は台湾の政治界と高等教育の領域で目立った勢力となり、目下の台湾の政治・学術体制の一部となった。この新しい状況下において、二十代の時と同じように、彼の思索と著作は、ある意味においてずっと、支配的イデオロギーの覇権による抑圧の対象となった。

彼は大体において、思想型の作家に属する。指導的な思想や視野がなくて創作するなどということは、彼にとっては考えられないことであった。しかし彼は、創作の細部においては、一定の自主的な領域が存在すると考えていたし、そう信じている。創作の喜びとは、まさにこの神秘的な領域にある。一般的な印象と違うのは、彼自身は特に理論や社会科学を好んでいるわけではない、ということである。創作を旨としている人間であって、理論や社会科学の勉強は、その系統的な読書に満足を求めない彼としては、非常に味気ないことなのであった。理論への接近とは、思想による突破を求めてのことであり、客観的には、彼を助けてくれる進歩的で優秀な社会科学者がいないからなのであった。

彼はただ自らが証人であるべきことを理解していた。しかし運命は、一つ一つの環が堅く結びついてしまったように、彼を選び出し、四～五十年、台湾の現代史の裏道を歩ませた。まさに彼が『人間』のインタビューで語っていたように、飽食し、腐敗し、贅沢に走り、冷酷で、虚飾と幸福に満ちた台湾の裏道を彼は見つめていた。環境破壊、人間の傷、文化の失調……彼の歩んだ歴史の小道とは、小学生の時の呉先生の失踪であり、死刑となった政治犯の布告であり、連れ去られた陸家のお姉さんであり、禁書の中の署名と落款であり、その禁書が彼に押し開いたラディカリズムの世界であり、政治犯監獄で出会った、五〇年代の残酷な粛清の嵐を生きた激烈であり、かつ沈鬱なる世代の青春と怒涛の歴史なのであった。

もし生まれ変わったとしても、彼は疑いなくこの一筋の道を歩くだろう。激烈で、荒れ果て、そして豊かであることこの上ない——そのためにこそ定かならぬ苦痛と血の涙、そのためにこそ確信の持てぬままの愛と勇気から絞り出された真実と啓発に充ちたこの裏道を。こうした半生を、彼はだいたいにおいて後悔していない。だが、もう一度やり直せるなら、彼はもっと勉強すべきであり、もっと自分に厳しく、さらに思慮深く、そしてもっとたくさんよりよき作品を書くべきだと思っている。当然のこと、壮年期を過ぎ、初老の身となった彼だが、まだおそ過ぎることはない。

——一九九三年冬、ペンネーム許南村により、『中国時報』人間副刊
十二月十九日から二十三日まで連載

湧き出る孤独――敬愛する姚一葦先生

姚一葦先生を知ったのは一九六〇年のことであった。数えるとあの年、先生は三十八歳の壮年であったが、私はといえば二十三歳の学生だった。

中学時代の先輩で、当時、文学同人誌『筆匯』の編集長、尉天驄が私を永和竹林路の先生の家に連れて行ってくれた――このことは今でも記憶に鮮明である。その前から、天驄の勧めで、初めて二篇小説を書き、『筆匯』に載せていたのだが、それらが姚先生の目に留まっていたのだそうだ。当時は半分暇つぶしで漠然と描いた小説だったが、意外にも先生の温かく真剣な扱いを受け、不思議に思っていた。先生は竹林路の、今では既に取り壊された日本様式の宿舎で私に何か話してくれたはずだが、ほとんど覚えていない。しかし全体の印象は覚えていて、確か「小説を書くのは遊びであってはならない。まじめにやらなければ」とおっしゃったはずだった。

その時には、まだ大手新聞の文学賞などなかった時代で、林海音の『聯合副刊』に送るような考えもなかった。当時の「中国作家協会」を中心とした台湾の主流文壇は、遥か雲の上の存在で、書き上げた小説をどこかへ持ち込んで原稿料を得ることも、作家として名を成すことも想像できなかった。しかし天驄に促され、また先生に励まされて、少しずつ短編を『筆匯』に載せ始めたのだ。

大学を卒業し、徴兵期間を終えた。寡婦となった養家の母と妹を伴い、板橋に家を借りて、教師として生計を立てる日々となった。既に一九六三年となっていた。板橋市の四川路の家と、先生の板橋の台湾銀行の事務所は、歩いて十分ほどの距離しかなかった。この時からだったろう――書き上げた小説をまず板橋台湾銀行の先生のところに持っていき、講評してもらうようになったのは。またこの時からである――先生の許しを得て、板橋芸術専科学校に通って、先生の演劇理論の授業に出るようになったのは。どんなに天候が悪くても休まなかった。先生と切っても切れない交情が生まれた。

一篇書き終えると、抑えきれない喜びと自信をもって、原稿を事務室の先生のところに届けた。

「今度は、何字書いたんだね?」

先生は原稿を受け取ると、ぱらぱらとめくりながら、作品に出会った喜びで、眼を大きく見開き、笑顔で私に訊いた。

「三万字です」

「順調に書けたかね?」

「ええ」

「それだったらよい」

「……」

「でき栄えは、自分ではどう思う?」

私は首を振りながら、「分かりません」と答えた。すると先生は原稿を机の上において、「じっくり読むよ」と言った。次に会う時間を約束して、私は一日中忙しくしている先生の事務所を出るのであった。六〇年代の初め、先生は古今東西の古典的作品に対するのと同じ方法と態度で、二十歳を超えたばかりの我々の世代の作品を読み、批評してくれた。その励ましと教育の効果は、実に厚いものであった。

しかし、いつも作品を届けたその日の晩、私は煩悶し始めることになる。あちこちもっと良く書けるはずだったのではないか、と小説がみすぼらしく感じ始める。そして翌日には、先生の手もとにある小説が、決定的に幼稚で、好いところがなく、全く不様であるという想いに囚われるのであった。

次の約束は、だいたいいつも先生のお宅だった。お互いに退勤した後の時間帯か、あるいは土日の午後だった。だいたい御飯をいっしょにいただくことになっていた。面会する日時が迫ってくると、いつも不安と煩悶がせり出てくるのであった。繰り返される儀式のように、ご飯の後、先生はあの日本式の客間で、詳しく丁寧に私の小説を講評し始めるのである。

「良いものが書けたね」

決していつもではなかったけれど、先生はこのように講評し始めるのであった。今でも思い出すのは、喜びと厳しさ、大きく見開かれた眼、そして尖った頬である。数日間煩悶し、恥ずかしさこの上ない作品であったが、徐々に先生と私以外の第三者としてそれが成長していくのであった。先生のおかげで私は少しずつ、客体化された作品への理性的な認識が増進されることとなった。

政治的に極めて苛酷、思想的に極めて硬直し、また知識においても極端に閉じられていた六〇年代であった。怒涛の三〇年代に成長した先生は、台湾に渡った後も、文学と芸術に対する宗教的ともいえる堅い信念があった。そして道を照らす守護者のように、手に持った火苗で一つ一つ私をも含む若い作家の創造の蝋燭に火を灯していったのだ。黄春明、白先勇、王禎和、施淑青などの個別の作品が、先生の批評を通過していった。思い返すと、六〇年代から主要な作品を書き始めた私たちの世代は、長い氷河期において、先生に植え付けられた創造の喜びとロマンを抱き、堅実に多くの人々を喜ばせる作品を残していったのであり、それらの作品は実際にもその時代の冷酷、恐怖、閉塞の苦悩に打ち勝っていた。

一九六五年以降、先生は、編集に携わっていた『現代文学』に私の作品を発表させてくれたが、同時に、私の思想上の深い憂いと絶望と苦痛を感じ取ってくれていたようだった。竹林路の客間で、先生は少年時代に魯迅を耽読していた経験を語ってくれた。子弟の間であったとしても、魯迅は依然として政治的に禁圧されていた、そのような時代であった。私もその時、はじめて魯迅から受けた深い影響について吐露した。先生は私に、魯迅の葬式が如何に荘厳で重々しかったかを話してくれたが、さらに魯迅から受け取った座右の銘「絵空事を書く文学者であってはならぬ」という戒めを語ってくれた。晩年の魯迅に説き及んだところで、先生は、実践に向かう時代の宿命に対して創作は距離を置かざるを得ない、と述べた。が、「もしも作品を武器にするなら、創作は最も力の強いもので、その影響は最も長期的なものとなる」とも教えてくれた。

私は、感動のあまり一言も発せられなかった。あの荒寥とした歳月、このような対話は、既に危険水域に達していた。しかし魯迅は、私たちをさらに近づけた。思っていることを存分に言い尽くせない中、私は先生にとって明らかにできない言葉を理解し、先生も私から言い出せないでいる思想と身の処し方の困難を諒解したようである。

「思うに、小説を書くことは……」と先生は静かに言った。「あなたの人生にとって、最も必要なことだ」

「……」

「こんな話は、君にとって受け入れがたいことかもしれない、そう思う」先生は微笑を湛えながらこう言った。「だが君は書かなきゃいけない。書くことでこそ……」と。

思い返すと、先生はいわゆる「にがい良薬」の心持ちだったのではないか。かくも親密な会話であっても、自分の当時の思想と行動と立場について先生にも話せない深い孤独があったということ、この記憶は今でも鮮明である。しかし、当時の先生の心配はもっと直接的なものであった。目前の私を「救い出す」こと、それが言い出せなかったのである。

一輪車を練習しはじめた子どもが坂道で車体ごと目の前の電柱にぶつかってしまったように、一九六八年の夏、私は入獄することとなった。

一九六九年、私は牢屋の中で、先生の書いた戯曲『紅い鼻』を読んだ。突然逮捕され、訊問を受け、一切の正常な生活を奪われ、自由な連絡が取れなくなる事態、これをどう喩え得るのか。先生が書かれたように、抗えない要因により外部生活から隔絶された世界をどのように理解し得るのか。少しずつ戯曲を読みつつ感じたことは、先生が誰も触れたがらない監獄を脳裏に浮かべ、お宅の客間に居た時と同様に、熱心でありかつ冷静な慰めと励ましを届けてくれた、ということである。壁に向かって息を殺し、溢れ出る涙をこらえなければならなかった。

一九七五年、釈放されて家に帰ってから少しして、許南村のペンネームで自己解剖たる「試論陳映真」を発表した。先生は読後に「文章を読んで分かったのは、やつらはどうやっても君を潰せなかったということ、そういう天意があったのだ」と言った。私は不意に、獄中で発狂したり、出獄後も極度の恐怖感から立ち直れなくなった人々のことを思い出した。一九五一年に誤認逮捕によって半年ほど入獄した先生が私をこんなに心配していたことを思い、感激した。

政権から距離を取りつつ、身近に国家暴力のあり様を目撃しながら台湾にやってきたその世代の知識人と同様、先生は時局と政治に関して、十分に敏感かつ抑制的な防衛感覚を持っていた。一九八七年以降、時局が変化し、先生は自身の思想と感情について、以前より多く話すようになっていた。

私が入獄して以降、大陸の「文革」がまさに熱気で天を焦がす勢いであった一九六九年、先生はアイオワ大学の国際ライターズワークショップで半年ほどの年月を過ごした。一九四九年から断絶していた大陸中国の動向を知るチャンネルであり、「文革」の実際を知りたいという焦慮からも、先生は米国に入ってから、すぐに大陸の刊行物を取り集め、一心に読み耽った。そして、興隆路の先生の温かい客間で、かつての激動の時期を思い起こしつつ、私に語ってくれた。

「何人かの友人たちは革命に向かって行った。彼らは溢れんばかりの情熱をかけて書いて、私に読ませた。四〇年代の厦門でのことだ」先生はこう話しはじめた。

しかし、先生の理性的な頭脳においては、信じ込むことより、疑い深さが優っていた。「ある人間がマルクス・レーニン・毛沢東を引いてある人間を攻撃し、別の人間がまたマルクス・レーニン・毛沢東の別の部分を引いて攻撃する……」、「凝り固まった用語とスローガンだけで、そこには生き生きとした道理が欠けていた」先生はこのように語った。「四人組」が絶頂期だったころ、先生は「四人組」の書き手、姚文元の粗暴な文章に対して、我慢ならぬといった様子で反感を示していた。早くも一九七〇年、先生は「文革中」の祖国中国の向かう方向について、深い憂慮を持っていた。中学時代に早くも哲学者、艾思奇の『大衆哲学』を熟読していた先生は、比較的容易に術語の曖昧さを撥ね退け、直接その真義に到達し得たのであり、極「左」思想の虚構を喝破していたことになる。

一九九〇年前後、先生は真面目に思考してきた知識人と同様に、ソ連・東欧の突然の崩壊に際し、自分自身がこれまで考えてきたことに衝撃をもたらされた。中国そして外国の著名な文学や戯曲を読んできた先生は、傑出した文学芸術は、資本制生産の野蛮な作用、特にその人間破壊について告発してきたことを熟知していた。しかし、三〇年代を経験していた先生は、二〇世紀社会主義の思想と運動と体制の挫折を目の当たりにし、いずれにせよ大きな寂寞を背負うことになったのである。

ただし、先生の戯曲創作と学術理論の中において、中国三〇年代のマルクス主義に関しては、その影さえ見いだせない。そこに表されているのは、謹厳で、理性的で、アカデミックな正統派の色彩であった。注意深い学生なら、先生の論文や戯曲作品から時折溢れ出るもの——理想、愛、崇高、寛容、正義などの他に譲れぬ信念から、先生と三〇年代の歴史との密接な相互関係を見出すことができるだろう。

昨年十一月、私のことを理解し、私の精神の求めるところを支えてくれた尊敬すべき父親を失った。父こそ、長年の私への切実な祈りのため、むしろ私の心配事となっていた。

今また私は、私の青年期からずっと、困難なことを避けず、めったにない人としての模範を示し続けてくれた姚先生を失った。先生は、私の焦燥に充ちた思想をなだめ、私の力不足の作品を理解してくれた教師であり、友でもあった。恥ずかしいこの半生、不意に自分自身が六十の初老となっていることに驚き呆れながら、先生を送るこの時、世に遺された孤独の感覚が、あられもなく湧き出てくる……

——一九九七年六月二十二日・二十三日『聯合報』副刊

魯迅と私――日本の「文明浅説」クラスでの講話

みなさん、こんばんは！　よく解るようにゆっくり話しましょう。……えっ、ゆっくりでなくてもよいですか。それはすごい！

言葉は、お互いが理解する上で重要な仲立ちですね。日中の民族は歴史的に非常に密接な関係にありました。かつてはとても良い関係にありましたし、全く不幸な関係にあった時もありました。日中の両人民がお互いの言葉を理解できるなら、言葉を通じてさらにお互いの理解も、友情も、そして連帯も深まるでしょう。ですから、私たち、この二つの偉大な民族は手を携えて、両国の平和と東アジアの平和を作り出すために貢献しなければなりませんね。そういうことで、みなさんが真面目に中国語を勉強なさっていること、私は心からうれしく思います。何故なら、みなさんはおそらく、この二つの民族の平和と友好の最前線の闘士となるのでしょうから。

先ほど横地先生が、私がどのように魯迅を読んできたか、そのプロセスを説明してくださいました。[1]言うまでもなく、魯迅は中国の非常に偉大な文学者であり思想家であります。しかしかつての中国、反動的で専制的な国民政府によって魯迅は危険作家と見做されました。彼の本は、自由に流通も販売もできませんでした。こういった状況は、国民政府が台湾に撤退してきて以降、さらに厳しくなりまして、多くの人が書棚に魯迅の本があっただけで連行され、入獄しなければならない時期もあったのです。

私が魯迅と出会ったのは、小学校五～六年生の時でした。どうしてその時、魯迅に触れ得たのでしょうか。一九四五年、台湾は中国へと復帰しました。それまで日本統治を受けており、多くの知識人は「白話文」(現代標準中国語)が読めず、また話せませんでした。しかし彼らは、大きな希望と喜びをもって、祖国の言葉を学ぼうとしました。過去、つまり日本統治時代、中国白話文を学ぶ機会が奪われ、日本語を強制されましたが、台湾は解放され、中国に復帰し、みなとても喜んでいました。数十年学ぶ機会が持てなかったので、みなとても熱心に勉強したのです。

この時、台湾の有名な作家で楊逵という方がおりました。彼は進歩的な作家で、日本統治時代に小説を書くだけでなく、日本帝国主義に抵抗する社会運動にも参加し、特に農民運動に携わっていました。台湾が解放された後、つまり中国復帰の後、台湾の知識人にいち早く標準中国語を学ばせるために、彼は魯迅の『阿Q正伝』を出版しました。まだ覚えています。少し長細くて、毎ページの上段が標準中国語で、下段が日本語になっている。台湾知識人は日本語が解せるので標準中国語と対照できる。このようにして標準中国語に触れ、学習する仕組みになっていました。

私の父も、熱心に中国白話文を勉強していたので、このような本をたくさん買っていました。ところが五〇年代になって、国民党は台湾での共産党の地下組織と、進歩的な知識人を弾圧し始めました。一九五〇年から一九五二年にかけて国家暴力(白色テロ)が発動され、多くの知識人や若者が捕まりました。凡そ四千人から五千人が銃殺され、八千人から一万二千人ほどが獄中に入りました。このような時代、多くの人々が拘束されましたが、『阿Q正伝』のような本も没収されました。捕まった人の家族は、魯迅やその他の進歩派の作家の本があったので、それらを密かに焼却しました。

私の父もそうでした。彼は多くの本を焼きました。ただどうしたわけか、『阿Q正伝』というこの小さい本を燃やさないでいました。彼はまた魯迅の小説集『吶喊』も持っていました、みなさんご存知ですか？　父は『吶喊』を書棚に並んでいる本の後ろの方に押し込んでいました。ある日、私は偶然に本棚の奥に押し込まれていた『吶喊』を発見し、読み耽りました。私が五年生か六年生の時のことです。私は、当然にも内容は理解できませんでしたが、最も印象に残っていたのは阿Qでした。そのおっさんは滑稽で面白かったので、私は阿Qを覚えていたのです。

それから中学に上がり、私はこっそり父の『吶喊』を持ち出しました。後に私は一年に一度、それを読み直すようになりました。私も徐々に年を重ねまして、阿Qに対する、魯迅に対する理解も深まっていきました。阿Qと魯迅の私への影響は実に大きかったのです。文学者として、思想家として、彼の死後、遠い台湾で、ある少年が彼の本を読み、知らず知らずのうちに創作と思想の道を歩むことになるなんて、全く想像し難いことでしょう。

後に、魯迅の思想、魯迅の文学は、様々な要因によって、その思想の生産に大きな変化も生じます。私は古本屋に、別の魯迅の著作を探しに行きました。彼には『彷徨』、『朝花夕拾』、さら

1　横地剛、一九四三年生まれ。福岡市の現代中国語講座の代表となり、また福岡中国映画会世話人にも携わる。さらに執筆、翻訳などの仕事も多数。著書に『南天の虹 二・二八事件を版画に刻んだ男の生涯』（藍天文芸出版社、二〇〇一年）、共訳書に『満映——国策映画の諸相』（著者：胡昶・古泉、パンドラ、一九九九年）などがある。

に別のものもあって、探しに行ったのです。当然、当時はうまく探し出せませんでした。しかし探している途中で、私は別の作家にも出会いました。たとえば、茅盾、巴金です。大陸と台湾が分断されている中、魯迅とその他の三〇年代の作家を通じて、中国を、中国革命を、そして中国の方向性を理解したのです。

しかしこういったことによって、私は大きな困難を抱え込みました。一九六八年に国民党によって捕まったのです。私と友人たちとで魯迅を読み、魯迅の文学について語り合ったがためです。やつらは私に十年の実刑を言い渡しました。一九六八年の時、私は三十一歳で、まだ結婚していませんでした。幸いにも未婚だったのですが、でなければとてもやっかいでした。それで一九七五年に、国民党が恩赦を発表し、私は娑婆に戻ってきたのです。

それから現在に至るまで、幾人かの評論家たちは、私の文学言語には特別な何かがある、と言っています。思うに、私の言葉、書き言葉にはやはり何か特異なものがあるかもしれません。その原因の一つとして、魯迅を主とした中国三〇年代の文学の影響がある、と言えるでしょう。それは、私が触れた最も初期の文学言語でした。これが一つ。

二つ目の原因として、私は当時、古本屋で多くの日本語の本を探しました。それは社会主義であったり、進歩思想であったりしました。それらの本の中身を知りたいですし、理解したいですから、私は懸命に辞書を引きました。だから、私の言葉には日本語から受けた影響もあります。日本語と中国語の間には、興味深い関係があります。日本語からもたらされた漢語の特殊な味わい、というようなものがありますよね。日本語を読みますと、その日本語で思想的なことを考えたりもします。すると、それが私の言葉、そして書き言葉に干渉してくるわけです。

第三の原因として、おそらく私の大学時代ですが、勉強したのが外国文学であり、特にそれが英語というヨーロッパの言葉だったので、私の言葉に何かを生じさせたはずです。ただ総じて、今日まで私にとって最も尊敬し崇拝するのは、魯迅です。彼によって非常に苦労もしたわけですが。

私はずっと一つの疑問を持っていました。魯迅の『狂人日記』です。一九一八年という早い時期に、魯迅は極めてこなれた白話文でこんな素晴らしい小説を書いたことになります。文学言語の成熟には、長いプロセスが必要でして、それほどすんなりと出来るわけではない。さほどこなれていない言葉が、何世代かの作家の試作を通じて、成熟した優美な文学言語になっていく。これは一般的な見方ですね。しかし魯迅は、一九一八年の時点で、突如として高い山のように聳え立ったのです。彼の言葉は非常に完璧なもので、白話文ではほとんど誰も彼を越していない、と私は思います。どうしてなのか、私は分かりません。魯迅と同時代の他の作家が書いた中国白話文は、そんなにもこなれていません。巴金やその他の作家にしてもこのような問題があります。しかし魯迅だけは、今の基準でも、一字も、ちょっとした句読点も直す必要がありません。これは我々中国文学の歴史にとって、一つの奇跡なのではないかと思います。

先ほど聞きましたが、このクラスでは魯迅の短文を教材にしているらしいですね。それはとても良いやり方です。私が幼いころに学んだやり方よりも良いと思います。思い出すと、私が勉強のために使ったものの中で、魯迅の散文が一篇あります。「鴨の喜劇」という作品で、短いものです。これが最も優れたものだと思います。ある民族の言語教材について、自民族で最も優秀な作家の作品を集め、それを後代の教育のために使うべきでしょう。しかし台湾は政治的な原因があって、中国三〇年代の文学作品が教材の中にありません。だから私たちの何代かにおいては、中国の新文学の伝統との断絶が生じてしまっているのです。このクラスでは、我々中国において最も良質な文学者の文学作品を教材にしているということで、非常に素晴らしいと思います。その意味では、みなさんは私よりも幸せなのです。

では、話はこれくらいにしましょうか。ありがとうございました。

二〇〇〇年七月十八日火曜日、福岡市立婦人会館にて。

宿命的な寂寞——戴國煇先生を悼む

正月の初め、私はある会議に出ていたが、妻と電話することがあり、そこで妻の声が嗚咽をもらしていることに驚きつつ、戴國煇先生が病に倒れたこと、集中治療室に入ったことを知った。その前の一年ほど、何度か戴先生にはお目にかかっていて、肝臓病のために一回り痩せておられてはいたのだが、倒れたと聞くとやはり驚きに震えた。

戴先生のご家族のご厚意で、集中治療室での面会時間を与えてくださり、さらに驚いた。先生は既に昏睡状態に入っておられ、表情は柔らかではあったものの、誰が見ても、先生とのお別れの時刻が少しずつ近づいているのだということが分かり、涙を堪えることができなかった。ベッドの傍で半時間ほど立っていた時、意識がなくなっていても心の灯りが点っている可能性もあると思い、そのまま先生に「戴先生、がんばってください。友人たちがみな待っているのですよ」と話しかけた。

正月の九日、戴先生はついに永眠された。

物事を周到になさる真面目な先生であったが、病状が瞬く間に悪化することについては、予想が難しかったようだ。慌ただしく幾つかの引継ぎ、必要な処分や調整の作業が残され、また多くの執筆の予定が残され、さらに民族の再和解と団結が果たされないまま、心残りが遺された。戴先生はきっと満腔の悔しさ、そして狼狽と不満を遺して逝かれたのであろう。

一九七五年私は、獄中から出てきて、まるで飢えたように様々な資料を、中でも戴先生の日本語で書かれた文章を探した。ある文章で、一九世紀後半からの中国は前近代から近代へと向かう葛藤の中、侵略と反侵略、内戦と反内戦が深化する苦痛をもたらしたが、その苦痛こそ中華民族が新生へと向かう陣痛なのであった——このようにその大意を書き記している。戴先生の文章の題目が何であったのか、別の個所はどうであったのか、今はもう覚えていない。しかしこの個所は私の思想に大きな衝撃を与えた。七五年、私は自分の小説集の序「試論陳映真」に向かった時、この個所を頼りにして書いた。すなわち、中国が前近代から近代へと向かう変化の陣痛をもって、百年来の中国の混沌と苦難を説明したのだ。

それから一九八三年の晩秋、私は米国のアイオワ市において初めて、ずっと心待ちにしていた戴先生に会うことができた。戴先生は、後学のためにと私を指名して対談し、葉蕓蕓の主宰する雑誌『台湾と世界』に掲載した。

一九八七年の夏も過ぎたころ、私は自分の主宰する雑誌『人間』の仕事で東京に出かけた。戴先生はまた私を誘い、お宅の和式のダイニングでお会いすることになった。大きな蝦料理が運ばれてきた後、戴先生は飲めない私にずっと文句を言いながら、自分のコップにビールを注ぎ続けた。私たちは世間話から始めて、次第に雑誌『人間』に話題が移っていった。

「この雑誌を運営するのは、よほど大変なことだろう」

戴教授はにこにこしながら言った。彼はそこから、その年の七月号で取り上げた、五〇年代白色テロの露と消えた革命家、郭秀琮について聞いてきた。

「とてもよく書けている」

先生は沈思しつつ述べた。だが急に声を落とし、先生は私の右腕を掴んで頭を垂れた。そして突然嗚咽しはじめたが、それを抑えるように我慢するのであった。私の腕を握る強さと震えの中で、そしてみなの居る前でも抑えきれない深い悲しみの中で、私はじっと座っていた。先生が私の腕を握っているのに任せて、私は誰も知り得ない先生の心中の暴風雨が過ぎるのを見守った。

一分くらい過ぎただろうか、目を赤くし、鼻水に塗れた戴先生と私は、何事もなかったように別の話を始め、そして晩餐は終わった。

今日まで、あの時の慟哭の理由を私は聞かないでいたし、先生も話はしなかった。しかし私は、戴先生のあの抑えきれなかった男泣きについて、漠然とではありながら、皮膚感覚として、先生と郭秀琮たちの世代との骨に刻むような歴史的な関わりを感じるのであった。

一九九二年、戴先生は葉芸芸との共著『愛憎二二八』の序文の中で、こう語った。建国中学で勉強していた時、少年戴國煇は今日の台北泰順街「各ストリートの英雄豪傑」の先輩たちが「集まる『梁山泊』」で、先輩たちの喧々諤々の議論を聴き、強烈な「薫陶」を受けた。さらに二・二八事件の嵐の中、それら「梁山泊」の先輩たちはこの事件への科学的な分析を行い、年少の戴國煇を感服させた。一九四九年の「四・六事件」では、多くの学生が逮捕され、彼の「クラスメート、先輩、教師も逮捕され、ある者たちは大陸に逃れるなど、一時期は様々なうわさに怖気づくばかりであった」。そしてまた、朝鮮戦争とともに「白色テロ」が蔓延し、「学識もあり早熟で、愛国的でまじめな彼の多くのクラスメート、友人、先輩たちが次々に獄に繋がれ、また銃殺された」。最終的に「謂れもないことで連座させられるのを避けるため」、彼は台北では大学へ行かず、禍を避けて台中の農学院で四年間を過ごし、一九五五年悄然として留学に旅立ったのである。

調査資料によれば、あの郭秀琮は、まさにあの「梁山泊」の熱血青年が仰ぎ見ていた明星だった。

私からすれば、戴國煇先生はまるで、ずっと書くことも思い出すことも許されず、血族が根絶やしにされたまま逃亡した伝説の人物が幸いにも生き延び、姿を変え、市中に紛れて生きているような人であった。長年ずっと、私は仰ぎ見るように黙して彼の言動を注視し、その言葉を傾聴し、彼の本を読んできた。私がそこから読み取ったのは、台湾の現代史において機械的に加害者と被害者を分けたとして、戴先生が力説していたのは「被害者」の中の「共犯構造」であり、この反省を迫っていたことである。一時期は一世を風靡した「台湾民族論」や台湾「建国論」に対して、先生は繰り返し科学的に、俗論に媚びず反論を提出した。日本植民地統治には理もあり、有益でもあったとする論はよく耳にするが、戴先生が最も早く鋭い批判を展開した。人々が「台湾人」と「中国人」との間の対立と憎しみを扇動している時、戴先生は台湾の漢民族が台湾開発史の中で少数民族に対して犯した明らかな「原罪」のことを思い起こさせようとしたし、自分の生活実践の中でも、先住民の友人と、彼らの運動に深く思いを馳せようとした。

一九九六年、戴先生は「総統府」に資政顧問として請われ、その任に就いたことで、いく人かの友人の中に疑義と議論を巻きおこした。しかして一九九九年、先生がその職を辞してすぐ、我々はある茶房で再び会いまみえた。

「人から『晩節を穢した』と言われている。君はそう思っていないのか?」戴先生は、日本語を交えてそういった。

私は笑って答えなかった。昨年、戴先生は最後の機会として日本に赴いた。ある日本の友人が私に、戴先生は日本で、彼（陳映真）が「最もよく分かってくれている」と言った、と教えてくれた。いつも思うのだが、かつての禍を逃れ、ずっと今日まで市中に紛れて生きてきた底なしの先生の孤独に、私は憂いを禁じ得ない。

今まさに不意に戴國煇先生は逝ってしまわれた。私は臓腑に沁みわたる損失と悲哀を感じざるを得ない。ご家族は戴先生の遺骨を祖国の海峡に撒かれ、宇宙に帰し、お墓も残さない、と決めたようである。

戴夫人・林彩美と家族がこのように決められたこと、それは戴先生の学者人生へのいき届いた理解を表しているだけでなく、戴先生の宿命的な寂寞の長い道のりを理解してのことだったと思われる。

——二〇〇一年二月十日『中国時報』人間副刊

作家プロフィール

陳映真は現代中国語文学世界における重要な作家、思想家。本名は陳永善、また別のペンネームとして許南村がある。台北県鶯歌鎮の人。一九三七年台湾竹南に生まれ、淡江文理学院外文系を卒業する。中学の英語教師、また多国籍企業の社員として働いたこともあった。一九五九年に第一作目の小説『麺攤（麺屋台）』を発表、その後に『我的弟弟康雄（私の弟康雄）』、『故郷』などの小説を発表。文壇において才気を発揮し、独自の旗錦を示すこととなった。一九六八年「マルクス・レーニン共産主義、魯迅など左翼の書籍、及び共産党宣言などを読む読書グループを組織した」といった罪名により逮捕され、緑島に送られるも、一九七五年には特赦により釈放される。入獄期間に「自身が歩んできた生き方に真剣な反省を行い、現実社会への深い認識を養い、一人の小市民知識人から国と民を憂うる愛国的知識人へと歩み始める」。一九七七年、郷土文学論争に加わる。一九八三年、米国に赴き、アイオワ大学「インターナショナル・ライティング・プログラム」に参加する。「呉濁流文学賞」と『中国時報』の「小説推薦賞」を得る。一九八五年、雑誌『人間』を創刊し、社会的責任感、また社会への公平と正義を唱道する左翼の立場から一世代の若者に影響を与えた。一九八八年に「中国統一連盟」に参加、組織を成立させた。また創立主席に就任し、両岸の平和統一を促進するため怠らぬ仕事を為す。一九八八年、人間出版社から『陳映真作品集』十五巻を出版。二〇〇一年、洪範書店より『陳映真小説集』六巻と『散文集』一巻を出版。陳映真の最重要文集として『陳映真文集』、評論集『知識人的偏見』、『孤児的歴史、歴史的孤児』。また英語、ドイツ語、韓国語などに翻訳されたものがある。

付録

陳映真著作年表

一九三七年　一一月六日、台湾竹南中港に生まれる。

一九五〇年　鶯歌小学校卒業。

一九五四年　台湾省立成功中学初中部卒業。

一九五七年　台湾省立成功中学高中部卒業、淡江英語専科学校に入学。

一九五九年　九月一五日、最初の小説「麺攤」（麺屋台）を『筆匯』第一巻第五期に発表。

一九六〇年　一月、「我的弟弟康雄」（私の弟康雄《カンション》）を『筆匯』第一巻第九期に発表。

三月、「家」を『筆匯』第一巻第一一期に発表。

八月、「郷村的教師」（村の教師）を『筆匯』第二巻第一期に発表。

九月、「故郷」を『筆匯』第二巻第二期に発表。

一〇月、「死者」を『筆匯』第二巻第三期に発表。

一二月、「祖父和《と》傘」を『筆匯』第二巻第五期に発表。

一九六一年　一月、「猫牠們的祖母」（猫たちの祖母）を『筆匯』第二巻第六期に発表。

五月、「那麼衰老的眼涙」（かくも老いさらばえた涙）を『筆匯』第二巻第七期に発表。

六月、淡江文理学院外文系卒業。

七月、「加略人猶大的故事」(イスカリオテのユダの物語)を『筆匯』第二巻第九期に発表。

一九六三年　一一月、「蘋果樹」(林檎の木)を『筆匯』第二巻第一一、一二期合併号に発表。
九月、「文書」を『現代文学』第一八期に発表。

一九六四年　九月、強恕中学に入り、英語教員を二年半務める。
一月、「将軍族」を『現代文学』第一九期に発表。

一九六五年　六月、「凄惨的無言的嘴」(凄惨な無言の口)を『現代文学』第二一期に発表。
一〇月、「一緑色之候鳥」(緑色の渡り鳥一羽)を『現代文学』第二二期に発表。

一九六六年　一月、「猟人之死」(狩人の死)を『現代文学』第二三期に発表。

七月、「兀自照耀著的太陽」(なおも照り続ける太陽)を『現代文学』第二五期に発表。

アメリカ企業・輝瑞薬廠(ファイザー製薬)に就職。

九月、「哦!蘇珊娜」(おおスザンナ)を『幼獅文芸』第一五三期に発表。


一九六七年　一〇月、「最後的夏日」(最後の夏)を『文学季刊』第一期に発表。

一月、「唐倩的喜劇」(唐倩の喜劇)を『文学季刊』第二期に発表。

四月、「第一件差事」(最初の任務)を『文学季刊』第三期に発表。


一九六八年　七月、「六月裡的玫瑰花」(六月のバラ)を『文学季刊』第四期に発表。

五月、招聘に応じてインターナショナル・ライティング・プログラム参加のため渡米する直前、「民主台湾同盟」事件により警備総司令部保安処に逮捕される。

一二月、一〇年の判決が出る。

一九七〇年　二月、「永恒的大地」（恒久の大地）を『文学季刊』第一〇期に発表。

一九七三年　八月、「某一個日午」（ある日の正午）を『文季』第一期に発表。

一九七五年　七月、蔣介石死去の恩赦によって出獄。

一〇月、許南村のペンネームで「試論陳映真」（試みに陳映真を論ず）を発表し、自らを分析する。遠景出版より小説集『第一件差事』、『将軍族』を出版して文壇に復帰する。

一九七六年　一一月、アメリカ企業・温莎薬廠（ウィンスロップ社）に就職。

年初、小説集『将軍族』発禁となる。

九月、「鞭子與提燈」（鞭と灯）を書く。

一二月、『知識人的偏執』（知識人の固執）を遠行出版社より出版。

一九七七年　二月、陳麗娜と結婚。

一九七八年　三月、「賀大哥」（賀にいさん）を『雄獅美術』第八五期に発表。

三月、「夜行貨車」（夜行貨物列車）を『台湾文芸』第五八期に発表。

九月、「上班族的一日」（勤め人の一日）を『雄獅美術』第九一期に発表。

一九七九年　一〇月三日、調査局により二度目の逮捕、三六時間後に釈放される。

一一月、『夜行貨車』を遠景出版社より出版。

一一月、「累累」を『現代文学』復刊第九期に発表。

この年、宋沢莱とともに第一〇回呉濁流文学賞を受賞。

一九八〇年　八月、「雲」を『台湾文芸』第六八期に発表。

一九八二年　七月、『雲―華盛頓大楼系列（一）』（雲―ワシントンビルディングシリーズ（一））を
遠景出版社より出版。

一九八三年　一二月、「萬商帝君」を『現代文学』復刊第一九期に発表。

四月、「鈴璫花」（鈴璫花《すずのはな》）を『文季』第一期に発表。

八月、「山路」（山道）を『文季』第三期に発表。

八月、台北空軍クラブで「大衆消費社会」と題した講演。『中国時報』の主催。

八月、七等生とともにアイオワ大学のライターズワークショップに参加。

一〇月二日、「山路」で『中国時報』小説推薦賞を受賞。

一九八四年　九月、『山路』、『孤児的《の》歴史、歴史的《の》孤児』を遠景出版社より出版。

一九八五年　一一月、雑誌『人間』を創刊。

一二月、『陳映真小説選』を自選し挿絵を入れて、雑誌『人間』創刊記念の収蔵版とする。「将軍族」、「唐倩的喜劇」、「第一件差事」、「夜行貨車」、「山路」の五作品を収めた。

一九八七年　六月、「趙爾平」を『中国時報』人間副刊（文芸欄）に発表。「趙南棟」からの抄録。

六月、「趙南棟」を雑誌『人間』の副刊人間に発表。

六月、『趙南棟』を人間出版社から刊行。

七月、康来新らと共同で編集した『曲扭的鏡子』（ゆがんだ鏡）を雅歌出版社から刊行。

九月、アメリカアイオワに赴き、インターナショナル・ライティング・プログラム

成立二十周年記念祝賀行事に参加。

一九八八年　一一月、『趙南棟』を増訂して再版。

三月、『陳映真作品集』全一五巻を人間出版社の企画により刊行。

四月、「中国統一連盟」の結成に参画し、創立主席に就任。

六月、香港に赴き「陳映真文学シンポジウム」に参加。

一九八九年　四月、韓国に取材旅行。

五月、アメリカカリフォルニア州ボリナスに赴き中国シンポジウムに参加。

九月、雑誌『人間』赤字により停刊。

一九九〇年　二月、「中国統一連盟代表団」を率いて北京を訪問し江沢民中国共産党主席に会見。

一九九一年　八月、人間出版社より「台湾政治経済叢刊」シリーズの刊行を計画。

一九九二年　一月、「祖祠」（祖先の祠堂）を『中時晩報』一月二五日に発表。

六月、「台湾政治経済叢刊」一～四巻：涂兆彦『日本帝国主義下的《の》台湾』、劉進慶『台湾戦後経済分析』、段承璞『台湾戦後経済』、谷蒲孝雄『国際加工基地的《の》形成』を出版。

七月、「台湾政治経済叢刊」第五巻・陳玉璽『台湾衣附型発展』（台湾の依存型発展）出版。

一九九三年　七月、「台湾政治経済叢刊」第六巻・劉進慶ほか『台湾之経済』出版。

一二月、編年体の創作歴程「後街」（裏道）を『中国時報』人間副刊に一二月一九日から二三日まで連載。

一九九四年　一月、報告文学「当紅星在七古林山区沈落」（赤い星が七古林山区に沈むとき）を『聯合文学』第一〇一期に掲載。

三月、報告劇「春祭」を一二日に台北国立芸術館にて公演し、満員の盛況となる。

三月、「春祭」を『聯合報』聯合副刊に三月一四日、一五日に連載。

四月、「安渓県石盤頭——祖郷紀行」を『聯合報』聯合副刊に四月二三日から二五日まで連載。

九月、「台湾政治経済叢刊」第七巻 E.A.Winckler、S.Greenhalgh 共編『台湾政治経済学諸論辯析』（台湾政治経済学諸論分析）を出版。

一九九五年　四月、「「台独」批判的若干理論問題——對陳昭英「論台湾的本土化運動」之回應」（「台独」批判の若干の理論問題——陳昭英「台湾の本土化運動を論ず」への回答）を『海峡評論』第五二期に掲載。

一九九六年　五月、「歌唱希望、自由和解放的詩人金明植」（希望、自由、解放を歌う詩人金明植）を「中韓文化関係與《と》展望学術会議」にて発表。

六月、「張大春的《の》転向論」を『聯合報』「読書人」版六月一〇日に発表。

七月、「評「中国不可以説不」論」（「ノーと言えない中国」論を評す）を『聯合報』副刊に発表。

七月、『夜行貨車』（小説選集）、古継堂編、時事出版社（北京）。

一一月、「論呂赫若的「冬夜」」（呂赫若の「冬の夜」を論ず）を台北で行われた呂赫若文学討論会で発表。

一九九七年
一一月、「一本書的滄桑」(一冊の本の変転)を『聯合文学』に発表。

三月、『陳映真代表作』が「中国現当代著名作家文庫」に収められる。劉福友編、河南文芸出版社。

四月、「時代呼喚著新的社会科学」(時代は新たな社会科学を求めている)、中国社会科学院での栄誉高級研究員授与式における講話。『海峡評論』一九九七年、八〇期に掲載。

六月、「洶湧的孤独――敬悼姚一葦先生」(湧き出る孤独――敬愛する姚一葦先生)を『聯合報』副刊に六月二二日と二三日に連載。

七月、「向内戦与冷戦意識形態挑戦」(内戦と冷戦イデオロギーへの挑戦)を「郷土文学論戦二十周年回顧與《と》再思学術シンポジウム」にて発表。

九月、「歴史召喚著智慧和遠見――香港回帰的随想」(歴史は智慧と遠見を求めている――香港中国復帰に思う)を『財訊』第八六期に発表。

一九九八年
一月、「論呂赫若的「冬夜」」を北京での呂赫若文学シンポジウムで報告。

四月、「精神的《の》荒廃」を『聯合報』副刊に四月二日から四日まで連載。

七月、「近親憎悪與《と》皇民主義」を『聯合報』副刊に七月五日から七日まで連載。

七月、「左翼文学和《と》文論的《の》復権」を『聯合文学』七月号に発表。

八月、「台湾現代知識份子的《の》歴史」を『聯合報』副刊に発表、『知識份子十二講』(立緒、一九九九年)に収める。

一〇月、『陳映真文集』(小説巻、文論巻、雑文巻)を中国友誼出版公司より出版。

一九九九年　九月、『聯合報』副刊に小説「帰郷」を九月二二日から一〇月八日まで連載。同月別途『噤唖的論争』（押し黙った論争）〈人間思想與創作叢刊〉秋季号（人間出版社）に収める。

九月、「一場被遮蔽的論争」（ある覆い隠された論争）、「「台湾文学」是増進両岸民族団結的渠道」（「台湾文学」は両岸の民族団結を押し進める道である）、「駱駝英対当代台湾文芸思潮的貢献」（当代台湾文芸思潮に対する駱駝英の貢献）、「「兵士」駱駝英的脚踪」（「兵士」駱駝英の足跡）を『噤唖的論争』に発表。

二〇〇〇年　一月、散文「父親」を『中国時報』人間副刊に一月二〇日から二二日まで連載。

二月、范泉著『遥念台湾』（遥かに台湾をおもう）序、人間出版社。

三月、『陳映真自選集』、北京三聯書店。

四月、講演「文学的世界已経変了？」（文学の世界は変わってしまったのか）、『聯合報』副刊四月一〇日から一二日に連載。

七月、「以意識形態代替科学知識的災難――批評陳芳明的『台湾文学史』」（イデオロギーを以て科学知識に代えることの災い――陳芳明の『台湾文学史』批判）を『聯合文学』一八九期に発表。

七月、『将軍族』（小説集）が「百年百種優秀中国文学図書」、解放軍文芸出版社（北京）に入る。

七月、『帰郷』日本語訳文集、藍天文芸出版社（福岡）。

七月、「魯迅和我」というタイトルで講演、福岡市立婦人会館。のち「魯迅和我――

在日本『文明浅説』班的講話」（魯迅と私――日本の「文明浅説」クラスでの講話）と題して『魯迅研究月刊』二〇〇一年第三期に発表。

九月、「関於台湾「社会性質」的進一歩討論――答陳芳明先生」（台湾の「社会性質」についての更なる議論――陳芳明氏に答える）を『聯合文学』一九一期に発表。

一一月、小説「夜霧」を『聯合報』副刊に一一月二四日から一二月五日まで連載。『復現的星図』（再び現れた星図）（人間出版社、十二月）に再掲載。

一二月、「陳芳明歴史三階段論和台湾新文学史論可以休矣！」（陳芳明の歴史三段階論と台湾新文学史論は休すべし）を『聯合文学』一九四期に発表。

一二月、「鼓舞」（評論）を『范泉紀念集』に収める。欽鴻・潘頌徳編、中国三峡出版社（北京）。

二〇〇一年

一月、「天高地厚――読高行健先生受奨演説辞的随想」（天は高く地は厚し――高行健さんの受賞スピーチを読んで思ったこと）を『聯合報』副刊一月一二日に発表。

二月、「宿命的寂寞――悼念戴国煇先生」（宿命的な寂寞――戴国煇先生を悼む）を『中国時報』人間副刊二月一〇日に発表。

六月、楊国光著『一個台湾人的軌跡』（ある台湾人の軌跡）序、人間出版社。

七月、小説「忠孝公園」を『聯合文学』二〇一期に発表、別途『那些年、我們在台湾……』（あの頃、私たちは台湾で……）（人間出版社、八月）にも掲載。

八月、「台湾報導文学的《の》歴程」（論文）を『聯合報』副刊に八月一八日から二一日まで連載。

一二月、「駁陳芳明再論殖民主義的双重作用」（陳芳明による植民主義の二重作用の再論に駁す）を『因為是祖国的縁故……』（祖国ゆえに……）〈人間思想與創作叢刊15〉秋冬号（人間出版社）に収める。

二〇〇二年

二月、「認識光復初期台湾：横地剛先生「新興木刻芸術在台湾：一九四五―一九五〇」読後」（光復初期の台湾を知る：横地剛氏の「台湾における新興木刻芸術：一九四五―一九五〇」を読んで）を『聯合報』聯合副刊に発表。

一〇月、『陳映真小説集』六冊、洪範書店。

二〇〇三年

八月、「我的文学創作與思想」（私の文学創作と思想）台湾中央研究院講演。『上海文学』三一五期、二〇〇四年一月（「走近陳映真」特集号）に収める。

一二月、「警戒第二輪台湾「皇民文学」運動的図謀：読藤井省三『百年来的台湾文学』：批評的筆記（一）」（二巡目の台湾「皇民文学」運動のたくらみを警戒せよ：藤井省三『台湾文学この百年』を読んで：批判ノート（一））、第三回世界華文文学国際学術シンポジウム（済南）。人間出版社『告別革命文学？：両岸文論史的反思』（さらば革命文学？：両岸文論史の振り返り）〈人間思想與創作叢刊6〉に収める。

一二月、マレーシア「花蹤」世界華文文学賞受賞。受賞作品は「忠孝公園」。

二〇〇四年

二月、「学習楊逵精神」（楊逵精神を学ぶ）『世界華文文学論壇』（江蘇）第二期（「楊逵作品シンポジウム」特集）。別途二〇〇七年六月、〈人間思想與創作叢刊15〉『学習楊逵精神特集号』に掲載。

二月、香港バプテスト大学第一期レジデンス作家となる。

五月、「民族分裂下的台湾文学：台湾的戦後與我的創作母題」（民族分裂下の台湾文学：台湾の戦後と私の創作モチーフ）を『明報月刊』四六一期に発表。

八月、散文「生死」、「阿公」（お爺ちゃん）を『印刻文学生活誌』一二期に発表。

九月、陳映真散文集『父親』を洪範書店より出版。

一〇月、「避重就軽的遁辞：對藤井省三「駁陳映真：以其對於拙著「台湾文学這一百年」的誹謗中傷為中心」的悖論」（重きを避けて軽きに就く遁辞：藤井省三「陳映真氏に反駁する：拙著「台湾文学この百年」への誹謗中傷をめぐって」の自己矛盾に対して）を『爪痕與《と》文学』〈人間思想與創作叢刊7〉（人間出版社）に発表。

一一月、「深刻教育我的一本書：読尾崎秀樹先生所著『就殖民地文学的研究』」（私を深く教え導いた一冊の本：尾崎秀樹さんが著した『植民地文学の研究』を読む）を『聯合報』聯合副刊一一月一八日E7版に発表。

二〇〇五年

四月、「評藤井省三的假日本鬼子民族共同体想像：読藤井省三『百年来台湾文学』：批判的筆記（二）」（藤井省三の偽日本鬼子民族共同体想像：藤井省三『台湾文学この百年』を読んで：批判ノート（二））を『迎回尾崎秀樹』（尾崎秀樹を再び迎える）〈人間思想與創作叢刊8〉（人間出版社）に発表。

六月、英文で書いた文章「被出賣的「皇軍」」（裏切られた「皇軍」）の中文訳を『華文文學』七一期に発表。

九月、「対我而言的「第三世界」」（私にとっての「第三世界」）を『八・一五：記憶和《と》歴史』〈人間思想與創作叢刊9〉（人間出版社）に発表。

一〇月、「中華文化和《と》台湾文学」を『世界華文文学論壇』（江蘇）四期に発表。

二〇〇六年　二月、「文明與野蛮的辯証：龍應台女士「請用文明来説服我」的商榷」（文明と野蛮の弁証：龍応台女史「文明で私を説得されたし」についての討論）を『聯合報』に二月一九日から二〇日まで連載。

陳映真作品邦訳リスト

・「村の教師」（『彩鳳の夢（台湾現代小説選Ⅰ）』研文出版、一九八四年、田中宏訳）、〈郷村的教師〉（一九六〇年八月《筆匯》二巻一期）

・「山道」（『三本足の馬（台湾現代小説選Ⅲ）』研文出版、一九八五年、岡崎郁子訳）、〈山路〉（一九八三年八月《文季》三期）

・「趙南棟」（『台湾暗黒の五十年代を生きた人々』台湾の民主運動を考える会、一九九四年、訳者不明）、〈趙南棟〉（一九八七年六月《人間》二〇期）

・「帰郷」（『帰郷』藍天文芸出版社、二〇〇〇年、間ふさ子訳）、〈帰郷〉（一九九九年九月〈人間思想與創作創刊〉秋季号《噤唖的論争》）

・「『同期の桜』を歌う老人たち」（『帰郷』藍天文芸出版社、二〇〇〇年、横地剛訳）、〈歌唱「同期之桜」的老人們〉（一九九七年一一月九日《聯合報》）

・「忠孝公園」（『早稲田文学［第9次］』二八巻五、六号、二九巻一号、早稲田文学編集室、二〇〇三年―二〇〇四年、桑江良智・丸川哲史訳）、〈忠孝公園〉（二〇〇一年七月《聯合文学》二〇一期）

・趙南棟（『前夜　第1期』三、六、七、八号、影書房、二〇〇五年―二〇〇六年、橋本恭子・丸川哲史訳）

訳者紹介

間 ふさ子（あいだ　ふさこ）

2005年九州大学大学院比較社会文化学府博士後期課程退学。現在、福岡大学人文学部東アジア地域言語学科教授。専攻は中国文学。

著書に『中国南方話劇運動研究（1889-1949）』（九州大学出版会、2010年）、共訳書に胡昶・古泉『満映——国策映画の諸相』（パンドラ、1999年）、藍博洲『幌馬車の歌』（草風館、2006年）、洪子誠『中国当代文学史』（東方書店、2013年）など。

丸川 哲史（まるかわ　てつし）

1963年和歌山市生まれ。2002年一橋大学大学院言語社会研究科博士課程修了。現在、明治大学政治経済学部／教養デザイン研究科教授。専攻は東アジアの思想・文化。

著書に『台湾　ポストコロニアルの身体』（青土社、2000年）、『リージョナリズム』（岩波書店、2003年）、『竹内好』（河出書房新社、2010年）、『台湾ナショナリズム』（講談社、2010年）、『魯迅と毛沢東』（以文社、2010年）、『思想課題としての現代中国』（平凡社、2013年）、『魯迅出門』（インスクリプト、2014年）、『阿Qの連帯は可能か？』（せりか書房、2015年）など。

戒厳令下の文学——台湾作家・陳映真文集

2016年4月28日　第1刷発行

著　者　陳映真
訳　者　間ふさ子・丸川哲史
発行者　船橋純一郎
発行所　株式会社　せりか書房
〒112-0011　東京都文京区千石1-29-12　深沢ビル
電話03-5940-4700　振替00150-6-143601
http://www.serica.co.jp
印　刷　中央精版印刷株式会社
装　幀　木下弥

ISBN978-4-7967-0351-2